6·25와 베트남전, 두 死線을 넘다

마지막 駐越 공사 이대용 秘話

덕을 쌓으며 지성을 다하여

바른길을 걸어가는 사람은 한때에 적막하다.

권력세도에 집착하고

이에 아부하는 자는 만고에 처량하다.

인생을 달관한 사람은

눈에 보이는 물건 이외의 물건을 보고,

자기가 죽은 후의 몸을 생각한다.

사람다운 참된 사람이 되기 위해,

한때의 적막을 느낄지언정,

만고에 처량을 취하지 말지어다.

본문 중에서

6 · 25와 베트남전, 두 死線을 넘다
마지막 駐越 공사 이대용 秘話

차례

증보판을 내면서

　나는 2000년 6월 5일 〈김정일과의 악연 1809일〉이라는 저서를 출간했다. 책 내용은 내가 일제 식민지 시대에 태어나서 청년이 되면서 8·15 해방을 맞았고, 이어서 대한민국 정부 수립과 6·25 전쟁을 겪었으며, 그 후 이 나라 희대의 국정지도자가 나와서 국민 에너지를 결집시켜 세계 역사상 유례없는 초고속 경제성장을 이룩하는 시대를 살아오면서 직접 겪은 일을 정리한 것이다. 거기에다 내 눈으로 본 이웃사람들의 삶까지를 포함하여 상당히 가치 있다고 여겨지는 10가지를 골라 실기(實記)로 엮어서 내놓았다.

　책이 서점에 나온 시기는 2000년 6월 중순이며, 공교롭게도 김대중 대통령이 평양에 가서 김정일과 남북정상회담을 하고 서울로 돌아온 시기와 겹쳤다.

　그 정상회담이 있기 조금 전에 한국교육개발원이 전국 94개 중·고·대학생들과 교사 및 교수들을 상대로 "북한지도층은 우리가 싸워야할 적(敵)인가?"라고 설문한데 대해, 전체의 53.3%가 "그렇다"라고 응답했다. 그러나 남북정상회담이 끝난 직후에 똑같은 설문을 똑같은 학생들과 교사, 교수들에게 한 결과 "그렇다"라고 응답한 숫자는 전체응답자의 19.2%에 불과했다. 남북정상회담은 이렇게 국민들의 대북관을 바꿔놓았다.

남북정상회담 후 어느 장관이, 나에게 쓴 책 내용이 너무 좋아서 앞으로 추천도서로 선정해서 널리 보급하고 싶다고 했다. 그런데 책 이름이 〈김정일과의 악연 1809일〉이어서 문제가 되니 이름을 변경해서 다시 내놓아 달라는 조언을 해왔다.

이에 대해서 나는 책을 쓴 동기가 "과거의 일을 과거의 일로만 처리해버리면 우리는 미래까지도 포기해버리는 우를 범한다."는 생각과, "힘을 동반하지 않는 문화는 내일이라도 사멸하는 문화가 될 수 있다."는 신념에 입각해서 우리시대 역사의 일부를 후손들에게 알려주어 이 나라가 무궁히 발전할 수 있는 교훈을 주기 위해서 쓴 것이다, 그러므로 대중의 일시적 신기루 같은 환상에 편승해서 부화뇌동할 마음은 추호도 없다고 말한 뒤, 호의를 베풀어주려는 그 장관의 고마운 제의를 정중히 거절했다.

그로부터 10년의 세월이 또 흘러갔다. 그 10년 세월속인 2002년 초의 어느 날, 나는 충격적인 소식을 들었다. 1975년 4월 30일 사이공 함락 후, 외교관 신분인 나는 국제법에 의거해서 외국 어떤 정부도 체포할 수 없는 면책특권을 가지고 있었다. 그럼에도 불구하고 베트남 공산정권의 특수경찰은 불법으로 나를 체포하여 사이공 치화형무소에 투옥한 다음, 혹독한 인권유린 학대를 4년 7개월간 계속했다.

그때 나를 체포하고 신문한 베트남 공산 관리가 주한 베트남 특명전권대사가 되어 서울에 부임 한다는 소식을 접한 것이다. 나는 27년 만에 하늘이 주는 철천지 원수에 대한 절호의 복수 기회를 갖게 되었다. 그 내용을 더하고, 또

6·25 한국전쟁이 발발하는 날의 상황도 보태어 10년 전에 출간한 저서의 증보판을 이번에 내놓게 되었다.

증보내용을 수용하여 책 이름도 〈6·25와 베트남전, 두 死線을 넘다〉로 변경했다. 이 증보판을 내는데 많은 도움을 주신 도서출판사 '기파랑' 의 안병훈 대표이사와 조양욱 주간, 그리고 서울부시장과 해외건설협회장을 역임한 홍순길 회장께 깊은 감사를 드린다.

또한 저서 출간 때마다 도움을 주고, 이번에도 물심양면으로 많은 지원을 해준 내 향우(鄕友)이며 육사 동기인 최영구 장군(대한민국 재향군인회 원로자문위원·육사 총동창회 고문·황해도 행정자문위원회 위원장)과, 역시 향우이고 육사 동기이며 전(前) 국가재건최고회의 박정희 의장의 비서실장을 지낸 육사 총동창회 이재순 고문에게 무한한 고마움을 표한다.

2010년 4월 19일

李大鎔

6·25, 어느 군인의 반액 인생

전쟁 기념관 앞에서

서울특별시 용산구 삼각지에 있는 전쟁기념관 정면의 출입문을 들어서면 제일 먼저 호국추모실이 나온다. 신라, 백제, 고구려의 삼국시대로부터 오늘날까지 나라를 수호하기위해 목숨 바쳐 용전분투하신 선열 중에서 뽑은 을지문덕장군, 이순신 장군, 강감찬 장군, 안중근의사를 비롯하여 20여명의 생전 모습을 담은 상반신 동상이 양쪽으로 나란히 진열되어 있다.

1990년대 후반부터는 연개소문 장군, 김유신 장군, 계백 장군, 임진왜란 때의 의병장들, 윤봉길 의사, 6·25때의 전투영웅들, 기타 여러 명의 순국선열들이 호국인물로 추가 선정되어 그 수가 약 3배로 늘어났다. 그러자 장소가 협소해서 하는 수 없이 호국인물실을 두개로 증설하여 한 곳에는 삼국시대부터 고려, 조선을 거쳐 일본식민시대까지의 호국인물들을 진열하고, 다른 곳에는 대한민국 정부수립 후와 6·25 한국전쟁시의 호국인물들을 진열해놓았다. 그 호국인물들 가운데 다음과 같은 설명문이 새겨진 분이 있다.

김용배(金龍培)준장
(1921.4.17-1951.7.2)
경북 문경 출생, 육사 제5기로 임관.
1950년 6월 제6사단 제7연대 대대장으로서 춘천 전투 및 음성 전투에
　서 적의 공격을 저지하여 지연(遲延)작전을 성공시켰으며,
1951년 제7사단 연대장으로서 군량리(軍糧里) 전투 시 전사,
1계급 특진과 태극무공훈장이 수여됨.

　나는 위의 글이 그 분을 알리기에는 매우 미흡하다는 생각을 했다. 그 분은
6·25 한국전쟁이 일어나는 날, 제7연대 제1대대장으로서 대대를 이끌고 북
한공산군을 맞아 싸움을 시작하여 1951년 1월 6일까지 계속 제1대대장으로서
하루도 최전방 대대장 자리를 뜨는 일이 없이 싸우고 또 싸웠다. 적탄에 부상을
입은 적이 있지만, 후방병원으로 후송되는 것을 거부하고 붕대를 친친 감은 채
계속 전투를 지휘했다. 그 분이 혁혁한 공훈을 세운 전투는 수도 없이 많다. 그
중 아주 치열한 격전을 벌였던 것은 춘천전투, 음성전투뿐이 아니었다. 이에
못지않게, 아니 이 전투들보다 더 격렬했던 낙동강전투, 신령화산전투, 지촌
리전투 등이 있었다. 또 복계전투, 양덕전투, 순천전투, 구장-희천전투, 초산
전투, 그리고 중공군과의 풍장전투, 가창전투, 동두천전투 등도 결코 만만치
않은 전투들이었다. 이 외의 소규모 전투들은 수도 없이 많았다.
　그 분은 소양강에서 낙동강까지, 그리고 이어서 낙동강에서 압록강까지,
그리고 다시 압록강에서 남한강까지, 그 후는 남한강에서 소양강 북쪽 양구까

지를 질주하면서 적군과 싸우다가 전사했다. 1950년 6월 25일 한국전쟁이 발발했을 때, 나는 바로 그 분의 직속부하로서 제7연대 제1대대 제1중대장이었으며, 계급은 육군중위였다.

당시 제7연대는 춘천 북방에 있는 38선 넓은 정면에 2개 대대를 배치하고, 나머지 1개 대대는 예비대로서 춘천시내에 있는 연대본부 영내에 주둔시키고 있었다. 전쟁이 일어나기 전인 평시에는 장교들과 상사급 하사관들은 모두 춘천시내에 방이나 집을 얻어 영외거주를 하고 있었으며, 연대장만 병영 내 외딴 곳에 있는 군 관사에서 거주했다.

그 때 춘천시는 인구가 6만여 명이며, 전원생활의 미취(美趣)를 갖춘 아름다운 작은 도시였다. 그런 아름다운 풍치와는 반대로 시내 민간 유선통신망은 미개척의 황무지였다. 전화통신망으로는 경찰의 독자적 단선(單線) 경비전화가 각 경찰지서까지 연결되어 있었다. 이와는 별도 계통인 또 다른 공공통신망으로는 시청, 법원 등의 관공서에 우체국 교환원이 수동으로 연결해주는 전화가 몇 대씩 있었고, 시내 각급 학교 역시 우체국전화가 한대씩 가설되어 있는 상태였다.

군 유선통신망도 열악해서 연대본부에서 가설하는 군용 EE8 유선전화기가 영외에서 거주하는 각 대대장 집과 연대참모 집에 한대씩 설치되어 있을 뿐이었다. 그러므로 영외 거주 중대장이나 그 이하급 장교와 하사관에 대한 비상소집과 급한 연락은 모두 연대본부나 대대본부에서 내보내는 연락병에 의하여 이루어졌다. 이 같은 통신방법은 고대사회나 봉건사회 때의 파발꾼 연락망과 똑같은 구식이어서 시간이 많이 걸렸다. 그래서 제1대대장 김용배 소령의 비상소집명령이 나에게 전달된 것은 6월 25일 오전 8시 30분경이었다.

그날은 일요일이라 나는 아침에 눈을 뜨자 느긋한 마음으로 춘천시 죽림동

하숙집에서 일어났다. 문을 열고 밖을 내다보니 장맛비가 내리고 있었다. 멀리서 포성이 쿠쿠쿵 울렸다. 나는 국군 제16포병대대가 휴일을 반납하고 저렇게 열심히 사격훈련을 하고 있구나 하고 대견히 여기면서 무심히 흘려버리고, 방 안에서 아침 보건체조를 했다. 그리고 집 안뜰에 나가서 세숫대야에 부엌 아주머니가 부어주는 따뜻한 물로 세수를 했다. 좀 있다가 아침식사를 한 후, 봉의산에 있는 옛 일본신사를 헐고 그 자리에 새로 지은 춘천도서관으로 가서 좋은 책을 읽기로 했다. 나는 누구와 만날 특별한 약속이 없으면, 일요일마다 춘천 도서관에 가서 책을 빌려 읽었다. 그리고 때때로 봉의산이나 소양강변을 산책했다.

프랑스 문필가 앙드레 모로아는 영국의 정치가이며 문필가인 윈스턴 처칠 경을 제2차 세계대전이 일어나기 약 1년 전에 만났다. 그 때 처칠은 모로아에게 "모로아군, 소설 쓰기를 그만두고 실기(實記)를 쓰게. 좋은 실기는 나라의 멸망위기를 극복하는 중요한 교훈을 국민들에게 감명 깊게 전해줄 수 있는 위대한 기록물이 될 수 있는 것일세. 한번 써보게."하는 조언을 해주었다. 모로아는 이 조언을 제1차 세계대전의 승리에 길게 도취된 채 독일 히틀러의 위협을 경시하고, 그에 대한 대처를 소홀이하는 프랑스 정치인들의 이전투구 분열상을 실기를 써서 경고하라는 뜻으로 받아들였다. 그러나 실기를 쓰지 않고 차일피일 미루는 가운데 제2차 세계대전이 일어났다.

1940년 5월 17일 독일군은 마지노선을 돌파하여 6월 14일에는 파리에 입성했고, 프랑스는 졸지에 패망했다. 모로아는 전쟁이 일어남과 동시에 현역으로 소집되어 육군대위 신분으로 제2차 세계대전에 참전했다. 그는 프랑스가 패망하는 비극의 역사를 현장에서 직접 목격한 산 증인이 됐다. 소 잃고 외양간 고치는 격이 됐지만, 모로아는 프랑스 패망의 사연을 담은 실기인 〈프랑스전

2006년 5월, 육군사관학교가 제정한 '자랑스러운 육사인상'을 수상.

선〉, 그리고 자매판으로 〈프랑스는 패했다〉는 두 권의 책을 저술했다. 그 저서들에 따르면 제1차 세계대전 때는 프랑스에 명(名) 수상과 국방상이 있었다. 또 2명의 특출한 군 명장(名將)들이 총사령관과 군사령관에 발탁 기용되어 일사 분란하게 화합 단결했다. 그들이 조국 프랑스를 위해 사심을 버리고 최선을 다했기에 독일군 진격의 예봉을 꺾고 최후의 승리를 거둘 수 있었다.

그러나 제2차 세계대전 때는 정권욕에 사로잡힌 정치가들이 반목을 거듭하며 극한투쟁을 일삼아 국론이 여러 개로 분열되었다. 히틀러가 통치하는 독일의 군비확장이 급속히 이루어지고 있는데도, 한 눈을 팔며 안보대책을 제대로 세우지 못했다. 당파싸움과 개인싸움으로 낮과 밤을 지새우다가 독일군의 기습 총공세에 눈사태 현상을 일으키며 와르르 무너져 드디어 패망의 비운을 겨게 되었던 것이다.

　앙드레 모로아는 영국에 머물다가 프랑스 이민자들이 많이 살고 있는 캐나다를 향해 망명길에 올랐다. 프랑스 망명객들을 가득 실은 여객선이 대서양을 항해하다가 석양을 바라볼 무렵, 모로아는 〈프랑스는 패했다〉의 원고를 탈고했다. 바로 이 때 여객선 갑판 위에는 여러 명의 프랑스 망명 유치원생들이 뛰놀고 있었다.

　저 어린이들이 의지힐 수 있는 자유조국 프랑스는 이미 없어졌고, 방랑길에 오른 슬픈 처지에 놓인 가여운 아이들이었다. 그들 앞에는 낯선 이국(異國) 땅에서의 고난의 역경이 기다리고 있었다. 이렇듯 천진난만한 어린이들을 저주 받은 운명 속으로 몰아넣은 것은 누구 탓인가? 그것은 바로 프랑스의 기성세대, 특히 국가이익을 멀리하고 사리사욕에 사로잡혀 이전투구의 추태를 벌인 정치 지도자들 탓인 것이다. 그리고 또 나라를 지키지 못한 군인들의 책임도 면할 길이 없다.

　티 없이 맑고 귀여운 얼굴로 웃어대면서 이리 뛰고 저리 뛰면서 놀고 있는 그 어린애들의 모습을 바라보면서 모로아는 눈시울을 적셨다. 그리고 탈고한 원고지를 다시 꺼내서 눈물을 닦으면서 다음과 같은 글을 추가로 적어 넣었다.

　"너(汝)여, 조국에 충성하라."

　나는 그 책의 마지막 부분을 읽으면서 깊은 감명을 받았다. 구한말 우리 부조(父祖)들이 사리사욕에 사분오열되어 서로 남의 발목을 잡느라 선진화를 이루지 못했다. 그 바람에 나라 잃고 일본의 식민지가 되어 눈물겨운 36년 세월을 보냈다. 그 후 연합국의 승리로 해방을 맞긴 했으나 강토는 분단되었다. 더구나 세계 최빈국으로서 처참하게 보릿고개에 허우적거리면서도 제정신 차리지 못한 채 극한투쟁만 일삼던 우리 현대사를, 프랑스의 모로아가 대신 기록해 주는 것 같아서 느끼는 바가 컸다.

　그 좋은 책을 다시 한 번 읽고 싶어진 나는 6월 25일 아침식사를 끝내자 도서관으로 가기 위해 천천히 집을 나섰다. 비가 내리는 가운데 포성과 기관총 소리가 들려왔으나, 제16 포병 대대장 김성 소령은 소문난 훈련광인 데다가 일련의 연속성을 위해서 저렇게 열정적으로 사격훈련을 하는구나 하고, 또 한 번 무심히 흘려버리면서 발걸음을 재촉하였다.

6 · 25 발발

　나는 집을 나설 때 계급장이 부착된 카키색 여름군복을 입고, 비닐커버를 씌운 카키색 군정모를 썼다. 신발은 군화 대신 긴 검은색 고무장화를 신었으며, 엷은 녹색 군용우의를 입고 있었다.

　하숙집은 죽림동 고개 능선 위에 있었다. 경사진 도로를 따라 약 300미터쯤 북쪽으로 내려가면 동서로 가로놓인 넓은 길과 만나게 된다. 바로 이 교차로 서남 모퉁이에 춘천공회당이라는 큰 건물이 있었다. 약 600명을 수용할 수 있는 이 건물은 당시 대중 집회나 음악연주회, 기타 무슨 특별공연이 있을 때 이용하는 공공시설이었다.

　이곳에서 서북쪽으로 한참 가면 제7연대 본부가 나오고, 동북쪽으로 꽤 가면 춘천도서관이 나온다. 바로 이 건물 동쪽 모퉁이에서 내 앞으로 뛰어 달려오는 카빈소총으로 무장한 제1중대 연락병 안기수(安起秀) 하사를 만났다. 그는 내 앞에서 다급하게 멈춰서더니 거수경례를 한 다음 "중대장님, 인민군이 38선을 넘어 공격해와 연대에 비상이 걸렸습니다. 대대장님이 대대본부에서 중대장님을 기다리고 계십니다. 빨리 오시라고 하셨습니다." 라는 구두 메시지를 큰소리로 숨 가쁘게 전달했다.

　이런 비상소집은 그전에도 심심치 않게 있었으며 새로운 일은 아니었다. 특히 야간에 북한공산군이 38선을 침범하여 아군이나 민가에 사격을 가하고 소란을 피우는 상황이 가끔 있었다. 그럴 때면 연대장은 비상을 걸어 영외거주 장교들과 하사관들을 영내로 소집했다. 영외거주 장교들과 하사관들이 모두 영내에 집합하면, 38선 경비를 담당하는 우리 국군 중대장으로부터 적군이 다시 38선 북쪽으로 후퇴했다는 보고가 들어오는 경우가 대부분이었다. 그러면 영외거주자들은 비상소집훈련 한번 잘했다고 웃으면서 싱겁게 집으로 되돌아가곤 하였다. 오늘도 그런 것이 아닐까 반신반의하면서 연대 영내에 도착했더니 어이가 없었다. 꼭 날벼락을 맞은 기분이었다.

　제1대대장 김용배 소령의 상황설명은 다음과 같았다.

　북한공산군은 오늘 새벽 38선의 모든 전선에 걸쳐 기습남침 총공세를 감행했다. 우리 제7연대의 38선 배치부대인 제2대대와 제3대대는 38선 일대에서 북한공산군과 교전상태에 들어갔다. 그러나 내평에 있는 제7중대는 유선통신망이 끊어지고, 양구-춘천가도를 따라 지연전을 펴고 있는 중이다. 모진교 일대에서 화천-춘천가도를 방어하고 있던 제9중대는 중대장인 이래홍 중위가 전사하고, 결정적인 타격을 받은 중대는 산을 넘어 춘천시로 후퇴중이라고 했다.

　화천-춘천가도를 진격하는 적군 선두부대는 옥산포에서 약 3킬로미터 북방에 있는 역골까지 진격해 내려왔다고 했다. 화천-춘천가도 상의 적군과 맞서고 있는 아군 소총중대는 전무하며, 겨우 사단 공병 수십 명, 연대 대전차포 2문, 그리고 제12중대 중기관총2정, 81미리 박격포 2문이 고작이라고 했다. 이들 아군을 모두 합치더라도 100명 남짓한 소수병력에 불과한데다가, 이들은 모두 지휘계통이 다른 개개의 독자적인 소부대들이어서 지휘통일도 이루어지지 못한 상태라고 했다.

적의 포탄은 이미 춘천시의 일각인 우두동 북부에 떨어지고 있었다. 조금만 더 있으면 이 연대본부에도 적탄이 쏟아질 판이다. 나는 군화와 전투 작업복을 가지러 하숙집까지 다녀올 시간적 여유가 없었다.

제1중대 보급계 박래영 중사를 불러서 중대창고에 있는 것을 가져오라고 했더니, 군화 다섯 켤레와 전투작업복 상하 한 벌과 철모 하나를 들고 왔다. 그러나 군화는 모두 작아서 신을 수가 없었다. 신을 수 있는 것이 없느냐고 했더니 겨울용 방한화 한 켤레를 가지고 왔다. 부리나케 군복을 갈아입고 발에 맞는 방한화를 신었다. 한여름에 혹한용 방한화를 신다니 우스운 일이지만 그 때는 아무것도 생각나지 않았다.

인원점검을 시키니 외출 외박을 나가서 아직도 돌아오지 못한 사병과 휴가 간 사병들이 합계 약 40명이었다. 그러나 다행히도 소대장 4명은 모두 와 있었다. 그 후의 일이지만 이들은 한국전쟁에서 모두 전사했다. 제1중대 제1소대장 한도선(韓道善) 중위는 문경 옥녀봉전투에서 전사하고, 제2소대장 강구석(姜九錫) 중위는 금성전투에서 전사했다. 제3소대장 손종구(孫鐘九) 소위와 제4소대장대리 이한직(李漢稙) 상사는 낙동강 교두보전투에서 전사했다. 나는 음성전투에서 적탄에 중상을 입고 피투성이가 되었으나 육군병원에서 다행히도 살아남았다. 내 위의 상관인 제1대대 부대대장 조현묵(趙顯默) 대위는 초산전투에서 전사하고, 대대장 김용배 소령은 양구전투에서 전사했다. 2명의 직속상관과 4명의 직속부하는 전원 전사하고, 나 홀로 외로이 살아남아서 그 기록을 여기에 남기게 된다.

그리고 나라 위해 그렇게 용감히 싸우다가 적탄을 맞고 산화하여 오늘의 대한민국을 있게 한 장병 중에서 6·25 한국전쟁 초기에 전사한 한도선 중위와 손종구 소위, 이한직 상사, 그리고 7월에 제1중대에 부임하여 용전분투하다가 신령화산전투에서 전사한 내 부하 소대장 도진환(都鎭煥) 소위 등은 용전분투와 희생에 걸맞은 훈장조차 받지 못한 채 오늘에 이르렀다.

대한민국에 태극, 을지, 충무, 화랑 등의 무공훈장제도가 생긴 것은 1950년 10월 28일로 한국전쟁 발발 4개월 후의 일이었다. 그래서 그전에 혁혁한 전공을 세우고 전사한 장병들은 받으래야 받을 훈장 자체가 없었다. 또 일선장병들은 나라를 지키기 위해 최선을 다하겠다는 일념일 뿐, 훈장 같은 것은 꿈속에조차 바라지 않았다. 그러나 제대로 된 국가라면, 나라 위해 용전분투하다가 적탄에 맞아 전사한 지고지순의 애국용사들에게 알맞은 훈장을 추서하여야 한다. 그런데 그로부터 60년이 지난 오늘날까지 우리 국방부 상훈 담당부서에서는 이들 애국장병들에 대한 훈장 추서를 하지 않은 채 모르쇠로 일관하고 있다.

나는 10년 전 6·25 한국전쟁 50주년을 맞이하여 이들 몇 명의 나의 옛 소대장등에 대한 포상누락 사실과 공적사실을 상세히 적어서 그들에 대한 훈장 수여 상신을 육군본부 상훈당국과 국방부 측에 정식으로 한 적이 있었다. 그랬더니 당시 김대중 정권은 괴변을 부리며 이를 묵살했다. 묵살 이유는 6·25 한국전쟁 유공자에 대한 포상은 그 때 충분히 했으며, 휴전 후인 1953년 7월부터 1년간 포상 누락자의 훈장 추가 포상을 실시하여 누락자들에게도 훈장을 추서한 일이 있었고, 또 50년 전의 일을 이제 와서 어떻게 확인할 수 있느냐면서 거절한 것이었다. 나는 1953년 7월부터 1년간 포상 누락자들에 대한 훈장추서 기간이 있었다는 사실도 금시초문이었고, 또 50년 전의 일을 이제 와서 확인할 방법이 없다는 변명도 성립되지 않는다고 단정한다. 전투유공자에 대한 훈장 수여는 그 공적사실여부가 관건이지 훈장수여 시기가 늦고 빠른 것이 문제되는 것은 아니다.

2000년 6월에 보훈선진국 미국의 클린턴 대통령은 제2차 세계대전 때 이탈리아 시칠리아 섬 전투에서 전공을 세웠으나, 행정 실수로 훈장을 못 받고 있던 11명의 미국사병에 대한 전공 사실이 58년 만에 새로이 입증되자 이들에게 무공훈장을 수여했다. 2001년 3월 13일에는 51년 전 미 육군 제24보병사단 말단 소총병으로 한국전쟁에 참전하여 경주 북방지구전투에서 적탄 4발을 맞은 로버트 필립(76세)의 용감한 전공사실이 뒤늦게 확인되자, 미국정부는 은성무공훈장을 그에게 수여했다. 우리 국방부가 배워야 할 선진국의 상훈 기본정책이다.

다시 화제는 6·25날 춘천으로 되돌아간다.

나는 중대 선임하사관과 제4소대장 대리 직책을 겸하고 있는 이한직 상사에게 외출자들과 외박자들이 영내로 돌아오는 대로 전선으로 보내라고 지시했다. 그리고 오늘 저녁때까지는 중대 선임하사관 직무를 수행하되 저녁식사 때가 되면 그 자리를 김지용 일등 중사에게 인계하고, 제일선으로 나와서 제4소대장 대리직만 맡으라고 했다. 김지용 일등 중사는 외박 중이었으나 곧 영내로 돌아올 것으로 여겨졌다.

나는 대대장 김용배 소령에게 제1중대는 출동준비가 끝났다고 보고했다. 대대장은 제1중대의 출발명령을 내렸다.

군용트럭 4대에 중대병력을 태우고, 우두산 북쪽 164고지로부터 북방으로 뻗은 능선의 고지군 일대에 준비된 제1대대 방어진지의 제일 북방 머리 부분이 제1중대 방어진지였다. 이 진지를 향하여 제1중대는 군용트럭으로 달리기 시작했다. 이때가 오전 9시 30분경이었다. 군인들을 가득 실은 군용트럭이 달리는 소양로 연도에는 춘천시민 남녀노소가 자진하여 줄줄이 나와 '대한민국 만세!' '국군 만세!' '7연대 만세!'를 연호하면서 군인들을 격려했다. 이것이 1950년 6월 25일 제7연대 예비대의 출동 모습이었다.

국방부 전사편찬위원회가 발행한 38선 초기전투, 한국전쟁 전투사 22쪽에는 다음과 같이 기록되어 있다.

"춘천 및 홍천에서 적에게 결정적 타격을 가한 제6사단은 …(중략)… 국군의 중추적인 역할을 담당하였다. 다시 말해서 전쟁 초기 국군 8개 사단 중에서 적에게 승리한 부대는 오직 제6사단뿐이었다. 북괴군 제2군단장 소장 김광협(金光俠)은 개전직전까지 북괴군 총사령부 작전국장(1948.9.9~1950.6.11)이었다. 그는 남침작전계획 수립에 있어서, 주공(主攻)인 제1군단이 서울을 점령하면 조공(助攻)인 제2군단이 춘천-이천-수원으로 우회 기동하여 국군을 그 이북에서 섬멸케 하는 계획수립의 당사자이기도 했다.
국군 제6사단은 이와 같은 북괴군의 공격계획을 좌절시킴으로서 유엔군이 증원할 수 있는 시간을 얻게 하였으며, 아울러 부산 교두보를 확보하는데 결정적인 역할을 수행하였으니, 제6사단의 춘천-홍천전투야말로 만고에 빛날 승리의 금자탑이라 아니할 수가 없다."

6·25 남침계획은 독·소전(獨蘇戰)에 참전한 전투경험이 풍부한 소련군사 고문들이 러시아어로 작성했고, 북한공산군 총사령부 작전국장 김광협 소장이 관여했다. 이 남침계획의 명칭을 '선제타격계획'이라고 붙이고, 은밀하게 각 사단을 38선 일대에 이동시켰다. 각 사단들은 예하부대들에 1950년 6월 22일, '6·25 남침 전투명령 제1호'를 하달하였다.

북한공산군의 작전개념은 이랬다. 우선 제1군단이 개성-동두천-포천 일대에서 38선을 돌파하여 서울을 점령하고, 제2군단은 춘천-내평-신남 일대에서 38선을 돌파하여 춘천을 삽시간에 점령한다. 그런 다음 우회(迂廻) 기동하여 이천-용인-수원 선으로 진격하여 북쪽을 향하여 그물망 배치를 하고 기다리다가, 한강을 건너 남하하는 국군 패잔장병들을 포착 섬멸시켜 한반도 적화통일 목표를 달성한다는 것이었다.

이 목표를 달성하려면 국군에 비해서 압도적인 화력과 기동력과 병력이 필요했다. 이를 위해서 북한은 소련으로부터 탱크 242대, 곡사포 552문, 대전차포 550문, 박격포 1천728문, 장갑차 54대, 전투기 및 전투폭격기 211대에다 소총, 기관총들을 충분히 원조 받았다. 그런 뒤 모든 화기나 군사장비들을 능숙하게 다룰 수 있는 훈련을 실시했고, 전투경험이 풍부한 소련군적 및 중공군적을 가진 조선족 장병들을 끌어들여 북한 공산군 전력을 강화시켰으며, 각급 부대들은 야전 기동훈련까지 모두 끝냈다. 이리하여 북한공산군은 화력과 기동력에 있어 우리 국군의 약 5배, 그리고 지상군 병력 수에 있어서도 북한 공산군이 20만1천50명, 우리 국군은 10만3천8백27명으로 북측이 우세했다.

이런 상황에서 1950년 6월 25일 새벽, 북한공산군은 38선 전 전선에 걸쳐 기습남침 총공세를 감행했다. 이 때 춘천에 있는 국군 제6사단 제7연대는 제16 포병대대의 지원을 받으면서, 약 40km의 넓은 정면의 38선을 따라 좌측정면에는 제3대대가, 우측정면에는 제2대대가 배치되어 38선 경비임무를 수행했다. 제1대대는 연대 예비대로 춘천시내에 주둔하고 있었다.

춘천전투에 투입된 북한공산군 병력은 제2군단 예하 제2사단 전 병력과 제7사단 일부 병력으로, 우리 국군 제7연대와 제16포병대대 병력을 합친 것보다 약 4배나 되는 압도적으로 우세한 병력이었다.

북한공산군 총사령부 작전국장이었던 김광협 소장은 1950년 6월 11일 제2군단장에 보직되었다. 그는 화천–춘천가도인 5번 도로변의 지촌리에 군단 전방지휘소를 전진시키고 춘천 지구전투를 총지휘하고 있었다.

북한공산군 제2사단 주력은 38선상 모진교 일대에 배치되어 있던 우리 국군 제7연대 제9중대를 격파하고 신속히 남으로 진격해 내려왔다. 국군 제7연대 제9중대는 용전분투했으나 중대장 이래흥 중위는 전사하고, 중대는 약 60%의 인원손실을 입은 채 잔여병력은 산을 넘어 춘천시로 철수했다.

1950년 6월 25일 오전 10시경에 북한공산군 제2사단 선두부대는 춘천시에서 약 3km 북방에 있는 한계울까지 진격해왔다. 이 전진속도로 계속 남진한다면, 이 날 점심때에는 춘천시 한복판에 진출하게 된다. 상황은 매우 급박했다.

춘천시내에 주둔하고 있던 국군 제7연대 제1대대는 일요일 외출 및 외박을 나간 사병들을 긴급 소집하는 비상을 걸어, 이들을 영내로 불러들여 출동준비를 하고 탄약을 분배했다. 그런 다음 군용트럭에 승차하여 우두산 북방에 있는 능선일대에 미리 구축해 놓은 제1대대 방어진지를 향하여 달리고 있었다. 이때 5번 도로 축선의 북한공산군 제2사단 대부대의 진격을 저지시키고 있는 아군부대는 놀랍게도 보병부대가 아닌 포병부대였다.

김성 소령이 지휘하는 제16포병대대는 우두동 일대에 포진하여 아직 국군 제7연대 제1대대가 방어진지에 진입하기 전에 역골, 아리산, 한계울, 삼거리에 진출한 적군 대부대에 집중포화를 퍼붓고 있었다. 앞에서 포병부대를 보호해주는 보병부대가 거의 없는 상태인데도 개의치 않고, 적군 보병 대부대와 1대1로 대결하면서 용감무쌍하게 결사적으로 항전하고 있는 제16포병대대의 당당한 모습, 그것은 군용트럭을 타고 그 곁을 지나가는 국군 제7연대 제1대대 장병들에게 깊은 감명을 주었으며, 사기 진작에도 큰 도움이 되었다.

제16포병대대의 맹활약으로 5번 도로를 따라 내려오던 적군 제2사단의 전진속도가 거북이걸음으로 느리게 바뀌었다. 이날의 포병의 용전분투는 너무도 훌륭했다.

국군 제7연대 제1대대는 우두동에 포진한 제16포병대대를 지나서 북동쪽으로 가 준비된 방어진지에 6월 25일 오전 10시 30분경에 완전 진입, 북에서 내려오는 적군과 교전상태에 들어갔다.

이 제1대대의 방어진지는 5번 도로에서 동쪽으로 약 1.5km 떨어져 있으며, 5번 도로와 거의 평행선을 이루면서 남북으로 길게 뻗은 능선 상에 있었다. 이 방어진지는 만일의 긴급사태에 대비하여 춘천방어를 효과적으로 수행하기 위해서 1950년 봄에 제7연대 제1대대 장병들과 춘천 각 고등학교 남녀 학생들이 땀 흘리며 함께 공사해서 완성시킨 대대 방어진지였다. 제1대대는 이 진지에 진입하여 방어임무를 수행하는 훈련을 이미 몇 차례 해놓은 상태였다. 이렇듯 제7연대 장병들과 춘천시민들은 춘천방어에 일체감을 가지고 하나가 되어 있었다.

국군 제7연대 제1대대는 정면에서 오는 적군을 격퇴시키고, 서쪽 5번 도로 축선을 따라 춘천방향으로 진격하는 적군에 대해서는 기관총 원거리 사격이나 박격포사격을 측방에서 하여 그들의 전진을 방해했다. 이렇게 방어진지 고수에 성공한 상황에서 6월 25일이 가고 26일 아침이 밝았다.

북한 공산군 제2사단 주력은 국군의 완강한 저항에 부딪쳐 상당한 인원손실을 입었다. 그러나 워낙 수적으로 우세하여 느림보 전진이지만 6월 26일 오전 10시경에는 한계울 남방 2km지점에 있는 옥산포를 완전 장악한 뒤 그곳으로부터 남쪽으로 좀 더 전진해 있었고, 곧 춘천시로 돌입할 수 있는 전개로 들어간 듯이 보였다.

빛나는 춘천대첩

춘천이 적 수중에 들어가면 실탄보급이 끊겨서 국군 제7연대 제1대대는 물론이고, 제7연대 예하부대가 소양강 북방에서 전투할 수가 없게 된다.

국군 제7연대 제1대대장 김용배 소령은 비록 우리의 병력과 화력은 열세이지만, 아주 빠른 기습공격을 적군측방에서 감행한다면 적군을 짓밟고 큰 타격을 주어 적을 혼란상태에 빠뜨려 후퇴시킬 수 있다는 판단을 내렸다. 그래서 제7연대장 임부택 중령에게 제1대대가 옥산포에 있는 적 부대에 대한 측방공격 명령을 하달해달라고 건의했다.

임부택 중령은 제16포병대대장 김성 소령과 협의한 후, 제1대대의 옥산포 기습공격을 허가했다. 이 기습공격의 성공여부는 장병들의 용감성과 빠른 기습속도에 달려 있었다.

1950년 6월 26일 오전 10시 30분, 국군 제16포병대대의 맹렬한 지원사격을 받으며 국군 제7연대 제1대대 장병들은 산에서 뛰어내려 옥산포를 향하여 노도와 같이 달려갔다. 춘천시에 시선을 집중하면서 공격준비를 하던 북한공산군은 측방에서 날벼락을 치면서 쳐들어오는 국군 제7연대 제1대대에 미처 대항할 태세를 갖출 겨를도 없었다. 그들은 와르르 뿔뿔이 흩어지면서 전투력이 와해되어 자주포 5대까지 버리고 허둥지둥 북으로 도주했다.

6월 25일인 어제 점심때 춘천시를 점령하려던 북한공산군의 계획이 실패하자, 북한공산군 제2군단장 김광협 소장은 일선 현지에 나와서 6월 26일 낮에는 꼭 춘천시를 점령해야 한다고 독전하고 있었다. 그렇지만 국군의 옥산포 대첩으로 오히려 북한공산군이 북으로 패주하는 것을 목격하자 상당히 당황해하면서 군단 전방지휘소로 되돌아갔다.

적군이 옥산포에 버리고 간 자주포 5대 중 1대는 적군이 스스로 파괴하고 달아나서 쓸모가 없으나 4대는 멀쩡한 신품이었다. 이 고귀한 노획품을 연대에서 빨리 후방으로 가져가도록 대대에서 상신하여 그 조치를 기다리는 가운데 약 4시간이 흘러갔다.

이윽고 북한공산군의 새로운 부대가 한계울로부터 옥산포를 향하여 공격을 시작했다. 국군 제7연대 제1대대는 이들과 공방전을 벌이고 있었으나, 동쪽에 있는 능선상의 국군 제7연대 제1대대의 잘 구축된 원방어진지는 텅텅 비어있었다. 그쪽 원진지로 제1대대가 이동하는 것이 전술상 더 유리하다고 판단한 연대장 임부택 중령은 옥산포에서 원방어진지로 이동하라는 명령을 제1대대에 내렸다.

옥산포에서 원방어진지로 이동할 때, 아직도 그곳에 남아있던 4대의 자주포를 우리 중대장들이 깜빡하여 파괴하지 않고 떠나는 실수를 저질러 그것들은 후에 다시 적군수중에 되돌아갔다.

그 후, 국군 제7연대 제1대대는 계속 적군의 공격을 물리치면서 완벽하게 방어진지를 사수했다. 그러나 후방이 적군에게 차단될 위기를 맞았다. 양구-춘천가도인 46번 도로일대에서 용전분투하여 적군을 36시간이나 저지시키던 국군 제7연대 제2대대가 중과부적으로 원진나루를 건너 소양강 남쪽으로 철수함으로서, 우리 제1대대는 수 시간 내에 후방보급로를 적군에게 차단당하고 포위 고립될 상황에 놓이게 됐다.

1950년 6월 26일 일몰과 동시에 국군 제7연대 제1대대는 현 방어진지를 포기하고 철수를 개시하여 춘천시내로 집결하라는 연대장 명령이 긴급 하달되었다. 소양강 방어선 편성과 춘천시내에서의 시가전에 대비하기 위한 연대장의 조치였다. 그 후 이틀간 춘천지구 전투는 계속 되었으며, 국군 제7연대는 소양강변에서, 또는 춘천시내에서 적군의 발목을 잡고 최선을 다해가며 분전했다.

　북한공산군의 남침계획인 '선제타격계획'은 북한공산군 제2군단이 전격적 기동으로 1950년 6월 25일 점심때 춘천시를 점령하고, 우회기동으로 6월 28일 이천-용인-수원 선으로 진출할 예정이었다. 그러나 춘천에서 사흘 이상이나 큰 타격을 받으며 허덕거리면서 머무는 바람에 적화통일 목표달성은 수포로 돌아갔다. 그로 인해 국군 패잔장병들은 숨을 돌리고 수원 안양지구에서 한강방어선을 형성하는 부대조직 재편성을 할 수 있었으며, 유엔군이 참전할 수 있는 기회를 제공하는 시간적 계기가 마련되었다.

　국가흥망의 전략적 관점에서 볼 때 춘천지구 전투는 호국과 직결되는 대첩이었다. 김일성은 춘천지구 전투의 대실패에 대한 책임을 물어 제2군단장 김광협 소장을 군단장직에서 해임하여 군단참모장으로 격하시켰으며, 제2사단장 이청송 소장도 사단장직에서 해임시켰다.

　춘천대첩은 국군 제7연대 장병들과 제16포병대대 장병들이 우수한 지휘관의 지휘 하에 모두 힘을 합하여 나라를 위해 용감무쌍하게 맡은 임무를 완수함으로서 얻어진 결과였다. 그리고 이 춘천대첩의 하이라이트는 6월 26일에 있었던 옥산포대첩이었다.

　이 대첩을 현장에서 지휘한 대대장은 김용배 소령이며, 그의 우수한 전투지휘 능력은 6·25 초전부터 이렇게 현저하게 나타났다.

　내가 그분과 처음 인연은 맺은 것은 1948년 5월 15일이었다. 육군사관학교 입교와 동시에 원주에 있는 제8연대로 파견되어 육사생 교육대에서 기초교육을 받을 때, 김용배 소위는 구대장 겸 교관이었다. 당시에는 육사생들이 태릉의 본교에서 교육받기 전, 각 연대에 25명씩 파견되어 위탁교육을 3개월간 받게 했다. 각 연대는 그 연대에서 가장 우수한 위관급 장교를 선발해서 육사생 교육을 담당케 했다. 따라서 김용배 소위의 우수성은 이때 이미 입증된 셈이다.

1948년 11월 11일, 내가 육군사관학교를 마치고 소위로 임관되어 부임한 곳이 공교롭게도 기초위탁교육을 받았던 제8연대였다. 그래서 그분을 다시 만났다.

1949년에는 그 분이 발탁되어 제8연대 작전주임이 되고, 나는 작전보좌관이 되어 함께 일을 하며 많은 것을 배웠다. 그 분은 또 발탁이 되어 제7연대 제1대대장으로 간 후 나를 전입 요청해서 나는 그의 휘하 제1중대장이 되었다.

그 분이 육군 소위일 때의 일화가 하나 있다. 그 분이 주번사관 근무를 하고 있던 어느 날 밤, 심심해하던 황필주 중위가 주번 사관실로 놀러갔다. 주번 사관실에 들어서자마자 장난기가 발동한 황 중위는 거기에 놓여 있던 카빈 소총을 재빨리 집어 들었다. 그리고는 만약 공비가 이렇게 총을 얼굴에 겨누고 "손 들엇!" 하면 어떻게 대항하겠느냐면서 방아쇠를 당겼다. 실탄이 장전돼 있는 줄 몰랐던 것이다. "꽝"하는 총소리와 함께 방아쇠를 당긴 황 중위는 비명을 지르면서 쓰러졌다. 총탄은 귀신이 재주를 부리듯 김용배 소위의 눈 옆 살점을 뚝 뜯은 뒤 뼈를 살짝 건드리며 지나갔다.

총에 맞은 주번사관 김용배 소위는 손바닥으로 상처를 꽉 눌러 지혈을 하면서 "어허!"하고 서 있었다. 현장으로 달려간 장병들은 김용배 소위의 대담성과 침착성에 모두 혀를 찼다.

이러한 그 분의 용감성과 침착성, 그리고 뛰어난 지혜와 성실성은 싸움터에서도 늘 돋보였다. 그로 인해 사단장 김종오 준장, 연대장 임부택 대령으로부터 무한한 신임을 받았으며, 빠른 승진을 거듭하여 1950년 7월 9일에는 중령으로 진급했다. 이때 그분의 육군사관학교 동기생들 대부분은 계급이 대위였다. 김용배 대대장은 맑은 물, 흙탕물을 모두 포용하는 큰 바다와 같은 넓은 도량을 가지고 있었다.

이렇게 훌륭한 대대장 밑에 있는 장병들은, 용장 밑에 약졸이 없다는 말과 같이 모두 용감하게 잘 싸웠다. 그러나 예외적으로 겁 많은 제2중대장 오 대위 만은 그렇지가 못했다. 오 대위는 전술적 지식도 있고 평상시에는 중대원 교육 훈련을 잘 시키는 등 모든 일에 열심이었다. 그래서 6·25가 일어나기 전까지 는 제7연대에서 가장 유능한 중대장으로 손꼽혔고, 연대장과 대대장의 두터 운 신임까지 받고 있었다. 그러나 전쟁이 일어나서 적군과 전투를 하게 되자 그 는 항상 꽁무니를 빼며 후퇴를 일삼았다.

김용배 중령은 오 대위의 담력을 길러주고 전투에 쓸 수 있는 지휘관으로 키워 보려고 애를 썼다. 그런 노력이 꽤 성과를 거두기는 했으나, 타고난 천성 을 완전히 바꿔놓지는 못했다.

1950년 8월 30일, 전투가 치열해지자 오 대위는 바위에서 넘어져서 가슴 이 아프다는 말을 연락병에게 남기고 무단이탈, 후방으로 도망쳐버렸다. 그래 도 자신을 따뜻하게 인도해준 김 중령을 생각하며 양심의 가책을 느낀 모양이 었다. 다른 못된 장교들처럼 마산이나 부산에 있는 육군병원으로 가서 여러가 지 병을 가진 환자로 위장해 입원하거나, 멀쩡한 맹장수술을 받거나 하는 따위 의 요령을 피우지는 않았던 것이다. 그는 최전방 일선에서 약 12킬로미터 후방 에 있는 연대본부에 나타나서 대죄(待罪)하며 근신하였다.

제1대대 장교들 대부분은 오 대위를 불러 총살이라도 시키는 것이 군기확 립상 좋을 것이라고 여겼다. 하지만 김 중령은 그를 잘 타이르고 용서하여 일선 후방에 있는 연대본부 작전보좌관으로 일하게 해주었다. 오 대위는 상황도도 잘 그리고 작전명령도 잘 작성하면서 밤낮을 가리지 않고 열심히 일했다.

1950년 9월 16일, 김 중령은 대대병력을 이끌고 경상북도 군위군 고로면

인각사 동쪽 능선으로 올라가서 적군과 전투하고 있었다. 산에 오르느라 땀이 비 오듯이 흘러서 잠시 철모를 벗고 이마의 땀을 닦는 순간, 기상천외한 일이 일어났다. 적탄이 김용배 대대장의 머리 윗부분을 때리며 지나갔다. 정면에서 날아온 소총탄이 이마 위 머리 중앙을 7~8센티미터의 긴 자국을 남기고 피부를 벗기면서 유성같이 지나간 것이다. 만약 1센티미터만 아래에 맞았더라도 머리가 두 갈래로 터졌을 것임이 분명했다. 머리에서 피가 주르륵 흘러내렸다.

"대대장님, 속히 병원으로 가시지요. 피가 많이 나오고 있습니다. 상처가 꽤 큰 것 같습니다."

옆에 있던 나, 김윤환 대위, 그리고 주위의 여러 사람들이 권했다. 그렇지만 그는 "아냐, 괜찮아. 만져 보니까 뼈에는 별로 이상이 없는 것 같아."하며 전혀 개의치 않았다. 위생병으로 하여금 약을 듬뿍 바르게 하고 붕대를 두둑이 감게 하더니, 철모는 쓰지도 못한 채 산 위에서 전투를 계속 지휘하는 게 아닌가.

이 소식을 전해들은 부하 장병들은 저토록 훌륭한 대대장을 따르며, 언제든지 나라 위해 이 한 목숨 깨끗이 바치겠노라는 다짐을 더욱 굳게 했다.

이와는 대조적인 불미스러운 일이 6·25 초기에 서부전선에서 생겨났다. 육군사관학교 제8기생들의 회고록으로 1988년 발간된 〈노병들의 증언〉 가운데 안태갑(安泰甲) 장군(6·25 초기 제8연대 중대장)이 증언하고, 또 그 증언을 더욱 구체화한 후일담이 나온다. 거기에 의하면 수도지구 방위임무를 맡고 있던 제X연대장 S 중령은 전투가 치열해지자 몸의 급소가 아닌 부분을 쏴서 자해를 했다. 그런 다음 마치 적탄에 부상당한 양 속임수를 써서 후방병원으로 후송되어 교묘하게 싸움터를 이탈했다는 것이다.

연대장의 비굴한 행위가 전해지자 연대 장병들의 사기는 땅에 떨어졌고, 혼란이 일어나 분산되어 연대의 기능을 상실했다. 연대 총병력은 겨우 1개 대대를 편성할 수 있을 정도로 줄어들었다. 상부명령에 의해 대대장 정승화 소령은 이 병력을 이끌고 제18연대로 가서 제3대대로 편입됐다. 6·25가 일어나기 전에 공비토벌작전에서 용맹을 떨친 제X연대는 이렇게 허무하게 해산되었다.

　문제의 S중령은 제3공화국 시절, 육군대장으로까지 진급하여 군의 요직을 두루 거쳤다고 안태갑 장군은 증언하고 있다. 매우 잘못된 인사관리였다.

역전의 명수

　1950년 10월 5일 이른 새벽, 제7연대 제1대대는 춘천을 출발하여 38선 북쪽에 있는 말고개로 가서 제2연대 1개 대대를 초월하여 화천을 목표로 북진하라는 명령을 받았다. 말고개에는 이미 제2연대 병력이 진출해 있으며, 그곳까지는 북한 공산군이 한 명도 없다는 통보를 제2연대로부터 받았기 때문에 제7연대 제1대대 장병들은 마음 놓고 말고개까지 갈 수 있다고 생각했다.

　제7연대 제1대대장 김용배 중령은 부대대장 조현묵 소령에게 장병들이 새벽 식사를 끝내는 대로 약 1시간 후에, 대대 병력을 이끌고 말고개로 도보행군으로 전진해 오라고 지시했다. 대대 작전관과 정보관, 통신장교, 예하 4개 중대의 중대장들, 그리고 작전 및 정보과 사병들을 비롯하여 통신병들, 연락병들, 4개 중대의 무전병들 및 중대장 연락병들 등 합계 30여 명을 인솔하고 우두동을 출발하여 어둠 속에서 춘천-화천 가도를 북으로 걸어가고 있었다.

　그러나 실제로 제2연대 1개 대대는 말고개를 점령하고 있지 않았다. 북한 강 서쪽에서 말고개를 점령하기 위하여 야간 진격을 한 제2연대 1개 대대의 대대장은, 군수계통에서만 근무해 전투경험이 없는 석 소령이었다. 육사 5기생인 석 소령은 지도를 잘못 판독하여 말고개에서 서남으로 멀리 떨어져 있는 영뚱한 고지를 점령하고, 거기가 말고개인줄 알고 상부에 보고한 것이었다.

그런 줄도 모르고 제7연대 제1대대장 김용배 대대장 일행은 말고개 남방 약 4킬로 지점까지 태평스럽게 걸어가고 있었다. 그 지점에서 넓은 도로는 커브를 그리고, 오른쪽으로 구부러졌다가 다시 북으로 구부러진 다음 북으로 뻗고 있었다.

어둠이 점차 걷혀 날은 훤히 밝아오고 있었다. 대대장 일행이 커브 길에 다다랐을 때, 일행들은 "앗!" 소리를 지르면서 몸을 날려 그곳을 피하는 돌발행동을 취했다. 북한 공산군 기관총이 3~4미터 앞에서 총구를 이쪽으로 향하고 있었던 것이다. 기관총에는 실탄이 장전되어 있는 것까지 보였다. 북한 공산군 기관총 사수와 부사수, 그리고 탄약수들이 그 기관총 호 속에서 상체 일부를 노출시킨 채 우리 쪽을 바라보고 있었다.

그들이 기관총 방아쇠를 당기면서 총구를 좌우로 흔들면, 우리는 모두 삽시간에 쓰러지게 되어 있었다. 이 돌발적인 상황에 몸을 긴급히 피해 살아남으려 하는 것은 보통사람으로서는 당연한 일이었다.

나도 M2 카빈 소총을 어깨에 멘 채 북한군 기관총구를 피해 몸을 날렸다. 이때 "손들엇!" 하는 소리가 우렁차게 들려왔다. 나는 그때서야 어깨에 멘 카빈 소총을 내리면서 북한 공산군 기관총구 쪽을 돌아봤다. 김용배 대대장은 적의 기관총구 앞에 떡 버티고 서서 우선 손들라고 소리쳤다. 그렇게 기선을 제압한 다음, 겁에 질린 북한 군인들이 손을 번쩍 들고 일어날 때 허리에서 권총을 뽑아들었다.

김용배 대대장의 손이 허리의 권총을 뽑으려 함과 동시에 "손들엇!" 했던 것이다. 순간적인 일이었지만 이것을 엄격히 순서대로 따지자면 이렇다. 대대장의 "손들엇!" 소리, 이 소리에 겁에 질려 북한 군인들이 일어서면서 두 손을 번쩍 들었고, 그 다음에야 대대장이 허리에서 권총을 빼서 북한군인들 쪽으로 향한 것이다. 그 대담한 용감성과 지혜로운 순발력. 나는 "백 번 죽었다가 깨어나도 도저히 저 분을 따라갈 수는 없겠구나!" 하는 생각이 들었다. 기관총 진지에 있던 북한 군인들을 모조리 포로로 잡아 심문해보니, 그 일대에는 북한 공산군 1개 중대가 배치되어 있었다. 김용배 중령은 제1대대 주력이 도착하기를 기다려 말고개로 전진했다. 말고개를 점령한 제1대대는 신포리 북방에 있는 고지를 공격했다.

북한 공산군이 점령하고 있는 지역은 마치 닭이 머리를 동쪽으로 하고, 주둥이는 남쪽으로 두고 누워 있는 형상이었다. 그 닭의 배 부분과 목 부분, 주둥이 밑 부분을 스치며 흐르는 냇물이 사창리에서 흘러내리는 지촌천이다. 지촌천은 닭 주둥이 끝부분에서 북한강과 합류한다. 이 닭 주둥이 끝부분을 제3중대가 이날 오후 늦게 점령했다. 제2중대는 여기서 멀리 떨어져 있는 신포리 서쪽의 고지를 점령하고, 측방으로부터 아군의 후방으로 북한 공산군이 역습해 올 것에 대비했다.

포로의 진술에 의하면 이 일대를 방어하고 있는 북한 공산군은 1개 여단 병력이며, 닭의 목 부분 고지에 북한군 여단장이 나와서 진두지휘하고 있다고 했다.

희미하게 밝아오는 어두운 새벽, 김용배 대대장은 대대본부와 중화기중대, 제1중대를 이끌고 닭 주둥이 끝부분을 점령하고 있는 제3중대 진지로 갔다. 그러나 불행히도 김용배 대대장의 도착과 때를 같이하여 북한 공산군의 역습에 밀려 제3중대는 닭 주둥이 밑으로 뚝 떨어져 버렸다.

산 밑은 넓은 개활지이며 몸을 의지할 만한 엄폐물이 아무것도 없었다. 북한 공산군이 여기에 기관총 집중사격을 가하거나 야포와 박격포 포격을 퍼부으면, 우리들 약 500명은 풍비박산이 날 것이었다. 대대 참모들과 중대장들은 말고개로 즉시 후퇴해서 전열을 가다듬고 다시 공격하는 것이 상책이며, 계속 여기 머물다가는 전멸당한다고 대대장에게 건의했다.

그러나 김용배 대대장은 고개를 저었다. 그는 제3중대에 방금 빼앗긴 능선을 즉시 재탈환하라는 명령을 내리는 한편, 권총을 빼들고 제3중대 앞으로 나서면서 북한군을 향하여 권총을 계속 쏘고 있었다.

제3중대 장병들은 대대장을 앞질러 돌격해 들어가 잃었던 진지를 단숨에 재탈환하는데 성공했다. 그와 동시에 대대장 김용배 중령이 나를 불러 명령을 내렸다. 제1중대는 즉시 이곳을 출발하여 지촌천을 상류 방향으로 거슬러 올라가다가, 약 3킬로미터 지점에서 방향을 오른쪽으로 90도 각도로 꺾어 북한 공산군이 있는 복고개를 점령한뒤, 거기서 방향을 다시 오른쪽으로 90도 돌려 능선을 타고 올라가서 제일 높은 고지를 점령하라는 것이었다. 바로 북한 공산군 여단장이 있다는 고지를 기습 점령하라는 명령이었다.

불과 1개 중대 병력을 데리고, 적군 여단병력이 배치되어 있는 심장부를 기습하여 찌르고 이를 점령하라니 그 분의 대담성에 나는 다시 한 번 혀를 찼다.

북한 공산군 진지 앞은 지촌천이 흐르고, 그 앞은 넓게 트인 벌판이다. 지촌천을 건너서 서쪽 벌판에는 북한 공산군 진지로부터 약 150미터 떨어져서, 북한군 방어선과 평행선을 그으며 오솔길이 나 있다. 이 오솔길을 걸어서 약 3킬로미터 사창리 방향으로 가면 복고개 앞에 다다른다. 거기서 방향을 오른쪽으로 틀어 적의 진지를 기습하는 것이다.

보통 지휘관 같으면 엄두도 못 낼 일이었다. 그러나 김용배 대대장의 형안(炯眼)은 남달랐다. 고작 5~10미터 앞 밖에 내다볼 수 없는 짙은 안개를 이용하면, 적군 방어선의 약 150미터 앞을 아군 제1중대가 약 3킬로미터나 가로질러가도 발견되지 않을 것이며, 복고개의 적군을 기습하고 적군 여단장이 있는 고지도 기습으로 점령할 수 있을 것으로 내다보고 있었던 것이다. 이처럼 시계(視界) 제로의 상태에서 기습당하는 쪽은 기습해오는 쪽의 병력을 실제보다 10배 이상으로 오판하는 것이 상례이다.

제1중대는 김용배 대대장의 의도대로 빠른 걸음으로 복고개 앞에 갔다. 거기서 방향을 오른쪽으로 돌려 지촌천을 건너 전속력으로 복고개에 올라간 다음, 북한 공산군을 포로로 잡기도 하고 북쪽으로 쫓아버리기도 했다. 그러면서 즉시 북한 공산군 여단장이 있는 오른쪽 고지로 방향을 꺾어 허리에 총 격투사격을 하면서 빠른 걸음으로 달려가 그 고지를 순식간에 점령했다. 북한 공산군 제26여단장은 황급히 달아났고, 방어진지 안의 북한 공산군들은 눈사태 현상을 일으키며 화천방향으로 도망쳤다.

김용배 대대장이 아니고서는 도저히 떠올릴 수 없는 유례를 보기 힘든 기습작전이었으며, 멋진 대성공을 거둔 역전(逆轉) 드라마였다.

나는 북한 공산군 여단장 호 속에서 고등어 통조림을 여러 개 노획했다. 원산에서 제조된 것이며 품질이 괜찮았다. 북한에서 당시 생선 통조림을 만들었다는 사실은, 그때의 식품공업이 남한을 앞지르고 있었다는 사실을 말해주기도 한다.

어질고 엄격한 대장

김용배 대대장은 용감하고 지혜로울 뿐 아니라 어진 군인이었다. 6·25가 일어난 지 9일 후, 제7연대 제1대대가 음성 전투를 앞두고 충주에서 잠시 휴식을 취하고 있을 때의 일이다. 허름한 짐 보따리를 등에 짊어진 지친 피난민의 홍수가 충주읍을 지나고 있었다.

이 대열을 바라보며 서 있던 김용배 대대장은 "군인된 몸으로 송구스러워 몸 둘 바를 모르겠군. 연대 S-3에 근무하는 여자 타자수 최 양이 조금 전 이 앞을 지나갔어. 춘천에서 여기까지 걸어온 모양이야. 그래도 짐 보따리를 짊어지고 있더군. 피난민 모두 불쌍해 볼 수가 없어. 다 우리 군인들의 잘못 때문이므로 얼굴을 들 수가 없군 그래. 그저 죄송할 따름이야" 하고 장탄식을 하면서 군인의 국가에 대한 책임, 국민에 대한 책임을 통감하고 있었다.

그 분은 북한 공산군 포로에 대해서도 따뜻한 동포애를 베풀어주었다. 부하들에 대해서는 온정을 베풀고 아껴주었으나, 군기를 지키고 임무를 수행함에 있어서는 엄격했다. 나도 그 분으로부터 단단히 꾸중들은 일이 한 번 있었다. 그 때 일을 돌아보면 다음과 같다.

1950년 11월 20일은 바로 내 스물다섯 번째 생일이었다. 그러나 전투를 하느라 까맣게 잊어버릴 만큼 상황은 급박하게 전개되고 있었다. 그런 와중에서 우리는 야간행군으로 맹상-북창 방면에서 맹산-순천 가도를 따라 서쪽으로 철수 중이었다. 제1대대의 제일 후미에서 행군하던 제1중대가 미럭고개에 도착한 것은 밤 11시 30분경이며, 제1대대는 여기서 방어임무를 수행하게 되어 있었다.

김용배 대대장은 각 중대장을 집합시켜 고개 마루터기에서 방어명령을 하달했다. 대대장은 제1중대로 오솔길을 차단하고, 제3중대는 제1중대 왼쪽에서 신작로를 차단 배치하도록 명령했으며, 제2중대는 고개 능선을 따라 예비대로 배치하였다.

나는 5부 능선(고개중턱)에 제1중대 병력을 배치하였다. 고개 중턱은 밭으로 되어 있으며 경사는 완만하였다. 지도상으로 볼 때, 대대나 중대의 배치는 훌륭했다. 그러나 나는 불안을 느꼈다. 개인 산병호(散兵壕)와 공용화기 호를 파야 하는데, 야전삽을 지닌 사병은 고병(古兵)들뿐이며, 그 숫자도 중대원 총수의 5분의 1 정도에 불과했다. 만일 지금 당장 적이 공격해 온다면 제1중대는 약 25도로 경사진 밭 가운데 거꾸로 엎드려 산병호 하나 없이 적을 향해 방아쇠를 당겨야 한다. 이렇게 되면 저항다운 저항은 도저히 불가능한 일이다.

대대장의 말에 의하면, 내일 아침에는 훌륭하게 장비된 미 육군 제1기병사단이 이 미럭고개에 와서 우리와 교대한다는 것이다. 아군 정찰기의 보고에 의하면 오늘 해질 무렵, 중공군 선두부대가 미럭고개에서 약 25킬로미터 전방에 진출해 있었다고 한다.

제발 중공군이 내일 해 뜰 때까지 이곳에 오지 않기를 바라며 나는 우선 산병호부터 파라고 지시했다. 1개 분대에 두 개 가량밖에 없는 삽이 쨍그랑거리며 얼어붙은 땅을 파고 있었다. 60미리 박격포는 밭 가운데 있는 무덤 뒤의 좀 움푹한 곳에 차려포를 하였다. 밭 기슭의 나무가 있는 곳에 기관총을 거치해 놓고, 그 옆에서는 반장 감독 하에 기관총 호의 구축작업이 시작되었다. 삽이 없는 신병들은 여기저기 배치되어 전방에 적군이 나타나는지를 감시했다. 엄체(掩體) 하나 없이 앉아 있는 신병들은 추위에 웅크리며 떨고 있었다. 추웠기 때문만은 아니었다. 중공군이 언제 나타날지 몰라 더욱 떨었던 것이다.

누구나 전쟁에 나와 적군과 처음 싸울 때는 벌벌 떠는 법이다. 전쟁 배짱이 생기려면 적어도 열 번쯤의 격전을 겪어야한다. 종합학교 학생들이 새로 소대장으로 부임했으나, 이들 역시 전투경험이 없는 초급장교들이다. 믿을 수가 없어 각 소대 배치사항을 돌아보고 있는데, 오솔길 옆에 오막살이 초가집이 한 채 있었다. 홍인곤 하사가 들어갔다 나오더니, 집 주인이 방금 피난을 간 듯 불을 때어놓아 방바닥이 뜨끈뜨끈하다며 언 몸을 잠시 녹여가는 것이 좋지 않겠느냐고 했다. 그 초가삼간에 들어가서 방 아랫목에 누우니 등이 따뜻해지면서 몸이 풀리며 기가 막히게 좋았다. 어느 틈에 나도 모르게 사르르 잠이 들었다. 그런데 이게 웬일인가? 잠이 들자마자 나는 가위에 눌렸다.

사람의 세 배쯤 되어 보이는 검은 곰이 나를 타고 앉아 가슴을 조이기 시작했다. 나는 숨이 막히는 듯 괴로워서 곰과 싸우다가 간신히 눈을 떴다. 몸을 일으켜 흔들어 움직여본 후, 다시 누워 있다가 또 잠이 들었다. 피곤한 몸은 눕기만 하면 곧 깊은 잠에 곯아떨어진다. 그런데 이번에도 또 똑같이 큰 곰이 나타나서 내 가슴을 눌렀다. 나는 곰을 물리치려고 애쓰다가 다시 겨우 깨어나서 홍 하사에게 불을 켜게 했다. 그런 뒤 곰이 나타나 가위 눌린 이야기를 하고, 참 별일이 다 있다고 웃으면서 불을 끄고 다시 누웠다.

그런데 참으로 괴상했다. 나는 군인으로서 사선(死線)은 벌써 여러 번 넘었다. 더구나 권총과 카빈 소총과 수류탄으로 무장하고 있었으므로 도깨비나 귀신 따위는 조금도 겁나지 않았다. 하물며 곰이나 호랑이 따위의 동물은 문제도 되지 않았는데, 왜 하필이면 곰이 생시도 아닌 꿈에서 그렇게 나를 괴롭히는지 이해할 수가 없었다. 또 잠이 들자, 세 번째도 다시 그 곰이 나타나서 가위에 눌렸다. 진땀을 흘리다가 겨우 눈을 뜬 후, 이상한 예감이 들어서 그 집을 나와 3분 거리에 있는 제1중대 오피(OP)로 올라갔다.

중대 전체를 통해서 아직 호는 하나도 완성되지 않았다. 단단히 얼어붙은 땅의 표면을 겨우 벗겨내고 있을 뿐이다. 나는 무덤 가장자리에 드러누웠다. 야광시계는 0시 50분을 가리키고 있었다.

바로 이때였다. 전방에 내보낸 국지 경계병이 있는 곳, 내 앞 약 500미터 지점에서 딱꽁, 딱꽁 하는 소총소리가 들려왔다. 총소리에 익숙한 내 고막은 즉각 아군을 향하여 쏘는 적군의 소총소리임을 알 수 있었다. 그러자 이번에는

10여 발의 기관총 소리가 나더니 푸른 예광탄이 내 왼쪽 어깨 옆을 스치고 지나갔다.

아뿔싸, 중공군의 공격인 것이다. 나는 어둠 속에서 기관총의 응사를 명령했다. 소총소리와 기관총소리가 시끄럽게 울려 퍼졌다. 흙 가죽만 벗겨놓은 깊이 5센티쯤 되는 미완성 산병호에 들어가 엎드려 보았으나, 산병호로서의 가치는 전혀 없었다. 차라리 밭고랑이 나을 것 같아서 기어가서 밭고랑에 엎드려 보았지만, 그것도 위험하기는 마찬가지였다. 신장 1미터 70센티, 체중 62킬로그램의 몸은 적탄의 피사체로서 완전히 노출될 뿐이었다.

막 일어서서 오른쪽에 있는 무덤 쪽으로 몸을 옮기려 할 때였다. 뽕뽕뽕 하면서 아주 작은 포 발사 소리가 저쪽에서 들려오더니 무엇인가 직사탄도보다 약간 굽은 포물선을 그으면서 쉬쉬 소리를 내면서 날아왔다. 나는 그대로 밭고랑에 번개같이 엎드렸다. 내 뒤에서 폭발하는 포탄의 위력은 아군 세열 수류탄 정도의 낮은 위력을 가진 폭발물이었으나, 파편과 흙과 돌들이 사방으로 날아가며 그 중 일부가 내 철모와 전투복 위로 후루루 탁탁 떨어졌다.

엄폐물이나 차폐물 하나 없이 적의 소총 및 직사탄에 몸을 완전히 노출시키고 있는 것은 사형대에 올라가서 적군에게 몸을 맡기는 것이나 다름없는 일이었다. "개죽음이다" 하는 생각이 번개같이 머리를 스치고 지나갔다. 매에게 쫓기는 참새처럼 신병들은 돌아서서 와르르 도망치기 시작했다.

나는 후닥닥 일어나서 무덤 뒤로 몸을 피하였다. 무덤 뒤에는 박격포 반장과 중대 무전병들이 엎드려 있었다. 제3소대장 대리 박상호 상사가 나에게로 달려왔다. 그는 여기서는 저항이 불가능하며, 산마루에 올라가서 능선에 몸을 숨기고 머리와 총만을 적군 방향으로 내놓고 저항해야 한다고 말했다.

"쾅!"

적의 수류탄이 눈앞에서 터졌다. 신병들은 모두 달아나고 고병들 20여 명만 남아 있었다.

"능선으로 후퇴!"

나는 소리쳤다. 헐떡거리며 고개 마루터기에 올라가니 김용배 대대장이 노기를 띠며 나무랐다.

"야, 이놈아! 이 대위. 너 여기까지 후퇴해 오면 어떻게 할 작정이냐? 이대로 나가다간 우리뿐만 아니라 20리 후방에 숙영하고 있는 미 제1기병사단까지도 전멸이다. 무슨 일이 있더라도 날이 샐 때까지는 이 고개를 지켜야 한다. 여기 1중대 도망쳐온 놈들을 잡아놓았다. 이것들을 끌고 빨리 다시 되돌아가라."

김용배 대대장은 나에게 여태 한 번도 이 놈이라든지, 이 자식이라든지 하는 욕을 한 적이 없었다. 또 어떠한 급한 상황이라도 눈 하나 깜짝 않는 분이었다. 그런데 오늘은 저렇게 노기를 띠고 야단을 치시니 그 분의 가슴에는 오늘밤의 임무수행이 얼마나 중요하며, 어떠한 희생을 무릅쓰고라도 이 임무를 완수하려는 결심인 것 같았다.

나는 아무런 변명도 없이 듣고만 있다가 "네, 알겠습니다!" 하고 대대장이 붙들어놓은 신병들과, 나와 함께 올라간 고병들을 데리고 밑으로 내려가려 하였다. "여기가 내 무덤이 되는구나" 하는 기분이 들었다. 나의 죽음은 100퍼센트 예견되었다.

"어떻게 하면 가장 값비싸게 죽을 수 있을 것인가?"

내 온 신경은 이 한 가지 궁리에 집중되었다.

"자, 1중대원들은 다시 원진지로 내려간다. 나를 따르라!"

내가 선두에 서고 그 뒤에 중대전령, 무전병, 통신하사들이 따르고 그 다음에는 각 소대원들이 따르기로 되었다.

선두에 선 내가 고갯마루에서 12,3보쯤 내려갔을까? 고갯마루에서 10여 보 내려가면 주막집이 하나 있었다. 이 집은 오고가는 길손들이 땀을 씻으며 막걸리나 혹은 냉수를 청하여 한 잔씩 마시고 가는 노상 휴게소이리라.

나는 그 초가집 앞을 지나는 중이었다. 거기서 4,5미터만 더 내려가면 자동차 신작로인 큰길과, 오솔길이 갈라지는 분기점이다. 옛길은 직선을 그으며 골짜기를 따라 밑으로 내려가고, 신작로는 옛길의 왼쪽을 거의 직선코스로 약 4,50미터 내려가다가 급커브를 그리며 좌측으로 구부러진다. 바로 그 급커브 지점에는 제4중대(중화기중대)의 수냉식 기관총 1정이 배치되어 있었다.

이 기관총은 제1중대를 돌파하고 올라오는 오솔길의 적군을 사격하기 위한 종심(縱深) 깊은 후방의 기관총이었다. 그런데 이 기관총이 돌연 총성을 내면서 불은 뿜기 시작했다. 무슨 일일까? 나는 주막집 앞에서 걸음을 멈추고 ㄱ자로 급커브를 그린 지점의 상황을 응시하였다.

큰길인 자동차도로를 따라 올라오던 먹구름 같은 군인행렬의 집단이 기관총구의 불과 2,3미터 앞에서 정강이를 맞고 비명을 지르며 쓰러지고 있었다. 이윽고 뒤에 따라오던 군인집단의 일부가 기관총 사수와 부사수, 탄약수들을 소총으로 쏘고 있었다. 서로 손을 내밀면 붙들 정도의 근거리에서 죽이고 죽는 판이다.

중공군의 포위망

나는 큰 자동차도로를 따라 올라오는 군인들을 아군의 제3중대라 생각했다. 분명히 자동차도로는 고개 중간 지점에서 제3중대가 차단 배치하고 있었다. 그 제3중대가 적군에게 밀려서 올라오는 것이 틀림없는 것으로 여겨졌다. 그리고 보니 아군 제4중대 기관총 사수와 부사수 및 탄약수와 아군 제3중대 소총병의 싸움인 것 같았다.

야간에는 아군끼리 서로 모르고 싸우는 일이 간혹 있었다. 이번에도 그런 것만 같아 보였다.

나는 "야, 아군끼리 싸우는 것이 아니냐? 서로 확인해 봐라" 하고 소리쳤다.

이 때 누군가 "수류탄, 수류탄!" 하면서 죽어갈 것처럼 외쳤다. 마침 그 때 고개를 올라오는 군인 한 명이 내 앞을 지나쳤다. 나는 그의 왼팔을 붙들고 물어보았다.

"야, 너 3중대원이냐? 저기서 싸우는 것은 아군끼리 싸우는 거지? 3중대와 4중대가 싸우는 거지?"

그 군인이 "응, 아군끼리 싸우는 거야" 하고 대답했다.

신병인지 대답이 우물쭈물 시원치 않았으나 아군끼리 싸운다는 것만은 확인된 셈이었다. 그가 나에게 존댓말을 하지 않고 반말 비슷이 하는 것이 좀 못마땅하기는 하였으나, 어두운 밤에 계급장이 보이지 않아서 그러려니 하고 별다른 의심을 품지 않았다.

그 군인은 방한 전투 작업모를 쓰고 긴 군용 외투를 입고 있었다. 당시 아군은 철모를 쓰고 야전점퍼를 입었으므로 그가 아군이 아닌 것만은 어린애들도 알 수 있었다. 그런데 하물며 야전을 달리는 역전의 중대장인 내가 그것을 식별하지 못한다는 것은 상상조차 못할 일이었다. 그러나 상식 이하의 실수가 여기에 일어났으니 내가 중공군의 길을 안내하는 북한군 사병을 아군으로 오인한 것이다. 당시 나는 내 죽음을 어떻게 가치 있게 맞을 것이냐 하는 일념과, 눈앞에서 아군끼리 싸우는 것을 시급히 말려야겠다는 마음만 앞섰을 뿐이다. 극도로 긴장된 머리는 그 외에는 아무것도 생각할 여유가 없었다.

나는 북한군 사병의 팔을 놓고 기관총이 있는 데로 달려갔다. 군인 대열의 선두는 정지된 채 있었으나, 그 뒤에 따라오는 군인의 물결은 뭉게뭉게 쌘비구름같이 몰려 올라오고 있었다. 마치 대도시의 길 한복판에서 큰 교통사고가 난 직후에 몰려드는 인파와도 같았다.

그들에게 접근한 나는 코를 맞대고 큰소리로 물어보았다.

"니희들 3중대냐? 조심해라. 아군끼리 싸운다."

그런데 뜻밖에도 상대방의 대답은 한국말이 아니었다.

"쌀라 쌀라, 닐라 닐라……"

아뿔싸! 그들은 중공군이었다.

너무도 갑작스러운 상황에 무엇을 따질 여유도 없이 순간적으로 "악!" 하는 외마디 소리를 지른 후 무의식중에 되돌아서서 질풍과 같이 고개 마루터기로 달아났다. 이미 그 곳에 아군은 한 명도 남아 있지 않았다.

고개 마루터기까지는 약 50미터, 이 길을 단숨에 달려 마루터기까지 약 5미터 남겼을 순간, 따르르…… 하는 중공군 기관단총의 총성과 함께 총탄이 빗발같이 날아왔다.

"아앗, 이것이 죽는 순간인가?" 하고 나는 앞으로 쓰러졌다. 그런데 참, 영문도 모를 일이 일어났다. 벌집같이 총구멍이 난 송장이 되었어야 할 내 몸은 고개를 넘어 가파르게 직선으로 내려간 오솔길로 굴러 떨어진 후, 중공군에 붙들릴까보냐 하고 나무 밑에 바짝 엎드려 있었다. 몸을 움칫움칫 움직여보았으나 총에 맞아 부러진 뼈는 없는 것 같았다.

곧이어 중공군이 따라왔다. 고개 마루터기를 점령한 중공군은 거기서 가창(假倉) 방면을 향하여 오른쪽으로 구부러진 자동차 도로를 따라 무슨 말인가 떠들썩하게 지껄이면서 줄줄이 걸어가고 있었다.

중공군이 다 지나가고 동이 트기 시작하자 나는 미륵고개 서남쪽의 산속으로 숨어 들어가서 몸을 점검해보았다. 적탄에 맞은 자국은 허리 왼쪽에 매달린 수통피에 하나가 있을 뿐, 몸은 완전하였다. 다만 콧잔등이 땅에 마찰되어 벗겨져 피가 났고, 입과 코에서 피가 흘러나와 여기저기 응결된 핏자국이 있을 뿐이었다.

M2카빈 자동소총은 자동 스프링이 빠져 달아났으며, 총에 끼웠던 탄창은 없어지고 멜빵이 끊어져 있었다. 그리고 약실과 총구와 노리쇠 부분에 흙이 잔뜩 메워져서 큰 손질 없이는 사격이 불가능했다. 허리에 차고 있던 소련제 떼떼 권총은, 권총집이 새 것이고 가죽 케이스가 권총을 완벽하게 둘러싸고 있어 이상 없이 좋은 상태였다. 적군과 정통으로 마주치면 이 권총으로 대항하기로 했다.

지난 번 국경지대에서 중공군 중포위망 속에서의 경험에 비추어볼 때, 이까짓 엷은 포위망을 뚫는다는 것은 누워서 떡먹기처럼 쉬운 일이었다.

돌이켜보니, 지난 1950년 10월 29일부터 시작된 초산군 일대에서 제7연대가 실행한 중공군 중포위망 돌파 작전은 참으로 어렵고 힘든 철수 작전이었다.

압록강변 신도장(新島場)에 배치되어 있던 우리 제7연대 제1중대장인 나는 이미 10월 26일에 압록강 뱃사공 영감으로부터 중공군 수만 명이 10월 17일부터 사흘 동안, 야음을 이용하여 중국 쪽에서 압록강 뗏목다리를 건너 만포진으로 들어왔다는 첩보를 입수한 바 있었다. 즉 10월 20일 중공군 다섯 명이 말을 타고 지나가는 길에 잠시 신도장에서 휴식을 취하면서 "만포진에서 창성으로 연락차 가는 중이다"라고 만포진에 들어온 이야기를 들려주었다고 했다. 북한 공산군 포로들 중에서도 뱃사공 영감과 같은 말을 하는 자가 여러 명 있었다.

그러나 그것이 사실이라 할지라도 아군 정예부대인 제8사단이 희천-강계-만포진 쪽으로 북진하고 있었으며, 그 뒤에 아군 제7사단이 뒤따르고 있으므로 크게 걱정하지 않아도 될 거라고 가볍게 여겼다.

10월 27일, 제1대대장 김용배 중령의 안내를 받으며 압록강 제1중대 진지에 도착한 제7연대장 임부택 대령은, 현재 온정과 북진 일대에서 아군 제2연대와 중공군이 교전중인데 상황이 아군 제2연대에 불리하게 전개되고 있어 좀 걱정이 된다고 했다.

그 다음날인 10월 28일, 제7연대장으로부터 김용배 중령에게 제1대대는 10월 29일 새벽에 초산읍을 출발하여 남하, 제7연대본부와 제2 및 제3대대가 있는 고장(古場)에 도착하라는 작전명령이 하달되었다.

10월 29일 아침부터 제7연대는 고장 남쪽 풍장에서 아군 퇴로를 차단하고 있는 중공군과 교전에 들어갔다. 29일 낮 동안은 제7연대가 중공군을 돌파하면서 약 30리를 남진했으나 밤이 되면서 전세는 역전되었으며, 밤 12시에 중공군은 야간 총반격을 감행했다. 이로부터 약 3시간 30분간의 치열한 공방전 끝에 우리 제7연대는 북으로, 북으로 밀리면서 어둠 속에 흩어져서 사분오열 상태가 되었다. 제7연대의 재편성 기회를 주지 않기 위해서 중공군은 신속하고 끈질기게 철두철미한 추격을 계속했다. 재편성을 못하고 계속 쫓기고 있는 제7연대의 지휘계통이 드디어 마비되었다. 무전병들도 전사 또는 포로가 됐는지, SCR 300 무전기로 대대장이나 연대장을 호출해도 응답이 없었다. 각 중대는 중대장의 독립지휘 하에 중대별로 뭉쳐서 중공군 포위망을 뚫고 나가지 않으면 안 될 상황에 이르렀다.

산지사방으로 광범위하게 흩어진 제7연대 장병들은 적유령산맥과 강남산

맥으로 들어갔다. 이때 제7연대는 중공군 제38군 예하 3개 사단과 제40군 예하 3개 사단이 에워싸고 있는 한가운데 완전히 고립되어 있는 형국이었다. 제7연대 장병들이 중공군의 종심(縱深) 깊은 이 대규모 포위망을 돌파하고 아군이 있는 곳까지 나가려면, 개천─맹산 선까지 걸어서 나가야했다. 그 거리는 공중 직선거리로 약100킬로미터이고, 도로거리로 따지면 150킬로미터쯤 될 것이나 도로에는 중공군과 북한 내무서원들의 왕래가 심하여 이용이 불가능했다. 할 수 없이 태산준령을 넘고 강을 건너야했다. 또 산속에서도 중공군을 만나면 교전하여 이를 뚫던가, 아니면 이를 피해서 멀리 돌아가야 한다. 따라서 제7연대 장병들이 걸어야 할 행군거리는 300킬로미터가 될 수도 있고, 500킬로미터가 될 수도 있으며, 혹은 그 이상이 될 수도 있었다.

산속에서는 먹을 것을 구하는 것도 큰 문제이고, 실탄보급마저 끊어진 상태여서 아군 전사자가 생기면 그 시신에서 실탄을 급히 회수해야했다. 이러한 위험천만의 악조건이 겹쳐서 제7연대 장병들의 희생은 엄청났다.

부연대장 최영수 중령, 제2대대장 김종수 중령, 제3대대장 조한섭 소령은 포로가 되었고, 연대장 임부택 대령과 제1대대장 김용배 중령은 포위망을 뚫고 겨우 살아나왔다.

포위망을 뚫고 살아나온 장병들은 포위망 속에서 보통 2주일 내지 3주일을 보냈다. 그러나 3개월간이나 적의 포위망 속에 갇혀 있다가 살아나온 인성훈 소령 같은 장교도 있었다.

제7연대 예하 소총 및 중화기 중대장 12명 중에서 살아나온 중대장 수는 반을 약간 넘었다. 그렇지만 완전무장을 하고 자기 중대를 끝까지 지휘하면서 포위망을 뚫고 살아나온 중대장은 12명의 중대장 가운데 오직 한사람인 제1중대장뿐이었다. 나머지 살아서 나온 중대장들은 포위망 속에서 허덕이다가 중대의 지휘권을 포기하고 각자 독자행동을 취했다. 이들 중 두 명은 군복을 입고 총을 어깨에 맨 채 살아나왔고, 나머지는 모두 군복을 민간인 복장으로 갈아입은 다음 총을 버리고 민간 피난민 행세를 하면서 살아나왔다.

이렇듯 중공군이 첩첩이 에워싼 포위망을 뚫고 나온다는 것은 참으로 위험하고 험난한 길이었다. 이런 가운데서도 임부택 대령과 김용배 중령은 확고한 국가관·사생관·군인관을 가지고 조금도 동요 없이 군복을 입고 총을 허리에 찬 채 연대지휘부 장병과 대대지휘부 장병들을 지휘하고 살아나왔다.

10월 31일에 새로 부임한 일선 전투경험이 없는 27세의 청년 사단장은 제7연대의 낙동강에서부터 북진하여 압록강 초산 진격작전, 그리고 초산에서 개천-맹산 선까지의 철수작전 일등공신 장병들에 대한 논공행상을 전혀 하지 않았다. 다만 완전무장을 하고 중대장 지휘 하에 포위망을 뚫고 나온 유일한 중대인 제7연대 제1중대에 대해서는 사단 사령부에 불러들여 군악이 울려 퍼지는 가운데 신고식을 갖고 환영식을 해주었다. 그러나 훈장수여 같은 것은 이때에도 없었다.

또 제7연대 장병들은 자기 목숨이 언제 날아갈지 모르는 전투에 연일 시달리며 몰두하고 있었기 때문에, 훈장 따위는 꿈속에서조차 생각해볼 마음의 여유가 없었다. 오직 나라를 위하여 충성을 다하겠다는 일념뿐이었다. 그래서 연대장 임부택 대령, 제1대대장 김용배 중령, 제1중대장을 위시한 유공 장병들은 훈장 하나 없는 무관(無冠)의 용사로 남게 되었다.

두뇌가 우수한 청년장군인 제6사단장 장도영(張都映) 준장은 전투 경험을 쌓으면서 크게 성장했다. 그분은 1951년 10월 하순 어느 날, '장도영 사단장 취임 1주년 기념 및 압록강 진격 1주년 기념행사'를 대대적으로 개최했으며, 초산에 진격했던 제7연대 제1대대 장병들에 대한 훈장을 뒤늦게나마 수여했다.

초산진격 당시 제3중대장 김명익 대위 등 유공 장병에게 미국 은성 무공훈장, 또는 우리나라 을지·충무훈장들을 수여했다. 그러나 여기서도 큰 실수가 있었다. 압록강변에 진격하여 신도장에 배치되어 있다가 중공군 포위망 속에서도 제7연대에서 유일하게 끝끝내 중대를 지휘하여 완전무장하고 포위망을 뚫고 나온 제1중대장이 수훈자 명단에서 누락되었던 것이다. 오늘날까지 제1중대장은 그때 그 작전의 유공을 국가로부터 인정받지 못하고 버림당하고 있는데, 그 이유는 간단했다.

제1중대장은 1951년 7월 15일, 제2사단으로부터 대대장 요원으로 스카우트되어 제6사단을 떠났으며, 장도영 장군이 초산지구 전투 유공자에게 훈장을 뒤늦게 수여하는 1951년 10월말 경에는 제6사단장 부하가 아닌 제2사단 제32연대 제3대대장으로 금성 남방고지에 있었다. 그 바람에 장도영 제6사단장은 자기 부하가 아닌지라 깜빡하고 빼버린 것이다. 당시 우리 국군의 행정력 수준은 그런 것이었다.

그러나 다행히 김용배 대령이 전사하자 즉시 준장으로 진급되었고, 제7연대 제1대대장으로서의 혁혁한 전공을 인정받아 태극무공훈장이 추서되었다. 임부택 대령도 태극무공훈장을 2개나 추후에 받게 됨으로써 제7연대 전쟁영웅 두 명은 모두 그 전공이 국가로부터 정식으로 인정되었다.

중공군 포위망 속에서 철수작전을 하는 동안 김용배 대대장이 겪은 다음과 같은 일화가 있다. 중공군 포위망을 뚫으며 나오기 시작한 지 약 2주일이 지난 어느 날, 김용배 대대장은 대대 작전관 김윤환 대위, 정보관 최소위 등등 제1대대 지휘부 장병 18명을 이끌고 묘향산 높은 봉우리에 다다랐다. 거기서 큰 바위굴을 발견했다. 몸을 숨길 수도 있고 추위도 피할 수 있는 큰 굴이었다. 희천−개천 도로를 내려다보니 유엔군 전폭기가 중공군 집결지를 맹폭하고 있었다.

김용배 대대장은 이 바위굴에 당분간 머무르면서 상황을 살펴보고 차기 행동을 취하기로 했다.

아군이 반격해 들어오는 징후가 보이면 계속 바위굴에 머물다가, 아군이 묘향산 밑까지 진격해 들어왔을 때 산을 내려가서 만나고, 중공군의 기세가 꺾이지 않고 계속 남진하는 징후가 보일 때에는 산줄기를 타고 계속 중공군을 뚫고 나가기로 했다.

다행히도 먹을 것은 좀 있었다. 전날 밤 화전민에게 강냉이밥을 시켜 먹을 때, 돈을 많이 주고 콩과 강냉이를 가마솥에 볶게 하여 장병들의 호주머니를 채우고, 일부는 자루에 담아서 배낭 속에 집어넣었었다. 아껴서 하루 한 끼 먹는다면 여러 날을 지탱할 수 있는 식량이었다. 밤이 되어 보초 한 명을 굴 입구에 세워놓고 모두들 깊은 잠에 빠져 있었다.

새벽 4시쯤 김용배 대대장은 꿈을 꾸었다. 꿈속에서 김용배 대대장 앞에 긴 수염을 기른 백발의 산신령님이 나타나셨다. 얼굴 모습은 이승만 대통령을 많이 닮았으나 훨씬 더 위엄이 있어 보였다고 한다.

"자네가 김용배이지?" 하고 산신령님이 물으셨다.

"예에. 그러하옵니다. 신령님."

정중히 머리를 숙이면서 김 중령은 대답했다.

"고생이 많네."

신령님의 위로의 말씀이었다.

"황공하옵니다. 신령님."

김용배 대대장은 또 머리를 숙이며 공손히 대답했다.

"왜 여기에 머물러 있는가? 안 되네."

산신령님은 머리를 무겁게 옆으로 저었다. 그리고 다시 말을 이었다.

"어서 일어나서 남쪽으로 떠나게. 오늘 중으로 귀인들을 만나게 될 걸세."

깨고 보니 꿈이었다. 너무도 선명한 꿈이었다.

김용배 대대장은 작전관 김윤환 대위와 정보관 최소위를 깨웠다. 그리고 꿈 이야기를 생생하게 들려주었다. 그 후 즉시 바위굴을 떠나기로 했다.

19명의 장병은 굴을 나와 남쪽으로 행군에 들어갔다. 바위굴을 떠난 지 여섯 시간쯤 되었을 때, 유엔군 전폭기 편대가 날아와서 김용배 대대장 일행 약 6킬로미터 앞의 희천-개천 도로에다 폭격과 기총소사를 퍼부었다. 그리고 남쪽에서는 포성이 쿵쿵쿵 들려오기 시작했다.

약 두 시간 후, 미군 탱크수색대가 남쪽으로부터 중공군을 밀면서 진격해 들어오고 있는 것이 보였다. 김용배 대대장은 18명의 장병을 지휘하여 그곳으로 내려가서 미군을 만나 중공군 포위망을 벗어났다.

군인의 인생

1951년 1월 7일, 김용배 중령은 정든 제7연대 제1대대를 떠나 제7연대 부연대장으로 부임했다. 같은 날 나는 제1중대장에서 제1대대 부대대장으로 승진하면서 제1대대장 대리근무를 하게 됐다.

6·25 한국전쟁이 일어나던 날 김용배 소령은 제1대대장으로, 그리고 나는 그 예하 제1중대장으로 출전했다. 그런데 이번에도 1월 7일 같은 날, 둘이 함께 부연대장과 부대대장으로 승진하여 자리를 옮긴 것이다.

1951년 1월 22일, 김용배 부연대장이 정든 옛집이라고 할 수 있는 제1대대를 찾아왔다. 나는 경기도 용인군 백암(白岩) 경찰지서에 있는 대대본부에서 그분을 맞이했다. 제1대대 상황보고를 끝내고 나는 그분과 함께 막걸리를 마셨다.

김용배 부연대장은 지난 1950년 10월 10일, 부인이 딸을 출산했다는 소식을 최근에 들었으며, 이름을 '송조(松朝)'로 지으라고 연락해 보냈다고 했다. 소나무같이 지조 있고 아침같이 신선하게 살아가라는 뜻에다가, 조(朝)자가 시월 십일(十月十日)을 모아 쓴 글자라서 그렇게 이름 지었다고 했다.

취기가 꽤 돌자 그 분은 일제 때 지원병으로 나가 일본군에서 근무한 것을 후회한디고 했다. 어린 마음에 주위의 권고도 있었고, 또 단지 군인이 되고 싶어 지원병이 되었는데 큰 실수였다고 한숨지었다. 옥에도 티가 있는 법이다. 다른 하나의 흠은 어렸을 때 부모가 강제로 정해준 대로 밭에서 일 잘하고 집에서 무명이나 명주 잘 짜며 궁둥이가 커서 아기를 잘 낳는, 그리고 순정을 가진 시골 처녀와 혼인을 한 것이었다. 어른이 되자 마음에 들지 않는 그 조강지처를 버리고, 마음이 끌리는 처녀에게 새 장가를 들었다며 다시 한 번 크게 한숨지었다. 송조는 두 번째 부인의 소생이었다.

김용배 부연대장은 돈과 권력을 잘못 다루면 성인(聖人)이 죄인(罪人)으로 추락한다고 했다. 그리고 여자 문제가 복잡하면 남의 지탄을 받으며 마음이 편치 않다고 했다. 그리고 좀 있다가 군인의 사생관에 관하여 이야기했다.

"이 대위, 인생칠십고래희(人生七十古來稀) 또는 인생 50년이라고들 하지 않나. 세월 따라 가다가 언젠가는 아주 가버리는 것이 인생이야. 군인이란 나라와 겨레를 위해 전쟁터에서 희생되는 애국열사를 말하는 거지. 전시에 전쟁터에서 용감한 자는 가고, 후방의 비겁한 약자들은 남는 거야. 그러나 그러한 손익계산을 하다가는 군인의 성스러운 임무를 수행할 수가 없어. 누가 뭐라 해도 불평불만 없이 묵묵히 자기 임무를 충실히 수행하며 목숨을 바쳐야 나라가 잘될 수 있는 거지. 이 충무공의 정신이 바로 그것이야. 나라를 지키는 중심세력이 일선 군인들인데, 이 세력이 희생정신을 잃으면 나라가 끝장이며, 국민들이 여태 쌓아올린 공든 탑이 하루아침에 모두 다 무너져 버리고 마는 거야. 제1차 세계대전 때 유럽 교전국들의 평균 수명이 23.5세였다고 들었어. 그것은 군인의 전시 평균수명이 인생 50년인 보통 민간인의 약 반액(半額)임을 말해 주는 거야. 나나 이 대위나, 다 군인의 전시 평균수명을 넘기고 지금은 덤을 살고 있는 거야. 벽돌같이 네모난 마음가짐으로 청탁(淸濁)을 모두 삼킬 수 있는 넓은 도량과, 돈과 생명을 버리는 무구(無垢)의 정신으로 굵고 짧은 삶을 값있게 살다가 싱싱하고 화사한 꽃이 떨어지듯이 가버리는 것이 군인의 일생이야."

이렇게 말하던 김용배 중령이 그 굵고 짧은 생애를 마감하는 날이 눈앞에 다가오고 있었다.

1951년 7월 2일.

불과 10일 전에 제7연대를 떠나 제7사단 제5연대장으로 부임한 김용배 대령은 강원도 양구 군량리 전투에서 적탄을 맞고 전사했다. 굵고 짧은 반액의 생애를 마감한 것이다. 이 부음이 제7연대에 전해진 것은 그 다음 날인 7월 3일이었다.

비보를 접한 제7연대에서는 김용배 대령이 생전에 가장 아끼며 가깝게 지내던 부하이며, 제2사단 제32연대 대대장으로 확정되어 곧 제7연대를 떠나야 하는 나를 양구로 급파하여 빈소에 머무르다가 장례식에 참석케 했다.

장례위원장은 제7사단장이었다. 나는 두 번째로 조사(弔詞)를 읽었다. 남에게 눈물을 보여서는 안 되는 야전의 지휘관, 하지만 나는 조사를 읽다가 목이 메어 여러 번 말이 끊기고 눈물을 닦아야만 했다. 장례식이 끝나고 유해는 앰뷸런스에 실려 장례식장을 떠났다. 멀리서 일선 장병들의 유혈을 강요하는 포성이 은은히 들려오고 있었다.

"슬픈 일이로다. 일선의 용감하고 성실한 강자(强者)는 가고, 후방에서 불성실하고 비겁한 약자(弱者)는 남는구나."

손익계산하면서 후방에서 병역을 요령 좋게 기피하는 권모술수와 사술에 능한 정치적 위선자들과, 군대에 입대하긴 했으나 소위 빽을 써서 일선에 나오는 것을 기피하고 있는 자들에 대하여, 나는 남쪽을 바라보며 가슴이 찢어지는 울분을 토해냈다.

에필로그

그로부터 기나긴 세월이 흘러갔다. 어느 현충일 날, 나는 국립묘지에 잠들어 계신 고 김용배 장군의 묘소를 또 찾아갔다. 내가 그 묘소에 도착해 보니, 거친 풍파를 겪으며 패인 주름살에서 과거의 고된 삶을 읽을 수 있는 시골 할머니 한 분이 북어와 무침, 과일 등 조촐한 제사 음식을 묘소 앞에 차려놓는 중이었다.

나는 어디서 오신 할머니냐고 물었다. 경상북도 문경에서 왔다는 할머니의 대답이었다. 고 김용배 장군과의 관계를 물었더니 바로 부인이라고 했다. 그러면 송조 어머님이시냐고 다시 물었더니, 송조 어머니는 이미 이 세상을 뜨셨다고 했다. 그리고 보니 고 김용배 장군이 생전에 나에게 버렸다고 이야기한 조강지처가 확실했다. 나는 그 할머니에게 "송조를 좀 만나게 해주실 수 있겠습니까?" 했더니 "송조도 죽었습니더" 하였다.

세월 따라 가다가 가버리는 것이 인생이라고 고 김용배 장군이 생전에 말씀하시더니, 송조도 송조 어머니도 모두 아주 가버렸구나. 인생이란 이렇게 무상한 것이며, 반세기의 세월이 긴 것인가, 그 사람들의 생애가 짧은 것인가 나는 곰곰 생각에 잠겼다.

나는 고 김용배 장군과의 관계를 길게 설명하였다. 할머니는 조용히 듣고만 있을 뿐, 별로 말이 없었다. 나는 묵념을 올리고 할머니와 헤어졌다. 조강지처를 버리고 신식 새 여자에게로 마음 돌린 남자, 버림받았지만 그 옛날 순정을 다 바쳐 따르던 남자의 고혼을 달래느라 천리 길 마다않고 묘소를 찾아온 여자, 모두 인간이기에 그러하다.

고 김용배 장군은 생전에 사회생활에서, 그리고 가정생활에서, 신이 아닌 인간이었다. 신이 아니었기에 우리 마음속에 더욱 친밀하게 가까이 다가섰다. 그러나 무인(武人)으로서는, 남다른 사명감과 타의 추종을 불허하는 대담한 용기와 누구도 따르기 힘든 순발력을 지니고 있었다. 상황을 잘 판단하는 형안(炯眼)과 넓은 도량을 가진 명장(名將)이며, 성장(聖將)에 가까운 큰 인물이었다.

내가 전쟁기념관 호국추모실 김용배 장군 동상 앞에서 메모하는 동안, 열을 지어 지나가던 단체관람 고등학생들이 설명문에는 전혀 눈길조차 던지지 않고 "김용배 준장" "김용배 준장" 하고 큰소리를 내면서, 주마간산 식으로 겉돌며 지나쳐버렸다.

원한의 외나무다리에 피는 꽃

가고 오지 않으리

1975년 4월 30일, 베트남공화국(南越)은 멸망하고 베트남민주공화국(北越)이 적화통일을 달성했다. 하지만 그 다음날인 5월 1일에도 사이공 시내에서는 구 남월 정규군 패잔병 수 만 명이 숨어 있는 것을 색출해서 체포하기 위한 소탕전이 계속되고 있었다.

콩 볶듯이 시내 이곳저곳에서 울려 퍼지는 총성을 들으면서 시민 대다수는 증오가 가득하고 살기가 충만한 집 바깥으로는 나가지 않고, 문을 굳게 잠근 채 신경을 곤두세우고 방안에서 숨을 죽여가면서 긴장된 시간을 보내고 있었다.

바로 그 무렵인 1975년 5월 1일 오전 8시반경, 베트남공산군이 검문하지 않는 국제외교관표지판을 단 세단을 타고 일본대사관 와타나베(渡邊) 참사관이 나를 찾아왔다. 그는 우리 한국인들을 적극 도와주었으나, 베트남 공산 측과도 우호관계를 유지하고 있었다. 일본은 당시 북베트남 측에 6천만 달러의

베트남 치화형무소에 수감되어 있을 때
간수가 몰래 찍어준 사진.

경제원조를 제공해 준 바 있으며, 양국 간의 국교수립 교섭도 진행 중에 있었
다. 와타나베 참사관은 좌익 인사는 아니었으나, 북한과 친밀한 관계에 있는
일본좌익의 거물급 작가 마쓰모토 세이쵸(松本淸張)의 사위이기도 했다.

그의 베트남 공산 측에 대한 정보는 상당한 신빙성이 있었으며, 나와 그는
친하게 지내는 사이였다. 와타나베 참사관은 북한 고위급 정보요원들이 벌써
사이공에 들어와 있으며, 베트남 공산 측과 긴밀히 협조하는 중이라고 말했다.
그러면서 긴 한숨을 내쉬면서 잠시 생각하더니 다음과 같은 이야기를 들려주
었다. 즉, 믿을 수 있는 소식통에 의하면 북한 공산정권은 베트남 공산정권과
협의하여 곧 이곳 그랄병원에 와서 한국외교관 8명 전원을 평양으로 끌고 갈
것이라고 하니 각오를 하라는 것이었다.

나는 꼭 필요시에는 이미 죽을 결심을 확고히 하고 있었지만 그 말은 나에

게 충격적이었다. 나는 북한요원이 나타나서 끌고 가려고하면 그 자들을 쏘아 죽이고 자결하기로 했다. 북한공산사회가 어떠하다는 것은 경험을 통해 너무도 잘 알고 있었다. 그런 지옥에 끌려가 수모를 당하며 대한민국을 욕되게 하기보다는 깨끗이 생애를 마칠 각오였다.

나라 위해 무거운 임무를 수행하다가 닥친 극한적인 위기상황이었다. 그런 가운데 무사(武士)가 생사의 갈림길에 서서 나라를 위해 최선을 다하고, 주저 없이 죽음의 길을 택하는 순박하며 고귀하고 결연한 행동, 그것이야말로 기마민족 조상들로부터 이어받은 뜨거운 피가 흐르는 20세기 태릉 육사인(陸士人)이 취할 산화(散花)의 미학임에 분명했다.

나이 쉰이면 살만큼 살았다. 조국의 자유수호를 위해 적탄에 맞아 피 흘리며 전지(戰地)를 달리면서 고생도 많이 했지만, 또한 조국으로부터 많은 혜택도 받았다. 언젠가는 필연코 가야 할 죽음의 길, 이제 그 시기가 온 것이다.

나는 권총을 꺼냈다. 38구경 5연발 리볼버 권총이다. 실탄 5발이 장전되어 있다. 머릿속이 탁 튀며 앵 하는 소리가 나는 듯 했으나 마음은 가을 하늘과 같이 맑고, 가슴이 한없이 넓어지는 것 같았다.

그래, 갈 때가 온 것이다. 미련 없이 가야한다.

'가고 오지 않으리, 오지 않으리.'

막둥이와 셋째 아들이 선두에 선 가족들 모습이 눈앞을 스쳐갔으나, 그것은 순간일 뿐 다시 나타나지 않았다. 눈물도 나오지 않았다.

"와타나베 씨, 고맙습니다. 나는 북한에 불법으로 강제로 끌려가서 대한민국 외교관으로서 명예를 더럽히는 것보다는 확고한 국가관, 사생관에 입각하여 자결할 결심입니다. 북한공산요원들이 나를 끌고 가려고 이곳에 나타나면 자결하겠습니다."

와타나베 참사관은 진지한 내 얼굴을 바라보며 내 손을 잡고 자결할 마음은 먹지 말아달라면서 울었다. 옆에서 있던 이규수 참사관도 울고 있었다.

"확고한 내 결심은 아무도 변경시킬 수 없습니다. 어서 돌아가 주십시오, 와타나베 씨."

한참 동안 눈물로 만류하던 와타나베 참사관은 돌아갔다.

나는 한동안 앉아 있다가 이렇게 가만히 앉아서 무법자들에게 비극의 종말을 맡길 것이 아니라 어떤 대책을 강구해야겠다는 생각이 들어 벌떡 일어났다. 안 된다. 지혜롭고 힘찬 도전과 응전이 있어야한다.

그리고 내가 손쓸 수 있는 일들을 이것저것 떠올리면서 조치를 취해 나갔다. 그런데 무슨 이유에서인지 곧 나타난다던 북한노동당 통일전선부(3호 청사) 요원들은 이날 내 앞에 나타나지 않았고, 그 대신 베트남공산 측이 프랑스 대사관에 강력한 압력을 가했다. 프랑스대사관은 하는 수 없이 프랑스 치외법권 지역에 있는 한국인 전원을 밖으로 내쫓는 조취를 취하지 않을 수 없었다.

한국인들을 괴롭히는 베트남 '안닝노이찡'(安寧內政= 정보공작 수사특별경찰)의 3인방은 수사과장이며 한국인들이 '광대뼈' 라고 별명 지은 '린' 대위, 그의 동료이자 한국인들이 '키다리' 라고 별명 지은 '홍' 대위, 한국인들이 '튀기' 라고 별명 지은 한국말이 유창한 '즈엉징특' 이라는 요원이었다.

이들은 한국외교관 3명과 민간인 11명을 사이공 치화형무소에 투옥시켰으며, 여기에는 나도 포함되었다. 치화형무소는 8각형으로 연결된 4층 건물이며, 안마당 중앙에는 칼을 거꾸로 꽂아놓은 모양의 감시탑이 우뚝 서 있었다. 이 같은 형상은 이 무서운 형무소에 투옥된 수감자들은 살아서 옥문을 나가지 못한다는 위압을 주기 위한 조형물로 알려져 있다.

유독 이 형무소에는 섬뜩하고 무서운 유령이 야밤중에 심심치 않게 나타나서 마음 약한 수감자들에게는 공포의 대상이 되는 일이 종종 있었다. 치화형무소는 말 그대로 생지옥이었다. 이 생지옥에서 우리 정부가 나를 빼내오는데 약 5년이 걸렸다.

바뀐 세상

나는 귀국 후 나리의 고마운 혜택을 받아 서울대병원 내과과장인 한용철 박사가 주치의가 되고, 그 외 저명한 과장(科長)들로부터 정성스러운 치료를 받았다. 덕분에 1년 후에는 건강을 완전히 회복하여 자유를 만끽하면서 행복한 나날을 보내고 있었다.

세월이 가는 것은 화살같이 빨라서 20여년의 광음(光陰)이 꿈결같이 흘러갔다. 2002년 초 어느 날, 서울시 부시장과 한국해외건설협회장을 역임한 홍순길 회장으로부터 전화가 걸려왔다.

홍순길 회장은 1960년대 후반기와 1970년대 전반기에 사이공의 주월 한국대사관 건설관으로, 경제공사인 바로 내 밑에서 여러 해 우수하게 임무를 수행했다. 그는 영어에 능통하고, 통도 크고 업무추진력이 뛰어났으며, 정의감이 강한 건설관계 외교관이었다.

그가 최근 베트남에 갔다가 그곳에 있는 한국교민으로부터 들은 나에 대한 이야기를 전해 주었다.

1975년 사이공 함락 후 나를 체포하여 투옥시키고 신문한 즈엉징특(DUONG CHINH THUC, 楊政識)이 주한베트남 특명전권대사가 되어 곧 서울에 오게 되는데, 그가 한국교민들에게 다음과 같은 이야기를 들려주었다고 했다. 즉, 베트남 치화형무소에서 이대용 공사는 자기 나라를 위해 아주 죽을

오랜 억류생활 끝에 극적으로 풀려나 김포공항에 내릴 때의 모습.

각오를 확실하게 하여 굴복하지 않았다, 그가 당당하게 끝까지 저항하는 것을 보고 적이지만 큰 감명을 받았다, 자신은 이 훌륭한 애국자를 진심으로 존경하고 있다는 것이었다.

　홍순길 회장의 말을 듣고 나는 "홍 회장, 참 별일이 다 있구려. 하필이면 그 사람이 왜 여기에..... 자기가 한 짓이 있어 서울에서 보복을 당할까봐서 예방책으로 그런 소리를 하는 모양이구려. 존경은 무슨 존경, 사실이 그렇다면 그때 나에게 잘해줄 것이지. 이제 와서 무슨 군소리를..... 하여튼 세상이 많이 바뀌었소. 그 사람이 여기에 대사로 온다니....."

　나는 홍 회장과 몇 마디 더 대화를 나누고 송수화기를 내려놓았다.

한·베트남 국교수립 후 베트남을 다녀온 사람들로부터 1975년 '튀기' 라는 별명으로 한국인들의 입에 오르내리던 즈엉징특에 관한 소식을 나는 들은 적이 있었다. 그는 김일성대학과 김책공과대학에서 공부했으며, 북한주재 베트남대사관 서기관으로 평양에 부임하여 현지에서 승진을 거듭하여 특명전권대사가 됐으며, 평양에 20년가량 머물렀다는 것이었다.

나는 그의 이름을 듣는 것만으로도 혐오감을 느꼈다. 내가 옥중에서 그들의 학대를 받는 초라한 모습이 떠오르기 때문이었다. 1975년 10월 3일, '광대뼈' 와 '튀기' 가 나를 체포하여 치화형무소에 쳐 넣을 때 나에게 허용된 옷가지는 양복 긴 바지 하나와 반바지 하나, 남방셔츠 하나와 팬티 석 장, 러닝셔츠 석 장, 그리고 비닐로 된 샌들 한 컬레가 전부였다. 가죽구두도 양말도 없었다.

안닝노이찡 요원들에게 끌려가서 북조선노동당 통일전선부(3호 청사) 요원들 앞에서 신문받을 때, 그들은 좋은 옷에 가죽구두를 신고 고급의자에 앉아 있었다. 멋진 책상들을 사이에 두고 그들은 나를 3미터 반쯤 떨어진 곳에 놓인 녹슬고 찌그러진 쇠 의자에 앉혔다. 나는 짐승처럼 맨발에다가 낡은 샌들을 신었고, 때가 낀 꾀죄죄한 남방셔츠와 구겨진 양복바지를 입고 있었다.

영양실조의 얼굴에 깎지도 못하고 빗질을 못해서 헝클어진 머리칼이 부수수했다. 안닝노이찡 요원들이 나를 신문할 때도 마찬가지였다. 단지 다른 것은 안닝노이찡 수사과장은 군복에 미제45구경 권총을 차고 군화를 신고 있었다.

그들은 나를 신문할 때 마치 내가 총살언도를 받고 사형집행을 기다리는 사형기결수 인양 취급했다. 내가 사상전향을 하고 그들의 지시에 무조건 고분고분 머리를 조아릴 경우에 한해서 사형집행을 재고한다는 투였다. 이는 마치 로마시대에 노예가 도망쳤다가 붙들려 와서, 사자밥이 되기 전에 귀족들 앞에서 신문을 받고 있는 꼴과 다를 바 없는 아주 초라한 나의 모습이었다.

그런 자화상을 회상하면 비감해지곤 한다. 그래서 나는 그 모습이 되살아나는 화두가 나오면 싫었다. 그런데 그때 나에게 몹쓸 짓을 한 3인방의 한 사람인 '뛰기'가 대사가 되어서 서울에 온다니, 이만저만 격세지감을 느끼지 않을 도리가 없었다.

베트남은 1986년 12월 공산당 제6차 전당대회에서 웬반린이 새로 서기장에 취임하여 종래의 독선적이고 폐쇄적 죽의 장막 노선을 과감히 버렸다. 그리고 개혁개방인 도이모이(=쇄신)정책을 채택하여 정치수용소를 모두 없애버렸다. 상당한 자유가 보장되었고, 외국자본을 유치하니 1990년대에는 연평균 7.6퍼센트의 경이적 경제성장을 이룩했다.

2001년 12월에는 헌법을 개정하여 지속적 개혁추진을 위한 법적 토대를 구축하여 사회 모든 분야에서 법의 지배를 강화했다. 베트남은 이제 눈부신 발전을 해나가고 있었던 것이다.

우리나라와는 구원(仇怨)을 깨끗이 씻어버리고, 1992년에는 국교를 정상화하여 하노이와 서울에 각각 대사관을 설치했다. 그리고 제3대 주한 베트남 대사가 이번에 부임하게 되었던 것이다.

어떻게 할 것인가? 나는 이런 저런 생각에 시달리며 마음이 괴로웠다. 단순하게 감정에만 치우쳐서 원한과 복수의 단순측면에서 따진다면 하늘이 주는 천재일우의 복수 기회가 20여년 만에 드디어 온 것이다.

그러나 세상은 바뀌었다. 그때 그 엄청났던 양국 간의 증오의 불길은 이제 완전히 꺼지고, 당시의 상흔도 이제는 찾을 길이 없다. 옛날은 옛날이고 지금은 지금이다. 내가 이제 와서 복수를 한다는 것은 나의 자유조국에 큰 누를 끼치는 일이 된다. 그래서는 안 된다. 그렇다면 혹시 표가 안 나는 복수의 방법은 없을까?

운명의 외나무다리

인류 역사에서 복수에 대한 고사(故事)는 많다.

그 중 사람들의 입에 많이 오르내리는 고사는 중국 춘추시대의 오왕(吳王) 부차(夫差)와 월왕(越王) 구천(句踐)의 복수전에서 와신(臥薪)과 상담(嘗膽)이 나오는 이야기이다. 부차는 아버지 함려의 원수를 갚기 위해 와신하면서 월왕 구천에 대한 복수를 다짐하며 힘을 길렀다.

부차는 드디어 회계산(會稽山)에서 아버지의 원수인 월왕 구천으로부터 무조건 항복을 받아내며 월나라를 오나라의 속령으로 만들고, 구천을 신하로 삼아 일개 농사꾼으로 몰락시켜 그의 고향으로 돌려보냈다. 그 후 부차는 적의 (敵意)를 품은 구천을 소홀히 관리했다.

고향으로 돌아간 구천은 회계산의 치욕을 복수하려고 쓰디쓴 쓸개를 매일 맛보면서 비밀리에 군사를 양성했다. 회계의 치욕으로부터 12년간 그 같은 상 담 끝에 오나라 수도 고소(姑蘇)에 쳐들어갔다. 구천은 7년간의 전쟁에서 오왕 부차의 군대를 격멸시키고 회계의 치욕을 복수했다.

그러나 월왕 구천도 항자불살(降者不殺)이라는 인(仁)을 존중하여 관용을 베풀어 오왕 부차를 죽이지 않고 용동(勇東)땅에서 여생을 보내게 했다. 하지 만 부차는 구천의 호의를 사양하고 자결했다.

이 고사에서 무슨 교훈을 얻어야 할 것인가? 와신과 상담을 하면서까지 원 한을 갚는 용(勇)의 교훈을 얻는 것은 당연하고, 상대를 꿰뚫어 보는 지(智)와 항자불살의 인의 교훈도 받아들여야 할 것이다.

또 하나, 유의하여야 할 것은 원한 맺힌 증오의 원수에 대한 복수 성공은 또 하나의 증오의 원수에 대한 복수를 잉태하면서 끝난다는 사실이다. 와신의 복수성공은 상담의 복수를 잉태하였다는 것을 간과해서는 안 된다.

증오는 자연의 재앙인 물의 피해, 불의 피해, 지진의 피해, 기상이변의 피해보다도 훨씬 더 파괴적일 수 있다. 구족(九族)을 멸족시키는 것은 말할 것도 없고 가스실에서 수백만 명, 수용소군도에서 수백, 수천만 명, 도시나 농촌이나 길거리 등의 킬링필드에서 수백, 수 천만 명의 사람들을 살육한다. 그렇다면 와신상담의 복수 잉태를 단절하면서 화합을 이루는 역사의 교훈은 없는 것인가.

근대사에 나오는 미국의 남북전쟁 고사가 떠올랐다.

미국 제16대 아브라함 링컨대통령의 노예해방정책에 반기를 든 미국 남부 11개주는 남부연합을 결성하여 재퍼슨 데이비스를 자기들의 대통령으로 선출하였다. 그리고 미연방으로부터 탈퇴를 선언한 후, 22개주로 남아있는 링컨대통령 휘하의 북군에 대한 공격을 감행함으로서, 1861년 4월 12일 미국의 남북전쟁은 발발했다.

남북전쟁 당시 미국의 총인구는 약 3천100만 명이며, 이 중 백인은 2천700만 명이고 흑인이 약 400만 명이었다. 백인 총인구 가운데 북쪽 인구가 약 1천900만 명이며, 남쪽 인구는 약 800만 명이었다.

이렇듯 인적자원 면에서는 북측이 절대 우세하였으나, 남군에는 용병술이 뛰어난 명장들이 기라성같이 있었다. 그래서 전쟁 초기에는 남군이 다소 우세했으나, 북군도 만만치 않아 결정적 승패는 판가름 나지 않은 채 전쟁은 장기전으로 이어졌다.

세월이 흘러가면서 노예 신분인 흑인들이 북군에 자진 입대하여 정규군복을 입고 남군과 전투하는 병사 수가 점차 늘어났다. 남북전쟁이 중반기를 넘어서면서 전력 균형은 깨지기 시작하여 승리는 북군 측으로 기울기 시작했다. 남북전쟁 4년간에 동원된 북군 총 병력 수는 약 200만 명이며, 이 중 36만 4천 511명이 전사했다. 남군 총 병력 수는 약 65만 명이며, 약 26만 명이 전사했다.

남군총사령관인 명장 로버트 에드워드 리 장군은 남부 연합수도였던 버지니아의 리치먼드가 함락되자 패잔병을 이끌고 서쪽으로 후퇴했다. 그러다가 1865년 4월 8일 이미 대세는 치명적으로 기울어졌으며, 패배를 딛고 남군이 소생한다는 것은 절대 불가능하다는 상황판단을 내렸다. 그리고 더 이상 쓸데없이 남군 장병들의 희생을 강요해서는 안 된다는 생각 끝에 북군에 항복하기로 결심했다. 그는 연락 장교단을 북군 총사령관 유리시스 심프슨 그랜트 장군에게 보내 1865년 4월 9일 정오, 애포맥턱스에 있는 매클린의 집에서 만나 항복하겠다는 뜻을 전했다.

살육전이 치열하게 이어진 4년간의 남북전쟁으로 인해 상대방에 대한 원한의 적개심이 하늘을 찌를 듯 고조되어 있었다. 남군 총사령관 리 장군은 "아마도 내일 내가 항복 한 후 총살 당할지 모르겠다"는 예상을 했다. 리 장군은 명예를 존중하며, 자기가 한 일에 대해서는 책임을 질 줄 아는 장군이었다. 그래서 그는 최후를 맞을 때, 명예로운 군복 정장을 하고 태연하게 가려고 최고의 군복을 입고 항복장소로 갔다.

이에 반해 북군 총사령관 그랜트장군은 야전에서 전투하면서 신고 있던 흙 묻은 군화에다가, 빛바랜 낡은 야전군복을 입고 리 장군을 맞이했다. 항장(降將)은 자신의 군도(軍刀)를 허리에서 떼어서 적장에게 바치는 것이 관례다. 리 장군이 군도를 풀어서 그랜트장군에게 바치려고 하자, 그랜트장군은 손을 내저으면서 그대로 차고 있으라고 했다. 파격적인 예우였다.

리 장군은 1807년생이며, 그랜트장군보다 15년 연상이었다. 리 장군은 1829년에 웨스트포인트 육군사관학교를 우등으로 졸업했으며, 1843년에 중간성적으로 졸업한 그랜트장군보다 육사 14년 선배였다. 리 장군은 1852년 웨스트포인트 육군사관학교 교장도 지냈다. 그랜트장군이 겸손하게 말했다.

"리 장군님, 멕시코전쟁(1846~1848년)때, 제가 장군님을 모셨는데 기억이 나십니까?"

의외의 첫마디에 리 장군은 약간 놀라면서 대답했다.

"기억이 나지 않습니다."

이로부터 서로 기억을 더듬으며 멕시코전쟁, 웨스트포인트 이야기 등으로 대화의 꽃을 피웠다. 남북전쟁 같은 껄끄러운 이야기는 나누지 않았다. 항복문서에 대한 서명도 동등하고 온화한 분위기 속에서 이루어졌다. 모든 원한은 단숨에 사라졌고, 우정의 화합으로 일체감을 갖게 됐다.

처형될 것을 각오하고 적장 그랜트장군을 찾아간 리 장군은 너무도 의외의 관대한 예우를 받아 그랜트장군의 관용에 감격했다. 그리고 그랜트장군은 위대한 통합을 이루려는 진정한 관용의 거인이라고 높이 평가했다.

그랜트장군은 리 장군에게 다음과 같은 말을 했다.

"리 장군님을 비롯하여 남군의 모든 장병들은 지금부터 신속히 고향으로 돌아가 자유를 누리면서 행복하게 지내시기 바랍니다. 말을 가지고 있는 장병들은 말을 타고 가십시오. 말이 없는 장병들은 걸어가시기 바랍니다."

항복한 남군 장병들을 포로로 억류하지 않으며, 군용 말도 빼앗지 않고 석방한다는 것이었다. 내친김에 리 장군이 그랜트장군에게 다음과 같은 청탁을 했다.

"그랜트장군님, 지금 남군장병들은 몇 끼를 굶고 있습니다. 도와줄 수 있겠습니까?"

그랜트 장군은 즉석에서 부하에게 지시하여 2만 5천명분의 식량을 굶주린

남군장병들에게 나누어주도록 했다.

마음속으로 울며 감동한 것은 리 장군뿐이 아니었다. 4년간의 남북전쟁에서 모든 것을 잃고 적개심에 불타던 남부 11개 주 전체 약 800만 백인들의 북군에 대한 적개심이 따뜻한 봄 햇살에 눈이 녹아버리듯 모두 사라진 것이다.

그로부터 4년 후인 1869년 그랜트장군은 미국 제18대 대통령에 취임하여 8년간 대통령직에 있었고, 1877년 관직에서 물러났다. 현재 유통되고 있는 미국지폐 50달러에 그려진 초상화가 바로 그랜트 대통령이다. 당시로서는 상상하기조차 힘들었던 그랜트장군의 큰 관용, 그것은 오랜 앙금으로 남을 뻔한 남북전쟁의 깊은 상처를 치유해주는 결정적 결과를 가져온 것이다. 진정한 승자가 되려면 상대에 대한 배려, 그것도 진정성 어린 배려가 먼저 필요하다는 것을 그랜트 장군은 교훈으로 남겨주었다.

자, 나는 어떻게 할 것인가?

나는 고사에 나오는 부차나 구천 같은 절대 권력을 손에 쥐고 있는 국왕도 아니고, 그랜트장군처럼 전쟁터에서 엄청난 일을 독단으로 처리할 수 있는 힘을 가진 군총사령관도 아니다. 그 사람들에게 비하면 까마득히 하위직에 있는 보통사람인 것이다.

연작(燕雀)이 대붕(大鵬)의 흉내를 내면 몸이 찢어진다는 옛말이 있다. 각자의 신분과 처지가 천차만별인 사람들은 저마다 걸맞은 나름대로의 합리적인 판단을 해서 당면문제를 처리해나가는 것이 올바르리라.

이제 내가 채택하여야 할 합리적인 최선의 방책은 무엇인가.

세월이 약이 되어 치화에서의 치욕의 아픈 상처는 가슴속 깊이 침잠되어 묻혀있는데, 이제 와서 가해자를 만나게 되면 옛일이 확 되살아나지 않겠는가. 내 눈은 불꽃을 튀기며 뒤집히고 주먹을 불끈 쥐며 치를 부르르 떨게 되지 않겠는가. 그렇게 되면 아픈 치욕의 상처를 다시 헤집는 일이 된다.

또한 그때 상대방의 말과 태도 여하에 따라서는 잠재해 있던 원한의 감정이 순간적으로 폭발하여 혹시라도 과격한 언동이 일어날지도 모를 일이다. 인내와 용서는 마땅히 복수하여야 할 입장에 놓여 있는 피해자로서의 책무를 유기하는, 쓸개 빠진 비겁하고 무책임한 변명일 수도 있다.

정말로 착잡했다.

깊이깊이 고민한 끝에 무엇보다 중요한 것은 나라의 이익을 최우선하고, 하느님의 뜻에 따르는 것이라고 결론지었다. 따라서 나 개인의 증오스러운 원한의 복수는 우선 삼가기로 했다. 그리고 가해자를 만나지도 않기로 했다. 내 아픈 상처를 쑤시는 일을 피하려면 그 수밖에 없었다.

가해자가 서울에 와도 그만 가도 그만, 나와는 상관없는 일로 덤덤히 지내면 된다. 마음을 정리하고 평정을 되찾으니 잔잔한 행복의 나날이 흘러갔다. 즈엉징특 대사가 서울에 부임했다는 소식이 들려왔다. 나는 한 귀로 듣고 한 귀로 흘려보내면서 망각의 공간에 묻어버렸다.

그러던 어느 날 안희완 교수와 자리를 함께하는 기회가 있었다. 그는 한때 주월 한국대사관 영사였으며, 치화형무소에 수감되었다가 곤욕을 치르고 나와 함께 석방된 외교관이었다. 지금은 대학에서 베트남어를 가르치는 교수이다.

그가 나에게 특대사를 만났는데 내 안부를 묻더라고 하면서, 한번 특대사를 만나보는 것이 어떻겠느냐고 권했다. 나는 안 만나는 것이 약이라면서 이를 거절했다. 그 후 손우식 은행지점장도 나에게 특대사를 한번 만나보라고 권유했다. 손우식 지점장은 여러 대학과 관계를 유지하면서 베트남에서 한국으로 유학 오는 대학생들에게 장학금을 지급하는 일을 했던지라 주한 베트남

대사관과 친밀했다. 나는 안희완 교수에게 한 이야기를 되풀이하면서 이를 거절했다.

그렇게 하는 가운데 원수가 외나무다리에서 만나는 기구한 운명이 가까이 다가오고 있었다. 2002년 8월 하순 어느 금요일, 서울 신라호텔에서 열린 서울 남서로타리클럽 조찬주회에 참석하여 주보를 자세히 읽어보니, 9월 6일 조찬주회에는 주한 베트남특명전권대사인 즈엉징특 대사가 연사로 나와 '한·베트남 수교 10주년을 맞이한 양국관계'라는 연제로 강연을 하게 되어 있었다. 나로서는 뜻밖의 일이었다.

알고 보니 대우건설주식회사 회장이며 서울 남서로타리클럽 회장을 겸무하는 장영수 회장이 즈엉징특 대사에게 요청하여 성사시킨 일이라고 했다. 대우그룹 총수인 김우중 회장은 베트남 수도 하노이의 중심지에 거대한 대우호텔을 건설하고, 그 호텔을 운영 중에 있었다.

주회가 끝나자 나는 국제로타리 제3640지구 총재를 역임한 클럽의 대들보이며 서울 남서로타리클럽을 창립한 초대회장이었던 예비역 장성 김유복 장군과, 현재의 장영수 회장을 만나 즈엉징특 대사와 나와의 원한관계를 설명했다. 즈엉징특 대사로부터 대략 들어서 장 회장은 나와 특 대사와의 관계를 웬만큼 알고 있었다. 또한 특 대사는 내가 서울 남서로타리클럽의 제3대회장을 역임한 클럽의 중진이라는 사실도 알고 있다고 했다.

김유복 장군과 장영수 회장은 입을 모아 그것은 이미 먼 옛날의 일이고, 지금은 양국관계가 아주 가까운 우방으로서 좋은 협력관계를 유지하고 있다, 그러니 넓고 넓은 마음으로 구원을 모두 훌훌 털어버리고 관용으로 그와 화해하는 것이 진정으로 국가를 위한 일이 아니겠는가, 어렵겠지만 그렇게 용단을 내려달라고 당부했다.

내가 정녕 특대사를 만나지 않으려면 그날 주회에 결석하면 된다. 그렇다면 그가 와도 그만, 가도 그만 상관없는 일이다. 하지만 기구한 운명이 닥쳐오면 힘찬 도전, 또는 응전을 하여 이를 극복하고 전화위복의 계기를 만들어야 한다. 내 인권을 무자비하게 짓밟은 원수와 외나무다리에서 마주치는 운명이 눈앞에 다가오고 있다. 역사의 피해자인 내가 이렇게 된 마당에 현장을 회피한다는 것은 말이 안 된다. 당당하게 주도권을 가지고 당찬 모습을 상대에게 보여주어야 한다. 그리고 좋은 결과가 나오는 방법을 강구하여야 한다.

2002년 9월 5일 밤 10시가 좀 지나서 우리 집 전화벨이 울렸다. 송수화기를 들어보니 생면부지의 조선일보 C기자였다. 그는 나에게 내일 아침 서울 남서로타리클럽 주회 장소에 출석하는지를 문의했다. 27년 만에 철천지원수가 만나는 극적 장면을 취재하기 위해서 자기가 내일 아침 일찍 신라호텔로 가겠다는 이야기였다. 별로 비밀사항도 아니어서 나는 그가 궁금해 하는 것들을 답변해주었다.

당신에게 평화가 있기를

9월 6일의 아침이 밝아왔다. 나는 심호흡을 몇 번 했다.

내가 오늘 원수를 용서하면 그가 용서를 받을 것이고, 그대로 두면 그대로 남아 있을 것이다. 1975년에 북한이나 베트남은 모두 폐쇄된 숨 막히는 공산독재국가 체제였다. 북한에서는 신의 존재인 김일성, 김정일 부자의 명령이나 지시가 없으면 아무 일도 시작할 수 없으며, 또 아무 일도 추진 성사시킬 수가 없다.

조선노동당 통일전선부(3호 청사)에서 그렇게 집요하게 나를 북한으로 납치해가려고 베트남을 들쑤셔 움직인 것은 오로지 잔학무도한 포악성으로 악명 높은 김정일의 명령에 따른 것이다. 이에 꽤 많은 협력을 해준 공범은 당시의 베트남 공산수뇌였다. 안닝노이찡 일꾼들은 나를 다루는데 있어 김정일의 간접 하수인에 불과하며, 그들의 현지 재량권이란 티끌만치도 없었다.

그렇게 볼 때 즈엉징특은 현지의 고약한 내 원수이긴 했으나 용서할 수 없는 김정일과 같은 사탄의 부류는 아니었다. 천인공노의 대천지원수인 김정일과는 다르다. 또, 설사 그가 불공대천지원수라할지라도 지금의 한·베트남 우호관계를 고려할 때 나는 그에게 관용을 베풀어주어야 할 부득이한 형편에 놓여있다. 나는 우리나라를 위해 헌신하여야 하고, 국제협력과 우호를 위해서도 힘써 나가야 한다. 그리고 또 하느님의 뜻에 따라야 한다.

이 세 가지의 기본 고려요소에 따라 나는 27년 만에 만나는 원수에 대한 절호의 복수기회를 차원 높은 관점에서 물거품으로 만들어 허공에 날려 보냈다. 사생관과 국가관이 뚜렷하고, 권선징악의 판단이 빠르고 칼날 같아 일도양단(一刀兩斷)의 결심을 신속하게 내리는 인물일지라도 이런 일만큼은 심사숙고의 긴 시간을 갖지 않을 수 없다.

내가 서울 남서로타리클럽 주회장소인 신라호텔 에메랄드룸에 도착한 것은 2002년 9월 6일 오전 7시 10분경이었다. 서울 남서로타리클럽 김도운사무장이 이날 특별히 에메랄드룸 건너편에 준비한 VIP룸으로 나를 안내했다.

그곳에서는 이미 30분 전에 일찍 도착한 즈엉징특 대사와 김유복 장군이 나를 기다리고 있었다. 문을 여니 특 대사가 달려와서 머리를 숙이고 내 오른손을 양손으로 붙잡으면서 "이 장군님, 참 오래간만입니다. 안녕하셨습니까?" 하고 정중하게 인사했다. 나도 "참 오래간만에 뵙게 되었습니다. 안녕하셨습니까?" 하고 답례인사를 했다. 그는 내 손을 꼭 잡은 채 "이 장군님, 저는 장군

제3대 주한 베트남대사로 부임한 왕년의 수사관 즈엉징특과의 재회.

님의 선경지명에 놀랐습니다. 그때 이 장군님께서 말씀하시기를 국제관계에
서는 영원한 적도 없고 영원한 우방도 없다고 하셨는데, 그 말씀대로 베트남과
대한민국은 그때는 적이었지만 지금은 이렇게 아주 친밀한 우방이 되지 않았
습니까? 참으로 놀라운 선견지명을 가진 이 장군님이십니다."라고 덧붙였다.
나를 치켜세우는 한편 사과의 뜻을 정중히 표시하는 말이라는 것을 나는 직감
적으로 느꼈다.

　　1975년 그가 나를 체포 투옥한 후 신문실로 끌어내어 안닝노이찡 일꾼들
이 "총살!" "총살!" 하면서 위압적으로 공갈협박을 할 때, 내가 당당하게 맞서
면서 했던 말을 그가 돌이키고 있는 것이었다.

당시 그들에게 내가 했던 말은 지금도 생생하게 기억난다. "외교관은 자기 나라 이익을 위해 임무 수행하는 기능을 가지고 있지만, 또한 국제협력과 국제 평화를 위해서 임무 수행하는 기능도 있어 국제법에 의해서 완벽한 면책특권 의 혜택을 부여받고 있다. 그러므로 어느 경우에도 타 국가기관에 의해 체포될 수 없고, 전쟁당사국의 외교관이라 할지라도 본국으로 안전하게 돌려보내야 한다. 당연히 베트남도 나를 체포 할 수 없으며 더구나 신문할 권리가 없다. 따 라서 나는 당신들의 신문에 답변할 의무가 없고, 당연히 묵비권을 행사하겠 다!"고 강력히 맞섰던 것이다. 그러면서 "국제관계에 있어 영원한 적도 없고 영원한 우방도 없다"면서 즉각적인 석방을 요구했었다.

그때의 내 발언을 이제 와서 들먹이면서 놀라운 선견지명에 감탄한다는 식 의 제스처를 씀으로서 원한을 희석시키려는 것으로 여겨졌다. 나는 이렇게 대 꾸했다.

"이렇게 여기서 만나게 되니 만감이 가슴에 오고 갑니다. 그때 대한민국과 베트남은 철천지원수의 관계에 있었으며, 특 대사는 베트남에 충성을 다하고 나는 우리 대한민국에 충성을 다하며 죽을 각오가 돼 있었습니다. 그렇기 때문 에 그처럼 엄청난 고통을 겪으면서도 대항했던 것입니다. 그때 특 대사와 나와 의 사원(私怨)은 없었던 것 아닙니까? 공원(公怨)이 그렇게 험난한 상황을 만 들었을 뿐입니다."

우리 두 사람은 잡았던 손을 놓고 의자 있는 곳으로 걸어가서 마주보고 앉 아 이야기를 계속했다. 어제의 원수가 오늘의 친구가 되어 마음 편히 대화를 나 누고 있는 것이다. 김유복 장군은 좋은 화해의 분위기를 더 편하게 해주느라 곁 에서 간간이 덕담을 곁들어주었다.

조선일보 C기자는 카메라 셔터를 부지런히 누르며 무언가 메모하고 있었다. 특대사는 "이제부터 우리 두 사람은 뒤는 돌아보지 말고 앞만 바라보면서 베트남과 대한민국, 그리고 우리들 자신을 위해서 힘을 합쳐나가자"고 했다. 나 역시 동감을 표했다.

약 20분에 걸친 원수의 외나무다리 극적 상봉은 끝나고 서울 남서로타리 클럽의 조찬주회 개시시간이 되어서 VIP실에 있던 우리 3명은 에메랄드룸으로 자리를 옮겼다. 한 시간 지속된 주회에서 연사의 시간은 30분간이었다. 화기애애한 가운데 강연을 끝낸 특 대사는 주회 장소를 떠났다. 주회가 끝난 후 나는 "원한은 가고 평화가 왔다"는 생각과 더불어 "관용의 힘이 헐지 못할 장벽은 없구나" 하는 심정이 들었다.

나는 김유복 장군에게 "27년 묵은 원한의 외나무다리에도 꽃은 피네. 하느님의 가르침에 따르고, 공자님의 말씀에도 어긋나지 않고, 부처님의 법도에도 합당한 관용을 베푼 것 같아 가슴에 서려있던 원한은 가시고 마음이 뿌듯해지는군." 하며 웃었다.

김유복 장군도 "그래, 아주 잘했어. 당연히 그래야지. 얼마나 좋은 일이야. 이 세상 사람들이 배워야할 아주 훌륭한 일을 했어." 하면서 기뻐했다.

그 후 특 대사와 나는 여러 번 만나서 식사를 함께 하면서 우의를 더욱 다졌다. 그리고 내가 요청하는 일 가운데 베트남정부가 나서서 해결해 줄 수 있는 일이라면 특 대사가 열심히 나를 도와주었다. 2005년 3월, 정년을 맞아 모든 공직을 은퇴하면서 서울을 떠난 즈엉징특 대사는 하노이에 있는 아파트에 거주하게 되었다.

2006년 2월, 베트남에 진출하려는 나의 인척이 되는 청년기업인의 요청으로 그 일행과 함께 하노이에 갔다. 그곳에서 은퇴하여 쉬고 있는 특 대사를 만났더니 아주 지성을 다하여 나와 함께 간 기업인 일행을 매일같이 도와주었다.

병원에서 퇴원하여 며칠 되지 않았는데도, 그리고 상처가 다시 악화되어 피가 흐르는 것에도 개의치 않고 나를 따라다니면서 도와주었다.

너무나 고마웠다. 앞으로도 내가 요청하는 일에 대해서는 물불 가리지 않고 도와주겠다고 했다. 이제 우리 둘의 관계는 피붙이 같은 우애의 기반이 확고히 형성되었다. 앞으로 기회 있을 때마다 성심성의를 다하여 서로를 돕자는 다짐을 했다.

원한이 좋은가
평화가 좋다
당신에게 평화가 있기를
원한은 가고 평화가 왔다.
땅 위에는 평화
사람 사이에는 착한 마음

지혜롭고 용감한 관용의 인(仁)이 베풀어지면 원수가 서로 만나는 외나무다리에도 향기롭고 화사한 꽃이 핀다. 그리고 서로가 힘을 합치며 도와주는 화기애애하며 평화롭고 풍요로운 세상이 온다.

저 구름 아래

아름다운 고향

가을의 하늘은 아름답다. 더욱이 한반도의 하늘은 드높고 아름답다. 임진강 남쪽 산 위에 세워진 전망대를 찾는 실향민들은 강 너머 북녘 땅을 바라보며 상념에 잠겨 있었다. 송악산을 넘어 저 멀리 북쪽 하늘에는 흰 구름이 한 점, 두 점 목화송이처럼 떠 있었다.

저 구름 아래에는 대둔산맥(大屯山脈)이 있다. 대둔산맥은 수십 개의 지맥을 북으로 뻗으면서 많은 골짜기를 만들어내고 있었다. 그중 분지형을 한 골짜기 하나가 고구려 때에 현청 소재지로 선정되어 통일신라, 고려를 거쳐 조선조 효종(孝宗) 2년에 두 개의 현을 통합하는 행정구역 개편이 이루어질 때까지 장장 1천 년여에 걸쳐 우봉현(牛峰縣)의 행정 · 사법의 중심지 역할을 했다.

고려조의 송도(松都)에서 이곳을 방문한 문인 백문보(白文寶) 선생은 다음과 같은 시를 지었다.

산(山) 사람들 매를 많이 길들여

서로 부르며 산 언덕을 달리네

저녁 때 돌아와서 술잔 드는데

집집마다 기둥에 산짐승이 매달려 있구나

또 홍여방(洪汝方) 선생은 다음과 같은 시를 읊었다.

소나무 잣나무 우거져 그늘을 지어

대낮에도 사면이 어두운데

산에도 만 겹 구름도 만 겹이로다

산골짜기에 바람이 일며 호랑이 휘파람 부니

해 떨어지면 집집마다 일찌감치 문 잠그네

그 옛 고을 터의 현재 이름은 우봉리 고우봉동(古牛峰洞)이다. 나는 이곳에서 태어나 이곳에서 자랐다.

해마다 봄이 오면 산에 아사리 동백꽃이 제일 먼저 노랗게 피었다. 다음은 개나리꽃과 진달래꽃과 야생 벚꽃이 피었다. 진달래꽃은 높은 산의 아랫부분을 분홍색으로 물들이고, 야생 벚꽃은 큰 산의 허리와 가슴 부위를 화사하게 물들였다. 마을에는 앵두꽃, 복숭아꽃, 살구꽃, 자두꽃, 배꽃, 사과꽃들이 만발하여 동네사람들이 자연의 아름다움을 만끽하면서 살아갈 수 있었다. 꽃가루를 묻힌 꿀벌들이 앵앵 소리 내며 이리저리 날아다니고, 강남에서 돌아온 제비들은 지푸라기와 진흙을 물어 와서 벽에다가 부지런히 발라 둥지를 만들었다. 신록이 우거지면 꾀꼬리와 개개미가 날아와서 고운 목소리로 노래 부르며, 밤

나뭇가지 끝에 둥지를 틀고 알을 낳았다. 멧새, 할미새, 무당새들은 논밭의 둔덕이나 담장에 판 굴속에 알을 낳아 새끼를 깠다. 산에서는 꿩이 퍼덕거리고, 뻐꾸기는 나뭇가지에 앉아서 구슬프게 울어댔다. 참새들은 귓기스락에 둥지를 틀며 재잘댔다.

마을의 삼면은 산에 둘러싸이고 서북쪽만이 들판 방향으로 트이는 마을의 출입구다. 여기 들판에서는 종달새가 지저귀었다. 독수리, 참매, 새매들은 공중을 선회했다. 희귀조인 크낙새도 살고 있었다. 밤에는 소쩍새가 피나게 울었다. 애수를 띠고 맑은 소리로 울어대는 소쩍새의 신묘한 울음소리는 사람들이 처해 있는 사정에 따라, 가지고 있는 개성에 따라, 그리고 개인문화의 차이에 따라, 천차만별의 생각을 유발케 했으나 모두가 공유하는 것은 정서(情緒)의 순화였다. 보리밭이 황금으로 물들어 파도치게 되면 매미의 울음소리가 들리기 시작한다. 이때 우는 매미는 들람매미이고, 밀을 벨 때가 되면 찌매미가 나와서 들람매미의 노래에 합창한다.

여름이 깊어지면 싸롱매미와 매용매미가 울어대기 시작한다. 수십 마리의 매미가 그 나름의 노랫소리로 마을의 맑은 공기를 흔들며 울어댈 때, 그 아름다운 노랫소리에는 도취되지 않을 수가 없었다.

여름의 산골짜기 개울물은 맑게 흘렀다. 물이 차가워서 미역을 감으면 처음에는 섬뜩함을 느꼈다. 개울물에는 버들치와 가재가 많이 살고, 쫑개와 뚝지가 좀 있을 뿐 다른 물고기는 없었다. 개울 주변에는 깊은 산골에만 서식하는 개구리가 살고 있었다. 개구리의 크기는 맹꽁이의 두세 배쯤 되었다. 등은 누런 흑색이고 암컷의 배는 엷은 붉은 색과 엷은 노란색을 섞어놓은 색이며, 중국 식도락가들이 즐긴다는 식용 개구리였다. 삼복중에서도 밤이 되면 개울가는 서늘하고 새벽에는 추웠다.

가을이 되어 논밭의 오곡이 무르익고 단풍이 물들기 시작하면 송이버섯, 뽕나무버섯, 사과나무버섯, 참나무버섯, 버드나무버섯들이 야생으로 돋아났다.

겨울이 되면 철새들이 찾아왔다. 방울새, 박새, 의치, 찍배기, 배바리 등이 계곡과 덤불과 산기슭을 날아다니며 나무열매를 따먹고, 마른 풀밭에서 씨를 찾아 쪼아 먹었다. 박새는 초가집 처마 끝의 굴에 들어가서 자기도 하고, 큰 나무 굴에 들어가서 쉬어가기도 했다. 내린 눈이 초가집 지붕에 소복하게 쌓여 장독대 위를 덮고, 나뭇가지에 눈꽃이 피어 있는 겨울의 운치도 아름다운 경관(景觀)이었다.

아마도 이래서 옛날 원님들은 교통의 불편함도 개의치 않고, 호랑이의 출몰도 상관치 않으며, 공간이 좁은 것에도 아랑곳없이 아름다운 자연에 매료되지 않았을까. 그래서 다른 곳으로 현청을 옮길 마음도 아예 먹지 않고 천 년이 훨씬 넘는 오랜 세월을 이곳에서 지낸 것 같다.

그러나 인류문명이 발달함에 따라 아름다운 경관 하나만으로는 시대적 행정 및 사법요구를 채울 수가 없었다. 그런 한계로 인해 두 개의 현이 통합될 때, 한양–평양–의주의 간선도로변에 있는 넓은 공간을 가진 인접 읍과의 경합에서 밀려나 마침내 폐읍(廢邑)이 되고 말았다.

하지만 오랜 세월 동안 이어 내려오던 풍습은 하루아침에 없어지지 않아, 몇 백 년 동안 계승되는 것도 있었다. 그 중의 하나가 만두 훔치는 놀이였다. 음력 섣달 그믐날이 되면 집집마다 만두를 빚었다. 빚은 만두를 얼리기 위해 함지에 담아 광에 있는 독 위에 얹어놓고 그 옆에 촛불을 밝혀놓았다. 동네 어린 사내애들은 어느 집 사랑방에 모여서 만두 훔치는 조를 짠다. 한 개 조가 두서너 집을 할당 받는다. 내가 속하는 조는 우리 집과 큰집과 오촌 아저씨 집을 책임 맡았다.

밤 아홉 시쯤 되면 아이들은 만두 훔치기에 들어간다. 이때 적용되는 규칙은 함지 속 만두 총량의 10분의 1 이상을 훔쳐 와서는 절대로 안 된다는 것이다. 훔쳐온 만두가 수북이 쌓이면 동네 어느 집 어머니에게 넘긴다. 동네 어머니는 동네 어린이들이 건강하게 자라 먼 옛날부터 대대로 이어져 내려오는 풍습놀이 하는 것을 대견하게 여기면서, 만두국을 끓여 주었다. 이리하여 어린이들의 즐거운 만두국 회식이 열리게 되는 것이다.

설날에는 세배를 올리고 밖에 나가 연을 날렸다.

봄이 와서 꽃이 피면 개구쟁이들은 진달래꽃에 파묻혀 노는 다람쥐를 쫓아다니기도 하고, 꽃을 따서 입에 물기도 했다. 꾀꼬리들이 신록 사이를 노래하며 날아다닐 때, 아이들은 꾀꼬리 소리를 흉내 내면서 꾀꼬리둥지를 쳐다보기도 하고, 그들을 따라 뛰어다니기도 했다. 나무를 타고 까치둥지까지 올라가서 까치 알을 세어보고 내려오기도 했다. 산에는 새콤한 맛이 나는 싱아라는 산초(山草)가 있었다. 이것을 꺾어서 날로 먹기도 하고, 개울가에 가서 싱아상꿋을 만들어 쪄서 먹기도 했다.

싱아상꿋이란 네모난 큰 돌을 주워 양쪽에 쌓고 그 위에 넓적한 돌로 아궁이를 만든 후, 그 넓적한 돌 위에 꺾어온 싱아를 올려놓는다. 그런 다음 싱아 다발을 여러 개의 돌로 덮고 아궁이에 불을 지펴 돌을 달궈 싱아를 찌는 것이다.

여름에는 시냇물에서 미역을 감고, 천렵(川獵)을 즐기기도 했다. 싸리나무를 꺾어다가 9자형으로 매미채를 만들어 긴 작대기 끝에 붙들어 매고, 9자형 동그라미 부분에 초가집 귓기스락에 쳐진 왕거미 줄을 빙글 빙글 감는다. 그렇게 만든 매미채로 나무에서 울고 있는 매미 잔등에 살짝 대면, 매미가 달달 떨면서 잡혔다. 매미를 가지고 놀다가 싫증이 나면 다리 하나를 실로 묶어서 앵두나무와 대추나무에 붙들어 매놓고, 매미가 그곳에서 고운 목소리로 울기를 기다려보기도 했다. 그러면 매미는 다리 하나가 묶인 채 울어댔다.

찌는 듯한 삼복더위가 오면, 밤에 멍석을 개울가에 내다 깔고 누워서 총총
히 빛나는 큰 별들을 세어보기도 했다. 새벽이 되면 추워서 홑이불을 덮어야 했
다. 그런데 늑대가 가끔 나타나서 동네 돼지를 물어가는 통에 동네 아이들은 힘
깨나 쓰는 형들의 보호를 받아야했고, 늑대를 후려칠 수 있는 몽둥이를 항상 머
리맡에 두고 자야했다. 호랑이의 경우는 1920년대 중반에 총으로 한 마리를
잡고, 또 한 마리는 덫에 걸려 잡힌 뒤로는 멸종이 되어 그 후부터는 호환(虎患)
을 걱정하지 않아도 됐다.

가을에는 아이들이 야생버섯을 따거나 밤아름을 줍기도 했고, 보리수열매
와 조랑열매, 매주열매, 대추 등을 따먹었다.

초겨울이 되면 골짜기 물속 큰 돌 아래의 굴, 혹은 바위 밑의 굴, 또는 버들
숲 밑의 굴에 들어가서 동면을 시작하는 개구리 암컷을 잡았다. 중국으로 수출
하기 위해 겨울이 되면 개구리 장사들이 찾아왔으며, 마을사람들에게는 좋은
돈벌이가 됐다. 아이들도 개구리잡이에 한몫 했다. 내가 보통학교 다닐 때는
개구리를 판 돈이 학비에 큰 보탬이 됐다.

고우봉동 사람들은 경제적으로 가난했다. 관청 마을의 기름진 논과 밭, 관
역골의 좋은 배밭 등등 비옥하다는 논과 밭은 모두 개성(開城) 사람들의 소유
였다. 수확량의 반을 논밭 주인들에게 소작료로 바치고 나면 보릿고개 넘기기
가 매우 힘들었다. 그래서 눈이 녹으면 아이들과 아낙네들이 괭이와 바구니를
들고 묵정밭에 나가 메꽃뿌리인 메를 캐 와서 그것을 쪄서 끼니를 때웠다. 또
늦봄에는 산나물을 뜯어다가 좁쌀알을 띄운 나물죽을 쑤어 허기를 달랬다. 춘
궁기에 하루 세 끼 밥을 제대로 먹는 집은 전체 세대의 반도 안 되었다.

내가 보통학교에 입학하기 직전의 어느 날, 몇 살 위인 동네 개구쟁이들을

따라 산토끼 사냥을 나섰다. 그러나 빠른 산토끼를 잡는다는 것은 어림도 없는 일이었다. 개구쟁이들은 토끼똥이라도 먹자면서 어른들이 보지 않는 개울가에 가서 나에게 우리 집 쟁개비를 가져오게 하여 주워온 토끼똥을 끓여 먹었다. 쟁개비를 들고 집으로 돌아가니 어머니가 계셨다. 모든 것이 들통 났으니 큰일이었다. 그러나 어머니는 웃으시면서, 짐승의 똥을 먹으면 병이 생길 수 있으니 다시는 먹지 말라면서 오히려 내 머리를 쓰다듬어 주셨다.

그리운 어머니

어머니는 가문이 좋은 양반의 집안에서 태어나기는 했으나 경제적으로는 몰락한 가난한 농부의 딸이었다. 또한 시집온 집도 마찬가지였다. 한때는 내로라하는 양반 집안이었으나 경제적으로도, 관직 신분으로도 크게 기울어져 시아버지는 겨우 조선조 말단 공무원인 풍헌(風憲, 면장)을 하고 있는 사양족 집안이었다. 조선조 말기 시골 부인들의 글공부가 일반적으로 그러했듯이, 어머니도 한글로 쓴 이야기책을 읽을 수 있는 정도의 문자 해독 능력을 지니고 있었다. 보통 키에 얼굴이 아주 희어서 동네에서는 미인으로 꼽혔다. 현명하다고 알려져 이웃 아낙네들이 근심거리가 생기면 찾아와서 의논하고 돌아가는 것을 여러 번 봤다.

하지만 어머니는 가슴에 상처를 안고 살아가는 슬픈 여인이기도 했다. 나는 가끔 어머니가 눈물을 닦으시는 것을 보았다. 잃은 자식을 그리워하는 눈물이었다. 내가 이 세상에 태어나기 전에 두 명의 형들이 있었다고 한다. 그런데 큰형이 여섯 살, 작은형이 네 살 때 홍역을 앓다가 며칠 간격을 두고 모두 저 세상으로 떠났다고 한다.

들리는 말에 의하면, 둘 다 잘 생기고 착하고 현명해서 부모뿐만 아니라 동네사람들로부터 귀염과 사랑을 받고 있었다고 한다. 짧은 생애를 보내고 이미 가버린 가엾은 그들에게 못 다한 사랑을 나에게 쏟아 붓는 것일까, 나에 대한 사랑은 지극하였다. 그러나 맹목적인 사랑은 아니었다. 어느 날 나는 옷 투정을 심하게 하다가 버릇을 고치려는 아버지의 회초리를 맞았다. 이때 어머니는 가만히 지켜보고만 계시다가 나중에 가서야 회초리 자국을 어루만져 주셨다.

개화기였다고는 해도 그 당시 두메산골은 서구문명의 불모지대였다. 내가 살던 금천군 현내면에서는 학교라는 것이 하나도 없었다. 한문을 가르치는 사랑방 서당이 몇 개 있을 뿐, 보통학교에 다니려면 이웃 백마면으로 가야했다. 이런저런 이유 때문에 우리 우봉리에서는 보통학교 다니는 학생이 한 명도 없었다.

그러나 내가 만 여섯 살 때 백마보통학교 1학년에 입학함으로써 이 신화는 깨졌다. 그 학교의 1학년 신입생들의 평균연령은 열 살쯤 되었다. 나는 제일 나이 어린 꼬마학생으로서, 나보다 10개월쯤 먼저 태어난 백마면장의 딸과 교실 제일 앞줄 책상에 앉아 학교 공부를 시작했다.

우리 집에서 학교까지는 5킬로미터가 조금 넘었으며, 도중에 꽤 높고 가파른 고개가 있었다. 만 여섯 살의 어린이에게는 아주 힘겨운 통학길이었다. 하교할 때는 어머니가 집에서 약 1킬로미터 전쯤 마중을 나와 지친 나를 업고 집으로 갔다. 나는 어머니의 등에서 따뜻하고 자비로운 모정을 느끼며 스르르 잠이 들었다가, 집에 와서 어머니가 나를 내려놓을 때 단잠을 깨곤 했다.

그렇지만 이 같은 달콤한 나날은 오래가지 않았다. 여러 달 전에 해산을 하시고 산후조리 잘못으로 얻은 병환이 악화됨에 따라, 늦가을이 되자 나를 업을 수 있는 힘이 어머니에게는 없어지고 말았다. 이때부터는 마중 나왔다가 내 손을 잡고 집으로 가는 것이 고작이었다. 가끔은 지팡이를 짚고 마중을 나오시기도 했다. 내 손을 잡으신 어머니의 손에서도 나는 따뜻한 사랑을 느꼈다. 어린 마음에도 어머니의 병환이 하루빨리 나아지기를 빌었다. 그러나 내가 2학년 겨울방학 때인 음력 11월 26일 아침, 어머니는 어젯밤에는 소화가 잘 되었다고 이불을 걷고 일어나 앉으셔서 조반을 드셨다. 그러나 점심나절부터 병세가 급전직하로 악화되었다.

이날 오후, 철없는 내가 밖에서 동네 아이들과 함께 뛰어놀고 있는데 누님이 나를 데리러 왔다. 어머니가 나를 찾고 계신다고 했다. 약 200미터 떨어진 집으로 가서 안방 문을 열고 들어서니 어머니는 안방 아랫목에 반듯이 누워 이불을 가슴까지 덮고 계셨다. 어머니가 손짓으로 나를 머리맡으로 부르셨다. 나는 어머니 왼쪽 어깨에 바짝 다가앉았다. 어머니는 어린, 그러나 맏아들인 내 고사리 손을 잡으셨다.

"공부 잘해서, 곧고 훌륭한 사람이 되거라."

가쁜 숨결 속에서도 말은 그런대로 알아들을 수 있게 이어졌다.

나는 "네" 하고 대답했다.

이것이 나와 어머니의 마지막 대화였으며, 그 다음부터 약 한 시간 반 동안 어머니는 한마디 말씀도 못하시고 누워 계시다가 조용히 숨을 거두셨다. 나는 어린 두 손등으로 흐르는 눈물을 번갈아 닦으면서 울고 또 울었다.

이제리 사다오 선생님

어머니가 돌아가신 후 약 4년의 세월이 흘러 나는 보통학교 6학년생이 되었다. 이때 담임은 일본 규슈(九州)에서 교편을 잡고 계시다가 우리 학교로 오신 이제리 사다오라는 일본인 선생님이었다. 이제리 사다오 선생님은 일본인의 식민지 지배 우월감 같은 것은 티끌만치도 가지고 있지 않은 훌륭한 분이었다. 참으로 보기 드문 참다운 스승 중의 스승이었다.

당시 교육은 스파르타식이었으나 그 선생님은 단 한 번도 큰소리를 내어 학생들을 야단치는 법이 없었다. 더구나 구타 같은 것은 상상조차 할 수 없는 인격적이고 자비스러운 선생님이셨다. 키는 약간 큰 편이었고, 체중도 좀 무거운 편이었다. 얼굴 생김새는 부처님을 많이 닮았고, 검은 눈이 시원스러웠다. 선생님은 한반도에서 오래 머무시는 것이 아니었다. 1년간 우리 학교에 계시다가 그 다음은 다른 학교로 가서서 또 1년간을 가르쳤다. 그것이 끝나면 원래 봉직하던 규슈의 학교로 되돌아가는, 즉 2년간을 한반도에 파견되어 임시 근무하는 순회교육 선생님이셨다.

양복은 규슈 어느 현에서 소학교 선생님 제복으로 규정한 것을 입고 계셨다. 앞단추가 보이지 않는 검은색 양복으로, 일본 해군제독의 제복과 닮은 점이 많았다.

선생님은 영국 작가가 쓰고, 일본에서 일본말로 번역된 로빈슨 크루소 소설책을 담임 맡은 학생들에게 읽어 주시며 설명을 했다. 당시의 시골 소년들에겐 그 책이 호기심을 불러일으키기에 충분했다. 소설 속에 나오는 충복의 이름 '후라이디'는 영어로 '금요일'을 뜻하는 단어라고 가르쳐 주셔서 학생들은 영어도 한마디 배웠다.

하루는 선생님이 세계지도를 펴서 칠판에 걸어 놓고 어느 나라가 제일 큰 나라냐고 물으셨다. 학생들은 하나같이 입을 모아 "영국입니다" 하고 큰소리로 대답했다. 지도에는 캐나다·호주·미얀마·말레이시아·인도·아라비아·이집트 등등 큼직큼직한 땅덩어리가 온통 영국의 영토색인 엷은 분홍색으로 칠해져 있었다. 뿐만 아니라 아프리카·중동 등의 자그마한 여러 나라들도 영국 땅으로 칠해져 있었기 때문이다.

이제리 사다오 선생님은 영국 본토를 보라고 하시며, 원래의 영국 본토는 한반도 크기와 엇비슷한 면적을 가지고 있다고 말씀하셨다. 그리고 학생들에게 영국이 이렇게 세계 최강국이 된 것은 누구 덕분이냐고 물으셨다. 학생들 대부분은 영국 왕이 훌륭하고 전쟁을 잘한 덕분일 것이라고 대답했다.

선생님은 "그것은 선장의 덕분이다"라고 말씀하시고 이유를 설명하셨다. 영국 본토는 석탄이 풍부하지만 기타 지하자원은 보잘 것이 없다. 이런 이유 때문에 영국은 해외에서 원자재를 배로 실어다가 본국에서 여러 가지 물건을 만들고, 이 제품들을 다시 배에 싣고 나가서 비싸게 팔아 부(富)를 쌓았다. 값진 물품을 싣고 바다 위를 오가는 영국 배를 보물선이라 부르며, 스페인 해적선들이 자주 습격했다. 영국 배들은 이에 대응하여 무장을 강화했다. 영국 배들이 해전(海戰)에서 적의 포탄을 맞고 침몰하게 될 경우, 선장은 부하 선원들을 구명보트에 태워서 바다 위에 띄워 생명을 보전케 하고 자신은 영국 국기가 휘날리는 마스트에 몸을 묶고 배와 함께 바다 속으로 들어가 희생되었다. 패전의 책임, 침몰의 책임을 지고 가는 것이었다. 이러한 책임에 대한 희생의 가치는, 상관에 대한 존경심과 복종심을 길러 주었다. 또한 애국심을 고취시키고, 조선(造船)기술과 신무기 개발을 촉진시켰으며, 신천지에 대한 탐험심을 자극해주었다. 이리하여 영국의 오늘이 있게 되었던 것이다.

선생님의 말씀은 여기서 끝났다.

'책임을 지는 선장의 희생정신'

감수성이 강한 소년은 이 선장의 정신을 가슴속 깊이 소중하게 간직해두기로 했다. 참으로 먼 옛날의 일이었다. 저 구름 아래에 있는 고향땅에서 있었던

60여 년 전의 옛일이었다. 그때 그 선생님은 이미 세상을 뜨셨을 것이고, 소년은 고희를 훨씬 넘긴 늙은 몸으로 임진강 남쪽 산 위에서 물끄러미 고향 하늘을 바라보며 그때를 회상한다.

마지막 방문

내가 고향 땅을 마지막으로 밟은 것은 6·25가 나던 해의 겨울이었다. 그 해 초겨울, 나는 평안북도와 평안남도 일대에서 중공군과 전투 중에 있었다.

11월 하순 어느 날, 나는 연락병 홍인곤(洪仁坤) 하사에게 군용트럭과 군용열차를 번갈아 이용하여 약 400리 떨어진 내 고향집에 가서 편지를 전해 주고, 아버님의 답장을 받아오라고 시켰다. 내가 아버님께 보내는 편지에는 대략 다음과 같은 내용을 담았다.

내 생사문제에 대해서 아버님께서 많이 걱정하고 계실 터인데, 건강하게 잘 있으니 마음 놓으시라는 것, 어린 시절 강냉이밥, 조밥, 감자 등으로 가난하게 끼니를 이어가면서도 자식들을 정직하고 근면하고 쓸모 있는 사람으로 키우시려고 늘 애써 오신 아버님의 노력과 고생에 대해 오늘 이렇게 성장한 나의 가슴은 메어진다는 것, 아버님의 생신이 음력으로 5월 11일인데 매년 이 날이 돌아올 때마다 평생을 고생하시며 고기반찬에 쌀밥을 제대로 못 잡수시는 가난을 겪으실 아버님을 떠올리며 38선 이남에서 북녘을 바라보며 슬퍼했다는 내용, 이 편지를 들고 가는 홍인곤 하사는 중대 연락병이니 나에 대한 소식은 홍 하사로부터 더욱 상세하게 들으시라는 것, 이번에 홍 하사 편에 보내는 돈은 이번 달에 탄 월급이니 이 돈으로 쌀과 고기를 사서 많이 잡수시라는 것, 무엇이 잡수시고 싶으신지 그것은 홍 하사 편을 통해 알려주시면 그것들을 구해서 보내드리겠다는 것, 큰아버님과 그 외 동네 어른들에게는 따로 편지 올리지 않으니 잘 말씀 드려달라는 것, 아우 탁용(卓鎔)이 인민군에 끌려갔는지 여부가 궁금하다는 것, 부디 안녕하시라는 인사글로 끝을 맺었다.

내가 순천(順川) 방면으로부터 평양으로 이동한 날인 1950년 12월 4일 초저녁, 고향집으로 연락 보냈던 홍인곤 하사가 돌아왔다. 홍 하사가 내미는 큰아버님의 편지에는, 아버지가 지난 음력 7월 그믐날 세상을 떠나셨다는 소식이 담겨 있었다. 쏟아지려는 눈물을 모질게 참았다. 부하들이 보는 앞에서, 사적인 일로 전투지휘관이 눈물을 보이기가 싫어서였다. 야간방어 시가전을 할 수 있게 중대배치를 끝내고 중대지휘소를 할당받은 후 나는 방에 들어가서 문을 잠시 잠그고 눈물을 쏟으며 아버지의 명복을 빌면서 울었다.

파죽지세의 중공군은 평양시 외곽에 이미 와 있었다. 그들이 지금이라도 시내로 쳐들어오면 마주 싸우던가, 아니면 상급지휘관의 명령이 있을 때 철수를 하던가 하여야 했다. 전투지휘관이 슬픔에 잠겨 울고 있을 수만은 없었다.

슬픔에 싸여 저녁식사를 하는 둥 마는 둥 마치고 마음을 가다듬은 후, 상부로부터 내려오는 중공군의 움직임에 대한 정보를 계속 EE8 군용전화로 하달받으며 밤을 보내고 있는데, 안방에서 노인의 기침 소리가 자주 들려왔다. 나는 옆방에서 잠시 가면(假眠)을 취하고 있는 홍 하사를 깨워서 노인을 사랑방으로 모시고 오라고 했다.

나이는 예순셋, 나의 아버지보다는 한 살이 아래였다. 나는 그 노인에게 육군 캐러멜 한 갑과 화랑담배 한 갑을 드렸다. 노인과 이런저런 이야기를 하다가 화제가 내 아버지 이야기로 돌아가자 나는 그만 낙루(落淚)하고 말았다.

이로부터 7일 후인 12월 11일 오전 10시경, 나는 시변리에서 아침 겸 점심 식사를 한 뒤 서쪽으로 약 70리 떨어진 금천(金川)읍을 향하여 도보행군을 하고 있었다. 시변리를 떠나서 20여 리를 걸어가면 한석봉(韓石峰)의 출생지이 며 그가 어린 시절을 보낸 구이면(口耳面) 덕안리(德安里)가 나온다. 덕안리를 지나서 한참 가면 서위고개에 다다른다. 이 고개를 넘어서 좀 더 가면 내가 살던 우봉리 고우봉동이다.

서위고개 마루터기에 올라서니 꿈속에 그리던 산하가 눈앞에 펼쳐졌다. 내려다보니 삼산리(三山里), 송정리(松亭里), 우봉리, 원명리(圓明里), 소학리(巢鶴里) 등 모두가 옛 모습 그대로였다.

해발 760미터의 대둔산, 717미터의 수룡산(秀龍山) 등이 수려한 자태로 경기도와 황해도를 갈라놓으며 높이 솟았고, 성불사(成佛寺)의 말사인 원명사(圓明寺)가 있는 원명산과 옛 고을의 주산인 국사봉(國士峰)이 소년 시절의 기억을 되살려주었다.

서위고개를 막 내려가는데 SCR 300 무전기를 통하여 송정동에서 행군을 멈추고 차기 명령을 기다리라는 상부의 명령이 하달되었다. 송정동은 면소재지이며 우봉인민학교가 있는 곳이다. 나는 예하 각 소대장들과 중대 선임하사관에게 송정동 우봉인민학교에 가서 행군을 멈추고 휴식하며 차기 명령을 기다리라고 지시한 다음, 송정리 주막동 언덕고개를 넘어 우리 집이 있는 고우봉동으로 향했다.

주막동 고개를 넘으면 바로 그 고개 밑이 고우봉동의 일부인 관청 마을이다. 이 관청 마을은 그 옛날 1천여 년에 걸쳐 현청이 서 있던 터다. 이곳에서 나는 조카뻘 되는 30대 후반의 마을 친척을 만났다. 그 친척은 나를 아버지의 산소가 있는 곳으로 데리고 갔다. 산기슭 언덕에 잔디를 갓 입힌 둥근 무덤이 있었다.

절을 하고 무릎을 꿇은 뒤 "아버님, 제가 왔습니다. 기다리고 기다리시던

큰아들이 여기 왔습니다"하고 말하였으나 고이 잠드신 아버님은 대답이 없었다. 불효자식의 군복 위에 두 줄기 눈물이 흘러내렸다. 잠시 후 일어서니 친척 조카가 내 어머니 산소를 이곳으로 옮겨와 아버지와 합장을 하였다고 알려주었다. 기쁜 일보다는 슬픈 일을 더 많이 겪으시며 짧은 생애를 마치신 어머니, 삶을 마감하실 때 어린 아들을 머리맡에 앉혀놓고 차마 감기지 않는 눈을 겨우 감으셨을 가엾은 어머니, 이승에서는 불행이 많았으나 저승에서는 아버지와 함께 편안히 계시기를 빌었다.

봉분 위의 잔디들을 좀 다진 후 나는 하직 인사를 드리며 재배를 올리고 고향집으로 발길을 돌렸다. 관청 마을 논두렁길 끝에서 빙고(氷庫)골로 들어가는 오른쪽 언덕에 서 있는 20여 그루의 고목(古木) 굴에 살고 있는 크낙새들은 변함없이 고목 사이를 날아다니고 있었다.

옛 고을 관리들의 집이 모여 있던 아사동(衙舍洞)을 지나, 큰 회의장이 있던 논달동(論達洞)에 가서 나는 고향집으로 들어갔다. 동생과 제수가 반갑게 방문을 열고 달려 나왔다. 나는 미혼인데 동생은 벌써 결혼해서 생후 몇 개월 된 어린 아들까지 두고 있었다. 동네 분들이 모여와서 반가운 재회의 기쁨을 나누었다.

그러나 그런 만남도 잠시뿐 나는 송정리 송정동 우봉인민학교로 가야만 했다. 고향집을 나설 때, 동생 가족과 동네 청년들이 나를 따라 송정동으로 향했다. 내가 우봉인민학교에 도착하자 새로운 명령이 하달됐다. 오늘 저녁 군용트럭들이 송정동에 도착하는 대로, 그 군용트럭들에 분승하여 경기도 삭녕(朔寧)과 구화(九化) 중간에 있는 판교동으로 이동하라는 것이었다.

적어도 하루쯤은 고향에 머물면서 옛 발자국을 따라 내가 다니던 백마인민학교(옛 백마보통학교)에도 가보고, 여러 어른들도 찾아뵙고, 옛 친구들도 두루 만나 어린 시절의 이야기꽃도 피우고, 앞날에 우리들이 할 일에 대한 의견들도 교환하며 회포를 풀고 싶었으나 전투지휘관으로서의 긴박한 임무는 그런 시간적 여유를 허용하지 않았다.

달빛 없는 어두운 밤, 이별의 시간은 다가오고 있었다. 동생과 그의 가족, 그리고 동네 사람들은 우봉인민학교에서 나와 헤어져서 집으로 돌아가기도 하고, 남쪽을 향하여 초라한 짐 보따리를 들고 피난길에 나서기도 했다.

고우봉동 사람들은 아주 순박한 농민들이었다. 흙벽으로 된 농가에서 태어나 땅을 파서 땅에서 나오는 농산물을 먹고 흙냄새를 맡으며 살다가 늙어서 흙으로 돌아가는 인생을 보내는, 밭이나 논이나 산 없이는 살아갈 수 없는 것으로만 믿는, 농토에 얽매여 사는 사람들이었다. 그런 이들이 자기 농토를 버리고 빈손으로 타향을 향해 떠난다는 것은 정말로 어려운 일이었다. 계절마저 추운 겨울이니 고향을 버리고 정처 없는 피난길을 떠난다는 것은 정말로 어렵고 난감한 일이 아닐 수 없었다. 그럼에도 불구하고 이 어려운 상황에서도 36세대가 사는 고우봉동과 7세대가 사는 이웃 궁동(宮洞)에서 이시무, 이철남, 이장식, 민원기, 이필남, 민형기, 이계순, 이탁용, 이기만, 이응남, 이주원 등의 11명과 이들의 처자식 10명이 남쪽으로 피난길에 올랐다.

밤 9시 반 경, 나를 태운 군용트럭이 판교동을 향하여 움직이기 시작했다. 낮 세 시간, 밤 네 시간, 짧았던 고향방문은 이렇게 해서 얼떨결에 끝나버렸다.

그 후 한 번도 가보지 못한 북녘의 고향산천. 그때 그 고향을 떠나온 사람들이 그리운 고향을 가볼 수 있는 때가 금년일까, 내년일까, 혹은 5년 후일까? 그렇게 기다리는 가운데 반 백 년의 세월은 애타게 흘러가고, 몸은 늙어서 하나씩 둘씩 세상을 떠나고 있다.

해마다 추석이 되면, 임진각 분향소에 가서 북녘을 향해 분향하고 망배(望

96

拜)하면서 부모님 산소에 성묘하러 못 가는 불효자식의 딱한 신세를 한탄하던 나의 동생도, 한을 품은 채 이미 저 세상으로 떠나고 말았다.

부모님 산소에 잡초만 무성하게 자라고 있는 것은 아닐까? 가야 할 내 고향. 가고 싶은 내 고향. 생전에 그 소원이 이루어지는 날이 과연 올 것인가? 눈길을 돌려 산 밑을 내려다보니 임진강은 태고로부터 형성된 물줄기를 따라, 실향민들의 애타는 소원을 알리도 없이 무심하게 소리 없이 유유히 흘러내리고 있었다.

운명에의 도전

인민학교 교사 시절

한국전쟁이 끝난 이후 연말이나 6·25가 되면 후방에 있는 기업체나 민간단체들이 정성어린 자그마한 위문품을 가지고 일선장병들을 위문하는 것은 관례화되어 있었다.

1982년 6월, 내가 이사장으로 근무하던 한국화재보험협회 임직원 대표단이 서부전선 애기봉(愛妓峰) 일대에 주둔한 해병사단을 방문했다. 나를 포함한 일행은 위문품을 전달하고 애기봉에 올라갔다.

안내장교가 일선상황을 설명한 후, 애기봉에 얽힌 병자호란 때의 애절한 여인의 비화를 들려주었다. 그 여인이 걸어온 길을 설명하는 해병장교의 말을 따라 북으로 눈길을 돌리니 개성을 지나 그 북쪽에 있는 산들이 시야에 들어왔다. 날씨가 청명하지 않아 백 리쯤 떨어져 있는 산들은 어느 것이 천마산이고 어느 것이 제석산인지 분간하기가 힘들었다.

해발 750미터의 제석산(帝釋山) 정상에는 관세음보살이 중생을 제도(濟度)하기 위해 변신한 33체의 하나인 제석상(帝釋像)이 여러 개 서 있다. 그 옛날 고려 왕조 시절, 송도에서 고관대작의 아낙네들이 치성을 드리기 위해 연중 이곳을 많이 찾아왔던 것으로 알려져 있다. 박연폭포에서 떨어지는 물줄기는 북으로 내려갔다가 제석산 기슭을 스치면서 서북쪽으로 흘러 예성강에 합류한다. 이 합류지점 부근에 금천(金川)군청 소재지인 금천읍이 있다. 그곳에 있는 인민학교는 나에게 엄청난 마음의 충격을 주고 나의 인생항로를 바꿔놓은 곳이다.

나는 8 · 15 해방 후 서울에서 신문배달과 막일을 하며 고학을 하다가 두 가지 병에 걸렸었다. 우리학교 선생님 한 분이 서울대학교 부속병원 외과의사를 겸직하고 계셨으며, 그 선생님이 무료로 외과수술을 해주셔서 한 가지 병은 고쳤다. 그러나 건성늑막염은 절대 안정과 요양이 필요하다고 하여, 부득이 북위 38도선 이북에 있는 고향으로 돌아갈 수밖에 없었다.

때마침 평양에 숙식까지 무료로 제공해주며 등록금 없이 공부시켜주는 대학이 설립되었다는 새 소식이 들려왔다. 그리고 그 대학에서는 38선 이남에서 넘어오는 학생들은 무조건 받아들이며 환영한다는 소식이었다. 나는 고향에 가서 몇 개월 요양을 하고 평양에 있는 대학에 가기로 했다.

나의 꿈은 의사가 되어 가난하고 병든 사람들을 돌봐주며 일생을 보람 있게 보내는 것이었다. 하지만 가난해서 그런 공부를 할 수 있는 학교에 진학할 수가 없었고, 학비가 안 드는 관비(官費) 학교를 찾아다니면서 공부해야 했다. 그러던 중 다행히도 이번에 무료로 공부시켜 주는 의과대학이 평양에 생겼으니 꿈을 실현시킬 수 있는 기회가 온 것이다.

고향에서 하루 세 끼 제대로 잡곡밥을 먹고, 맑은 공기를 마시면서 충분하게 휴식을 취했다. 그러자 4개월쯤 후에는 체중도 회복되고 웬만한 직장에서는 일을 할 수 있을 정도로 건강이 좋아졌다. 이때가 되어 곰곰이 생각해 보니, 평양에 있는 대학에 간다 해도 돈 한 푼 없이 빈손으로 갈 수는 없는 노릇이었다. 어느 정도의 용돈을 마련해야 할 것 같아 6개월만 근무할 예정으로 금천금교(金川金郊)인민학교 선생으로 취직했다.

나는 인민학교 5학년 담임이 되었다. 그 무렵 인민학교에는 교원 인력이 많이 부족하여 각 군(郡)에 교원양성소를 설치하여 교육기간 3개월의 1개 학급을 편성했고, 교실로는 옛날 건물인 향교를 사용하게 되었다. 나는 이 학급의 담임과 수학선생 자리를 맡아 인민학교와 교원양성소 양쪽을 겸직으로 근무하게 되었다.

나는 인민학교 숙직실에서 기거하면서 자취생활을 했다. 여학생들이 가끔 찾아와서 밥을 지어주고 돌아가기도 했다. 학생들에게 일반과목을 가르칠 때와 운동장에서 함께 운동경기를 할 때, 가정방문을 할 때는 참으로 즐거웠다. 그렇지만 날조된 정치선전을 가르치라고 하거나, 기타 정치적 억압이 있을 때는 괴로웠다.

서울에서 북한으로 올 때 북한의 억압정치를 모르는 바가 아니었다. 하지만 남북통일을 위한 미국과 소련의 협의가 진행 중이었고, 국제여론도 남북통일 실현 방향으로 가고 있었다. 나는 몇 년 안에 남북 총선거가 실시되어 한반도에 통일 민주정부가 수립되리라고 굳게 믿었다. 통일정부가 수립되면 서울에 있는 대학생이나 평양에 있는 대학생의 신분에 차이가 있을 수 없다. 그 날이 올 때까지 몸조심, 입조심하며 모든 것을 꾹 참고 공부나 열심히 하면 될 것이라고 여겼다.

그러나 이상과 현실의 차이는 컸다. 가난한 사람들과 병든 사람들을 도와

주기 위해 의학공부 준비나 하라고 젊은이를 방치해 두는 세상이 아니었다. 민청회의니 독보회니, 생활검토회니 하면서 괴롭혔다. 남한의 자유가 그리울 때가 많았다. 1947년 6월 15일경, 금천군 인민위원회 교육국장으로부터 김구와 이승만을 민족반역자로 규탄하는 교육을 각급 학생들에게 시키라는 지령이 교장을 통해 하달되었다. 김구는 중국에 있을 당시 조선의 광산권을 중국정부에 팔아먹었고, 이승만은 미국에 있을 때 조선의 철도권을 미국 정부에 팔아먹었으며, 자신들은 그 돈으로 호의호식하며 해외에서 살찐 놈들이니 민족반역자라는 내용이었다.

나는 인민학교 5학년 학생들에게는 지령대로 교육을 실시했다. 그리고 교원양성소 학생들에게도 똑같은 교육을 실시했다. 머리가 다 큰 교원양성소 학생들이 나의 성실성을 존경하고 있다는 것을 알고 있었는데, 그들 앞에서 거짓말 교육을 하려니 낯이 뜨거운 심정이 들어 다음과 같은 사족을 덧붙였다. "그러나 김구나 이승만이는 독립운동을 열렬히 전개한 바도 없지는 않다."

입 다물고 꾹 참으며 있었어야 하는데 그러지를 못하고 실수를 한 것이다. 나의 담임 5학년 학생 중, 열다섯 살 된 남자애가 있었다. 제석산 밑의 새리라는 마을에 살고 있었는데, 집이 너무 가난해서 늦게야 학교에 입학한 아이였다.

6월 28일 토요일 늦게 그 아이가 사람들의 눈을 피해가며 몰래 나를 찾아왔다. 그 아이의 귀띔에 의하면, 열성 공산당원인 최상권(崔相權) 선생이 민족반역 행동에 대해 내 뒷조사를 하고 있다는 것이었다. 어제 그 애가 최 선생에게 비밀리에 불려가서 나에 대한 여러 가지 심문을 받았다고 했다. 특히 김구, 이승만 규탄교육 내용을 상세히 묻고, 교실 게시판에 어떤 그림을 많이 붙이냐는 등을 체크하면서 메모했다고 알려주었다. 나는 겁에 질려 불안해하는 그 아이를 잘 타일러 안심시킨 후 집으로 돌려보내고, 여러 가지 상념에 사로잡했다.

최상권 선생은 이번에 처음 만난 사람이 아니다. 그 전부터 알고 지내던 사이였으며, 한동안 가까운 친구였다. 내가 서울에서 자취를 할 때, 아침에는 구멍가게에 가서 두부 만들 때 나오는 찌꺼기 비지 한 덩어리를 사다가 간장을 쳐서 데워먹고, 점심은 굶고, 저녁은 물을 많이 부은 멀건 수제비국을 끓여 물로 배를 채웠다. 밤 12시에는 보신각 부근에 있는 동아일보사에 가서 신문을 받아 집집마다 돌아다니며 돌리고, 일요일에는 막노동판을 찾아다니던 시절의 일들도 최상권 선생은 모두 알고 있었다.

8·15 해방 직후 나를 아주 좋아하며 따르는 여고생이 있었다. 친구의 사촌 여동생이며, 머리가 좋은 문학소녀였다. 나도 그 여고생을 좋아해서 둘은 깊은 플라토닉 러브 상태에 빠져 있었다. 하루는 내가 리어카에 소금가마를 잔뜩 싣고, 비지땀을 흘리면서 삼각지 전차역 앞을 지나고 있었다. 그때 그 여고생이 내 비참한 꼴을 보았다. 그 후부터는 그 여고생이 나를 멀리했고, 나도 그런 일로 변심하는 여자는 필요 없다고 여겨 잊어버렸다. 최상권 선생이 그 이야기를 듣고 잘한 일이라고 칭찬하면서 격려까지 해준 일이 있었다.

우리는 그렇게 절친했다. 그러나 날이 갈수록 그는 공산당 열성당원으로서 친구를 배신하는 쪽으로 기울어졌고, 친구들은 뒤에서 그를 미워하면서도 앞에서는 눈치를 살피며 입조심들을 했다. 그가 이제 내 뒤를 캐고 있는 것이다. 그는 열성공산당원이고 나는 당원이 아니다. 칼자루는 그쪽이 쥐고 있으니 심상한 일이 아니었다.

권력을 쥔 자에 의해 반동분자나 민족반역자로 몰리게 되면 학교교원이건, 농민이건, 노동자이건, 출신성분에 관계없이 가혹한 처벌을 받는 것이 북조선의 당시 실정이었다. 속에 있는 말 한마디 잘못 뱉다가는 체포되고 마는 것이다.

어떻게 할까? 지금 당장 38선 이남으로 도망을 칠까? 자유를 누린다면 시중에서 막노동을 한들 어떠랴. 깊은 갱도에 들어가서 광부가 된들 또 어떠랴. 남으로 가고자 하는 생각이 굴뚝같았다. 그러나 실낱같은 미련이 내 뒤를 잡았다. 최상권의 목을 쥐고 있는 군 교육국장 이응돈(李應敦)이 있다. 그는 금천군 최고 엘리트 공산당원 3인방 중의 한 사람이며, 모든 교원들이 두려워하는 존재였다.

나는 이응돈 국장의 열성당원 행위를 속으로는 못마땅하게 여기고 있었으나, 옛날 깊이 맺은 친분관계가 있었다. 그 역시 나를 좋아하고 신임했다. 교원 양성소 학생 담임을 맡긴 것도 그의 배려였다. 그를 만나 잘 이야기해서 나의 과실을 사과하고 이해시키면, 최상권을 주눅 들게 할 수도 있을 것 같은 기분이 들었다. 그렇게 되면 내가 북위 38도선을 넘어 북으로 올 때의 꿈을 실현시킬 수 있을 것이다. 그러나 이응돈 국장이 어떻게 나올지도 역시 의문이 아닐 수 없었다.

여러 가지 방안을 비교 분석해가며 가장 좋은 것이 무엇인가를 궁리하면서 잠을 못 이루고 있는데, 밤은 자정을 넘어 6월 29일의 새벽을 알리는 닭 울음소리가 들려왔다. 그날은 일요일이어서 아무 일도 없을 것이라 생각되어, 좀 더 심사숙고한 후에 최후 결심을 하기로 하고 날이 훤히 밝은 다음에야 잠이 들었다.

인민재판

늦잠에서 깨어나니, 해는 중천에 높이 올라와 있었다. 아침밥을 지어 먹고 설거지를 하고 있는데, 공산당원이며 민주청년동맹원인 김명훈(金明薰) 선생이 나를 찾아왔다. 인민학교 직원실에서 민청(民靑) 회의가 있어 부르러 왔다는 것이었다. 나는 의심이 들어 "일요일인데 무슨 민청회의요?" 했더니, 그는 시치미를 떼고 "글쎄 나도 잘은 모르지만 민청 부장들의 인사이동 회의 같습니다" 하고 대답했다.

　나는 그와 함께 직원실로 갔다. 최상권을 비롯하여 꽤 많은 사람들이 와 있었다. 회의가 시작되었다. 정상적인 회의가 아니라 반동분자에 대한 비판회라는, 일종의 인민재판이었다. 그들은 나를 피고인 자리에 앉혔다. 비판회는 검사가 입회한 가운데 민청맹원들이 하는 제1부와, 여기에 직장동맹원들과 부녀동맹원들, 그리고 당 간부들이 추가되어 하는 제2부로 이어져서 진행되었다. 출입문에는 소총으로 무장한 보안대원이 보초를 섰다.

　최상권이 나의 범죄사실을 읽어 내리며 고발할 때는 모두 숨을 죽이며 이를 경청했다. 나는 침을 삼키며 이북에 온 것을 뼈저리게 후회했다. 내가 교원양성소 담임 학생들에게 김구와 이승만의 민족반역 규탄교육을 할 때에 사족을 붙인 것과, 5학년 교실 게시판에 민족반역자 타도의 그림을 오래 붙여놓지 않고 학생들이 그린 사생도로 바꿔 붙인 것이 문제가 됐다.

　그들은 손을 들어 의장으로부터 발언권을 얻은 후 일어나서, 나를 김구와 이승만이 파견한 악질 테러분자·반동분자·민족반역자로 몰아세우며 무자비한 처단을 해야 한다고 목청을 높이며 눈에 핏발을 세웠다.

　이러한 소름끼치는 분위기 속에서도 나를 도와주려는 발언을 하는 사람이 한 명 있었다. 그는 백응년(白應年) 선생이었다. 백 선생은 부모, 형제들과 함께 만주에서 살다가 제2차 세계대전 후 빈손으로 고향에 돌아왔으며, 집이 가난해서 끼니를 거를 때가 많았다. 하루는 아침을 굶고 출근길에 나섰다가 영양실조로 쓰러져서 화제의 인물로 등장하기도 했다. 나는 성실한 그와 제일 가깝게 지냈으며, 단 둘이 있을 때면 그가 나를 형님이라고 불렀다.

그는 차분하고 조심스럽게 다음과 같은 내용의 이야기를 했다. 우선 이대용 동무가 오늘날까지 가난의 서러움을 가슴 아프게 느끼면서 자라왔고, 가난한 사람들을 도우려는 생각을 늘 가지고 있으며, 프롤레타리아 혁명에 반대한 과거가 없다는 것을 강조했다. 그런 다음 이번의 정치적 오류는 잘못된 것이지만, 여러 가지 정상을 참작해서 처리해야 할 것이라고 나를 두둔하고 나섰다.

그러나 이어지는 열성당원들, 아부당원들의 부정적 발언에 가려져 그의 발언은 묵살되고 말았다. 백 선생의 말대로 나는 가난한 집에 태어나서 가난에 시달리며 살아왔고, 가난하고 병든 사람들에게 구원의 손길을 뻗는 공부를 하는 꿈을 가지고 이곳을 찾아왔다. 그러한 젊은이를 수용하지 못하고 타도해버리는 북조선 사회가 슬프고 원망스러웠다. 도마 위에 올려진 이 몸. 아! 이것이 나의 운명인가 하는 회한의 탄식이 절로 나왔다. 어젯밤에 38선 이남을 향해 뛰지 않은 것이 후회막급이었으나 이제는 과거지사, 돌이킬 수 없는 일이었다.

어떻게 할 것인가? 이 기구한 운명에 순종하면서 이대로 가만히 앉아서 그들의 손에 죽어야 하는 것인가? 열성분자들이 차례로 손을 들고 일어나서 열을 올리며 떠들어대는 소리들을 귓등으로 흘려보내면서, 내가 취하여야 할 최선의 방책이 무엇인가를 곰곰 궁리해보았다. 그리고는 결론을 내렸다.

그것은 이 기구한 운명에 대한 결사적인 도전이었다. 38선 이남으로 탈출하는 것이다. 비록 38선을 향하여 몇 발자국 뛰다가 총에 맞아 죽는 한이 있더라도 탈출하는 것이다. 이런 결심을 굳히고 있는데 오후 5시경, 때마침 금천에 출장 나왔던 황해도 민청위원장이 수행원을 대동하고 비판회가 열리고 있는 학교 교실에 나타났다.

비판회는 처음에는 직원실에서 열렸다. 그러나 직업 동맹원들·부녀동맹원들·당 간부들이 추가로 와서 합동비판회로 바꿔지게 되자, 장소가 좁아서 넓은 교실로 자리를 옮겨 빽빽이 앉게 되었다. 국방색이 누런색으로 바랜 낡은 무명양복을 입은 도 민청위원장이 단상으로 올라갔다. 일제시대로부터 사상 범으로 풍상을 겪은 그의 눈은 매서운 독기와 광채를 발하고 있었다. 그는 피고 석에 앉아 있는 나를 노려본 후 좌중을 향해 입을 열었다.

"동무들, 우리가 혁명사업을 수행하는데 있어 가장 위험한 반혁명분자는 프롤레타리아의 좋은 성분을 가지고 있으면서도 혁명을 반대하는 악질분자 들입니다. 우리 몸 안에 있는 병균이 몸 밖에 있는 병균보다도 우리의 생명을 더 위태롭게 합니다. 그러므로 저런 악질 반동분자는 무자비하게 타도해 버려 야 합니다."

이상과 같은 이야기를 할 때까지 나는 태연히 그를 바라보고 있었다. 그러 나 마지막에 그가 다음과 같은 이야기를 할 때는 가슴이 섬뜩했다.

"저 자의 눈을 보십시오. 지금도 이남으로 도망칠 궁리만 하고 있소. 여기 보안대원 두 명과 검사 두 명이 있는데, 그것 가지고는 안 됩니다. 민청맹원 중 에서 다섯 명을 더 지명하여 감시를 엄중히 해야 합니다."

나는 "저 도민청위원장이란 자가 어떻게 나의 속마음을 그렇게까지도 샅 샅이 알고 있을까. 참으로 무서운 자로구나" 하고 충격을 받았다. 그러나 탈출 결심은 추호도 변함이 없었다. 그는 자리에 앉아서 맹원들의 열성 비판발언을 지켜보더니, 딴 볼일이 있다면서 자리를 뜨고 말았다. 나는 그 자가 제때에 잘 떠나간다고 속으로 반가워했다.

비판회는 지루하게 오래 끌었다. 날이 어두워지자 전깃불이 없는 교실에 서 전깃불이 있는 직원실로 장소를 옮겼다. 이때 이미 비판발언을 끝낸 고위 간 부들은 여러 가지 핑계를 대며 그곳을 떠나 버렸다. 어둠과 함께 하늘에서는 비 가 쏟아져 내리고 있었다.

자유를 향한 탈출

지루한 비판회가 끝나고 밤 9시 30분경 내 신병은 검찰로 넘겨졌다. 모두들 웅성거리며 서류들을 책보자기에 싸거나 가방에 집어넣고 있었다. 나는 옆에 있는 김 검사의 오른팔을 두 손으로 붙들고 허리를 90도쯤 깊게 굽혀 참회의 눈물을 흘리는 시늉을 하면서, 문을 가로막고 있는 보안대원을 곁눈으로 보았다. 그는 오랜 시간의 보초근무가 고단했는지 피곤한 자세를 취하고 한눈을 팔고 있었다.

바로 이때라고 판단한 나는 김 검사의 팔을 잡아당기는 척하다가 그 팔을 탁 놓고, 총알같이 뛰어서 보안대원을 떼밀어 버리고 문을 나와 비 내리는 칠흑같은 어둠 속으로 달아났다. 결사적이었다. 보안대원이 쏘는 총탄에 맞아 쓰러지는 한이 있더라도 자유세계를 향하여 한 발짝이라도 달리고 싶은 욕구 이외에는 아무것도 생각나는 것이 없었다.

전속력으로 800미터쯤 달아나다 보니 발이 휘청했다. 그와 동시에 둥근 것이 두 팔에 안겼다. 공동묘지의 무덤이었다. 때를 같이하며 금천내무서의 사이렌이 열 번 금천의 밤거리를 흔들었다. 보안대원·민청대원·공산당원들을 긴급 소집하는 비상 사이렌이었다.

다급해진 나는 여우가 파먹은 무덤이 있으면 그 굴속으로 들어가 몸을 숨기려고 이리저리 뛰며 무덤을 더듬거려 보았다. 그렇지만 유감스럽게도 둥근 무덤들은 하나같이 잔디가 덮여 있었고, 여우가 뚫은 무덤은 없었다.

다음 순간 머릿속으로 또 하나의 공포가 스쳐 지나갔다. 그것은 비록 여우가 파헤친 무덤 속에 피신한다하더라도 추격해오는 자들이 플래시를 들고 비 내린 땅 위에 남겨진 내 발자국을 따라 이 공동묘지로 온다면, 꼼짝 못하고 여우가 파놓은 무덤 속에서 그들에게 붙들리고 말 것이라는 생각이었다.

나는 무덤을 버리고 산으로 뛰어 올라갔다. 산을 넘고 넘으니, 박연폭포에서 흘러내리는 예성강의 지류가 앞을 가로막았다. 날은 밝아오고 있었다. 장마철이라 수량이 많은데다가 더욱이 7, 8시간 폭우가 쏟아져서 물은 평상시보다 엄청나게 불어 있었다. 물이 얕은 곳에는 여기저기 보안대원이나 민청대원들로 추정되는 검은 그림자들이 중얼거리며 지키고 있었다.

나는 그들을 피해 깊은 곳으로 건너려고 물속으로 걸어 들어갔다. 저쪽 산기슭을 불과 10미터도 안 남겨놓고 물의 깊이는 발돋움을 해도 코 위에 이르렀다. 나는 옷을 입고 구두를 신은 채 물에 들어갔다. 그런데 아, 이럴 수가! 전혀 수영이 되질 않았다. 허우적거리다가 일어서보니 물의 깊이는 내 키를 넘었다. 큰일 났구나, 죽게 되는 게 아닌가 하는 돌발적인 위기의식과 함께, 나는 방향을 반대로 틀어 온 힘을 다하여 앞으로 허우적거렸다. 기진맥진하여 바닥에 발을 딛고 서 보니, 물이 턱 밑으로 찰랑거려 숨을 쉴 수가 있었다. 물속에서 물가로 되돌아 나온 나는, 얕은 곳을 찾아가 보안대원과 민청원들의 눈을 피해가며 개울을 건너서 제석산으로 올라가기 시작했다.

쏟아지던 굵은 비가 가랑비로 바뀌고 날은 하얗게 밝아왔다. 제석산을 10분의 2쯤 올라가니 가랑비마저 멎었다. 제석산은 산림이 울창해서 숨어 다니기에는 안성맞춤이었다. 나는 숲속에서 쉬다가 깜빡 잠이 들었다. 단잠을 몇 시간 자고 일어나니 점심때가 넘은 것 같았다.

나는 다시 걷기 시작했으며, 제석산 꼭대기에 올라간 것이 엷은 구름속의 태양의 위치로 보아 오후 두 시쯤이었다. 여기에는 제석들이 여러 개 세워져 있고, 멀리 떨어진 곳에 초가집 한 채가 있었다. 나는 38선으로 가는 정확한 길을 알아보기 위해서 그 집으로 조심조심 접근해 갔다.

다행히 보안대원이나 민청맹원은 없었고, 40대 후반의 아주머니 한 분이 있었다. 나는 38선으로 가는 길을 물었다. 비에 맞아 초췌하고 창백한 얼굴의 젊은이 모습에 그 아주머니는 깊은 동정을 하면서, 만약 어머니가 이런 아들의 모습을 보면 얼마나 가슴 아프겠냐고 말했다. 어머니는 어릴 적에 돌아가셨다고 했더니, 아주머니는 나를 더욱 측은한 눈길로 바라보았다. 그리고 38선으로 가는 길을 가르쳐 주었다.

아주머니와 작별인사를 나눈 후 산길을 따라 올라가기 시작한 지 30초쯤 되었을까? 어느 방향으로부터 나타났는지 추격자들의 웅성거리는 소리가 산 위에서 들려오더니 발자국 소리가 내 쪽으로 내려오고 있었다.

나는 너무나 놀라 산길 왼쪽으로 몸을 날려 숲속으로 들어가자마자 길에서 5미터쯤 떨어진 약간 움푹 파인 곳에 바짝 엎드렸다. 그들이 내 옆을 지나갈 때 얼핏 보니, 총을 둘러멘 자가 두 명이고 몽둥이를 가진 자가 대 여섯 명 되었다. 나는 그들의 방향 반대쪽 풀을 조용히 뜯어서 내 몸 위에 얹어 놓으며 숨을 죽였다. 보안대원들과 민청맹원들은 내가 방금 떠난 그 집으로 가서 큰 소리로 아주머니에게 묻고 있었다.

"여기 반동분자가 왔다 가지 않았습니까?"

그러면서 반동분자가 입은 옷을 설명했다. 아주머니의 말소리는 잘 들리지 않았으나 추격자들의 큰 소리가 다시 들려왔다.

"옛! 왔다 갔습니까. 오늘 몇 시쯤이에요?"

나는 가슴이 덜컥 내려앉았다. 이제 끝장이구나 싶어 이판사판 일어서서 뛸까 하는 망설임도 들었다. 하지만 이미 비는 멎고 약간의 햇빛까지 비치는데다가, 밑에 있는 추격자들의 눈에 내가 있는 곳이 훤히 올려다 보일 것이었다. 게다가 직선거리로 불과 30미터 정도밖에 안 되는 곳이어서 일어났다가는 총에 맞아 죽거나 붙들릴 것이 뻔했다. 나는 이내 마음을 고쳐먹고 그대로 엎드려 있었다.

이번에도 아주머니의 말은 잘 들리지 않았으나 추격자들의 큰소리가 들려 왔다.

"서너 시간 전이라고요? 아, 그럼 벌써 38선까지 거의 다 갔겠네."

추격자는 실망어린 혼잣말을 했다. 그들은 어디론가 사라져 버렸다. 낮에 움직이는 것이 매우 위험하다는 것을 직감한 나는 저녁이 되어서야 일어나 남 쪽으로 달렸다. 비는 좍좍 내리다가는 한참 만에 멎고, 얼마 있다가는 또 다시 내리다가 그치곤 하는 단속(斷續)의 순환을 하고 있었다.

제석산은 여러 갈래의 지맥이 이리저리 갈라져 있어 방향을 잃기가 쉬웠 다. 달이 구름 위에 있어 두터운 구름이 비를 뿌리면서 지나가고 나면, 구름층 이 엷어지면서 어스름 달밤처럼 앞이 훤히 내다보였다. 그러나 별은 보이지 않 아 동서남북을 구별할 수는 없었다.

계곡을 내려가다가 굵고 짧은 독사를 밟을 뻔하기도 했다. 그 계곡을 내려 가니 큰 마을이 나타났다. 38선에 있는 어떤 마을이라 짐작했다. 방향을 전혀 알 수가 없어 마을사람에게 길을 물어야겠는데, 잘못하면 붙들린다. 생각 끝에 변두리에 있는 집을 골라서 조심조심 접근했다. 미운 개가 짖어댔다.

헴. 헴. 헴. 헛기침을 세 번 한 뒤 사랑방 창문에 대고 "주인장 계십니까? 길 가는 손인데 말씀 좀 묻겠습니다"하였더니, 개 짖는 소리에 잠이 깬 주인이 문 을 닫은 채 방안에서 "뉘십니까?"하고 물었다. "지나가는 손인데 길을 좀 물으 러 왔습니다." 내가 이렇게 대답하자 "어디에 사시는 분이신데요?"하고 그가 다시 물었다. "예, 금천군 우봉면 우봉리에 사는 사람입니다." 나는 말을 끝내 면서 아차 실수했구나 싶었다. 진짜 고향이 나도 모르게 툭 튀어나온 것이다.

붙잡히는 것이 아닐까 초긴장을 했다. 그러나 정말 뜻밖의 일이 일어났다. 방문이 열리면서 "아, 그렇습니까. 내가 거기 살다가 여기로 이사 온 사람입니다. 나는 평창 이 씨인데, 그럼 댁도 평창 이 씨입니까? 나보다 항렬이 하나 위신 이중식 어르신네를 아십니까?"

어렸을 때 양합(兩合) 형님이라는 분이 우리 동네에 몇 번 찾아오셔서 뵌 일이 있는데 바로 그 형님인 것 같았다.

"아, 형님. 그 어른이 저의 백부님이십니다. 형님, 여기가 38선이 아니라 양합입니까?" 했더니, "그럼 여기가 양합이지. 자네가 원끼미 아저씨의 아들이란 말이지. 어서 신 벗고 들어오게나" 하였다.

세상에 이런 기적 같은 우연이 있을까. 만에 하나 있을까 말까 한 우연이 연극이나 영화가 아닌 현실의 장면으로 펼쳐진 것이다. 양합마을은 제석산 동쪽에 있는 큰 마을이다. 그러고 보니 나는 제석산에서 남으로 간 것이 아니라 방향을 잘못 잡아 동으로 온 것이었다.

나는 친척 형님에게 "형님, 아버님으로부터 형님 말씀을 많이 들었습니다. 아버님이 걸어서 개성 가실 때면 양합 형님의 집에 꼭 들르셔서 신세를 지신다는 말씀도 들었습니다"고 했다. 친척형님은 나를 극진히 대해 주셨다. 나는 지금 38선 이남으로 탈출중이라고 자초지종을 말씀드렸다. 친척 형님은 걱정하시면서 양합에서 일어나고 있는 상황을 말씀해 주셨다. 그 내용은 다음과 같은 것이었다.

금천에서 악질 반동분자가 탈출하여 38선 쪽으로 가고 있다면서 이를 체포하기 위해 내무서·38보안대·민청맹원들이 동원되어 여기저기 배치되어 있다. 그런데 양합과 원당(元堂) 사이의 신작로 옆 움막에서 지키던 보안대원과 민청맹원들은 움막에 비가 많이 새서 옷이 흠뻑 젖어 춥다면서 옷을 말리기 위해 모두 어젯밤 11시경 양합으로 철수했고, 날이 밝아야 움막 수리를 한다고 하더라는 것이었다. 친척 형님은 그들과 이야기하다가 밤 12시경 집으로 돌아왔다는 이야기를 해주시며, 지금 그 중요한 초소는 텅 비어 있는 것이 확실하다고 말씀하셨다. 여기 양합에서 지금부터 달려가면 날이 밝기 전에 원당까지 갈 수 있고, 원당 오른쪽에 있는 제석산으로 올라가서 왼쪽으로 산줄기를 타고 나가면 38선 부근에 도달할 수 있을 거라고 했다.

친척 형님과 아쉬운 작별을 하고 일러주신 대로 큰길로 나가서 원당 쪽을 향해 장거리 육상 선수처럼 달렸다. 원당에 도착하니 2~3백 미터 앞을 내다볼 수 있을 정도로 날이 훤하게 밝아왔다. 오른편에는 제석산이 솟아 있고, 올라가는 길이 보였다.

방향을 오른쪽으로 꺾어 산을 향해 달리다 보니 길옆에 마늘밭이 있었다. 그저께 점심때부터 굶어 마늘이라도 좋으니 요기를 해야겠다는 생각이 들어 마늘을 대여섯 뿌리 캤다. 그 순간 일찍 일어나 마당에 나온 마을사람에게 들키고 말았다. 그 사람은 어디론가 황급히 뛰어갔으며, 나도 마늘을 호주머니에 넣고 산으로 달려갔다.

내가 산을 오르기 시작했을 때, 뒤에서 큰 소리가 들려왔다. 나를 보고 "거기 서라"는 민청맹원들의 고함이었다. 북조선에는 14세부터 30세까지의 모든 젊은 남자들은 의무적으로 북조선 민주청년동맹(民靑)에 가입되어 있었다.

나는 온 힘을 다해 빨리 산으로 올라갔다. 그렇지만 여섯 끼니를 굶고 옷은 무겁게 젖어 있었다. 그런 상태로 양합에서 원당까지 뛰어왔으니 지칠 대로 지쳐서 그들만큼 빠를 수가 없었다. 양자 간의 거리는 점점 좁혀지고 있었다. 산은 경사가 가팔랐다. 이러다가는 잡히고 만다. 나는 갑자기 몸을 뒤로 돌려 축구공만한 돌덩이를 머리 위까지 치켜들고 밑으로 내던졌다. 돌덩이는 소리를 내며 굴러 내려갔다. 밑에 있다가 머리나 가슴을 맞으면 죽는다. 돌덩이가 많아서 나에게는 참 좋았다. 그들은 추격을 포기했다.

한 시간쯤 산을 올라가니 양합 내무서의 사이렌이 열 번 울렸다. 원당 민청 맹원들의 보고를 받고 나를 잡으려 비상을 거는 모양이었다. 나는 사이렌 소리에는 관심을 두지 않고, 어떻게 하면 최후의 장벽인 38선을 성공적으로 돌파하느냐를 궁리하며 산을 오르고 있었다. 산꼭대기에 올라선 나는 길옆에 숨어서 38선을 왕래하는 남북교역 암거래 장사꾼을 기다렸다. 그들은 석유초롱이나 고무신 같은 것을 짊어지고 남북을 왕래하고 있었다. 38선의 지리나, 보안대·소련군·민청맹원들의 배치에 대해서도 박사들이었다.

네 시간쯤 기다리니 과연 장사꾼 일행이 짐짝을 걸머지고 지팡이를 짚고 남쪽으로 가고 있었다. 나는 그들이 지나간 다음 약 50미터 뒤에서 따라갔다. 어떤 골짜기에 가더니 그들은 밤을 기다리느라 짐짝을 내려놓고 쉬고 있었다. 나도 옆에 앉아 쉬고 있으려니까 짐짝을 지니지 않은 청년 세 명이 내가 있는 쪽으로 왔다. 서로 인사를 나누었다. 그들은 서울대학교 상과대학생이었는데, 평양에 있는 김일성대학으로 가서 공부하다가 다시 서울로 도망치는 학생들이었다.

밤이 되니 장사꾼들은 짐짝을 짊어지고 일어나 걷기 시작했다. 38선 일대의 경비는 나날이 강화되고 있었다. 그 바람에 38선에 도통한 박사들이라고 알려진 장사꾼들의 대열도 여러 번 보안대원과 민청원들이 새로 설치한 경비망에 걸려 자주 분산됐다. 더러는 붙들리는 것 같았다.

몇 번 흩어지고 다시 만나고 하다 보니 내가 따라가는 장사꾼들의 수는 반 정도로 줄고, 세 명의 대학생들도 보이지 않았다. 나는 장사꾼들을 따라 솔밭 고개를 넘고 있었다. 약 200미터쯤만 더 가면 38선이라면서 긴장 속에 발걸음을 옮기고 있었다.

갑자기 따르르, 따르르 하면서 소련군의 따발총 소리가 코앞에서 울리더니 총탄이 우리들 머리 위로 지나갔다. 장사꾼들은 황급히 되돌아서서 고개 이쪽으로 몸을 피했다. 제일 앞서 가던 장사꾼의 말에 의하면 소련 군인은 두 명이라고 했다.

고갯길 양쪽에는 사람의 키를 넘는 작은 자생 소나무들이 빽빽이 우거져서 짐짝을 짊어진 장사꾼들은 빠져나갈 수가 없었다. 장사꾼들은 돈을 염출해 소련 경비병에게 주자면서 염출할 액수를 의논하고 있었다. 소련군이 최초로 38선에 배치된 1945년 9월부터 약 반 년 동안은 38선을 넘는 조선 사람을 붙들면 손목시계를 뺏고, 여자는 가끔 강간을 한 후 38선 이남으로 보내줬다.

우리 고향에 살다가 개성으로 이주하러 가던 김기석 씨 가족이 소련군에게 붙들렸는데, 부인이 끌려가서 산 속에서 소련 경비병으로부터 욕을 당하고 풀려난 일이 있었다. 그러나 1946년 하반기부터는 그런 일이 별로 없고, 장사꾼들은 돈을 주면서 소련 경비병들을 회유, 남북을 왕래하고 있었다.

그러나 나는 장사꾼과는 입장이 달랐다. 소련 경비병에게 잡히면 그들은 내 신병을 38보안대로 인도할 것이다. 게다가 돈도 한 푼 없어 장사꾼들 틈에 끼어 염출할 재원도 없었다. 나는 동솔밭 속을 짐승처럼 뚫으면서 38선을 넘으리라 작정하고 홀로 오른쪽 솔밭으로 기어 들어갔다. 방향을 서남쪽으로 잡아 솔밭을 기어 나간 후, 밭을 지나 자동차가 다닐 수 있는 큰 길로 나갔다. 아직 밝은 빛보다는 어두운 빛이 좀 더 많은 새벽이었다.

38선 이남에 왔다는 생각에 긴장이 풀리고 기뻤다. 나는 큰길 옆에 있는 큼직한 초가집으로 갔다. 마당에는 50대의 아저씨가 나와 있었다. 내가 성급하게 "아저씨, 여기는 이남이지요?" 하고 물었다.

"아니오. 이북이오."

나는 검은 수염을 길게 기른 아저씨가 말을 잘못하는 거라고 여겼다.

"원, 아저씨도! 이북이라면 토지개혁을 했을 텐데 여기는 안 하지 않았습니까?"

"왜, 토지개혁을 안 해요. 했는데!"

나는 흠칫했다.

"옛? 그러면 38보안대 본부가 어디 있습니까?"

"바로 이 집이오."

아뿔싸. 나는 보안대 본부를 찾아간 것이다. 그러고 보니 이번에도 또 동서남북을 가리지 못하고 서남쪽으로 간다는 것이 서북쪽으로 간 것이다. 나는 질겁하면서 돌아서서 산으로 번개같이 도망쳤다. 그 아저씨가 "저놈 잡아라!" 하고 소리 지르면 큰일이구나 싶었지만 그는 고맙게도 그러지를 않았다.

솔밭 속에 숨어서 사방을 살피니 어둠은 완전히 걷혔고, 구름이 부지런히 흘러가 푸른 하늘이 보이기 시작했다. 약 1킬로미터 남쪽에는 미군이 지어 놓은 콘세트가 있었고, 새벽 일찍 일어난 미군들이 그 마당에서 러닝셔츠 차림으로 왔다 갔다 하고 있었다.

아, 저기가 바로 자유세계, 그리운 38선 이남이다. 좌전방을 바라보니 약 500미터 떨어진 곳에 38보안대원 한 명이 소총을 둘러메고 남쪽을 향하여 경계하고 있었다. 그 보안대원과 미군 콘세트와의 중간쯤이 38선으로 여겨졌다.

논과 밭은 38선에 구애됨이 없이 펼쳐져 있다. 38선 이북에서 시작된 오이밭이 38선까지 뻗어 있다. 여기는 개성에서 불과 15리 지점이니 개성이라는 소비도시를 끼고 한몫 보려는 오이밭이었다. 나는 오이밭을 따라 나가기로 하고 앞으로 걸어 나갔다. 오이밭 주인 행세를 하면서 38선에 접근하는 것이다.

양복바지를 정강이까지 걷어붙이고 윗도리와 팔소매도 걷어 올렸다. 밭에서 일하는 것처럼 허리를 구부정하게 굽히고 오이순을 닥치는 대로 쳐주었다.

그러면서 좌전방에 서 있는 보안대원의 거동을 연방 살폈다. 제일 걱정스러운 것은 진짜 오이밭 주인이 나타나서 오이 도둑놈이라고 소리치면 어떻게 할 것인가 하는 것이었다. 그렇게 되면 끝이었다. 총에 맞아 죽든지 살든지 남쪽으로 화살같이 달리는 길뿐 다른 방법이 없다고 마음먹었다.

나는 동네 쪽을 슬쩍 곁눈질하면서 진짜 오이밭 주인이 늦잠자기만을 바랐다. 오이밭 주인은 나타나지 않았고, 38보안대 보초는 나를 먼발치로 물끄러미 바라보면서 아무 말을 하지 않았다. 가짜 오이밭 주인은 미군들이 늘어놓은 전화선까지 도달했다. 나는 그 전화선을 넘어 공산 감옥행의 꼬리표를 뜯어 버리고 그리운 자유세계의 땅을 밟았다. 아직까지 지저분하게 오락가락 내리던 장맛비는 어느덧 멈추고, 먹물을 끼얹은 듯한 하늘도 푸르고 맑게 빛났다. 동쪽에서 떠오르는 광명한 아침 해가 아카시아 나뭇잎의 이슬을 비쳐주니 신선하고 향기로운 냄새가 폐부를 찔렀다.

나는 고향에 계시는 아버지와, 고향땅에 묻혀 계시는 어머니 산소를 향하여 울면서 불효를 용서해 달라고 절했다. 그리고 눈을 감고 하늘을 우러러 기원하였다.

"신이시여! 원컨대 새로운 이 생명을 오직 이 나라, 이 민족의 자유와 번영을 위하여 정의의 투쟁 속에서 죽을 수 있도록 길이길이 보호해 주시옵소서! 그리고 나에게 나라 위해 칠난팔고(七難八苦)를 주시고 이를 극복하는 힘을 얻게 해주시옵소서!"

주어진 절망의 운명에 결연히 도전하여 이를 물리치고, 새로운 희망의 운명을 개척한 날은 1947년 6월 29일부터 사흘이 지난 7월 2일 아침이었다.

그로부터 세월이 흘러 반세기, 나는 애기봉에 서서 제석산 쪽을 바라본다. 나에게 은혜를 베푸신 그 고마운 분들이 지금도 제석산에서, 양합에서 살고 계실까. 언제까지나 북을 바라보며 애기봉 정상에 서 있는 나에게, 수행원이 그만 돌아가자고 재촉했다. 나는 애기봉 근무 장병들과 작별의 악수를 나누고 발길을 돌렸다.

Y자로 갈림길

북월 공산군의 남침 총공세

1975년 2월 5일 오전 10시 30분 정각, 북월 공산군 참모총장 반띠엔둥 (VAN THIEN DUNG)대장은 하노이 공항에서 AN-24기에 타고 이륙했다. 33일 후에 감행될 남침 총공세를 남월 현지에서 직접 지휘하기 위해서 떠난 것이다.

그가 남월로 떠난 것을 비밀로 하느라, 하노이에 있는 그의 볼가 승용차는 매일 제시간에 북월군 총사령부로 출근을 했다가 제시간에 퇴근을 했다. 그 볼가 승용차에는 반띠엔둥 대장으로 위장한 군인이 타고 있었다. 또한 반띠엔둥 대장을 그림자처럼 따라다니는 전속부관은 하노이에 남아서 남의 눈에 뜨이게끔, 가끔 꾀병을 부려 앰뷸런스에 실려 병원에 가서 법석을 떠는 쇼를 연출하기도 했다. 그리고 오후 늦게, 측근들이 반띠엔둥 대장의 집으로 가서 있지도 않은 그와 함께 배구시합을 하는 척 속임수도 썼다.

또 그가 하노이 북월 공산군 총사령부에 있는 것처럼 우방 공산국의 국군기념일에는 축하 메시지를 보내고, 음력 명절에는 선물과 카드를 하노이에 있는 친지들에게 보내는 등 빈틈없는 기만술을 썼다.

그는 하노이에서 동호이까지는 군용기로 가고, 동호이에서 군용 지프로 벤하이강에 가서 동력선을 타고 상류로 거슬러 올라갔다. 호치민 도로에 도착하여 하룻밤을 지내고, 2월 6일에는 남쪽을 향하여 호치민 도로 위를 군용 지프로 달렸다. 호치민 도로는 북월의 빈으로부터 시작하여 월남과 캄보디아 국경을 따라 남으로 장장 965킬로미터를 내려와 사이공 북방의 록닝에 이르는, 흙과 석회석 자갈을 잘 혼합해서 포장한 너비 8미터의 전천후 도로였다.

1973년 1월 27일 파리 평화휴전협정이 체결된 후, 북월 공산군은 막대한 장비와 인원을 동원하여 이 호치민 도로를 확장·보수하였고, 도로변에는 북월의 빈에서 남월의 록닝까지 송유관을 매설하였으며, 전화선도 가설하였다. 남월의 록닝은 사이공으로부터 129킬로미터 북방에 떨어져 있는 곳이며, 파리 평화휴전협정에서 공산군 점령지역으로 분류된 마을이었다.

반띠엔둥 대장은 록닝까지 내려가지 않고 중부 월남 고원지대의 전략요충지인 반 메뚜트의 서쪽 밀림지대에 들어가 짐을 풀었다. 그는 철저한 비밀유지를 위해서 '뚜인'이라는 익명을 사용했다. 1975년 3월 10일 오전 2시, 북월 공산군은 중부 월남에서 남침 총공세를 감행하여 노도와 같이 밀고 내려왔다. 이로써 파리 평화휴전협정은 휴지조각으로 변해 버렸다.

나는 북월 공산군의 대규모 남침 뉴스를 그날 오후에 입수했다. 파리 평화휴전협정을 파기하고 북월 공산군이 전면 남침공세를 감행하면, 미국의 공군과 해군이 즉각 월남전에 투입되어 북월 공산군을 강타하고 남월군을 공중

지원하게끔 미국과 남월 간에는 방위공약이 맺어져 있었다. 그러므로 이로부터 불과 51일 후에 북월 공산군이 사이공을 점령하고, 한국인들을 괴롭히며, 나 또한 인생항로에 엄청난 타격을 받으리라고는 미처 상상조차 하지 못했다.

대통령 선거일을 5개월 앞두고 남월의 정치인들은 이전투구를 벌이고 있었다. 부정부패가 만연하여 국민사기가 떨어지고, 군 전투력도 현저히 약화되어 있었다. 또 미국의 방위공약을 믿고 스스로의 대비를 게을리 했다.

이렇게 이완된 상태에서 북월 공산군 대병력의 기습을 받으니, 남월군부대들은 고립상태에서 각개격파를 당하지 않을 수 없었다. 숨 돌릴 여유를 주지 않고 북월 공산군은 분산된 남월군 패잔병들을 추격하여 섬멸시키면서 중부월남을 삽시간에 석권했다. 남월 국민의 기대와는 달리, 미국은 남월에 대한 방위공약을 이행하지 않고 관망만 하고 있었다.

중부 월남의 남월군이 예상 외로 쉽게 무너진 것에 고무된 북월 정치국과 당 중앙군사위원회는 3월 27일 합동회의를 개최하여, 우기(雨期)가 시작되는 5월 10일경까지 사이공을 점령한다는 목표를 세웠다. 3월 27일과 28일, 남월 제2의 항구도시인 다낭은 북월 공산군에게 포위되어 혼란의 도가니 속에 빠져들었다. 깨끗하기로 소문난 45만의 인구를 가진 다낭에 60여만의 피난민이 몰려들었다. 수십만 명의 인파가 무질서하게 비행장과 부둣가에 몰려들어 서로 먼저 타겠다고 아귀다툼을 벌이는 바람에, 공중수송철수작전은 일찌감치 중단되었다. 부두에서는 뱃전 밧줄에까지 벌떼처럼 사람들이 달라붙어 배가 움직이자 밧줄을 놓친 사람들이 풍덩풍덩 떨어져 바다 속에 빠져 죽었다. 부둣가에는 이리 밀리고 저리 밀리다가 짓밟혀 죽는 사람도 많았다.

120

가족과의 이별

남월 사태가 이렇게 악화되자 주월 한국대사관은 본국정부의 승인을 받아 대사관 내에 재월 한국인 철수본부를 설치했다. 이 철수본부는 총지휘관인 대사를 보필하여 철수계획을 작성하고, 이 계획을 실천에 옮기는 기구였다. 철수본부장에는 내가 임명되었다.

우리 철수본부가 철수시킬 재월 한국인 수는 외교관 21명, 외교관 가족 59명, 농업사절단 20명, 의료사절단 21명, 수자원사절단 4명, 민간인 1천9명으로 합계 1천134명이었다.

재월 한국인 철수계획은 이들을 단계적으로 각종 수송수단을 이용하여 철수하는 것으로 작성되었다. 이 철수계획에 따라 나를 제외한 우리 가족은 4월 6일 오전에 민간항공기를 타고 출국하게 되었다. 4월 5일 저녁식사 후, 아내가 무슨 예감이 들었는지 나에게 말했다.

"당신은 너무 겁이 없어 걱정이에요. 당신 혼자만 남겨놓고 떠나려니 불안해요. 모든 것을 조심해서 하세요. 용감한 것이 전부는 아니에요. 용감한 행동도 좋지만 신중하게 생각해서 하세요. 당신은 혼자 몸이 아니에요. 당신 옆에는 아내와 네 명의 아이가 있다는 사실을 항상 잊지 마세요."

잠시 헤어지는 마당에 왜 그런 불길한 소리를 하느냐고 나는 언성을 높였다. 4월 6일 아침, 사이공 탄산눌 국제공항을 향하여 집을 떠나기 직전에 아내가 또 충고의 말을 했다.

"당신은 눈이 작아서 그런지 겁이 너무 없어요. 툭하면 나라 위해 희생하겠다고 하는데, 여기서 죽는 것은 개죽음이에요. 나라 위해 죽는 것도 값있는 장소와 값있는 데라야 해요. 당신을 여기 남겨놓고 가는 것이 강가에 어린애를 혼자 놔두고 가는 것 같은 기분이 들어요. 교민들 철수에 최선을 다하는 것은 좋아요. 그러나 쓸데없이 마지막까지 남아서 만용을 부리다가 희생이 되어서는 안 돼요. 여기가 죽자 살자 결판낼 장소가 아니에요. 당신은 적절한 시기에 꼭 나와야 해요. 명심하세요."

정말 쓸데없는 잔소리를 늘어놓는다고 나는 어젯밤보다도 더 언성을 높이며 야단을 쳤다. 옆에서 열 살 먹은 막내아들이 부모의 언쟁을 새까만 눈으로 바라보며 걱정스런 표정을 짓고 있었다. 아내는 나에게 항상 청렴결백하고 성실하며 자유조국에 충성을 다하라고 했다. 그러나 남편의 저돌적 용맹에는 제동을 걸며 나섰다.

공항에 도착해 보니, 월남을 떠나는 피난민 인파들로 붐비고 있었다. 부모가 말다툼하는 것을 옆에서 시종 지켜본 막내는 내가 걱정이 되는 모양이었다.

"아버지는 언제 비행기 타고 우리한테 오세요?"

"응, 아버지는 아마 스무 날쯤 있다가 너 있는 데로 갈 거야"

나는 아이의 머리를 쓰다듬어 주었다. 막내는 미국정부가 미국군의 월남 참전을 발표하여 사이공 시내가 발칵 뒤집혔던 1965년 2월 3일, 사이공 시 환딘풍가에 있는 성 바오로 병원에서 출생했다. 이제 미국이 손을 떼고 월남에서 물러가는 시기에, 이 아이는 사이공을 떠나는 것이다. 묘한 일치였다. 막내아들은 민항기 탑승을 위해 출구를 나가면서 여러 번 뒤를 돌아보았다.

4월 17일, 월남의 인접국 캄보디아에는 공산군이 프놈펜을 점령함으로써 자유 캄보디아가 패망했다. 이때 주(駐)캄보디아의 김세원(金世源)대사는 한국인들을 미국 헬리콥터로 모두 철수시키고, 마지막으로 주 캄보디아 미국대사와 함께 헬리콥터를 타고 태국으로 철수함으로써 그곳에서의 철수작전을 성공리에 끝냈다는 소식이 들려왔다.

티유 대통령의 사임

북월의 적화 남북통일을 방해하는 남월의 반공 대들보는 웬반티유 대통령이었다. 북월은 남침 기습 총공세에서 초기의 승리를 거두자, 사이공에 상주하고 있는 파리 평화협정 국제 감시위원단의 헝가리 대표단을 통하여 메시지를 전해왔다. 남월이 티유 대통령만 사임시키면 새로운 남월 대통령과 평화회담을 할 용의가 있으며, 평화회담 개최기간 중에는 일체의 대남군사작전을 중지시키겠다는 것이었다. 메시지는 주월 미국 대사관 정보책임자인 폴가에게 계속 전달되었다.

미국 육군참모총장 웨얀드 대장이 월남 현지를 돌아보고, 미국이 남월에 긴급 군사원조 7억2천200만 달러를 제공하면 남월군이 다랏-환랑 선에서 북월 공산군의 진격을 저지시킬 수 있을 것이라고 포드 대통령에게 건의했다. 포드 대통령은 이 긴급 군사원조안을 미국 의회에 제출하고 승인을 요청했다.

그러나 4월 19일 미 의회는 이를 최종 부결시켰으며, 이로 인해 남월은 더욱 궁지에 몰렸다. 4월 20일 오전, 마틴 미국대사가 독립궁으로 티유 대통령을 찾아가서 만났다. 마틴 대사는 국제휴전 감시위원단 헝가리 대표단을 통하여 주월 미국대사관에 보내온 북월 측의 구두 메시지를 티유 대통령에게 전했다. 그리고 남월 국민들은 중부 월남에서의 군사적 참패의 책임을 티유 대통령에게 돌리고 있으며, 티유의 지지세력이나 반대세력 모두가 현 위기상황을 티유가 타개할 수 있으리라는 믿음을 갖고 있지 않다고 했다.

마틴 대사는 계속 말을 이었다. 남월의 모든 장성들은 북월 공산침략군과 계속 싸우기를 원하고 있으나 재편할 시간적 여유가 필요하다, 이를 위하여 남월 정부는 북월 공산 측의 남북평화회담 전제조건 메시지를 받아들이고 협상

하면서 북월 공산군의 진격을 멈추게 하고 숨 돌릴 기회를 가져야 한다, 티유가 하야하지 않을 때는 군 장성들이 강요하게 될 것 같은 예감이 든다고 했다.

또 마틴 대사는 티유 대통령이 결단을 내리지 않는 한, 이 상태로 나가다가는 북월 공산군이 3주에서 4주 내에 사이공으로 진격해 들어올 것이라고 이야기했다. 이것은 지난 3월 27일, 북월 정치국과 공산당 중앙군사위원회가 계획한 5월 10일까지 사이공을 점령한다는 목표일자와 거의 일치하는 상황판단이었다.

4월 21일, 티유 대통령은 미국의 방위공약 불이행을 격렬히 비난하고 텔레비전 화면을 통해 국민들에게 고별인사를 하고 사임했다. 티유 대통령이 사임했으나 북월 공산군의 진격은 멈추지 않았고, 남북평화회담도 열리지 않았다. 국제 휴전감시위원단 헝가리 대표단을 통해 전해 온 북월 측의 구두 메시지는 모두가 헛된 것이었다.

재월 한국인 철수작전

티유 대통령이 사임하고 남월의 정세가 더 급속히 악화되고 있던 어느 날, 우리 해군 LST 810함과 812함은 남지나해상에서 남으로 항진 중에 있었으며, 며칠 후에는 사이공 항구에 입항하도록 시간계획이 수립되어 있었다. 북월 공산군은 동 · 북 · 서의 3방향으로부터 사이공을 포위하고 포위망을 압축하며 진격 중에 있었다. 사이공으로부터 밖으로 빠져나갈 수 있는 안전통로는 사이공 항구로부터 남행하여 남지나해에 이르는 함선의 수로뿐이었다.

이 수상항로는 북월 공산군이 4월 30일 정오를 조금 지나, 사이공 부둣가에 있는 남월 해군본부를 점령할 때까지도 안전하였다. 남월군 총사령관 빈록

124

(永祿)장군을 위시한 남월군 고위 장성들이 북월 공산군과의 최후결전을 단념하고 4월 30일 오전 9시경, 사이공 해군기지에서 남월 군함을 타고 해외로 탈출할 수 있는 기회를 제공하기도 하였다. 우리 해군 LST 810함과 815함은 이 수로를 따라 사이공 항구에 입항했다가 출항하도록 되어 있었다.

해외로 탈출하려는 남월인들은 수송편을 구하느라 혈안이 되었고, 배를 가진 선주들은 떼돈을 벌어들이고 있었다. 뱃삯은 선주가 부르는 게 값이었다. 금 덩어리를 요구하면 그것을 내야 했고, 미국 달러뭉치를 요구하면 그것을 지불해야 했다.

4월 24일 오후에 남월군 태권도 교관인 빈 소위가 우리 대사관으로 나를 찾아왔다. 빈은 하사관이었으나, 태권도 유단자가 되어 소위로 현지 임관한 장교였다. 우리나라를 방문했던 남월의 고딘디엠 대통령의 요청으로 1962년 12월 남태희(南泰熙) 육군소령을 단장으로 하는 태권도 교관 네 명을 사이공에 파견하여 남월군 체육학교에서 1년간 태권도 교육훈련을 시킨 적이 있었다. 빈은 그때 남태희 소령과 김승규 대위가 가장 신임한 수제자였다. 그는 나에게 4월 26일 사이공 항구를 출항하는 우리 해군 LST에 자신과 처자를 태워달라고 했다. 북월 공산군에게 체포되면 친한파인 자신은 총살당할 것이 틀림없으니 꼭 좀 태워달라고 애원했다. 이때까지 주월 한국대사관은 본국 정부로부터 재월 한국인 철수계획에 대한 승인만 받았을 뿐, 외국인 해외탈출계획 같은 것은 고려한 바도 없었거니와 본국 정부의 지시나 승인을 받은 바도 없었다.

나는 빈 소위를 내 방에 대기시켜 놓고, 어느 고위층을 찾아가서 이 문제를 논의했으나 결과는 부정적이었다. 본국 정부에 승인 여부를 문의할 단계에 가지도 못한 채 빈 소위를 돌려보내야 했다. 나는 빈 소위에게 남월 해군과 접촉하여 남월 군함을 타고 해외로 떠나던가, 아니면 미국대사관과 접촉하여 미군 헬리콥터를 타고 출국하라고 권유했다. 그리고 본국 정부의 정책을 위반할 수 없는 공인(公人)으로서의 내 입장을 이해해 달라고 이야기했다. 사색이 되어 우리 대사관을 떠나는 그의 뒷모습을 바라보자니 마음이 무거웠다. 4월 25일에도 친구이며 돈 많은 중국인 등이 찾아와서 우리 해군 LST를 타게 해달라고 졸랐으나, 나는 그들의 애절한 부탁을 들어줄 수 없었다.

재월 한국인 철수작전은 이제 마무리 시점에 와 있었다. 남월에 잔류중인 550명의 한국 민간인들은 4월 26일 사이공 부두에서 출항하는 우리 해군 LST에 승선하여 본국으로 돌아가면 되고, 한국 외교관 13명과 타자수 1명은 4월 29일경 미국대사관 측이 제공하는 헬리콥터를 타고 떠나면 된다. 그리고 만일 낙오되어 있는 한국 민간인이 있다면 4월 28일 입항 예정인 우리 해군 LST 한 척에 타고 떠나면 모든 것은 깨끗이 끝나는 것이다.

4월 26일 9시경, 나는 대사관 직원들은 우리 해군 LST 두 척이 정박 중인 부두로 내보내 한국 민간인들의 승선을 도와주며 통제하게 했다. 그런 다음 본국 정부와의 교신사항과 북월군의 진격상황을 알아보고 남월 정부의 동향을 물어본 후, 우리 해군 LST 두 척이 있는 부둣가로 차를 몰았다. 내가 타고 다니던 우리나라 정부재산인 메르세데스 벤츠 승용차를 LST에 실어서 본국으로 보내고, 철수본부장으로서 한국 민간인들의 철수를 감독하기 위해서였다.

부두에 도착하여 우리 해군 LST에 올라가서 한국으로 철수하는 승선자들을 살피던 나는 깜짝 놀랐다. 한국말을 할 수 있는 사람들보다도, 한국말을 하지 못하고 월남어나 중국어, 필리핀어를 하는 사람들이 세 배 정도 더 많이 타고 있었다. 이 날 우리 해군 LST에 승선하여 부산항으로 철수한 인원은 한국인

314명, 한국인의 월남부인과 자녀 및 월남부인의 부모 친척 형제 등 659명, 한국인과 친인척 관계가 없는 순수 월남인 342명, 중국인과 필리핀인 20명 등 모두 1천335명이었다.

어째서 이런 일이? 타야 할 550명의 한국 민간인은 314명뿐이었고, 철수 계획에 들어 있지도 않은 외국인들이 한국 민간인 수보다도 훨씬 더 많이 타고 있었던 것이다. 나는 우리 해군 LST측에 어째서 철수본부장도 모르게 외국인들을 승선시켰느냐고 따졌다. LST측은 한국대사관이 발급한 승선표를 일일이 받고 외국인들을 태웠기 때문에 자기들은 잘못이 없다고 했다. 재월 한국 교민회를 관장하고 있는 이규수 총영사 겸 참사관에게 경위를 물으니, 그는 한숨 지으며 자기가 한 일이 아니라고 했다.

외국인에 대한 우리 해군 LST 승선표 발급은 어제 초저녁부터 오늘 아침에 이르는 동안에 한 고위층 인사와 교회 지도자 및 몇몇 사람들에 의해 기습적으로 이루어졌다는 것이다. 해도 너무한다는 울분이 순간적으로 치솟았으나, 어차피 엎질러진 물이었다. 위기상황에서 우리 대사관 자체의 분열이나 불화가 표면화되어서는 절대로 안 된다는 생각에, 모든 것을 참으며 침묵으로 넘기기로 했다.

출항 시간이 되자 우리 해군 LST 두 척은 닻을 올리고 미끄러지듯 부두를 떠나 뱃머리를 남쪽으로 하여 안전 수로를 따라 남지나해로 향하였다. 바로 이 시각에 북월 공산군 남침군 총사령관인 반띠엔둥 대장은 사이공 북방 58킬로미터 지점에 있는 벤깥(BEN CAT) 읍에 진출했다. 그는 그곳에 전방지휘소를 설치하고 북월 정치국 서열 5번이며 파리 평화협상 당시 미국의 키신저 박사 상대역이었던 노회한 레둑토와, 북월 정치국 서열 6번이며 남월 해방지역의 정치 및 군사 총책임자인 팜훙과 함께 사이공 점령계획을 논의하고 있었다.

이 날 오후 북월 측은 미국이 남월에서 손을 떼고 남월군을 해체시킨다면 남월 측과 남북평화협상을 할 용의가 있다는 안하무인격인 제안을 해왔다. 티유 대통령은 제거되었고, 남월의 힘이 나날이 현저하게 약화되어 이제는 단숨에 사이공을 무력으로 점령할 수 있으니 평화적으로 협상, 항복하라는 뜻이었다. 그리고 사이공에서 미국대사관이 재월 미국인들의 철수작전을 실시한다면, 북월 공산군은 이를 방해하지 않겠다는 약속을 소련 정부를 통해 미국 측에 전해 왔다. 남월의 상황은 급전직하로 악화되고 있었다.

사태가 이렇게 진전되자 4월 28일 사이공 항에 입항 예정이던 한국 해군 LST 한 척의 입항이 취소되었다. 한국대사관 직원과 한국 민간인의 철수 수송작전에 관하여 한미 양국 대사관은 긴밀한 협조관계를 유지하고 있었다. 한국 대사관 측의 연락관은 이상훈(李相薰) 참사관이고, 미국 대사관 측의 연락관은 서기관 한 명이었다. 한국인들의 미군 헬리콥터에 의한 철수 수송작전은 다음과 같이 실시되도록 한미 대사관 간에 합의가 이루어져 있었다.

{한국 대사관 직원들의 철수}
한국대사관 직원들은 한국대사관, 또는 대사관저에 모두 함께 모여 대기하고 있어야 하며, 미국대사관 연락관이 그곳을 직접 방문, 혹은 전화연락으로 어느 아셈브리 포인트(헬리콥터 탑승장)에 가서 미군 헬리콥터를 탑승하라고 하면, 그곳으로 가서 헬리콥터를 타고 미 해군 함선으로 철수한다.

{한국 민간인들의 철수}
한국 민간인들은 모두 라디오를 가지고 사이공 미국방송을 청취하고 있어야 한다. 미국인 철수작전이 개시되면, 미국방송은 "사이공의 기온이 비등점(沸騰點)을 향하여 계속 올라가고 있습니다"를 반복 방송할 것이다. 그러면 한국 민간인들은 자기 숙소에서 가장 가까운 아셈브리 포인트로 가서 한국 여권을 제시하고 미국인 틈에 끼어서 헬리콥터에 탑승하고 미 해군 함선으로 철수한다.

이상과 같이 한국대사관 직원들과 한국 민간인들의 철수를 미국대사관 측은 구분해 주고 있었다. 한국대사관 직원 13명과 LST 연락팀 장병 3명, 그리고 취재기자 1명과 고용원 5명 등 합계 22명에게는 동시에 탈수 있는 미군 헬리콥터를 제공해줄 터이니 그것을 타고 떠나라고 했다. 또 한국 민간인 230여 명은 재월 미국인 약 6천명이 철수할 때 사이공 시내에 10군데 가량의 헬리콥터 탑승장인 아셈브리 포인트를 운영할 것이므로, 라디오를 잘 청취하고 있다가 때가 되면 숙소에서 나와 가까운 아셈브리 포인트로 가서 미국인들 틈에 끼어서 헬리콥터를 타라는 것이었다.

주월 미국 대사관측이 정해주는 대로 한국인들이 질서 있게 행동한다면 철수작전은 충분히 성공할 수 있을 것 같았다. 1975년 4월 28일, 사이공 웬주가 109번지에 있는 주월 한국대사관은 폐쇄되었다. 대사관 직원 전원은 저녁에 환딘풍가 53번지의 한국 대사관저에 집결하여 미국대사관 측으로부터 헬리콥터 탑승시간과 장소에 관한 연락이 오기를 기다리며 대기상태에 있었다.

밤이 되니 북월 공산군의 130밀리 장거리 평사포탄이 요란스럽게 탄산눌 공항을 강타하였다. 날이 새고 4월 29일 아침이 왔다. 이때 한국 대사관저에 집결하여 대기하던 인원은 한국 외교관 13명, LST 연락장교 1명, 사병 2명, 대사관 고용원 5명, 한국대사관 철수 취재기자인 한국일보 안병찬(安炳贊) 기자, 그리고 김상우(金相羽) 목사가 끼여 있었다. 그러나 29일 아침에 한국 해군 예비역 하사관과 그의 가족 4명이 들어오면서 민간인 수는 5명으로 늘어나 총인원은 27명이 됐다. 교회 지도자 김상우 목사는 청와대 차지철(車智澈) 경호실장과 용산고등학교 동기동창이며, 가까운 친구 사이로 알려져 있었다.

4월 29일 아침, 한국대사관 직원들은 지난번 한국 LST로부터 얻은 라면을 끓여 먹었다. 아침식사가 막 끝날 무렵 월남에서 40여 년을 살아온 고희가 넘은 안수명(安壽命) 노인이 찾아왔다. 그는 우리 대사관 휴지소각장에 타다 남은 서류뭉치들이 이리저리 난잡하게 흩어져 있다고 했다.

우리 비밀문서가 공산 측 수중에 들어가는 것이 걱정되어 나는 무관보좌관 이달화(李達華) 공군 소령을 데리고 대사관으로 향했다. LST 연락장교 이문학(李文學) 해군 중령이 자청해서 함께 갔다. 우리 대사관에 도착해 보니 안 노인의 말대로 많은 서류뭉치가 겉만 불에 그을리고 속은 깨끗한 채 비에 젖어 뒹굴고 있었다. 이런 어처구니없는 실수가 생긴 것은 서류를 태우던 4월 28일 오후에 한국대사관에서 벌어진 큰 소동 때문이었다.

1개월 전에 북월 공산군은 다낭 비행장에서 남월 공군의 A-37 전투기를 여러 대 노획했다. 반띠엔둥 대장은 북월 공군 조종사들을 선발하여 노획한 A-37 전투기에 대한 조종훈련 및 사격훈련을 3주간 실시케 했다. 그리고 4월 28일 1개 중대로 편성된 A-37 전투기들이 사이공 탄산눌 공항 상공에 나타났다. 이 중대의 지휘관은 4월 8일 독립궁을 폭격하고 북월군 쪽으로 달아난 웬탄쫑 전 남월 공군중위였다. A-37 전투기들이 탄산눌 공항에 접근해 오자 공항의 민간 항공관제탑에서 소속을 물었다. 웬탄쫑 전 남월 공군중위는 영어로 미국 공군기라고 대답하고 기습적으로 공항을 공격했다. 이때 남월 대통령의 집무실과 숙소가 있는 독립궁에 배치되어 있던 고사포, 에끼에끼 구경 0.5인치 대공기관총, 구경 0.3인치 기관총, 전차에 장치된 0.5인치 대공기관총 등등이 적기의 독립궁 접근을 저지하기 위해 일제히 사격을 개시했다. 이 대공사격은 약 20분간 계속되었다.

한국대사관은 독립궁으로부터 100미터 정도 떨어진 거리에 위치하고 있었다. 날벼락 치듯 수백 발의 포성이 숨 돌릴 새도 없이 대사관 건물을 흔들어대고, 수만 발의 대공기관총 소리가 고막을 찌르듯 들려오니 전투경험이 많은 사람이 아니고서는 모두 혼비백산하지 않을 수 없었다. 대사관 직원중 몇 명을 제외하고는 모두 공산군이 우리 대사관으로 쳐들어오는 줄 알고 제각기 돌출된 독특한 반응을 보이면서 순식간에 흩어져 몸을 숨겼다. 그러나 노련한 전투경험자는 총성 첫발부터가 우리 대사관을 향해 쏘는 총성이 아님을 금세 알아차렸다. 우리 쪽을 향해 쏘는 총성과 그렇지 않은 총성은 뚜렷하게 다르게 들리는 것이다.

나는 방문을 열고 복도를 따라 독립궁이 잘 보이는 모퉁이로 걸어갔다. 타자수 고송학(高松鶴) 양이 사색이 되어 다급히 소리쳤다.

"가지 마세요. 가지 마세요."

독립궁 쪽으로 가면 총에 맞아 죽는 줄로만 알고 제지시키려는 고 양의 찢어지는 듯한 고함이었다. 적기는 탄산눌 공항 쪽에 있는 듯 대공화력이 그쪽 하늘을 향하여 올라가고 있었다. 5분 가량 독립궁 쪽 상황을 바라보던 나는 대사관 직원들을 안심시키려고 총포성을 뒤로 한 채 별관 2층과 본관 2층을 돌아보았다. 그렇지만 고송학 양이 있을 뿐, 다들 어디로 숨었는지 아무도 만날 수가 없었다. 약 20분간 요란스럽던 포성은 멎고 상황이 끝났으나 아무리 찾아봐도 한동안 사람들이 보이지 않았다. 너무 후미진 곳에 꼭꼭 숨어서 나오질 않았기 때문이었다.

"나는 베트콩들이 대사관 문으로 왈칵 쳐들어오는 줄만 알았어요."

머쓱해진 누군가의 독백이었다.

그날은 비가 간간히 내려 서류뭉치가 잘 타지 않는데, 그런 소동까지 벌어져서 결국 이번 소각장 사고가 발생했구나 하는 추측을 하면서 나는 비밀문서를 포함한 모든 서류를 태워 버렸다.

대사관저로 돌아가는 길에 홍땁뜨가에 있는 남월 전 부수상이며, 남월 국민당 지도자인 짠반뛰엔(陳文典) 저택에 들렀다. 그의 큰딸은 한국 외교관인 이백기(李伯基) 서기관과 결혼하여 두 자녀의 어머니가 된 인텔리 여성이었다. 짠반뛰엔은 북월의 팜반동 수상과 보웬잡 국방상, 그리고 남월 수상인 부반마우와 하노이 대학의 동기동창이며, 이 네 명은 대학시절 가까운 친구들이었다. 짠반뛰엔은 앞으로 한국이 북한과 남북대화를 하는데 귀중한 교훈이 될 수 있도록 남・북월 사이에 오고간 비밀협상의 내용과 현재 진행 중인 긴박한 어려움을 이야기해 주었다.

그의 이야기를 약 15분간 주의 깊게 듣고 있는데, 밖에서 기다리던 이달화 소령이 시간을 끄는 것이 지루하다는 듯 자동차 클랙슨을 몇 번 눌렀다. 그러더니 내가 있는 응접실로 들어와서 돌아가자고 재촉했다. 나는 한국 대사관저에 전화를 걸어 미국대사관으로부터 탑승장소와 시간을 알리는 연락이 왔는지를 알아보라고 했다. 전화기는 옆에 있는 탁자 위에 놓여 있었다.

이 소령이 한국 대사관저에 있는 자신의 직속상관 무관 정영순(鄭永淳) 육군대령에게 전화를 걸었다. 정 대령은 미국 대사관 철수본부 연락관으로부터 "한국대사관 직원은 제 3아셈브리 포인트로 가서 헬리콥터를 타고 미 제 7함대로 철수하라"는 전화연락이 와서 지금 막 출발하려고 하니 속히 돌아오라고 했다.

미국 대사관의 초라한 잉여집단

짠반뛰엔 저택과 한국 대사관저와의 거리는 약 800미터이다. 차를 몰고 대사관저에 도착해보니 이미 대사, 참사관 2명, 서기관 2명, 영사 2명, 통신사 2명, 그리고 대사관 고용원, 신문기자, 목사 등 16명은 떠나버리고 정 대령, 서 영사, 해군 사병 2명, 예비역 해군 하사관 가족 4명이 남아 있었다.

한국 대사관저와 제3아셈브리 포인트는 프랑스식 구형의 넓은 저택 하나를 사이에 두고 서로 등을 지고 서 있는 약 70미터 거리의 이웃이었다. 나는 10명을 인솔하고 제3아셈브리 포인트에 도착했다. 그곳은 25미터 정도 높이의 건물로 유세이드 직원과 가족 전용 전세아파트였다. 옥상에는 60명을 태울 수 있는 미군 헬리콥터 한 대가 승객을 기다리고 있었다. 그런데 이상한 것은 먼저 와 있어야 할 한국대사관 직원이 한 명도 와 있지 않았다. 경비원들에게 물어봤으나 그들은 한국대사관 직원들의 행방을 전혀 모르고 있었다. 혹시 우리가 잘못 온 것이 아닌가 하는 의구심마저 들었다.

철수작전 실행에 있어 꼭 지켜야 할 철칙은, 철수부대나 단체는 철수본부에서 지정해 준 탑승 장소로 가서 제시간에 헬리콥터를 타야 한다는 것이다. 지정해 준 탑승 장소로 가지 않고 딴 곳으로 가면, 그곳에는 그 부대나 단체에게 배당된 헬리콥터가 없다. 잉여단체가 되어 철수를 못하게 된다.

조금만 더 알아보고 결단을 내려야겠다고 생각하는데, 때마침 한국 대사 승용차 운전기사가 대사 승용차를 홀로 몰고 우리가 있는 앞의 로터리를 돌고 있어 소리쳐 세웠다. 그 운전기사는 대사관저로 무엇인가 가지러 가는 길이라고 했다. 그리고 대사가 지휘하고 먼저 떠난 인원은 미국대사관에 가 있다고 했다. 그는 대사관 직원 등 16명이 대사관저를 떠날 때 그가 운전하는 승용차가 선두에 섰으며, 제3아셈브리 포인트 출입문 앞에 도착하여 차를 세우려는 순간, 차에 타고 있던 어떤 인사가 차를 세우지 말고 로터리를 또 돌라고 해서 로터리를 한 바퀴 더 돌았다는 것이다. 그러더니 그 인사가 다시 미국대사관으로 가자고 해서 그쪽으로 차를 몰았으며, 뒤따라오던 우리 대사관 직원들을 태운 모든 승용차가 덩달아 미국대사관으로 가게 된 것이라고 설명해주었다.

나중에 뼈에 사무치게 후회했지만, 제3아셈브리 포인트에서 나는 10명을 지휘하고 우리에게 배당된 미군 헬리콥터를 탔어야 했다. 철수작전의 원칙상 미국 대사관으로 가서는 안 되는 것이었다. 나는 한국 육군대학에서 철수작전 교관을 3년간이나 지냈다. 우리나라에서 서울 철수 작전계획을 최초로 작성한 작전참모는 바로 나였다. 그런데 이렇게 자그마한 철수수송 실행에 실패하다니 참으로 어이없는 실책이었다. 그러나 또 가만히 살펴보면 운명이기도 했다. 내가 대사관 소각장에 간 것이 실책의 시발이었다.

미국대사관으로부터 한국대사관 외교관들은 제3아셈브리 포인트로 가서 미군 헬리콥터를 타고 철수하라는 연락이 왔을 때 내가 우리 대사관저에 있었다면, 대사관 직원들이 제3아셈브리 포인트에서 우리를 태우기 위해 대기하고 있는 미군 헬리콥터를 버리고 다른 곳으로 무작정 가는 과오를 절대로 범하지 않았을 것이다. 그러나 지금 우리 대사관 절대 다수의 인원과 고위층이 미국대사관에 가 있는 것이다.

훗날 그때 일을 되돌아보니, 내가 그날 아침 비밀문서의 중요성만 생각하고 직접 대사관 소각장에 달려간 것이 잘못이었다. 이달화 소령과 이문학 중령만을 보내도 되는 일이었다. 또 대사관 소각장에서 한국 대사관저로 돌아오는 도중에 짠반뛰엔 집에 들러 약 15분간 정보를 수집한 것도 큰 잘못이었다. 철수본부장은 중요한 시기에 제자리에 있어야 했다. 15분간의 허비가 한국대사관 인원철수를 실패시킨 요인의 하나가 됐다.

미국대사관에는 미국인 약 6천명을 철수시키는 철수본부와, 그 총수(總帥)인 마틴 대사가 있다. 우리 측 고위층이 마틴 대사와 협조를 잘 한다면 대사관 인원 27명에 대한 수송용 헬리콥터를 추가로 배정 받을 수도 있을 것이다. 제3아셈브리 포인트가 우리 대사관 인원 27명의 철수를 완벽하게 보장해주는 최선의 헬리콥터 탑승장이라면, 미국 대사관은 차선의 헬리콥터 탑승장이라고 할 수 있다.

그러나 그것은 어디까지나 한미 양국 대사관 고위층의 협조가, 지난번 캄보디아에서 철수 시 김세원 대사와 주 캄보디아 미국 대사와의 긴밀한 협조 수준을 따라갈 수 있을 때의 이야기이다.

나는 차선의 방책이지만 미국대사관에서 한국대사관 인원들의 헬리콥터 탑승은 가능할 것이라 여겼다. 내가 10명을 인솔하고 미국대사관 본관 마당에 도착한 것은 오전 9시 30분경이었다. 한국대사관 고위인사 2명은 마틴 미국 대사가 있는 대사관 본관의 철수본부로 올라갔다고 했다. 본관 마당에 있던 14명의 한국대사관 인원들은 대사관 별관으로 이동하라는 미 대사관 철수통제관의 요청에 따라 그곳으로 가는 중이었다. 내가 지휘하고 간 나를 포함한 11명이 이들과 합류했다.

미국대사관은 대지가 6천 평쯤 되어 보였고, 네모난 대사관 대지 한 가운데를 높이 약 5미터의 벽돌담이 동서로 세워져 두 지역에서 갈라놓고 있었다. 남쪽에 있는 것이 본관 지역이고, 북쪽에 있는 것이 별관 지역이었다. 베트콩이 미국대사관 한쪽을 점령하더라도 다른 한쪽에서 저항할 수 있게 이 지역을 견고한 벽돌 벽으로 갈라놓은 것이며, 이 두 개 지역을 연결하는 통용문이 벽 한 모퉁이에 빠끔히 뚫려 있었다. 이 통용문을 봉쇄하면 본관 지역과 별관 지역은 서로 왕래를 할 수 없게 된다.

한국대사관 직원 및 이들과 함께 움직이는 민간인들을 합친 25명은, 통용문을 통해서 본관 지역으로부터 별관 지역을 이동했다. 별관 지역은 미국 민간인들, 참전국가의 외국인들로 가득 메워져 있었다. 그리고 인원은 시간이 흐름에 따라 더욱 늘어났다. 한국 민간인들의 수도 많이 불어나고 있었다.

오전 10시경부터 본관과 별관 사이의 통용문이 미 해병대에 의해 차단 봉쇄되고, 일단 별관 지역에 들어온 사람들은 본관 지역으로 가지 못하도록 철저하게 통제되었다. 이 통용문은 미국대사관 철수본부가 인정하는 귀빈과 미국 철수통제관들만이 자유로이 출입할 수 있는 관문으로 변해 버렸다.

미국대사관 직원과 가족, 국제휴전 감시위원단 소속 인원들을 철수 수송하는 대사관 본관 옥상의 제1아셈브리 포인트에서는 오전 10시 30분경부터 철수 수송작전이 시작되어 헬리콥터들이 남지나해상을 향하여 날아가고 있었다. 별관 지역에 있는 인원들의 철수수송을 위한 헬리콥터 탑승장은 준비된 것이 없었다. 그 때가 되어서야 본관 마당에 2개소를 만들려고 했으나, 큰 나무들을 베어야 하는 등의 문제 때문에 마냥 시간을 끌고 있었다.

10시 30분경, 미국대사관 본관의 철수본부에 가 있던 한국 고위 외교관 두 명이 별관 지역에 나와서 김상우 목사를 만나고 다시 철수본부로 돌아갔다는 소식이 들려왔다. 별관 지역의 철수질서를 통제하고 있는 미국 통제관의 요청에 의해, 외국인들은 국적별로 한 장소에 집결 정렬하여 앉아서 대기하게 됐다. 이때 인원을 점검해 보니 한국인은 168명이고, 한국인의 월남부인들과 자녀들, 그리고 월남부인들의 친정식구 등 모두 40명쯤이 우리 한국인 집단 속에 끼여 있었다.

미국 통제관들은 무질서 공황현상을 방지하기 위해 철수질서를 엄격히 지켜줄 것을 역설하며, 우방국인들은 국적별로 단체활동을 취해줄 것을 간곡히 요청했다. 이로 인해서 우리 한국인들은 200여 명의 적지 않은 집단이 공동체 행동을 해야 하는 부담을 지게 되었다. 그리고 이 집단의 현장 선임지휘자인 나는, 질서유지에 각별한 관심을 가지고 이 큰 집단을 통제해야 하는 책임도 맡게 됐다.

4월 29일 오후 2시가 지나서야 별관 지역에 있는 인원들에 대한 철수 수송작전이 시작되었다. 우선권은 미국인들에게 있었으며, 자유 우방국인들은 미국인들 다음에 탑승하기 위해 순서를 기다렸다. 미국인들은 4열종대로 줄을 섰으며, 통용문에서 시작된 줄은 수영장을 한 바퀴 빙 돌아서 그 길이가 120미터쯤 뒤로 연장되었으나 그래도 미국인들이 줄을 다 선 것은 아니었다. 줄이 끝나는 후미에도 수백 명의 미국인들이 모여 있었다.

헬리콥터 두 대가 동시에 본관 마당인 탑승장에 내리면, 줄의 선두부터 통용문을 통해 본관 마당으로 걸어 들어간다. 120명이 통용문을 통과하면, 미 해병대가 문을 차단하고 봉쇄한다. 기차역에 비유하면 별관 지역은 역의 대합실, 통용문은 개찰구, 미 해병대는 개찰원, 본관 마당은 플랫폼이었다.

철수 수송작전은 느리게 진행되고 있었으며, 밤 8시 30분이 지났는데도 우방인 차례는 오지 않았다. 이래서는 안 되겠다는 생각이 들었다. 나는 별관에 있는 일직 사령실에 가서 전화를 빌려 본관 철수본부에 있는 미국대사관 베넷 공사와 통화한 후, 미국 통제관의 경호안내를 받으며 통용문을 통과해 본관 마당을 지나 본관 아래층에서 엘리베이터를 타고 베넷 공사 사무실로 올라갔다.

그의 사무실에 도착해 보니 방과 방 사이의 문은 활짝 열려 있고, 책상 서랍은 모두 빠져 있었다. 책상 위에는 손가방 하나가 놓여 있고, 책상 옆에는 골프

채 가방이 세워져 있었다. 베넷 공사는 재콥슨 미국 예비역 대령과 함께 서 있었다. 재콥슨은 주월 미국 대사관에 11년간 근무하고 있으며 외교관 잭책은 아따세(attache)였다.

나는 이 철수본부에 와서 미국대사관 고위층과 밀접한 협조를 하여 한국인 철수에 만전을 기하고 있을 한국 고위 외교관 두 명을 우선 만나려고 그들이 있는 곳을 물었다. 그랬더니 그들은 이미 남지나해상에 가 있었다. 결국 월남에 있는 한국 외교관 중에는 내가 최고 선임자였다. 더욱 무거운 책임감을 느끼며 나는 별관에 있는 한국 외교관 및 민간인 상황을 설명하고, 한국인 전원에 대한 철수 우선권을 요청했다. 베넷 공사는 묵묵히 난색을 표했고, 재콥슨 예비역 대령은 사과의 말과 함께 현재 처해있는 상황에서 내 요청을 받아들일 수 없다고 거절했다.

베넷 공사는 나 혼자 대사관 본관 옥상에서 헬리콥터를 타고 미 제7함대로 떠나라고 했다. 나는 지금 사이공에 남아 있는 한국인 공무원 중에서 내가 제일 높은 지위의 지휘관이라는 것을 알게 되었으니, 책임상 부하들과 민간인들을 두고 아무 말 없이 혼자 떠날 수는 없는 일이라고 거부했다.

철수작전은 주도면밀하게 진행되어야 한다. 제일 높은 자리에 있는 사람은 자기가 부득이 떠나야 할 때가 되면, 바로 밑에 있는 선임자를 불러서 남아서 할일을 상세히 인계해 주고 떠나는 것이 원칙이며 상식이다. 설혹 떠난다하더라도 베넷 공사의 권유로 즉흥적으로 받아들여 여기서 당장 헬리콥터를 타고 떠날 수는 없는 노릇이었다. 서열상 내 바로 밑에 있는 이규수 참사관 겸 총영사에게 내가 떠난 후의 뒷일을 인계하고 헬리콥터를 타야 한다.

베넷 공사가 냉장고에서 세븐업을 꺼내 따라 주었다. 그리고 방콕에 가 있는 내 가족의 안부를 물었다. 그의 부인은 베이징(北京) 출신의 중국 여인이었으며, 1939년 베이징에서 여고를 졸업하고 미국으로 유학 가서 대학 동기인 베넷 공사와 결혼한 총명한 부인이었다. 우리 부부와 그들 부부는 가까운 친구 사이였다.

베넷 공사가 "이 공사! 지금 헬리콥터를 타지 않으면 못 돌아가게 될 것이니, 속히 옥상에 올라가서 헬리콥터를 타시오" 하고 다시 권했다. 옥상의 헬리콥터 탑승장은 미국 대사관 직원 및 가족, 기타 미국 공무원과 가족, 그리고 외국인 귀빈들을 탑승시키는 곳이었다.

마틴 대사가 베넷 공사방에 잠깐 얼굴을 비쳐, 나는 인사를 했다. 레만 공사도 잠시 나타나서 서로 인사를 나누었다. 모두들 서성거리고 있었다. 베넷 공사 방에서 약 20분간 대화를 나눈 나는, 더 지체할 것이 아니라 한국인들이 있는 별관으로 빨리 가서 이 상황을 알려주고 비상대책을 강구해야겠다고 마음 먹었다. 나는 베넷 공사에게 한국인들이 전원 철수할 때까지 잘 부탁한다는 말을 하고 돌아섰다.

베넷 공사는 엘리베이터 있는 곳까지 따라오면서 "이 공사, 지금 헬리콥터를 타시오. 모든 것을 버리고 가야 하오"라며 다시금 간곡하게 권했다. 재콥슨은 "이 공사님, 미안합니다. 한국인 전원에게 우선권을 줄 수 있는 상황이 아닙니다" 하고 사과했다. 내가 방에서 복도로 나가자 문 밖에서 기다리고 있던 미국통제관이 경호를 위해 내 뒤를 따랐다. 엘리베이터를 타자 그가 어디로 가느냐고 물었다. 귀빈은 옥상에서 헬리콥터를 타기 때문에 묻는 것 같았다.

나는 '별관!'이라고 간단히 대답하고 엘리베이터 단추를 눌렀다. 본관 마당에 나가니 때마침 두 대의 헬리콥터가 도착하여 별관에서 통용문을 통과하여 들어오는 사람들을 태우고 있었다. 나는 미국 대사관 옥상뿐 아니라 여기서도 물론 헬리콥터를 탈 수 있는 것이다. 나는 걸음을 멈추고 탑승광경을 바라보다가 머리를 좌우로 무겁게 흔든 후, 본관 마당을 건너 해병들이 지키고 있는 관문을 통과했다. 그리고 나를 경호하던 미국 통제관과 헤어진 후, 한국인들이 모여 있는 별관 정원 잔디밭으로 갔다. 시간은 밤 9시 40분경이었다. 별관 정원에는 전깃불이 환하게 켜져 있어 대낮같이 밝았다.

나는 이규수 참사관에게 베넷 공사와 만나서 한 이야기와, 한국 고위 외교관 두 명은 미국의 마틴 대사와 함께 있는 것이 아니라 이미 미 제7함대에 가 있다고 알려준 뒤 대책을 협의했다. 신상범(愼翔範) 서기관, 이달화 소령, 안병찬 한국일보 기자, 이순흥(李順興) 회장 외에 몇 명이 주위에 모였다. 우리 한국인들이 헬리콥터를 빨리 탈 수 있는 길은 현지 미국 통제관의 도움을 받는 것밖에 없다는 결론에 도달했다.

이달화 소령과 이순흥 회장이 막후교섭을 하여 미국 통제관을 나에게 데리고 왔다. 그는 한국인들에게 우선권을 주겠다고 말했다. 나는 한국에 돌아가면 한국정부에 건의해서 그에게 훈장을 수여하도록 할 테니 이름과 주소를 적어 달라고 했다. 그는 좋아하면서 이름과 주소를 적어서 나에게 주었다.

우리 한국인이 집결하고 있는 곳과 개찰구와의 관계를 그림으로 표시하면 의문부호 ?와 같은 모양이 된다. 별관 마당에는 널찍한 수영장이 있고 그 수영장 외곽을 빙 돌면서 4열 종대로 줄이 형성되고, 이 줄이 시계방향으로 움직이며 개찰구를 통과하게 되어 있었다. 그러므로 줄의 맨 후방에 밀려 있는 한국인을 포함한 우방국인들은 역설적으로 개찰구에서 아주 가까운 지점에 위치하고 있었다. 말하자면 의문부호 모양의 맨 첫 부분인 지점에 집결하고 있는 셈이었다. 아직도 줄을 설 차례조차 오지 않아 한국인들은 8열 종대를 형성하고 잔디밭에 지루하게 앉아있었다. 그러나 이 미국 통제관의 도움으로 우리는 극비리에 우선권을 얻어낸 것이다.

헬리콥터 두 대가 본관 정원에 내리자 별관 지역 4열 종대의 줄이 서서히 움직이며 개찰구(출입문)를 통과하여 헬리콥터 탑승장인 본관 마당으로 들어가고 있었다. 이 줄은 미국 민간인들과 미국인과 결혼한 월남 부인 및 그들의 자녀들이었다. 줄을 통제하고 있는 미국 통제관은 한국인들이 앉아 있는 앞에서 줄을 끊고 뒤에서 오는 사람들을 정지시켰다. 줄은 두 동강이 나고 앞의 부분은 계속 전진하면서 그 간격이 점점 벌어졌다. 미국 통제관의 통제 하에 그 사이로 한국대사관 직원들이 들어가 앞의 줄 후미에 연결되었다. 한국 민간인들은 차례대로 자리에서 일어나 질서 있게 조용히 대사관 직원들 뒤를 따랐다. 누가 봐도 미국 대사관 철수본부의 지시에 따라 한국 외교관들과 그 일행을 대접해 주는 것같이 비쳤다.

외교관 신분으로 별관 지역에 와 있는 것은 한국 외교관들뿐이었다. 미국 통제관이 사전에 나에게 단단히 부탁한 것이 있었다. 그것은 절대로 뛰거나 소란을 피우지 말 것이며, 조용하고 질서 있게 행동해 달라는 것이었다. 나는 이것을 민간인들에게 신신당부했고, 민간인들은 그것을 꼭 지키겠노라고 다짐했다.

한국인 약 100명이 줄지어 나갈 때까지는 질서가 잘 유지되었다. 한국인 4열 종대의 선두는 개찰구 약 8미터 지점에 도달했으며, 계속 전진하고 있어서 헬리콥터 탑승은 눈앞에 다가오고 있었다. 이때 한국인 집결 대기장소에 남아 있던 한국인은 약 70명이었고, 그들의 월남 부인과 자녀들 및 월남 부인의 부모 형제들이 약 40명 있었다. 이들만 조용히 일어서서 줄을 형성하면서 뒤를 따른다면, 모두가 안전하게 헬리콥터를 타고 미 제7함대로 후송되어 모든 일이 마무리되는 것이다.

그러나 이 결정적 시기에 사고가 발생했다. 월남 부인들과 그들의 한국 남편, 그리고 일부 한국 민간인들이 보따리를 들고 일어서더니 남보다 한걸음이라도 앞서 보겠다고 뛰어나오기 시작했다. 이에 자극되어 앉아 있던 한국인 약 60명이 일제히 일어서서 와르르 뛰어나왔다. 미국 통제관에 의해 멈춰 서서 다음 순서를 기다리던 4열 종대의 뒷줄도 반사적으로 우르르 흩어지면서 뛰어나왔다. 한국인 집결지 옆에 있던 필리핀인들도 이에 질세라 뛰어나왔다. 줄은 삽시간에 모두 없어지고 뒤범벅이 되어 일대는 아수라장으로 바뀌었다.

나는 밀고 밀리는 인파 속에서 갈피를 잡지 못한 채 진땀을 흘리다가 겨우 빠져나와 숨을 돌렸다. 어떻게 얻어낸 한국인 탑승 우선권인데, 그걸 한국인 스스로의 개인 욕심을 앞세운 무질서로 이렇게 허무하게 잃어버리다니 기가 찰 노릇이었다.

미 해병대는 여러 겹으로 개찰구를 봉쇄·차단하고, 철수수송을 중단한 채 고함을 질렀다. 그러나 질서는 쉽게 회복되지 않았다. 나는 우리 대사관 무관 정영순 대령을 불러 이달화 공군 소령, 이문학 해군 중령과 해군 사병 두 명 등 현역 장병들은 가방 속에 들어 있는 군복을 꺼내 모두 갈아입도록 지시했다. 그런 다음 정 대령의 지휘 하에 개찰구를 봉쇄하고 있는 미 해병대에 말하여 관문을 통과, 헬리콥터를 타고 떠나라고 명했다. 외국군일지라도 군인은 군인끼리 통하는 법이며, 또 군대에서 계급은 절대적인 권위를 갖는다. 정 대령은 내 지시대로 현역 장병들을 데리고 먼저 떠나겠다고 대답한 뒤 물러갔다.

그 다음으로 선임자인 내가 할 일은 고위층에 보고하여 이 긴박한 상황을 해결해주도록 건의하는 일이었다. 나는 50미터쯤 떨어진 전등불이 더 밝은 별관 식당으로 들어가서 태평양지구 미군 총사령관에게 보내는 전문을 기안했다. 내가 영어로 구술하고, 한국외국어대학을 나온 이순흥 회장이 받아썼다. 이규수 참사관 이하 여러 명의 한국인들이 지켜보고 있었다.

[전문 1] 긴급

수신 : 미 태평양지구 총사령관. 1975년 4월 29일 2220시

발신 : 주월 한국대사관 공사 이대용.

4월 29일 2220시 현재 주월 한국대사관 외교관 11명을 포함한 약 160명의 한국인이 사이공 미국대사관 내 별관에 잔류하고 있음. 긴급구출 바람.

[전문 2] 긴급

수신 : 대한민국 대통령 각하. 1975년 4월 29일 2220시

발신 : 주월 한국대사관 공사 이대용.

4월 29일 2220시 현재 주월 한국대사관 외교관 11명을 포함한 약 160명의 한국인이 사이공 미국대사관 내 별관에 잔류하고 있으며 사태는 위급함. 미국 측과 협조하여 구출 바람.

전문을 구술하고 있는데 누군가가 플래시를 터뜨리며 사진을 찍었다. 한국일보 안병찬 기자였다. 전문작성이 끝난 후 대통령 각하로 되어 있는 수신인을 미 제7함대에 가 있는 한국 고위 외교관 이름으로 수정했다. 두 장의 전문은 미 대사관 본관에 있는 미 해병대 통신실 통신망을 통해서 보내는 것인데, 대통령실까지 가려면 통신연결이 잘 될지 의문이었다. 또한 연결된다하더라도 시간적으로 너무 지연될 우려가 있어 수신인을 바꾸었던 것이다.

나는 두 통의 전문에 서명하여 이순홍 회장에게 건네주었다. 그리고 속히

통용문 있는 곳으로 가서 한국 현역군인을 찾아, 내가 "미군 통신망을 이용하여 긴급 발신하도록 조치를 취하라"고 지시했음을 전하도록 했다. 이순홍 회장과 그 옆에 있던 두 명의 한국인이 밖으로 달려 나갔다. 약 5분 후 그들이 돌아왔다. 두 통 모두 이상 없이 전달되었으며, 내 지시사항도 그대로 전했다고 했다.

4월 30일 0시가 지난 후, 미 대사관 레만 공사가 별관으로 나왔다. 나는 그에게 한국인 완전 철수수송에 대하여 유념해주도록 부탁했다. 레만 공사가 본관으로 돌아간 지 얼마 지나지 않아 본관과 별관 사이의 개찰구 통용문이 활짝 열리고, 별관에 있는 모든 인원들을 본관 마당으로 들어가게 했다.

개찰구를 통하여 한번에 120명씩 들어가서 두 대의 헬리콥터에 탑승하는 종전의 방법을 변경하여, 대기 인원 모두를 플랫폼인 본관마당에서 줄지어 앉아 기다리게 했다. 그런 다음 헬리콥터가 오면 앞줄부터 120명이 탑승하는 방법을 채택한 것이다. 이때 정렬해 앉아 있는 인원은 약 900명으로 추산되었다. 내가 한국인들을 인솔하고 이곳에 들어온 것이 새벽 1시 30분경이었다. 미군 헬리콥터는 두 대가 약 30분 간격으로 동시에 날아와서 120명씩 태우고 이륙했다.

4월 30일 새벽 4시 15분경, 한국인 집단 바로 앞줄 사람들과 한국인 일부를 태우고 헬리콥터 두 대가 떠났다. 한국인들이 전부 탑승할 차례가 드디어 왔다고 모두들 안도의 숨을 내쉬고 있었다. 그 순간 대사관 경비와 민간인 및 외국인 철수를 통제하고 있던 미 해병들이 갑자기 수상한 거동을 보이더니 기상천외한 일이 벌어졌다. 그들은 우방국인들 약 450명에게 최루탄을 터뜨려 놓고, 등을 돌려 쏜살같이 본관 현관 쪽으로 달아나는 것이었다.

나는 뒤쫓아 달려가서 "나는 대한민국 대사관 공사다. 너희들 지휘관은 어디 있느냐?"고 소리쳤다. 그러면서 미 해병들에게 잘 먹혀 들어갈 말을 크게 소리쳤다.

"나는 한국대사관 공사이고, 또한 육군 장군이다. 책임 장교는 어디 있느냐?"

그러나 약 100명쯤으로 보이는 그 부대에는 장교는 한 명도 보이지 않고 하사관이 사병들을 지휘하고 있었다. 육군 장군이라는 호통에 하사관은 눈이 휘둥그레지면서 어리둥절한 표정을 지었지만 묵묵부답이었다.

줄을 지은 해병들의 선두는 대사관 본관으로 들어가기 시작했다. 해병들이 다 들어서면 셔터는 내려질 것이고, 해병들은 본관 옥상에서 헬리콥터를 타고 떠날 것이다. 돌아보니 내 뒤를 따라온 한국인은 안희완 영사 한 명뿐이었다. 이대로 미 해병을 따라 대사관 본관으로 들어갈 것인가? 그러나 도저히 그럴 수는 없었다. 생명의 위협을 절박하게 느끼며 버려져 있는 한국 외교관들과 민간인들의 생명을 구하는 긴급조치를 취하여야 할 책임이 나에게 부여되어 있는 것이다.

나는 한국인 140명이 있는 곳으로 되돌아갔다. 미 해병들이 터뜨린 최루탄에 눈물을 흘리면서 이리저리 우왕좌왕 하는 판에 누군가가 "여기 시한폭탄이 장치되어 있소! 곧 폭파하여 몰살하게 될 거요!"라고 소리쳤다.

사이공 함락

군중들은 이리저리 흩어지면서 전속력으로 대사관 밖으로 달아났다. 미 대사관 밖에 나간 나는 소리쳐서 한국인들을 집결시키고 이들을 인솔하여 프랑스대사관으로 향했다. 긴급피난처로 프랑스대사관을 이용하기 위해서였다. 프랑스와 영국은 북월 하노이에도 그들의 대사관을 가지고 남북 등거리 외교를 하고 있기 때문에, 사이공에 있는 그들의 대사관도 북월은 치외법권 지역으로 인정해준다. 그래서 우리 한국인들의 긴급 피난처로서는 이상적인 안전한 곳이었다.

프랑스 대사관에 도착하여 문을 두드리며 열어 달라고 했으나 굳게 닫힌 철문 안에서는 응답이 없었다. 하는 수 없이 한국 대사관저로 가서 한국인들을 대기시켜 놓고, 그곳에 버려져 있는 승용차를 타고 이규수 참사관과 김창근 서기관, 신상범 서기관 등을 대동하여 이번에는 프랑스영사관으로 갔다. 그러나 그곳에서도 여전히 문을 열어 주지 않았다.

차를 돌려 사이공 강변 웬후가에 있는 일본대사관을 찾아갔다. 정신없이 뛰어다니는 동안 어둠은 걷히고 아침 해가 떠오르고 있었다. 일본은 하노이에 대사관을 설치하고 있지는 않지만, 최근 6천만 달러의 경제원조를 제공함으로써 우호국 대우를 받고 있었다. 따라서 북월 공산군이 일본 대사관으로 쳐들어오지는 않을 것이었다.

나는 히토미(人見) 대사에게 한국인들의 임시 긴급피난처를 제공해주도록 요청했다. 히토미 대사는 북월과 일본은 아직 정식 외교관계가 맺어져 있지 않으므로 불가능한 일이라고 정중히 거절했다. 그렇다면 이 긴급상황을 우리 정부에 전문으로 보고하려는데, 일본대사관 통신실을 통해 일본 외무성을 거쳐 주일 한국대사관을 경유하여 한국 외무부장관에게 보내주는 편의제공이라고 해달라고 요청했다. 히토미 대사는 그것만은 좋다고 동의했다.

나는 한국말을 영문 알파벳으로 표시하여 사이공에 있는 한국 외교관 및 교민들이 처해 있는 현황을 긴급 보고했다. 아직 북월 공산군이 사이공에 들어오지는 않았으며, 치안은 남월 정부가 확보하고 있으니 긴급 구출작전을 해달라고 요청하는 전문을 작성했다. 옆에서 이규수 참사관이 나의 전문작성을 구두로 도와주었다.

작성된 전문을 히토미 대사에게 건네주고, 세 명의 외교관을 대동하여 일본대사관 가까이 있는 남월 해군본부로 차를 몰게 했다. 남월 군함을 이용하여 한국인 전원을 철수시킬 긴급교섭을 하기 위해서였다.

그러나 해군본부 위병소 100미터 이내에 접근하는 사람에게는 M16 소총을 쏘고 있었다. 나는 약 15미터 전방의 아스팔트 위에 M16 소총탄이 10여 발 떨어지는 것을 보고 돌아서서 다시 차에 올라탄 뒤, 이규수 참사관 의견에 따라 뚜도가 146번지에 있는 지미식당으로 갔다. 식당 주인인 프랑스인 보네와 그의 한국인 부인 유선환(柳善煥)을 만나, 프랑스대사관에 함께 가 줄 것을 부탁했다.

보네는 우리 일행과 함께 프랑스대사관으로 갔다. 대담하고 활동적인 인물인 보네의 도움으로 프랑스대사관 측은 프랑스 정부가 직영하는 그랄병원을 한국인들의 긴급피난처로 제공해주었다. 그랄병원은 프랑스대사관과 마찬가지로 치외법권 지역이었다. 북월 공산군이 들어가지 못하는 지역인 것이다.

나는 일행과 함께 보네를 따라 그랄병원으로 갔다. 한국 대사관저에 집결해 있는 한국인들에게는 전언문 쪽지를 보내 모두 그랄 병원으로 오도록 했다. 환딘풍가 53번지에 있는 한국 대사관저로부터 그랄병원으로 이동한 인원은 약 140명이었다. 어떻게 연락이 닿아 사이공 다른 곳에 있던 한국인들도 그랄병원으로 속속 몰려들고 있었다. 다행스러운 것은 이때까지 북월 공산군이 사이공 교외에 머물러 있었다는 사실이다. 그들은 한국인들을 철천지원수로 미워하며 복수의 기회가 오기를 벼르고 있는 중이었다.

사이공에 남아 있는 한국인들에게 가장 위험한 시기는 북월 공산군이 사이공 시내에 돌입해 들어올 때다. 이때는 살해당해도 할 말이 없다. 유탄에 맞아 죽었다고 해도 그만, 저항해서 얼떨결에 쏴 죽였다고 해도 그만이었다. 이러한 최대 위기에 한국인들이 프랑스 치외법권 안전지대로 긴급 피난할 수 있다는 것은 참으로 감사한 일이었다. 그러나 우리 재월 한국인들에 대해 앞으로 프랑스대사관이 적화통일 베트남 정부의 압력을 버티며 어느 시기까지 보호해 줄 수 있을 지는 의문이었다.

우리 잔류 한국인들은 적지에서 독 안에 든 쥐 신세가 됐다. 무서운 보복의 시련이 파도와도 같이 몰려올 것이다. 죽음을 무릅쓰고 이를 극복해 나가야 한다.

미국대사관 측이 제3아셈브리 포인트에 한국대사관 외교관들과 기타 직원들이 탑승하고 철수할 수 있는 헬리콥터를 준비하고 대기시켜 주었다. 그럼에도 불구하고 한심하고 무모하게도 그곳을 버리고 다른 데로 가서 잉여인간 집단이 되어 이렇게 위기를 자초하고 말았다. 그 잘못을 가슴 아프게 한탄했으나 이미 지나간 일, 돌이킬 수 없는 노릇이었다. 누군가에 대한 분노가 끓어올랐으나 이내 내 잘못으로 되돌렸다.

사실 따지고 보면, 철수본부장인 내 잘못은 4월 29일에 있은 두 가지 잘못만이 아니었다. 북월 공산군의 사이공 진격 날짜에 대한 판단도 잘못되었었고, 우리 대사관 외교관 철수방법도 미군 헬리콥터에 의존한 것이 잘못이었다.

나는 월남 전세(戰勢)를 상황판단하는 데 도움이 되는 첩보나 정보를 주로 주월 미국대사관 정보책임자인 폴가 씨와 긴밀한 협조 아래 입수했다. 남월군 총사령부 총참모장 웬반만 중장, 남월 중앙정보부장 웬깍빈 장군, 그리고 독립궁 비서실장인 보반깜 등과도 자주 접촉했으나, 주월 미국 대사관 폴가의 판단을 가장 중요시하고 있었다. 1975년 4월 20일, 마틴 주월 미국대사가 티유 대통령을 면담했을 때, 이 상태로 나가면 북월 공산군이 앞으로 3주나 4주 내에 (5월 10일부터 1주일 이내) 사이공으로 진격해 들어올 것이라고 말했다. 이처럼 미국대사관 측은 북월 공산군이 빨라야 5월 10일경 사이공에 진격해 들어올 것으로 판단하고 있었으며, 나도 그것을 믿었다.

폴가는 국제 휴전감시위원단의 헝가리 대표단을 통하여 북월 측으로부터 남북 평화회담을 개최하고, 남북 양군은 임시휴전을 하자는 메시지를 받고 있었다. 그것은 남월의 반공 대들보인 티유 대통령을 제거하기 위한 북월 측의 음모였으나, 미국대사관 측은 곧이곧대로 받아들여 판단을 그르쳤다는 것을 훗날에 가서야 알게 되었다. 주월 미국대사관 측의 판단을 액면 그대로 받아들인 나도 정세판단을 잘못하고 있었던 것이다. 북월 측의 남북 평화휴전회담 개최 전제조건이 티유 대통령의 하야였다. 미국의 압력에 굴복한 티유 대통령은 4월 21일 사임했다.

그러나 그 후 북월 측의 약속은 이루어지지 않았다. 남월의 붕괴는 가속화되었으며, 북월 공산군의 사이공 진격 시기가 앞당겨졌다. 그래서 북월 공산군의 진격이 5월 2~3일경에 이루어질 것이라는 판단이 4월 26일경에 섰다. 그러나 사이공 함락은 그 날짜보다도 더 빨리 이루어졌다. 한국 민간인 전원과 주월 한국대사관 잔류외교관 전원은 4월 26일 사이공 항구를 떠나는 한국 해군 LST에 승선하여 철수를 끝냈어야 옳았다. 공연히 주월 미국대사관에 기대어 미군 헬리콥터로 철수하는 길을 택한 것이 잘못이었다.

이보다 앞서 캄보디아 패망 시, 주 캄보디아 미국대사와 한국의 김세원 대사가 긴밀한 협조 아래 캄보디아 내에 있는 미국인과 한국인을 전원 철수시켰다. 그런 뒤 마지막으로 양국 대사가 함께 미군 헬리콥터를 타고 방콕으로 철수하여 성공리에 깨끗이 철수작전을 마무리 지은 선례가 있었다. 그러나 장소가 다르고, 사람이 다른 곳에서는 다른 결과가 나올 수 있다는 개연성을 철수본부장인 내가 가볍게 생각한 것이 잘못이었다. 남을 탓하고 원망하지 않으리라. 허물은 항상 나 자신에게 있는 것이다. 영욕의 득실과 시비의 이해가 다 나 자신 안에서 일어나는 것이다.

1975년 4월 30일 정오가 좀 지나서, 북월 공산군은 1번 도로를 따라 동북방에서 사이공 시내로 진격해 들어왔다. 한국인 집단이 치외법권 지역인 프랑스 대사관 그랄병원에 들어가서 신변보호를 받고 있다는 사실은 불행 중 다행이며, 내가 이곳에 남은 보람이 있기도 했다. 우리가 있는 치외법권 지역 앞을 북월 공산군의 전차, 장갑차들의 기계화부대와 보병부대들이 기관총, 소총, 직사포 등을 요란스럽게 쏘아대며 독립궁을 향하여 쳐들어가고 있었다.

앞으로 내 앞에 나타날 하늘의 시련은 지금 울려대는 저 총성, 포성보다도 더 거셀지도 모른다. 어떠한 고난이 닥쳐오더라도, 어떠한 위기가 몰려오더라도, 앞으로 나는 일편단심, 철석같은 순국(殉國)의 정신으로 내가 확립한 가치관에 따라, 모진 풍설을 이겨내며 푸른 자태를 굳건히 유지하는 소나무같이 버티리라는 다짐을 더욱 굳게 하면서 나는 무거운 마음으로 묵묵히 서 있었다.

서리 맞은 소나무 자태

소환

사이공에 남아 있는 한국 외교관 8명에 대한 신병을 북한이 공산화된 베트남에 요청한 것은 사이공 함락 직후였다. 1975년 5월 1일 아침, 사이공 주재 일본대사관 와타나베 참사관은 이 급보를 나에게 전해 주었다. 국제법상 외교관은 절대로 포로로 취급되지 않는다. 비록 교전 당사국 내에 상대국인 적국 외교관이 머물러 있다하더라도 제3국을 통해서 깨끗하게 본국으로 돌려보내주어야 한다. 이 국제법이 바로 1961년에 유엔 주관 하에 제정된 비엔나 협정이다.

1975년 5월 12일, 베트남 공산정부는 미처 철수하지 못하고 사이공에 잔류하고 있는 외교관들의 출국조치에 필요하니 외무부에 등록신고를 해달라고 공고했다. 등록양식에는 본적, 주소, 성명, 생년월일, 국적, 직책, 종교, 정당관계, 베트남 입국 연월일, 가족사항, 부모성명, 학력, 경력, 상훈관계 등을 기록하고 사진 3매를 함께 제출하게 되어 있었다. 이 때 한국 외교관 8명도 모두 등록신고를 했다.

6월 8일 베트남 외무부는 한국 외교관 8명의 출국일자는 6월 17일 오전 10시이며, 항공기 탑승 장소는 사이공 탄산눌공항이라고 발표 공고했다. 그러나 며칠 후 서병호 영사와 안희완 영사의 출국을 금지한다고 발표했으며 그 이유는 밝히지 않았다. 북한의 방해공작에 영향을 받은 것으로 직감했으나 깊은 내막은 알 수 없었다.

사이공에 잔류하고 있는 한국 외교관 및 민간인의 총수는 175명이었다. 이들 중 160여명은 환딘풍가 53번지와 뚜도가 171번지에서 집단생활을 하면서 한국 외교관들이 완전 통제하고 있었다. 하지만 월남 여인들과 결혼하여 자기 소유의 집에 살고 있던가, 또는 처갓집에 함께 살고 있던가, 혹은 환자로서 변두리 병원에 입원하고 있는 고립된 한국인 10여 명에 대한 통제는 한국 외교관으로서는 대단히 어려운 일이었다.

베트남 안닝노이찡(安寧內政)이라 불리는 정보공작수사 특별경찰과 북한노동당 3호 청사에서 베트남에 파견된 정보공작 특별 요원들은, 사이공시 변두리에 고립된 10여 명의 한국인들에 대한 포섭공작을 극비리에 진행하고 있었다.

제일 먼저 포섭된 한국인은 통역장교 출신인 예비역 육군소령 김 모(某)였다. 안닝노이찡과 북한노동당 3호 청사 정보공작수사 요원들이 우리 현역 경찰총경인 서병호 영사와 정보취급 담당관인 안희완 영사를 정확하게 빈틈없이 골라낸 까닭도 바로 여기에 있었다. 서병호 영사와 안희완 영사를 제외한 한국 외교관 여섯 명은 6월 17일 오전 9시경 국제적십자사 사이공 지점장인 스위스인과, 역시 스위스인인 적십자사 직원 두 명의 호위 하에 사이공 탄산눌공항에 도착했다.

방콕에서 구호물자를 싣고 온 국제적십자 대형 프로펠러 수송기 기장은 자기가 방콕을 떠날 때, 사이공에서 한국 외교관들을 태우고 오라는 지시를 받은 바 없어 태울 수 없다고 했다. 그러니 내일 같은 시각에 또 구호물자를 싣고 올 때 태우고 갈 수 있도록 조치를 취해 달라고 했다.

다음날 같은 시각에 역시 국제적십자사 사이공 지점장을 위시한 스위스인 세 명의 호위를 받으며 사이공 탄산눌공항에 한국 외교관 여섯 명이 도착했다. 그러나 이번에는 베트남 안닝노이찡 경찰간부가 탑승을 가로막고 "행정상 문제로 인해 남쭈띤(남조선) 사람들의 출국을 별도 지시가 있을 때까지 보류하니 모두들 시내 숙소로 되돌아가시오." 라고 말하였다. 국제적십자 사이공 지점장이 그 이유를 물었으나 안닝노이찡 측은 묵묵부답이었다. 불길한 예감이 구름같이 일기 시작했다.

나는 환딘풍가 53번지에 있는 옛 한국 대사관저로 되돌아가지 않고 뚜도가 146번지에 있는 프랑스인 보네의 집으로 갔다. 나는 보네와 그의 부인 유선환과 함께 한국인 보호에 관한 새로운 대책을 논의하다가 그날 밤은 그 집에서 잤다. 6월 19일 아침 일찍 눈을 뜨니 환딘풍가 53번지에서 급보를 알리는 비밀쪽지가 연락원을 통해 날아왔다. 어젯밤 베트남 안닝노이찡 경찰이 환딘풍가 53번지의 한국인 집단숙소를 급습하여 서병호 영사와 안희완 영사, 김종옥이라는 한국 민간인을 체포하여 어디론지 연행해 갔으며, 남조선 장군 한 명이 이곳에 있을 터인데 누구냐며 찾았다는 것이었다. 나를 찾고 있는 것이 분명했다.

나는 이순흥 회장과 유남성 노인에게 연락을 보내, 서 영사와 안 영사의 행방을 추적해 보라고 했다. 또 보네에게 스위스 대사관원 한 명과 국제적십자사 직원 한 명을 나에게 데리고 와달라고 부탁했다. 약 두 시간 후, 보네는 스위스인 두 명을 데리고 나에게로 왔다. 스위스인들은 다음과 같은 요지의 말을 했다.

"스위스 대사관이나 국제적십자사도 프랑스대사관이나 일본대사관과 마찬가지로 한국 외교관이나 민간인들을 도와주는 데 한계가 있다. 왜냐하면 베트남 공산정부가 국제법을 준수하지 않고, 대화하기 어려운 상대이기 때문이다. 베트남 공산정부가 이 공사를 체포하겠다고 결정만 하면 이 공사가 사이공 어느 곳에 숨어 있어도 용이하게 체포할 수 있을 것이다. 이 공사가 이렇게 프랑스 친구 집에 있다는 것은 앞으로 프랑스 친구 신변에 상당한 누를 끼칠 우려가 있으니, 이곳을 속히 떠나 한국인들이 있는 곳으로 갈 것을 권고한다. 이 공사가 체포되거나 북한에 끌려가게 되면 그 사실을 우리들은 스위스 정부와 국제적십자에 보고할 것이다."

스위스인들은 돌아가고 밤이 되었다. 나는 보네 집을 나와 맞은편에 자리 잡고 있는 뚜도가 171번지 아파트로 갔다. 이 아프트 6층에는 한국인 여덟 명이 방 5개를 빌려 기거하고 있었다. 나는 동쪽 끝에 있는 김 목사의 방을 양도받아 지내기로 했다.

6월 22일, 안닝노이찡에 갔던 유 노인을 통해 나에게 안닝노이찡으로 출두하라는 소환장이 전달되었다. 소환장에는 1975년 6월 23일 오후 2시 30분에 안닝노이찡으로 출두하라는 시간은 명시되어 있었으나, 소환이유는 적혀 있지 않았다. 나는 보네와 그의 부인 유선환을 불러 상의 끝에, 보네가 스위스대사관과 프랑스대사관 및 국제적십자 사이공지사에 가서 이 사실을 알리고 자문을 받아오도록 했다. 보네는 다음과 같은 조언을 받아가지고 돌아왔다.

154

첫째, 소환에는 응하는 것이 좋다. 아직 소환 이유를 알 수 없고, 너무 나쁘게만 해석할 필요는 없다. 소환에 응하지 않는다면 그들이 가만히 있지 않고 이 공사를 체포할 수 있을 것이다. 소환 이유가 불확실한데 미리부터 그들의 감정을 자극할 필요는 없다.

둘째, 소환 이유는 신문, 체포, 한국인 집단에 대한 모종의 경고 등으로 생각할 수 있다.

셋째, 정식 신문을 할 때에는 외교관 면책특권을 내세워 묵비권을 행사하고 경고, 기타의 행정적 질문에는 응하는 것이 좋을 것으로 본다.

넷째, 투옥된 두 명의 한국 외교관의 석방을 국제법에 의거, 요청하는 것이 좋을 것이다.

다음날 점심때, 프랑스 모로 서기관이 보네를 통해 메모쪽지를 보내왔다. 1961년 유엔 주관 하에 제정한 외교관 면책특권을 규정한 비엔나협정을 내세울 때 특히 46조 B항을 강조하라는 것과, 내 신분을 확인하려 하면 '경제공사'였다는 것을 확실히 말하라는 것이었다.

나는 소환장에 명시된 시각에 안닝노이찡으로 갔다. 나를 신문하는 자는 '홍'이라는 안닝노이찡 경찰장교였다. 그는 나에게 인적 사항을 물었다. 지난 5월 중순 외교관 등록 때 이미 써서 제출한 대로 진술했다. 직책은 경제공사이며, 서열상 부공관장이라고 했다. 그는 사이공에 남아 있는 한국인의 수가 얼마나 되느냐고 물었다. 그것도 이미 다 등록되어 있는데 감출 필요가 없어 사실대로 말하였다.

이런 식으로 주로 행정사항에 대한 질문과 답변으로 이어지다가, 남조선 대사관 부공관장과 경제공사로서 남월 정부 고관 누구누구를 상대로 어떤 일을 했느냐고 물었다. 그것은 행정사항이 아니고 정보사항이어서 묵비권을 행사할까 하다가 한국이 월남에게 경제원조·의료원조를 제공해 준 것은 무방하다고 생각되어 남월 농림부장관·상공부장관·보사부장관 등을 상대로 일했으며, 한국이 남월에 농업사절단·수자원사절단·한월병원 건축 및 의료단 등을 파견해서 월남의 경제개발과 의료지원에 큰 공한을 했고, 월남은 토지자원·수자원·지하자원이 풍부해서 경제개발이 잘되면 경제대국이 될 수 있다고 말했다.

그는 가끔 내가 매장량 등을 톤 또는 바렐로 이야기하면 돈으로 환산하면 얼마가 되느냐고 물었다. 나의 경제 이야기를 듣고 좋아하던 그가 "그래서 우리는 남북통일을 한 것이다"면서 자랑스러운 듯 미소를 지었다. 홍은 백지 한 장을 나에게 주면서 "숙소에 돌아가거든 남조선인들을 모아놓고 다음 두 가지를 말해주시오"하고 받아쓰라고 했다.

첫째, 환딘풍가 53번지 남조선인 숙소를 수색하여 은닉된 무기가 발견되면 안닝노이찡으로 가져와야 한다.

둘째, 월남참전 현지제대 남조선 장병 중 아직까지 신고등록을 하지 않고 숨기고 있는 자는 이달 말까지 필히 등록을 하여야 하며, 그렇지 않으면 베트남 정부는 해당자를 의법 처단할 것이다.

이상 두 가지를 받아 쓴 나는 홍에게 국제법에 의거, 서 영사와 안 영사의 석방을 요청하고 그와 헤어져서 뚜도가 171번지 숙소로 돌아왔다. 일단 한 고비는 넘겼으나 앞으로 어떠한 모진 시련이 닥쳐올지 모른다. 긴장은 좀처럼 풀리지 않았다.

다가오는 불안의 그림자

적지에 고립되어 있는 한국인들은 영국 BBC 방송 청취, 또는 베트남 신문을 읽으면서 한반도에서 일어나고 있는 일들을 알아보고 있었다. 이들 보도에 의하면 한반도에서는 전쟁전야를 방불케 하는 남북의 대결이 이어지고 있었다.

사이공 함락 사흘 후인 1975년 5월 3일, 김일성은 평양에서 100만 명 인민들을 동원 집결시켜 대대적인 군중대회를 열어 "베트남에서 미국이 쫓겨나고 통일되었듯이 남조선에서 미국이 물러나고 파쇼 정권이 무너지는 것은 필연적이다. 우리도 이제 남조선을 해방시키고 조선반도를 통일하여야 한다"고 외쳤다. 그리고 통일의욕을 자극하는 강연사업을 북조선 전역에 걸쳐 실시하였다.

한편 남한에서는 사이공 함락 하루 전인 4월 29일, 박정희 대통령이 "금년에 북한 공산집단이 불장난을 저지를 가능성은 농후하다. 남침할 것이다, 안할 것이다 등의 정세 분석이나 토론할 시기는 이미 지났다. 북한이 전쟁을 도발하면, 나 자신도 650만 서울시민과 함께 서울을 사수할 것이다"는 특별 담화를 발표했다. 잇달아 5월 13일, 국무회의는 '국가안전과 공공질서 수호를 위한 긴급조치 9호'를, 5월 20일에는 '학도호국단 설치령'을 의결했다.

이런 분위기는 사이공에 억류되어 있는 한국 외교관 석방에는 모두 부정적인 장애요소들이었다. 더구나 억류된 한국 외교관 중에는 한국의 1급 비밀을 취급하는 내가 있었다. 북한 김정일이 직접 엄격히 통제하여 정보수집과 정보공작, 정보수사를 담당하는 북한 노동당 3호 청사가 나를 정치적 · 외교적으로 이용할 수 있는 가치는 점차 상승하고 있는 것이다. 이것이 나의 불안 요소였다.

8월 하순까지 사이공에 있는 북한 3호 청사요원들의 한국 민간인 포섭공작은 더욱 기승을 부렸다. 이미 포섭돼 있던 김 모 외에 이 모, 허 모 등이 추가로 포섭되었다. 이들과 북한 3호 청사 요원들과 안닝노이찡의 홍, 광대뼈 등과는 밀접한 협조가 이루어지고 있었다. 특히 피부색이 서양인처럼 희어서 튀기라는 별명을 가진 안닝노이찡 경찰장교는 김 모와 함께 다니며 제일 열심히 뛰고 있었다. 이 튀기는 평양에 유학하여 김일성대학을 졸업했으며, 그 후에도 평양에 오래 머물러 10년간 북한에서 살았다. 김일성과 악수까지 한 바 있으며, 한국인으로 착각할 만큼 한국말이 아주 유창하였다. 이 튀기의 이름이 즈엉징특(楊政識)이라는 사실은 먼 훗날 치화형무소에서 그의 외삼촌에 의해서 밝혀졌다.

8월 31일 안닝노이찡 수사과장 광대뼈가 홍을 대동하고 내가 머무르고 있는 뚜도가 171번지 콘티넨탈 파라스 아파트로 와서, 아파트 주인인 인도인 부부를 만나 장시간 조사를 하고 갔다는 이야기가 들려왔다. 그때부터 나에 대한 감시는 눈에 띄게 강화되었다. 어두운 새벽, 옥상에 올라가서 몰래 맨손 체조하는 나를 감시하기 위해 아파트 주인의 월남 여자식모가 아예 옥상에 침대까지 갖춰놓고 동정을 살폈다. 그런 것들이 싫어 나는 방문을 굳게 잠그고 방안에만 눌러앉아 있기로 했다.

밀폐된 방안의 공기는 탁했다. 밤이 깊어지면 나는 어둠 속에서 베란다로 통하는 문을 살그머니 열어놓고, 안락의자에 앉아서 하늘을 쳐다보며 맑은 공기를 마셨다. 계절이 우기여서 흐린 날씨가 많으며 비가 자주 내려 하늘에는 별이 보이지 않을 때가 많았다. 별이 하나도 보이지 않을 때는 별이 나타날 때까지 몇 시간이고 기다리며 앉아 있기도 했다. 그러다가 구름이 흘러가고 별이 보이면, 내 처지가 비오고 바람 부는 궂은 날씨인데, 저렇게 구름이 흘러가고 별이 나타날 때가 올 것인가 하는 생각을 하기도 했다.

9월 22일과 23일, 당시 나는 모르고 있었으나 북한노동당 3호 청사 정보공작요원 세 명이 치화형무소에 수감되어 있는 서병호 영사, 안희완 영사, 민간인 김종옥, 이상관들을 신문했다. 그들은 한국 외교관에 대해서도 "야! 자! 너!" 해가며 반말로 공갈 협박을 하고, 또 그럴듯한 회유책을 쓰기도 했다.

제2차 세계대전 때 징용되어 월남에 간 이래 30여 년간을 그 곳에서 살고 있던 강서신 교민회 부회장이 소환되어 9월 24일 안닝노이찡에 갔다고 한다. 그랬더니 수사과장 광대뼈가 강 부회장을 데리고, 내가 묵고 있는 콘티넨탈 파라스 아파트를 마주보고 있는 에덴아파트 6층 어느 방으로 갔다.

거기에는 북한 노동당 3호 청사 정보공작요원 세 명이 있었다. 광대뼈는 강 부회장을 그들에게 인계하고 돌아갔다. 제3호 청사 일꾼들은 강 부회장을 신문했다. 두 시간 반에 걸친 신문에서 주로 잔류 한국 외교관 중 최고 선임자인 나에 대해 많이 물어봤다. 신문을 받다가 좀 쉬는 시간에 강 부회장은 약 30미터 떨어진 맞은편 건물인 콘티넨탈 파라스 아파트를 건너다보았다. 바로 곧장 마주보이는 방은, 나를 포함해서 한국인 여러 명이 매끼 식사를 함께 하는 해군 하사관 출신 임대인 가족의 식당 방이었다. 식당 창문이 열린 사이로 한국인들이 대화하는 소리가 똑똑하게 들려오고 있었다. 식당 방 양쪽에 줄지어 연결된 임대인 가족 4명의 침실, 김상우 목사의 침실, 김병용의 침실도 마주 보였다.

그렇지 않아도 에덴아파트 쪽의 움직임이 수상하여, 나는 두 달 전부터 식사할 때에는 꼭 그쪽 창문을 닫고 두터운 커튼을 치도록 했다. 그러나 내가 식당을 떠나면 그쪽 창문을 열고 커튼을 젖혀 놓고들 있었다. 이러는 동안 한국 민간인 지태영, 허춘, 한금선, 지원 등이 안닝노이찡에 추가로 체포되어 갔다.

북한노동당 3호 청사 정보공작일꾼(요원)들은 한국인 신문실을 사이공 부듯가에 있는 매저스틱 호텔 502호실과 503호실로 옮겼다. 9월 26일에는 강 부회장과 같이 월남에서 30여 년간을 거주한 유남성 노인이 안닝노이찡의 소환장을 받고 매저스틱 호텔 502호실과 503호실로 가서 신문을 받았다. 세 명의 제3호 청사 정보공작 요원들 중 한 명은 함경남도 출신으로 유 노인과 고향이 같았다. 신문실에는 베트남 안닝노이찡 수사과장 광대뼈와 홍이 배석하고 있었다. 그들이 제3호 청사 정보공작 선임요원을 마치 전속부관이 장성급을 대하듯이 굽신거리는 것으로 보아 제3호 청사 정보공작 선임요원의 계급은 소장이나 대좌로 여겨졌다고 유 노인이 전해주었다.

9월 27일부터 29일까지 한국 민간인 여러 명이 줄줄이 소환되어 매저스틱 호텔로 불려가 3호 청사 정보공작일꾼들로부터 신문을 받았다. 그들은 소환 당사자들의 신상문제가 아니라 내 신상문제에 대해서 집중적으로 캐물었다고 한다. 그들이 하는 짓으로 보아 내가 곧 체포될 것이라고 모두들 걱정하고 있었다. 사면초가였다. 체포될 순간이 다가오고 있다는 것을 느낀 나는 옆방에서 기거하며 내 비서관이나 특별보좌관 역할을 하는 신상범 서기관을 방으로 불러 9월 29일 오전에 다음과 같은 유언을 했다.

첫째, 내가 체포되면 이 참사관이 한국인 통제를 하고, 프랑스 모로 서 기관과 접촉하여 내가 해온 것과 같은 방법으로 상황보고와 필요한 요청을 우리 외무부장관에게 계속해주기 바란다.

둘째, 내가 체포된 후 형무소에 있게 되면 계속 항거하면서 지내겠으나, 북한으로 강제 납치되어 끌려갈 때에는 자결하여 목숨을 끊겠다. 그 경우에 대비하여 다음과 같이 대통령 각하께 유언으로 부탁 올리니, 각하께 말씀해 주기 바란다. 그것은 내 자식들이 아직 어리므로 그 애들이 대학을 졸업할 때까지 학비를 지급해서 학업을 계속할 수 있도록 해주십사 하는 것이다.

셋째, 내가 모든 책임을 질 터이니 김 대사의 허물을 묻지 말고, 그를 정부에서 다시 등용해주기를 건의한다.

사이공 함락 이후 신상범 서기관은 위험한 일, 궂은일을 마다하지 않고 나를 잘 보좌해 왔다. 나는 유언이 신상범 서기관에 의하여 빈틈없이 실행될 것으로 굳게 믿으며, 그를 옆방으로 돌려보냈다.

1975년 10월 3일 오후 한 시 조금 전, 시에스터 시간이라 아파트가 쥐 죽은 듯이 고요한데 복도에서 왁자지껄 하는 소리가 들려서 그쪽에 귀를 기울였다. 불길한 예감이 번개같이 머리를 스쳤다. 아니나 다를까, 나를 체포하러 온 광대뼈 일행이었다. 순간 베란다를 타고 아파트를 빠져나가 탈출을 결행해볼까 하는 생각이 스치고 지나갔으나 곧 지워버렸다. 혼자만 탈출한다는 것은 상상할 수 없는 일일 뿐 아니라, 또 탈출하려고 해도 이제는 안닝노이찡의 경계가 철저해서 절망적이었다. 나는 잠겨 있는 문을 열어서 광대뼈 일행을 맞아들였다.

이름이 '린'이라고 하나 잘 알 수 없고, 계급이 대위라고도 하고 소좌라고도 하며 비밀에 싸여 있어 잘 알 수 없으나, 별명이 광대뼈인 안닝노이찡 수사 과장이 앉은 나를 일어서라고 하더니 베트남말로 구속영장을 읽었다. 그리고 그 구속영장을 한국말로 읽으라고 뛰기라는 별명을 가진 즈엉징특에게 주었다.

"성명 이대용. 직업 외교관. 베트남 혁명사업을 방해했기에 체포함. 1975년 10월 3일."

그리고 구속영장에 서명한 호치민(사이공)시 검찰위원장인가 하는 자의 직책과 이름을 읽었다. 광대뼈 일행은 내 방을 수색하고 소지품을 모두 압수한 후, 나를 이끌고 밖으로 나갔다. 나를 체포하러 온 안닝노이찡 경찰은 모두 아홉 명이었으며, 세단 한 대와 지프 한대를 타고 왔다. 광대뼈 일행은 치화형무소로 직행하여 정치 중형범들이 수감되는 격리감방인 A동 4층 2호실에 나를 수감했다.

체포와 신문

A동 감방 벽은 특수 구조인 2중벽으로 되어 있어 감방 안은 영원히 햇빛을 받을 수 없는 침울한 곳이었다. 울퉁불퉁 거친 콘크리트 바닥은 아주 지저분했고, 방 모퉁이에 뻥 뚫려 있는 변기에서는 역한 냄새가 났다. 형무소에서 지급받은 얇고 낡은 거적때기를 깔고 앉으니 한심한 생각과 함께 북한노동당 3호 청사를 직접 통제하는 김정일에 대한 원한이 뼈에 사무쳤다. 그리고 그들에게 동조하여 국제법을 어기는 베트남 공산정권이 하는 짓도 원망스러웠다. 그러나 내 잘못으로 인한 업보라 여겨, 앞으로 어떠한 어려움이 있더라도 일편단심 지조를 지키며 죽을 때까지 투쟁하기로 했다.

1975년 10월 10일 아침 식사를 끝내자, 간수 두 명이 굳게 잠긴 감방 철문 자물쇠를 덜커덩 열고 나오라고 했다. 나는 그들을 따라 어두컴컴한 계단을 내려가서 어느방으로 들어갔다. 그곳에는 신문대 책상이 놓여 있었으며, 한가운데 광대뼈가 권총을 차고 앉아 있었다. 그의 오른편에는 뛰기라는 별명을 가진 즈엉징특이 사복 차림으로 앉았고, 광대뼈 왼쪽에는 힘깨나 쓸 만한 탄탄하게 생긴 군복차림의 사나이가 권총을 차고 앉아 있었다. 나를 체포할 때 본 낯익은 안닝노이찡 경찰들이었다.

맞은편에 준비된 피의자 자리에 그들의 지시대로 가서 앉았다. 광대뼈는 독사 같은 차가운 눈초리로 나를 한참 쏘아보더니, 책상 위에 놓인 종이를 잠시 들여다보았다. 나도 힐끔 보았더니 일곱 가지 항목이 월남어로 일정한 간격을 두고 적혀 있었다. 나에 대한 신문 내용인 모양이었다. 신문이 시작되었다.

광대뼈가 우선 성명, 생년월일, 주소, 직책 등을 월남어로 물었다. 통역은 튀기 즈엉징특이 했다. 그의 유창한 한국말에 나는 다시 한 번 놀랐다. 나는 이름과 생년월일, 사이공 주소를 대고, 직책은 주월 한국 대사관 경제공사이며 서열상으로는 부공관장이라고 했다. 광대뼈가 왜 체포되었는지 아느냐고 물었고, 나는 전혀 모른다고 대답했다.

광대뼈가 언성을 높이며 남쭈띤(남조선) 박정희 집단은 맹호사단, 백마사단, 청룡여단 등을 베트남에 침략군으로 보내 수많은 베트남 양민을 학살하여 천인공노할 큰 범죄를 저질렀다는 말을 길게 하더니 "그대는 총살형에 해당한다"고 외쳤다. 그 다음 언성을 다소 가라앉히고 "그러나 지금이라도 과거를 청산하고 진보적 민주주의(그들은 공산주의를 이렇게 부름) 편에 가담해서 인민들을 위해 일하겠다면 과거를 관대하게 용서하고 인도적인 대우를 해주겠다"고 은근히 말했다.

그는 또 미국정부는 반동이지만 미국인 중에는 진보적 민주주의 편을 드는 인사가 많다고 했다. 나는 이에 대항해서 이렇게 대답했다.

"나는 1961년 유엔이 주관하여 제정하고, 유엔 회원국뿐 아니라 비회원국까지도 모두 초청하여 서명을 받아 확정시킨 외교관 치외법권(면책특권)을 규정한 비엔나협정의 보호를 받는 외교관이라 당신들의 신문에 답할 의무가 없으므로 신문에 응하지 않겠다. 또 비엔나협정 이전에도 현대 세계 외교사를 통해 볼 때, 어떠한 상황 하에서도 외교관이 외국 정부관리에 의해 신문받는 일이 없다. 더군다나 대사나 공사 같은 높은 지위의 외교관이 그렇게 당한다는 것은 있을 수 없으며, 이는 비엔나협정에 앞서는 불문율이다."

광대뼈는 남조선과 베트남은 외교관계가 없기 때문에 남조선 외교관을 인정할 수 없다고 하면서, 남조선은 미제 침략군과 함께 침략군을 파월해서 큰 범죄를 저질렀으니 총살형에 해당한다고 소리를 높였다. 나는 외교관계가 있고 없고의 문제가 아니며, 전쟁 당사국 간에도 외교관은 제3국을 통해 안전하게 본국으로 돌려보내준다고 지적해주었다. 그러면서 현재 미국과 베트남은 외교관계가 수립되어 있지 않으나 베트남 딘바치 대사가 옵서버로 뉴욕에 가 있지 않느냐, 만약 외교관계가 없다고 해서 미국 수사기관이 딘바치 대사를 구속해서 신문할 수 있는지 한 번 답변해보라고 몰아세웠더니 광대뼈는 말문이 막혀버렸다.

그리고 내가 죽어서 한국에 돌아가지 못할 때는 할 수 없지만, 만일 살아서 귀국하게 되면 아마도 유엔에서 베트남 정부가 외교관에 대한 취급을 어떻게 했느냐고 조사할 것이다, 그러면 나는 모든 것을 사실대로 말할 텐데 당신들이 유엔이 제정한 국제법을 준수하고 외교관에게 잘해주어야 당신들에게 유리하게 말할 것이 아닌가, 베트남의 국가이익을 위해서도 나에 대한 신문을 하지 말아야 할 것이다, 나의 외교관 신분에 의문이 있다면 유엔에 문의해 보라, 외교관이 틀림없다는 회신이 올 것이라고 주장했다.

여기까지 말한 나는 튀기에게 통역하라고 했다. 나는 베트남 공산당 레준 서기장, 팜반동 수상, 쫑찐 국회의장 등의 수뇌부가 유엔 가입을 갈망하고 있다는 사실을 잘 알고 있었다. 또한 베트남 정부가 유엔가입 신청서를 이미 제출해 놓고 그 결과를 초조하게 기다리는 중이라는 사실도 잘 알았다. 베트남 공산 수뇌들의 갈망을 광대뼈인들 모를 리가 없었다.

통역이 끝나자 광대뼈는 무엇인가 심각한 표정을 잠시 짓더니 "유엔에 물어볼 필요는 없다"고 간단히 말했다. 그의 음성은 기어들어가듯 저음이었다. 나는 그가 당황하고 있다는 것을 알아차렸다. 나를 잘못 다루다가는 유엔으로부터 베트남이 불이익을 받게 될지도 모르며, 그렇게 되면 베트남 공산 수뇌부로부터 호된 질책을 듣게 될지 모른다는 근심이 생긴 모양이었다.

나는 이 기회에 결정타를 하나 더 넣어야겠다고 작정했다. 그래서 최근에도 라틴아메리카, 아시아, 아프리카 등지에서 쿠데타가 일어나 공산국이 비공산국이 되고, 비공산국이 공산국이 되기도 하는데 외교관만은 항상 안전하게 새로운 정권에 의해 귀국시켜 주는 것이 관례이다, 캄보디아에서 론놀 장군이 우익 쿠데타를 성공시켰을 때도 프놈펜에는 북한대사관 외교관, 중공대사관 외교관들이 미처 철수하지 못하고 잔류했으나 우익정권이 공산국 외교관들을 제3국을 통해 깨끗이 본국으로 귀국시켰다고 말해주었다. 그런 다음 당시의 주 캄보디아 북한대사관 부공관장과 현재 나의 신분적 위치와의 국제법상 차이점은 무엇이냐고 반문했다.

광대뼈는 또 무엇인가를 한참 궁리하다가 "캄보디아는 캄보디아고 베트남은 다르다"고 했으나, 기가 꺾인 듯한 소리였다. 그리고 잠시 후 "어쨌든 그대는 총살이다"고 했다. 나도 가만히 있지 않았다. "총살, 총살하는데 할 테면 하라. 그따위 협박을 두려워할 내가 아니다"고 맞받아쳤다. 이어서 "그러나 나를 총살하려면, 유엔 주관 하에 국제 규모 재판소를 설치하여 국제재판을 한 후 총살하여야 한다"고 못을 박았다.

광대뼈는 아무 대꾸도 하지 않고 책상 위에 놓인 서류를 내려다보는 시늉을 하더니 "오늘의 신문은 이것으로 끝내겠소. 곧 2차 신문을 하러 오겠소"라고 하더니 서류를 챙겨 넣고 일어섰다. 나는 안닝노이찡 광대뼈 일행의 경호를 받으며 신문실을 나와 간수에게 인도되었고, 간수는 경비원 한 명을 대동하고 외부와 차단된 복도와 계단을 걸어 올라와서 나를 감방에 집어넣고 돌아갔다.

나는 곰곰 생각해 보았다. 외교관을 강제로 납치해간다는 것은 국제법상 위법이다. 그러나 자의에 의한 타국으로의 망명은 불법이 아니다. 내가 자의에 의해 북한으로 망명한다는 성명서를 작성하고 서명한다면, 그것으로 나의 평양행은 합법적으로 이루어질 수 있는 것이다. 북한노동당 3호 청사측은 이 목직을 달성하기 위해서 베트남 안닝노이찡괴 협조히여 나에게 참기 어려운 굶주림, 육체적 고통, 공갈, 협박, 그리고 함정으로 몰아넣는 회유책을 쓸 것이다. 광대뼈의 1차 신문은 의표를 찔러 잘 넘겼으나, 앞으로 계속적으로 수도 없이 많이 이루어질 2차, 3차..........10차 신문에서 어떠한 강압적인 변고가 일어날 것인가? 죽어야할 시기가 오면 깨끗하게 목숨을 끊어야 한다. 나는 결심을 더 굳게 다졌다.

긴장 속에 하루하루가 지나갔다. 10월 15일 새벽 두 시 경에 눈을 떴다. 잠을 좀 잤는데도 머리는 어지럽고 피곤했다. 나는 무릎을 꿇고 정좌한 후, 두 손을 무릎 위에 얹고 눈을 감은 뒤 명상에 잠겼다. 생자(生者)는 필멸, 갈 때가 되면 깨끗하게 가야 한다. 나는 죽음의 검은 문 앞 일보 전에 서 있는 것이다. 검은 문이 열리면 그 안으로 무아의 경지에서 들어가야 한다. 이승에서 저승으로 가는 것이다. 나는 그 검은 문 앞에서 합장하고 서서, 문이 이제나 열리나 저제나 열리나 하며 기다리고 있는 것이다. 명상을 하고 있는 동안 마음은 깨끗하고 편했다. 어디선가 새벽 종소리가 울려왔다. 눈을 뜨고 명상에서 깨어났다. 이때부터 나는 가슴을 에는 듯한 아픔이 있을 때마다 낮과 밤을 가리지 않고 정좌하고 명상에 잠겨 무아의 경지에 들어갔다.

10월 20일경부터 안닝노이찡 경찰로 추측되는 낯선 사람들이 수시로 나타

166

나 복도에서 쪽문을 열고 나를 뚫어지게 들여다보다가 돌아가곤 했다. 그리고 간수는 가끔 북조선에 가지 않겠느냐고 지나가는 말처럼 물었다. 나는 단호히 "절대로 북한에는 안 가겠다. 죽어도 안 간다"라고 대답했다. 그럴 때마다 나는 광대뼈의 2차 신문이 곧 있을 것으로 예측하며 긴장했다. 그러나 참으로 이상하게도 달이 가고 해가 바뀌어도 광대뼈는 나타나지 않았다.

비밀쪽지

정치범에 대한 치화형무소의 급식은 하루 두 끼, 아침과 저녁 식사뿐이며 점심은 굶겼다. 한 끼의 식사는 통상 아주 작은 월남 밥공기 하나 반 정도의 묵은 쌀밥, 그리고 반찬은 대개 늙은 호박소금국 또는 배추소금국 반 공기가 전부였다. 돼지 고깃국은 한 달에 한 번 나왔으며, 밤톨만한 돼지고기 두 점이 들어 있었다. 밥의 양도 문제였지만, 부식의 양이 너무 적어서 이런 주·부식으로는 매끼 내 위장을 3분의 1밖에 채울 수 없었다. 그런데다가 점심은 굶기니 허기져서 견디기가 어려웠다. 평소 76에서 78킬로그램을 유지하던 체중이 46킬로그램까지 내려갔다. 안닝노이찡의 지시에 의해서 나에게는 일광욕이 금지되었다.

투옥 6개월을 맞는 1976년 4월 초부터는 햇빛을 단 5초간이라도 봤으면 얼마나 좋을까하는 간절함에 미칠 것같이 햇빛이 그리웠다. 여러 가지 병이 생겼다. 각기병이 생기고, 오른쪽 귀는 잘 들리지 않았다. 자주 현기증이 나고, 앉았다가 일어설 때 빈번히 앞이 캄캄해지며 눈앞에 수많은 별들이 명멸하는 현상이 일어났다. 이마의 피부가 자꾸만 머리 쪽으로 잡아당겨지는 것 같은 이상한 증상이 일어나고, 혈관 속으로는 작은 개미가 기어 다니는 듯한 증상이 하루에도 여러 번 생겨났다. 종아리에는 시퍼렇게 굵은 정맥들이 툭툭 튀어나와 보기에 흉했다. 그리고 극심한 변비로 인해 곤욕을 치렀다.

내 고집을 꺾지 못한 안닝노이찡이 나에게 일광욕을 처음 시켜준 것은 투옥된 지 297일이 지난 1976년 7월 27일이었다. 일광욕 허용시간은 15분간이었다. 그 보름 후인 1976년 8월 11일에 또 일광욕이 있었고, 8월 25일에도 일광욕을 시켜주었다. 그렇지만 9월에는 한 번도 시켜주지 않더니 10월에는 초하룻날과 11일에 시켜주었다.

이런 가운데 10월 13일의 아침이 왔다. 독방에서 외로이 지내는 내 감방 철문이 찌그득 찌그득 들쿵 하는 무거운 소리를 내며 열리더니 간수가 나에게 물을 길어오라고 했다. 복도를 지나 물탱크 방에 가서 물을 길어 독에 붓고 있는데 누군가 감방 안으로 들어와 두리번거리며 무엇을 조사하는 것 같았다. 그 사람은 나를 꾹 찌르고 긴장한 눈초리로, 자기는 내 편이니 그리 알고 비밀유지에 각별히 조심하라는 제스처로 손가락으로 입을 가로막았다. 그러면서 오른손으로 작은 종이쪽지 똘똘 말은 것을 내 왼쪽 반바지 호주머니 속에 넣어주고 쏜살같이 감방을 나가 버렸다.

물 긷기가 끝나고 감방 문이 잠기기를 기다려 나는 쪽지를 꺼내 펼쳐보았다. 그것은 놀랍게도 사이공에 남아 있는 이순흥 교민회장의 편지였다. 편지 내용을 요약하면 다음과 같았다.

나에게 연락을 취하려고 1년간 애를 써오다가 이제야 겨우 이 편지를 보내니 건강상태, 북한 3호 청사 요원으로부터 신문을 받았는지의 여부, 그리고 필요한 것이 무엇인지 회신해주기 바란다, 서울에 있는 내 절친한 친구인 이재순 육사동기의 소식, 특히 보안에 유의하여 회신편지는 순 한글로만 쓸 것과, 이 편지를 배달하는 간수들이 비밀이 탄로날까봐 신경을 곤두세운다, 그래서 회

168

신은 이 회장의 편지 여백 부분에 써서 편지가 속히 되돌아와서 소각해 버리는 것을 그들이 확인하려 하므로 그렇게 해 달라, 이규수 참사관 이하 다섯 명의 한국 외교관은 1976년 5월초에 귀국했다는 사실 등등이 적혀 있었다.

이순흥 회장과는 친분이 두터운 사이지만 나는 이 회장의 필체를 잘 모르고 있었다. 이것이 과연 이 회장이 쓴 편지일까? 이것을 이 회장이 쓰지 않았다면 누가 썼을까? 아니면 광대뼈의 한국어 통역관인 튀기가 쓴 것일까? 북한 제3호 청사 일꾼들과 베트남 안닝노이찡 경찰들이 앞으로 있을 신문에서 나를 굴복시키기 위한 공갈, 협박, 회유의 참고자료로 악화된 내 건강 상태와 심경변화를 타진해 보기 위한 얕은꾀로 조작해낸 것은 아닐까? 참으로 모를 일이었다. 이 회장이 개척해 놓은 비밀 연락망이 틀림없고, 이 편지가 이 회장이 쓴 것이 사실이라면 앞으로 제2신, 제3신이 계속해서 올 것이다. 모든 것이 확실하게 확인될 때까지는 신중을 기하여야 한다.

나는 이번 회신에는 북한노동당 3호 청사 일꾼들이나, 베트남 안닝노이찡 경찰이 보아도 무방하고 이 회장이 받아도 좋은 중립적 내용, 그러나 나에게는 도움이 되는 것을 쓰기로 했다. 시에스터 시간이 되자 거적때기 위에 엎드려서 편지의 여백 부분에 회신을 썼다.

회신 내용은 필요한 일용품, 여러 가지 의약품, 음식물들을 차입해줄 것과 정식으로 면회를 한 번 와달라는 것이었다. 이 편지는 그날 오후, 감방 철문에 붙어 있는 손바닥 크기의 쪽문을 열고 손을 불쑥 내미는 연락원에게 얼른 주었다.

훗날 알게 된 사실이지만, 우리나라 정부에서는 나를 살리기 위해 백방으로 손을 쓰고 있었다. 박정희 대통령의 지시에 따라, 프랑스 주재 윤석헌 대사는 F국 정부의 도움을 얻어 상당한 외화를 주 사이공 F국 영사관으로 보냈다. F국 영사관측은 이 돈을 이순흥 교민회장에게 전달, 1년간의 노력 끝에 이러한 연락망이 가동된 것이다.

10월 16일 오전 9시경, 이순흥 회장의 제2신이 연락원의 손을 거쳐 나에게 전달됐다. 전번의 편지에도 그런 특색이 나타나 있었지만, 이번 장문의 편지에는 더욱 뚜렷이 이 회장의 특징적 성격이 나타나 있어 나는 이 편지가 이 회장이 쓴 것이 틀림없다는 확신을 갖게 되었다. 편지 문장이 "없음" "보내겠음" 등으로 끝나다가 갑자기 "반갑습니다"로 변했다가 다시 "궁금함" 이런 식으로 변히고, "……" 등을 즐겨 썼으며, "금년 내로 석방이 절대 가능하오니" 등의 불확실한 미래에 대한 단정적 표현 등은 이 회장의 독특한 성격을 그대로 나타내는 것이었다.

나는 제2신에 대한 회신을 보냈다. 10월 22일 아침 9시경에는 이 회장의 제3신이 왔다. 나는 이 회장의 권유에 의해서 지난 1년간 있었던 여러 가지 일들을 종합 보고하는 장문의 보고서를 편지에 담아, 우리 외무부장관 앞으로 그날 오후 늦게 연락원을 통하여 보냈다.

훗날 알려진 바에 의하면 이 보고서는 주 호치민(사이공) F국 영사관을 거쳐, F국 외무부에 전달되었다. F국 외무부는 윤석헌 대사에게 전달하고, 윤 대사가 외무부장관에게 보고함으로써 1년간의 내 행적을 우리 정부가 명확하게 파악할 수 있었다고 한다. 10월 30일에는 역시 이 회장의 권유편지에 의하여 서울에 있는 아내에게 옥중 비밀편지 제1신을 써서 비밀 연락원에게 주었다. 이 비밀 연락원을 통해서 의약품과 식품들도 간간히 이 회장이 보내왔다.

그러나 발각되면 큰일이었다. 나는 편지를 주고받을 때마다 식은땀을 흘렸다. 다른 감방으로 이감되어 가면 몇 달씩 연락망이 재구성될 때까지 끊어지는 일이 종종 생겨 애를 태우기도 했다.

1977년 7월 15일, 나는 박정희 대통령에게 첫 편지를 써 보냈다. 이 편지를 받은 박정희 대통령은 눈물을 글썽이며 나를 구출하는데 가일층 힘을 쓰라고 각료들에게 강조했다고 한다.

어느 처녀 수감자의 노래

자유 월남이 패망한 지도 2년여, 치화형무소 수감자들은 고된 옥고에 지칠 대로 지쳐 있었다. 자살자도 생겨나고 정신분열증 환자가 늘어났다. 내가 A동, B동을 거쳐 다시 이감되어 온 D동에서 약 10미터 떨어진 특별동에는 여자 정치범 100여 명이 수감되어 있었다. 이 여자 수감자 중에는 정신분열증에 걸린 중증환자 한 명이 있었다. 하루에도 몇 번씩 발작을 일으켜 고성을 지르다가 울기도 하고, 신짝으로 감방 철문을 쾅쾅 두드리며 악을 쓰기도 했다. 새벽에 발작을 할 때는 사방이 고요해서 더욱 요란하게 들려왔다. 새벽에 발작이 있을 때마다 어떤 여자가 노래를 불렀다. 그 노랫소리가 들리면 이상하게도 정신분열증 환자의 발작이 멈춰지고 조용해졌다. 처음에 나는 그 노랫소리가 어떤 목청 고운 여자 무당의 주문일 것이라고 생각했다. 그렇지 않고서야 환자의 광란이 그렇게 쉽게 멈출 리가 없다고 믿었기 때문이다.

그러나 그것이 아니었다. 그것은 월남 노래였다. 무슨 노래인지는 몰라도 애수를 띠고 있었다. 마치 소쩍새가 피나게 울면서 구슬을 굴리는 듯한 아름답고 슬픈 노래였다. 그리고 그 여자의 노래에서는 진실무위(眞實無僞)가 느껴졌다. 한번 부르기 시작하면 약 5분간은 계속되었다. 나는 그 노랫소리를 들을 때마다 마치 교교한 달밤에 퉁소의 명인이 부는 퉁소소리를 듣는 것 같은 느낌을 받으며 도취했다. 그리고 옛 분들이 남겨놓은 말씀이 그 노랫소리를 타고 들려오는 것같이 느껴졌다.

이 세상은 우리가 오래 머물 수 있는 집이 아니다. 대지는 만물을 재우는 여인숙과 같으며, 해와 달은 백대(百代)의 과객으로서 오가는 세월 또한 나그네니라. 사람의 일생은 하나의 단풍잎 위에 서려 있는 한 방울의 이슬, 물속에 비치는 달보다도 더 무상한 것이다. 금동산 백화가 만발한 계곡에서 꽃을 노래하는 한때의 부귀영화는 곧 무정한 바람과 함께 사라져버린다. 인생 오십 년, 무한한 우주와 영원한 시간에 비하면 실로 순간적인 일장춘몽에 불과한 덧없는 것이다.

덕을 쌓으며 지성을 다하여 바른길을 걸어가는 사람은 한때에 적막하다. 권력세도에 집착하고 이에 아부하는 자는 만고에 처량하다. 인생을 달관한 사람은 눈에 보이는 물건 이외의 물건을 보고, 자기가 죽은 후의 몸을 생각한다. 사람다운 참된 사람이 되기 위해 한때의 적막을 느낄지언정, 만고에 처량을 취하지 말지어다.

1977년 8월 13일, 일광욕 장소에서 만난 전 월남군 호반키엣 대령이 노래의 주인공이 17세쯤 되어 보이는 맑고 산뜻한 아름다운 처녀수감자라는 사실을 알려주었다.

가이따우

치화형무소 A동, B동, D동은 중형수들을 격리 수감하는, 짐승보다도 못한 취급을 당하는 열악한 곳이었다. 나는 이 3개 동을 이 감방에서 저 감방으로 이감되어 굴러다니며 개만도 못한 생존을 2년 1개월이나 했다.

1977년 11월 2일, 나는 격리 감방에서 나와 투옥 이래 처음으로 격리 감방이 아닌 AH동으로 이감되었다. AH동은 2중의 철창 사이로 바깥을 항상 내다 볼 수 있는, 마치 동물원 같은 구조의 감방이 줄지어 있는 곳이었다. 20여 평쯤 되어 보이는 방에는 50여 명이 수감되어 있어 콩나물시루같이 비좁았으나, 그 래도 여러 수감자들과 대화를 나눌 수 있고, 철창 사이로 하늘을 내다볼 수 있 어 격리 감방에 비하면 천국이었다.

12월 15일에 나는 AH동 2층 2호 감방으로 이감되고, 서병호 영사와 안희 완 영사도 모두 이감되어옴으로써 우리 한국 외교관 세 명은 2년 반 만에 한 곳 에 모여 얼굴을 마주하고 대화할 수 있게 되었다. 1978년 3월 15일 오후 두 시 경, 한국 외교관 세 명은 AH동 구대 사무실 옆방으로 불려갔다. 그 곳에는 안 닝노이찡 광대뼈가 부하 두 명을 거느리고 책상 저편에 앉아 있었다. 실로 2년 5개월 만에 대하는 광대뼈였다. 광대뼈는 한국 외교관들의 수감생활이 3년이 다 되어가니 건강상태를 보러 왔다고 했다. 속 다르고 겉 다른 말을 자주 하는 그들인지라 나는 의심스러운 시선으로 바라보았다.

광대뼈가 나에게 건강상태가 어떤지 물었다. 나는 보다시피 살이 많이 빠 지고 허약해졌다고 대답했다. 그는 내가 치화 형무소에 있는 동안, 혹시 고문 이나 구타당한 일이 있느냐고 물었다. 나는 없다고 대답했다. 그 다음에는 나 에게 영어신문이나 프랑스잡지, 베트남신문을 읽을 수 있느냐고 물었다. 나는 영어신문은 읽을 수 있으나 베트남신문은 읽을 줄 모르며, 프랑스어는 기초실 력밖에 없다고 대답했다. 그 다음에 광대뼈는 나에게 60세인가 하고 물었다. 살이 엄청 빠지고 주름살이 많이 생겨 그런 수작을 부리는 모양이었다. 내 여권 과 모든 신분증을 압수해 갖고 있는 그가 내 나이를 모를 리 없었다. 이날 광대 뼈와 나와의 대화는 이것으로 끝났다.

도대체 광대뼈가 왜 2년 5개월 만에 홀연히 내 앞에 나타나서 월남신문이니, 영어신문이니, 프랑스잡지니 등등을 말하고 바람과 같이 사라져버린 것일까? 그 뒤에 숨어 있는 저의가 과연 무엇일까? 나는 풀리지 않는 수수께끼를 마음에 지닌 채, 답답하고 한심한 질곡의 세월 속으로 빠져들었다.

치화형무소 수감자들이 수감생활 중에 꼭 거쳐야 할 통과절차가 있었다. 그것은 자기의 사상전향(인간개조)을 서약하는 자술서를 써내는 것이다. 자술서 내용에는 37개 항목을 아주 상세히 기록하게 되어 있다. 학력과 경력 등을 세밀히 기록하고, 과거를 깨끗이 청산하고 사상전향을 했다는 사실을 명확하게 진술한다. 베트남 공산정권에 대한 요망사항에는 총살당해 마땅할 사람을 이렇게 관대하게 살려주는 베트남 정부에 감사하며, 그 은혜에 보답하기 위해 가이따우(改造= 인간개조, 즉 사상전향)를 했다. 그리고 훌륭한 호치민 사상을 숭상하며 인민을 위하여 분골쇄신한다는 식으로 장황하게 써내는 것이었다. 이 진술서는 안닝노이찡의 지시에 따라 며칠, 때로는 몇 주에 걸쳐 고치고 또 고쳐 안닝노이찡의 구미에 꼭 맞도록 써내야 했다. 수감된 한국인에 대해서는 우선 안닝노이찡이 신문 하여 굴복시킨 다음, 이어지는 신문은 북한노동당 3호 청사 정보공작일꾼들이 한다. 여기서 또 굴복하면 드디어 자술서를 받아내는 것이었다.

한국인이 써내는 자술서에는 김일성 수령께 올리는 요망사항이 있었다. 그들은 특히 이 항목에 세심한 신경을 써서, 절대충성을 맹세하고 3호 청사 일군들의 구미에 알맞게 기록하도록 강요하였다. 나는 죽으면 죽었지 그따위 자술서는 쓰지도 않고, 안닝노이찡의 신문에는 굴복하지도 않기로 결심했다. 따라서 이제까지는 북한노동당 3호 청사 통일전선부 정보공작일꾼들의 신문은 없었다.

얼마 후, 한국 외교관들의 어두운 앞날을 예고하는 뒤숭숭한 풍문이 며칠 들려왔다. 그러더니 1978년 7월 3일, 안닝노이찡의 손발 역할을 하는 치화형무소 교육장교 왠반짝 경찰중위가 AH동에 수감되어 있는 외국인 8명을 형무소 도서실에 집합시키고 다음과 같이 말하였다.

"국제정세는 여러분들 석방에 유리하게 전개되고 있다. 지금부터 우리 정부가 제시하는 양식에 따라 여러분은 각자 진술서를 작성하게 된다. 잘 쓰면 석방에 유리할 것이다. 진술서는 월남어로 써야 한다. 월남어를 모르는 사람을 위해, 대필해 주는 서기로 저기 있는 찐을 지명한다. 그리고 영어통역으로는 지금 통역을 하는 탄을 지명한다. 진술서를 대필하는 찐이 영어통역 탄을 통하여 당신들에게 하나하나 물어보면서 여러분의 개인 진술서를 작성할 것이다. 상세하고 정확한 개인 진술서를 작성하여야 한다. 진술서 작성은 이 도서실에서 한다. 여러분들이 진술서를 잘 쓰느냐 못 쓰느냐에 따라 여러분 각 개인의 석방이 영향을 받는다."

말을 끝낸 짝 중위는 야릇한 웃음을 지으며 나를 바라보았다. 짝 중위의 지시에 따라 나를 제외한 외국인들은 모두 자기 감방으로 돌아가고, 영어통역 탄과 대필서기 찐과 나만이 도서실에 남았다.

진술서 양식은 37개 항목으로 되어 있었다. 생후부터 현재까지 개인의 이력을 수십 쪽에 걸쳐 아주 자세하게 기록하여 자신의 정체를 낱낱이 노출시키고, 북한 공산정권이나 베트남 공산정권을 찬양해야했다. 그리고 자신은 가이따우를 했으니 북한 어버이 수령님께서, 그리고 베트남 사회주의공화국 정부가 관대히 용서해줄 것을 간곡히 요망한다는 내용을 쓰는 것으로 되어 있었다. 37개 항에 대한 통역원 설명이 끝나자, 대필서기 찐이 진술서를 작성하기 시작했다. 나는 답변에 앞서 다음 요지의 핵심 발언을 했다.

"나는 유엔이 주관해서 1961년 제정한 국제법인 비엔나협정의 보호를 받는 국제 외교관이다. 이 협정에는 유엔 회원국뿐 아니라 비회원국 외무장관들도 초청하여 서명을 받았다. 당시 베트남 민주공화국(북월)의 웬뒤찐 외무부장관이 이 협정에 서명한 것은 물론이다. 나는 이 협정에 의거하여 국제 외교관 면책특권이 있으므로 베트남 국법의 적용을 받지 않는다. 이런 이유로 나는 절대로 베트남 측의 신문에 응할 수 없다. 그러나 행정에 필요한 이름·생년월일·직책·가족사항·기타 이에 준하는 행정사항에 관해서는 내가 죽었을 때, 내 시체나 유골, 혹은 이와 유사한 신병 인도 등을 명확히 하기 위해 진술하겠다. 나는 이미 그 행정사항에 대해서는 1975년 5월의 외교관 등록 때 베트남 외무부에 제출한 바 있다."

대필서기 찐은 짝 중위로부터 나를 다루는 데 있어 상세한 지침을 받은 듯 못마땅한 표정으로 진술서를 대필해 나가다가, 내가 진술을 거부 하는 대목에 가서는 도수 높은 안경을 걸친 거무튀튀한 얼굴을 들고서 대머리를 번쩍이며 나를 나무랐다.

"모두 자세히 진술해야지 왜 그렇게 빼먹으려고 그러느냐?"

이럴 때마다 나는 반격을 가했다.

"당신은 나의 진술을 대필하기만 하면 됐지 주제넘게 무슨 잔소리요? 당신이 나를 신문하려고 든다면 나는 지금부터 기타의 행정사항마저도 말하지 않겠소. 이것으로 모든 것을 집어치우겠소."

진술서 작성은 옥신각신 언쟁을 하다가는 냉각기를 갖기 위해 이따금 10여 분간의 휴식시간을 가지며 느리게 진행되었다. 대필서기 찐은 가끔 나를 치켜세우는 농담도 했다. 짝 중위로부터 나를 잘 구슬려 좋은 항복문서를 받아내라는 지시를 받은 것이 분명했다. 그는 자술서가 완성되면 짝 중위가 읽어보고, 불성실하고 미심쩍은 점이 있으면 나를 불러 직접 따지게 될 것이라고 은근한 공갈 위협을 했다. 그저 웃어넘길 일이 아니어서 나는 한마디 했다.

"좋습니다. 깐보(=간수) 한 명뿐 아니라, 1백 명, 1천 명이 나를 만나 공갈 협박을 한들 무서워할 내가 아닙니다. 깐보들뿐 아니라 깐보 할아버지들까지 모두 동원해 보십시오. 내가 눈 하나 까딱할 줄 아십니까? 어림도 없습니다."

말싸움으로 시작되어 말싸움으로 끝나버린 대필서기 짠이 작성한 진술서는 쓸모없는 것으로 종결되었다. 1975년 10월 10에 있었던 광대뼈의 제1차 신문에서도, 이번에 있었던 짝 중위의 교묘한 대필서기를 통한 간접신문에서도, 나는 소신을 관철시키며 결단코 항복하지 않았다. 짝 중위의 지시에 따라 대필서기 찐이 내 진술서라는 것을 작성한 지 일주일이 좀 지난 7월 12일, 한국 외교관 세 명은 BC동 3층 5호 감방으로 이감되었다. 20여 평이 되는 넓은 감방에 한국 외교관 세 명만을 수감하니 이러한 대우는 치화 형무소에서 아주 이례적인 일이었다.

이날 오후 3시경, 느닷없이 광대뼈가 그의 보좌관 한 명과 BC동 구대장을 대동하고 우리 감방에 나타났다. 그는 우리의 건강상태를 물어보고, 감방이 호텔같이 넓어 좋겠다고 했다. 또 차입을 충분히 받고 있는가 등을 물어보며 약 15분간 머물다가 돌아갔다.

그들 일행이 감방 문을 나서고 얼마 지나지 않아 담당 간수가 나타나더니, 우리 세 명에게 다음과 같은 특혜를 준다고 말했다.

1. 매일 아침 물을 길은 다음, 노천 물탱크에 내려가 특별목욕을 할 것.
2. 감방에서 사용하는 변소용수, 세면 및 설거지용수 등을 길어오는 일 이외에는 일체의 육체적 노동을 면제함.
3. 매일 아침 점호 시부터 오후 5시까지의 기간 중 시에스터 시간을 제

외하고는 감방 철문을 계속 개방하니, 복도에 나가서 체조 · 구보 · 산보 · 일광욕 등을 마음대로 할 것.

4. 식수는 특별히 뜨겁게 끓여서 펄펄 끓는 물을 오전 오후 각각 반 양동이 공급해 주겠음.

참으로 치화형무소에서는 상상조차 할 수 없는 파격적인 특혜였다. 이로부터 불과 3일 후인 1978년 7월 15일 아침 여덟 시경. 광대뼈는 안닝노이찡 영어통역 장교 두 명을 대동하고 우리 앞에 나타나서 감방 옆에 있는 BC동 의무실로 나를 데리고 갔다. 그리고 백지(타자용지) 10여 장과 볼펜을 주면서, 오늘 자기가 요구하는 사항을 잘 써주면 나를 석방시키겠다고 말했다.

내가 써야 할 항목은 작성 연월일, 성명, 생년월일, 직업, 국적, 본적, 한국 주소, 월남 주소, 종교, 가족사항, 학력, 경력, 베트남 정부의 인도주의 정책에 대한 증언, 베트남 정부에 대한 요망사항 등으로 되어 있었다. 나는 항상 하는 말을 되풀이했다.

"나는 유엔이 인정하는 국제외교관이오. 당신의 요구를 받아들일 의무가 없소. 그러나 내가 죽었을 때 등을 고려해서 행정사항을 적어주겠소."

광대뼈 일행은 내가 쓰는 것을 하나하나 지켜보았다. 가짜 학력쓰기가 끝나고, 1948년 4월 1일 서울대 사대부속 중고등학교 경제와 역사담당 교사가 되었다고 역시 가짜 경력을 썼다. 그런 다음 25년간의 공백 기간을 껑충 뛰어넘어, 1973년 4월 6일에 주월 한국대사관 경제공사 겸 부공관장으로 부임했다고 썼다. 그러자 광대뼈가 멈추라고 하더니 "경력을 왜 이렇게 25년간이나 빼먹는가? 매년 무엇을 했다고 상세히 쓰라"고 했다.

나는 "못 쓰겠다. 쓸 의무가 없다. 당신들이 그런다면 나는 아무것도 안 쓰겠다. 행정사항도 집어치우겠다. 죽일 테면 죽여라"고 답했다. 나의 국가관·사생관·지조를 상당 부분 알고 있는 광대뼈 일행은 불만과 함께 난감한 표정을 짓더니, 더 이상 강요해 봐야 소용없다고 체념한 듯 묵묵히 있었다.

내가 펜을 다시 집어 들고 쓰려고 하자, 광대뼈가 통사정하듯 작은 목소리로 "매년 무엇을 했다고 경력을 상세히 쓰시오"라고 연거푸 말했다. 나는 아예 들은 체 만 체 무시해 버리고, 베트남 정부의 인도주의 정책에 대해서는 포악무도하고 비인도적이며 불법적이라는 욕밖에 쓸 것이 없는데, 어떻게 할 것인가를 망설이며 고민을 거듭하고 있었다.

수감기간 중 나는 혹독한 정신적 고문과 굶주림 고문은 악질적으로 받았으나, 구타라든가 전기고문 같은 것은 받은 바가 전혀 없었다. 그래서 그것을 쓰기로 하고, 다음과 같이 써 내려갔다.

"본인은 치화형무소에 수감된 1975년 10월 3일부터 1978년 7월 15일까지의 기간 중 고문당하거나 구타당한 일이 없음."

그리고 인생 밑바닥에서 고된 시련을 겪으며 궂은 날을 보내고 있는 나에게 몇 명의 간수가 간혹 베풀어준 혜택에 대해서 기록하기로 했다.

1. 1976년 12월 20일부터 익년 1월 8일까지 : 치화 형무소 A동 3층 담당 간수는 본직에게 매일 아침 약 30분간 복도에 나가 체조와 구보를 하게 해주고, 그 후 목욕을 할 수 있는 특혜를 주었음. 기간 중 3회의 일광욕을 시켜주었음.

이런 식으로 기억을 더듬으며 5개 항을 썼다. 이러한 혜택은 베트남 정권의 인도주의적 기본정책에 기인한 것이 아니라, 순전히 간수 개인이 나를 도와준 고마운 경우가 대부분이라고 생각한다. 간수들 중에는 마음 착한 사람이 더러 있었다. 마지막 항인 베트남 정부에 대한 요망사항에는 "나는 베트남 사회주의공화국 정부가 1961년에 유엔이 스폰서가 되어 제정한 비엔나협정과 국제관례를 준수하여, 나와 두 명의 한국 외교관을 석방할 것을 정중히 요구한다." 이것이 끝나자 이름을 쓰고 서명하였다.

광대뼈는 내가 쓴 것을 받아 가방에 넣은 후 일어서서 악수를 청했다. 나는 난생 처음 그의 손을 잡아보았다. 그리고 내가 싫다고 해도 피우라면서 월남 담배 반꼬 한 갑을 책상 위에 놓고 도망치듯이 나가 버렸다.

안닝노이찡이 지난 몇 개월 동안 하는 행동으로 봐서 나를 석방시킬 것 같은 징후가 농후하게 나타나기는 했다. 하지만 공산 독재정권들은 갑자기 태도를 180도 바꿔 정반대의 짓을 식은 죽 먹듯 하는 습성이 있기 때문에, 앞으로 어떠한 돌발적 흉사가 신상에 다가올지 몰라 마음 한구석에는 항상 근심이 도사리고 있었다.

노동당 3호 청사 요원들

이런 가운데 또 몇 달이 지나 1978년 9월 12일이 되었다. 이 날 오후, 웬반짝 중위가 나를 복도에 불러내어 책상을 사이에 두고 나를 앉히더니 "심심한데 농담을 해도 좋습니까?" 하고 물었다. 통역은 베트남 말을 잘하는 안 영사가 했다. 나는 "좋습니다. 말하시오" 하고 대답했다.

"북조선에 가지 않겠습니까?" 하고 그가 나에게 물었다.

"안 가겠습니다." 머리를 좌우로 흔들며 나는 잘라 말했다.

"북조선도 조국인데 왜 안 가려 합니까?" 그의 반문이었다.

"정치이념이 다르고 또 처자들도 남한에 있습니다."

이 말이 끝나자 짝 중위는 더 물어보지 않았고, 나는 일어서서 내 감방 쪽으로 발길을 옮겼다.

1978년 9월 25일은 결혼기념일 24주년이 되는 날이었다. 아침에 시름에 잠겨 있는데 간수 다섯 명이 우르르 몰려오더니 나에게 제일 좋은 옷을 입으라고 했다. 나는 긴 양복바지와 반소매 남방셔츠를 입고 플라스틱제 샌들을 신고 그들을 따라 나섰다. 형무소 마당으로 나가보니 안닝노이찡 요원과 흰색 세단 한 대가 나를 기다리고 있었다. 안닝노이찡 수사과장 광대뼈의 보좌관인 경찰 중위가 나를 세단 뒷좌석 한가운데 앉히고 그 오른쪽에 탔으며, 내 왼쪽에는 기병소총을 든 안닝노이찡 하사관이 앉았다. 나를 태운 세단은 치화형무소 정문을 빠져나가 호치민 시내를 달렸다. 어디로 가는 것이냐고 물었으나 안닝노이찡 요원들은 대답하지 않았다.

신문은 치화형무소 안에서 하는 것이 정상이었다. 형무소 바깥으로 태우고 나가는 것으로 보아 석방을 눈앞에 두고, 베트남 정부의 외무부차관이나 또는 내무부 이민국장 쯤 되는 고위 관리가 미안하다는 외교적 회유 제스처를 쓰기 위한 면담장소로 데리고 가는 것으로 여겼다. 그러나 공산당들이 워낙 속임수를 잘 쓰기 때문에 일말의 불안감을 떨칠 수는 없었다.

호치민시 꽁리가 189번지 2층집 현관 앞에서 세단은 멈추고 모두 차에서 내렸다. 건물은 티유 정권 당시 인도네시아 총영사관이었던 아담한 새집이다.

나는 안닝노이찡 일꾼들의 감시경호를 받으며 계단에 올라가 2층 방문 앞에 섰다. 광대뼈 보좌관이 문을 열었다. 나는 방안에 들어서면서 7미터 가량 떨어진 곳에 책상을 앞에 놓고 나란히 앉아 있는 두 사람을 보는 순간 멈칫했다.

베트남인이 아니다. 그들은 한눈에 보기에도 분명한 북한 사람들이었다. 짙은 하늘색 넥타이를 매고, 하늘색 와이셔츠에 흑회색 양복 상하의를 입고 있는 자는 생김새가 어쩌면 그렇게도 김일성을 빼닮았는지 얼핏 김일성의 가까운 친인척이 아닌가 싶을 정도였다. 그 옆에 흰 노타이셔츠를 입고 앉아 있는 자도 생김새가 틀림없는 북한 사람이었다. 김일성을 닮은 자는 나이가 45세에서 47세쯤 되어 보이고, 흰 노타이셔츠를 입은 자는 김일성을 닮은 자보다 한두 살 정도 젊어 보였다.

광대뼈 보좌관은 북한 요원들로부터 3.5미터쯤 떨어진 곳에 놓인 초라한 철제의자에 나를 앉힌 후 밖으로 나갔다. 우려했던 최악의 사태가 벌어지는구나 하는 예감에 온몸에 긴장감이 감돌았다. 그러나 이미 죽을 각오가 돼 있는 몸, 두려움은 티끌만치도 없었다.

나의 기를 꺾으려고 그러는 것일까? 그들은 쉽사리 입을 열지 않고 나를 쏘아보았다. 하지만 눈싸움에 밀릴 내가 아니었다. 나도 그 자들을 뚫어지게 쏘아보며 눈으로 맞대응했다.

"북반부에서 왔수다."

김일성을 닮은 자가 위압적인 말투로 신문을 시작했다. 그는 제2차 세계대전 후에 독일과 일본 전범들이 사형당한 예를 들면서 나도 그렇게 처형될 것이며, 베트남 정부는 나에 대한 처리문제를 전적으로 자기에게 일임했다고 강조했다. 그러나 지금부터 내가 과거를 청산하고 민족적 양심에서 인민 편에 서서 일한다면 과거를 묻지 않고 관대히 용서하고 인도적 대우를 해주겠노라고, 지난 번 광대뼈와 똑같은 소리를 했다.

나는 국제협약인 비엔나협정에 의해 국제외교관 면책특권을 가지고 있어 당신들의 신문에 답변할 의무가 없고, 당신들은 나를 신문할 권리가 없으며,

182

나는 절대로 전향하지 않는다고 종전에 안닝노이찡을 상대로 펴 내려오던 정정당당한 발언을 또다시 했다. 그런 뒤 입을 굳게 다물고 묵비권을 행사하기로 작정했다. 그러나 흰 노타이셔츠를 입은 자가 내 입을 열지 않을 수 없도록 만들었다.

"답변할 자료가 없어서 말을 못하는 것이지 당신이 무슨 외교관이오? 너무 주관적으로 말하지 마시오. 우리가 언제 당신보고 전향하라고 했소? 공연히 말을 만들어 주관적인 이야기만 하지 마시오."

나는 가만히 있을 수가 없었다.

"당신이야말로 주관적인 이야기를 하는 사람이오. 전향이 다른 것이오? 나보고 과거를 청산하고 인민 편에 서서 일하라는 것이 전향이지 뭐요. 딴 게 전향이오? 그런 유치한 소리는 하지 마시오. 나는 더 이상 말하지 않겠소!"라고 쏘아준 뒤 오른손을 내저었다.

"비엔나협정은 선량한 외교관만 보호하게 되어 있지 당신처럼 양의 탈을 쓴 이리 같은 가짜 외교관은 보호하지 말라고 되어 있소."

흰 셔츠 입은 자가 또 말했다. 이 말을 듣고 나니 또 가만히 있을 수가 없었다.

"왜 자꾸 말을 시키는 거요? 이번 한 마디만 더 하고 일체 대답하지 않고 묵비권을 행사하겠소. 비엔나협정 몇 조 몇 항에 당신이 말한 그따위 구절이 써 있소? 어린애 같은 유치한 말로 웃기지 마시오. 내가 외교관인지 아닌지는 유엔에 물어보시오. 외교관 명단에 내 이름이 명기되어 있소."

북한 정보공작요원들은 말문이 막히는 듯 잠시 침묵을 지키더니 선임요원인 김일성을 닮은 자가 부드럽게 말하였다.

"피는 물보다 진하다는 말이 있소. 우리들은 같은 조상의 피를 이어받은 동족이오. 우리 한번 동족으로서 이야기해 봅시다. 우리는 지금 당신의 앞날을 위해서 말하고 있는 것이오. 당신에게 유리하게 말하고 있는 것이오."

"왜 자꾸 이야길 하게 만드시오? 이번만 말하고 나는 무슨 일이 있어도 더 이상 말하지 않겠소. 아니 그래, 내 처리문제를 전적으로 일임 받을 정도로 베트남 정부와 친하다면서 불법 구속되어 3년간이나 갖은 고생을 하면서 옥고를 치르고 있는, 피가 섞인 동족을 석방시켜 달라는 소리는 한마디도 않고, 이제 와서 과거를 청산하면 관대히 인도주의적 대우를 해주느니 유리하니 뭐니 그 따위 모순된 말이 어디 있소?"

김일성 닮은 자가 오른손으로 책상을 탕 치면서 "이 새끼!" 하고 꽥 소리를 질렀다.

"야, 이 새끼야! 어디다 대고 이 새끼라는 거야?" 하고 나는 맞섰다. "이 새끼가!" 하면서 김일성을 닮은 자가 벌떡 일어나서 양복 상의를 확 벗으며 나를 때리려고 했다.

나는 반사적으로 불쑥 일어서며 "야, 이 새끼야! 때릴 테면 때려 봐라" 하고 그를 향하여 책상을 비켜가 좌전방으로 2보 전진하여 격투 태세를 갖추었다. 나이는 나보다 약간 젊기는 하였으나 뚱뚱한 두부살로 보였다. 나는 몸이 비록 마르기는 했으나, 태권도 유단자이며 수도(手刀) 격파력과 오른발 옆차기의 파괴력은 대단한 위력을 가지고 있었다. 그러나 격투가 벌어지기 전에 흰 셔츠 입은 자가 재빨리 북한 정보공작 선임요원을 붙들고 말렸다.

상의를 벗은 채 북한 선임요원은 의자에 앉아 씩씩거렸고, 나도 흥분한 상태로 의자에 앉아 있었다. 흰 셔츠 입은 자가 민족이니, 조국이니, 인간이니 너절하게 떠들며 원한다면 고향에 있는 우리 누님의 소식을 전해줄 용의가 있다고 했다. 나는 굳건히 앉아 묵비권을 행사했다.

이래서야 신문이 안 되겠다고 판단한 듯, 그들은 나를 복도로 내보내 안녕노이찡 감시 하에 약 20분간 쉬게 하더니 다시 불러들였다. 신문은 다시 시작되었으나 나는 그들의 말이 듣기 싫어 자주 손으로 귀를 막았다. 그리고 일체 입을 열지 않았다.

북한 선임요원은 하는 수 없다는 듯이 "오늘은 이만 끝낼 테니 방에 돌아가서 잘 생각한 뒤 다시 만납시다"고 했다. 그런 뒤 음성을 낮추며 "우리들은 같은 민족으로서 당신을 위해서 이야기한 것이오. 북반부 누님들과 조카들 소식을 원하면 언제든지 알려주겠소. 잘 생각해 보시오."라고 했다.

"다시 만날 필요 없소. 나는 내 권리를 절대 포기하지 않고 묵비권을 행사할 테니 이것으로 끝냅시다. 38선과 휴전선이 강토를 양단시킨 것도 민족의 비극인데, 이렇게 만나 조상의 피를 나눈 동족끼리 이 새끼 저 새끼 해가며 서로 욕설을 퍼붓는 것은 민족의 비극 위에 또 하나의 불행을 첨가하는 설상가상의 비극이오. 이것으로 깨끗이 끝냅시다!"

나는 일어섰다. 그러나 이것만으로는 부족한 것 같아 방문을 나서려다 돌아서서 그들 쪽을 바라보며 "이것이 여러분과 헤어지는 마지막 순간이오. 여러분들, 가족과 함께 안녕히 계시오"하는 말을 남기고 방을 나왔다.

그러나 내 요청은 무시되었다. 9월 29일 오후 나는 또 북한 정보공작 요원들의 신문 장소로 불려갔다. 흰 셔츠를 입은 자가 입을 열었다.

"전번에는 서로 이성을 잃고 감정에 치우쳐 제대로 이야기를 못했는데 오늘은 민족적 견지에서 동족끼리 한번 이야기해 봅시다."

"그게 무슨 말이오. 나는 이성을 가지고 말했소. 할 말은 그날 다 했으니 앞으로는 당신들이 무슨 말을 하든지 답변하지 않겠소."

"당신이 원한다면 북반부 고향에 있는 당신 누님들과 조카들의 소식을 전해 줄 용의가 있소."

전에 한 이야기를 북한 선임요원이 되풀이했다. 나는 입을 굳게 다물고 아무 대꾸도 하지 않았다. 침묵의 시간이 흐르고 있었다. 이윽고 흰 셔츠 입은 자가 낮은 음성으로 조용히 말했다.

"당신이 외교관이라고 주장하니 그럼 그렇다고 해둡시다. 또 전향도 안 하겠다니 그것도 그렇다고 해둡시다. 그러나 우리는 현재 남북회담을 하고 있지 않습니까? 이런 의미에서 동족으로서 이야기해 보자는 겁니다."

말하는 솜씨나 어조로 보아 그들은 손발이 잘 들어맞는 이상적인 단짝이었다. 뚱뚱한 두부살 선임요원은 야성적인 공갈 협박형이고, 흰 셔츠를 입은 자는 은근히 상대를 함정으로 유도하는 술책형이었다. 그들은 서로 번갈아 가며 별의별 말들을 다해서 어떻게 해서든지 내 입을 열게 하려고 애를 쓰고 있었다. 그러나 내 입은 마음의 자물쇠처럼 2중, 3중으로 굳게 잠겨 있었다.

북한 선임요원이 "당신 누님이 국제적십자사 총재에게 당신의 신병인도를 요청을 했소. 당신이 싫다 해도 강제로 평양에 가게 될 것이오"라고 했다. 그들은 민족 · 혈연 · 남북대화 문제들을 들고 나와 나를 그들이 파놓은 함정으로 밀어 넣으려고 시도했으나 헛일이었다. 선임요원은 손가방에서 서류를 꺼내더니 그것을 손에 들고 혼잣말로 "황해도 금천군 우봉면 우봉리 142번지, 지금은 살기 좋은 과수원으로 변했지" 하고 중얼거렸다.

누님의 이야기가 나올 때부터 그들이 내 고향을 알고 있다는 낌새를 알아차렸으나, 그 사실은 이제 아주 분명해졌다. 그들이 그것으로 나를 괴롭힐 수는 있겠지만, 심경에 추호라도 변화를 일으킬 수는 없는 일이었다. 묵비권 행사로 일관된 제2차 신문을 끝내고 나는 격리된 감방으로 되돌아와서 하룻밤을 보냈다. 9월 30일 아침 일찍, 나는 제3차 신문을 받기 위해 또 꽁리가 189번지 2층으로 호송되었다.

"어젯밤 잘 쉬셨소?"

선임요원이 신문조로 인사를 했다.

"당신이 원한다면 누님들 소식을 알려주겠소."

여러 번 해온 말을 또 되풀이했다.

"당신이 베트남 인민 5백 명을 학살했다는 증거가 있소. 안 했다면 대답 좀 해보오."

터무니없는 날조된 공갈이었다.

"그렇지. 틀림없군. 대답을 못하는군."

북한 선임요원은 혼잣말로 지껄였다. 흰 셔츠 입은 자가 남북대화에 관한 이야기를 또 꺼냈으나, 나는 상대하지 않았다. 말 한마디 없이 앉아 있는 내가 꽤 밉다는 듯이 선임요원은 나를 한참 응시했다.

"당신 뭘 믿고 그러는 거요. 유엔을 믿소? 유엔 사무총장이 당신 같은 자를 조금이라도 생각하는 줄 아오?"

그는 "흥"하고 비웃는 표정을 짓더니 더욱 언성을 높였다.

"박정희를 믿고 그러는 거요? 어림도 없소. 박정희는 당신을 위해 단돈 1전 한 푼도 못 내겠다는 거요. 당신이 남반부로 돌아갈 줄 아오? 베트남은 쌀이 남아서 당신을 먹여주는 줄로 아오? 베트남 속담에 과일을 따 먹을 때는 그 나무를 심은 사람부터 생각하라는 말이 있소. 전범들이 사형당한 사실을 당신은 모르고 있소?"

그 다음에는 흰 셔츠 입은 자가 남북회담이니 통일이니 하는 문제를 가지고 또 떠들어댔다. 내가 귀를 막으면 그들은 이야기를 멈추곤 했다. 선임 요원은 남반부의 부정부패 · 정치혼란 등을 한참 이야기하고, 베트남과 마찬가지로 한반도는 곧 적화통일이 될 거라고 단정했다. 북한 정보공작 선임요원이 언성을 높였다.

"사태는 이렇소. 당신은 이 사태를 똑똑히 알아야 할 것이오. 기회를 놓치면 망하는 법이오. 지금이야말로 당신이 중요한 결심을 할 때요. 나중엔 후회해도 소용없소. 조국통일이 된 다음에 영광을 누릴 것이냐, 또는 제2차 대전 후 전범들이나 티유 일당처럼 아주 망할 것이냐 하는 것은 지금 당신이 어떻게 결심하느냐에 달려 있소."

엷은 초록색 아오자이에 흰 바지를 속에 입은 20세 남짓의 베트남 여자가 베트남 주스와 얼음이 담긴 세 개의 유리컵을 책상 위에 놓고 갔다. 선임 요원은 회유책으로 호주머니에서 담배까지 꺼내어 내가 있는 방향으로 밀어 놓으며, 주스도 마시고 담배도 피우라고 했다. 나는 머리를 무겁게 옆으로 흔들고 침묵으로 이를 묵살해 버렸다.

북한 정보공작 선임요원은 기분 나쁜 듯 표정이 굳어지더니 주스를 몇 모금 꿀꺽꿀꺽 마시고 나서 언성을 다시 높여 말했다. "당신 누님이 당신 신병인도를 국제적십자사에 요구한 것을 똑똑히 알아야 하오. 당신이 평양에 가는 것은 틀림없는 사실이오. 당신은 망명 성명서를 써야하오. 북반부에 가는 것은 기정사실인데 안 쓸 수 있소? 당신이 안 쓰면 우리가 당신 망명성명서를 만들어 신문기자들에게 나누어주면 되는 거요. 당신 냉면 좋아하오? 좋아하면 평양에서 먹읍시다."

나는 그 자를 노려보았다. 그자는 잠시 말문을 닫았다가 다시 말을 이었다.

"당신 아이들은 몇이나 되오. 보고 싶소?"

북한 요원들은 번갈아가며 한 이야기를 되풀이 반복하면서 공갈·협박·회유를 계속했다. 그렇지만 내 입을 열지는 못한 채 점심때가 되어 제3차 신문이 끝났고, 나는 감방으로 되돌아왔다. 그러나 이 날 오후에 나는 다시 불려갔다.

"낮잠을 좀 잤소? 아마 못 잤겠지. 수면제가 필요하면 좀 주겠소. 필요하오?"

나를 희롱하는 북한 선임요원의 공갈 발언에 이어 흰 셔츠 입은 자가 전에 한 이야기들을 재탕해가면서 이런저런 신문을 했으나, 나는 이에 휘말리지 않고 의연히 앉아 있었다. 선임요원이 손가방을 열더니 서류를 꺼내보면서 말했다.

"당신이 1964년, 여기 대사관 무관으로 왔소? 무관 시절에 꽤 우쭐댔겠시다!"

"당신이 티우로부터 보국훈장을 받았소? 티우와 친한 사이라는데 왜 티우가 도망갈 때 함께 안 갔소?"

"학훈단장이 뭐요? 그거나 말해 보시오. 2군 참모도 했소? 당신이 육사 7기요?"

그는 호통 치듯이 소리 질러 말하더니 서류를 다시 손가방 속에 챙겨 넣었다. 나는 양손으로 귀를 막았다. 한참 만에 손을 떼었더니 그자가 "당신처럼 서툰 배우는 처음 봤소. 뭘 귀를 막고……" 하는 것이었다.

해가 서쪽 지평선으로 기울어질 무렵, 선임요원이 "당신은 북반부에서 도망친 도주범이오. 사회주의 형제국 간에는 범인 인도협정이 체결되어 있소. 우리가 당신을 북반부에 못 데리고 갈 줄 알아? 얼마든지 강제로 데리고 갈 수 있소" 하고는 대한민국의 부패상을 또 늘어놓았다.

나는 참다못해 "여보시오. 그런 소리 백 번, 천 번, 만 번 아니 백만 번 해보시오. 나에게는 다 소용없는 말들이오. 내가 눈 하나 까딱할 줄 아시오? 어림도 없소"라고 했다. 제4차 신문도 그들에게 아무 성과 없이 막을 내렸다.

차 속에서 나는 광대뼈 보좌관에게 "나를 북한으로 강제 납치해 가려는 모양인데 나는 죽어도 북한에는 안 가겠소. 베트남측은 이것을 알아야 하오" 했더니, 그가 "당신의 고향이 북조선이고, 친척들도 북조선에 있으니까 가야 하지 않소?" 하고 물었다. 가재와 게는 한통속이었다.

이날 저녁, 나를 감방으로 호송하던 경비원 리엔은 형무소 간수들의 이야기라고 하면서, 영어로 "안닝노이찡 깐보(장교나 간부) 말에 의하면 제2단계 신문을 받기 위해 한국 외교관 세 명은 빠르면 10월 25일, 늦어도 11월 25일까지는 하노이로 북송될 것이고, 하노이에서도 북조선 깐보가 또 신문하게 될 것이라고 합니다" 하고 말해 주었다.

너무 늦게 감방에 돌아온 관계로 저녁밥은 싸늘하게 식어 있었다. 찬밥을 먹고 설거지를 한 후, 가슴의 아픔을 가시게 하기 위해 정좌를 했다. 무릎을 꿇고 두 손을 무릎 위에 얹으며 눈을 감았다. 누님도 자식도 삶도 죽음도 없는 무아의 경지 속에 시간은 흘러갔다. 취침 시간을 알리는 종소리에 정좌를 풀고 땀을 닦았다. 고요한 정적 속에 이상한 소리가 나서 변소 옆 두 개의 물독이 있는 곳으로 가보니, 식기를 달그락 거리던 생쥐 한 마리가 후다닥 도망치다가 잘못해서 물이 반쯤 차 있는 독 안에 빠졌다. 생쥐는 물속에서 허우적거렸지만 탈출의 가망은 전무했다. 내가 가장 싫어하는 것은 뱀과 쥐와 파리지만, 나는 긴 한숨을 내쉬고 빗자루를 들고 사지에 빠진 생쥐를 건져 살려 보냈다. 10월 1일은 일요일인데도 불구하고 아침 일찍 또 불려가서 제5차 신문이 시작되었다.

"당신 누님은 고무신 이야기를 하면서 웁디다. 당신 생각을 많이 하고 있소. 북반부에 있는 부모님 산소에도 한 번 가봐야 하지 않겠소?"

"당신은 북반부에서 잘살고 있는 동생과 제수를 왜 남반부로 데리고 갔소? 그냥 뒀으면 좋을 텐데. 괜히 그래 가지고 제수는 지금 인천에서 그게 뭐요?"

"당신 새장가 들 마음은 없소? 북반부에 가면 새장가 들 젊고 예쁜 색시가 있소. 환갑이 되면 큰 상을 차려줄 거요. 잘 생각해 보시오. 기회를 놓치면 후회해도 소용없소."

북한 정보공작 선임요원은 말을 멈추고 가끔 뜸을 들여가며 신문을 이어나갔다. 그 사이사이 흰 셔츠 입은 자가 끼어들어 회유발언을 했다. 나는 이따금 귀를 막기도 하면서 침묵으로 저항했다. 밖을 내다보니 하늘에는 흰 구름이 떠 있고 망고나무 사이를 참새들이 자유로이 날아다니고 있었다.

"당신 누님 소식을 좀 전하겠소. 조카 하나는 농장관리인이고, 또 하나는 트럭(트랙터인지 분명치 않았음)을 운전하고 있소."

북한 선임요원은 말을 한 후, 나를 응시했다. 내가 반응을 보이지 않자 "갑갑한데 시(詩)나 한 번 읊어볼까"라고 혼잣말을 하더니 손가방에서 종이를 꺼내들고 읊었다.

"그 동안 오랜 세월이 흘렀어. 잘 있었어? 탁용이도 잘 있구?"

시가 아니었다. 분명히 편지였다. 탁용이란 서울에 살고 있는 내 동생의 이름이다. 북한 선임요원은 누님 편지의 서두를 읽은 것이다. 그들은 내가 자의에 의한 망명성명서를 쓰게 하려고 한 말을 재탕, 삼탕 되풀이하면서 공감·협박·회유를 일삼았으나 나는 초지일관 꿋꿋하게 버텨 나갔다. 제5차 신문도 이렇게 진전 없이 끝나버렸다. 10월 2일 아침 제6차 신문이 있었다.

북한 선임요원은 저주스러운 눈길로 나를 뚫어지게 응시하다가 "당신이 여기서는 말을 않고 있지만 어디 두고 봅시다. 다른 곳에 가서는 우리에게 말을 안 하고 못 배길 거요"라고 했다. 북월 하노이 같은 곳으로 북송 이감시켜 고문하겠다는 공감이었다. 나는 코웃음을 치며 "흥!" 하고 씩 웃어버렸다.

서리 맞은 잡초들은 단숨에 시들어가지만, 소나무는 서리 맞고 눈보라쳐도 웅장하게 버텨나간다. 이 세상에는 잡초만 무성하게 있는 것이 아니라 소나무도 있는 것이다. 제6차 신문에서 그들은 자기들 머릿속에 있는 지혜를 총동원해서 나를 강제로 전향시켜 평양으로 데리고 갈 구실을 만들어 보려고 애썼으나 헛수고로 끝나 버렸다. 오후 0시 반경에 나는 감방으로 돌아왔으나, 오후 2시에 다시 끌려가서 제7차 신문을 받았다. 내용은 제6차 신문의 연속이었다. 나는 계속해서 초연하게 묵묵부답으로 일관했다. 꽤 시간이 흐른 뒤, 흰 셔츠 입은 자가 "왜 저렇게 외곬일까? 우리말을 왜 모두 적의(敵意)로만 받아들일까?" 하고 체념하듯 말했다.

북한 선임요원은 나의 귀에 면역이 되어 버린 이야기들을 또 떠들어댔다. 나는 딴 생각을 하며 그 자의 이야기에 정신을 쏟지 않았다. 그 자가 갑자기 언성을 높이면서 "알겠소? 이 세 가지 중의 하나를 택하시오" 했다.

나는 그 자가 말한 세 가지를 귀담아 듣지 않아 무슨 소리인지 모르고 있었다. 그저 묵묵히 앉아 있었다. 그 자는 큰 소리로 "좋소. 묵비는 중립이오. 중립은 이렇게도 저렇게도 해석할 수 있소. 여태 우리가 말한 것을 당신이 모두 시인했으며 당신이 북반부 고향에도 한 번 가 보기를 원하는 것으로 해석하고 끝내겠소. 가시오!"라고 했다. 말도 안 되는 궤변이었다. 그냥 나올 수가 없었다. 한 마디 해야 했다.

"여보시오. 어째서 묵비가 시인이오? 나는 지금까지 당신들이 말한 것을 하나도 시인하지 않았고, 또 죽어도 북한 땅에는 안 가겠소!" 하고는 의자에서 일어나 밖으로 나왔다. 이로써 7차에 걸친 그들의 신문은 일단 모두 끝났다. 다만 제2단계 신문을 위해 하노이로 북송될 것이라는 문제가 미결로 남아 있을 뿐이었다. 그렇다면 홀연히 나타나서 나를 납치해 가려다가 나의 망명서를 받아내지 못하고 사라진 북한 정보공작원들은 과연 어떤 사람들이었을까?

192

이에 대해 북한노동당 3호 청사 높은 간부로 있다가 1980년대에 대한민국으로 극비리에 귀순해온, 이 문제를 담당했던 황일호 씨가 증언함으로써 수수께끼는 모두 풀렸다. 1978년 9월에 나를 신문하기 위해 호치민에 파견된 자는 북한노동당 3호 청사 통일전선부에 속해 있는 중견간부 궁상현, 박영수, 한경수의 세 명이었다. 선임자인 궁상현의 경력은 다음과 같았다.

그는 평안남도 평원에서 태어난 탄광노동자 출신이며, 8·15 후 일찍 노동당에 입당하여 중앙당학교를 마치고 당 간부가 되었다. 6·25 때는 군에서 사단 선동원을 지냈고, 제대 후 다시 3년 과정의 중앙당학교를 나와 연락부의 지도원이 되었다. 1980년대 남북적십자회담에도 모습을 보인 노동당 3호 청사 요원이기도 했다. 나를 신문한 또 한명의 요원은 박영수였으며, 역시 3호 청사의 빼어난 간부 일꾼이었다.

황일호 씨의 증언에 의하면 내가 북한에 올 경우를 대비하여 3호 청사에서는 만반의 준비를 갖추고 있었다. 내가 평양에 도착했을 때 묵을 초대소며 기자 간담회 준비와 대남정치공세 계획서까지 짜두었고, 우리 누님들에게는 현재 살고 있는 데서 좋은 곳으로 옮길 계획과 대면준비까지 시나리오를 마련했다고 했다. 그 무렵 3호 청사는 이런 일들로 한때 부산을 떨었다고 한다.

그들의 활동 목표는 나를 굴복시켜 자술서를 쓰게 하고, 북한으로 망명하겠다는 자의(自意) 망명성명서를 쓰게 하여 평양으로 합법적으로 데리고 가는 것이 첫째 목표였다. 외교관 면책특권을 규정한 비엔나협정도 자의에 의한 타국으로의 망명은 허용하고 있는 것이다. 하지만 평양으로 데려가는 문제가 어려워지면, 나를 사상전향시켜 북한의 비밀첩자로 만들어 서울로 돌려보내는 것이 또 하나의 목표였다. 이럴 경우에도 그냥 석방하는 것이 아니라, 석방의 대가로서 남한에서 복역 중인 남파간첩들과 교환한다는 계획을 그들은 세워

놓고 있었다.

한편 우리나라에서는 박정희 대통령이 전력을 기울여 석방 외교노력을 하라고 김동조 외무부장관과 김재규 중앙정보부장에게 지시했다. 이에 따라 주유엔 박동진 대사, 주 프랑스 윤석헌 대사, 주 스웨덴 윤하정 대사, 주 벨기에 송인상 대사, 주 덴마크 장지량 대사, 주 인도 이범석 대사, 주 태국 박근 대사 등이 두드러지게 활동하고 있었다.

나는 그런 사실을 전혀 모르고 있었으나, 놀랍게도 1978년 11월 2일 다음과 같은 내용의 우리 외무부장관 훈령이 나에게 하달되었다. 옥중에서 처음 받는 본국 훈령이었다.

1. 현재 한국 대표단, 월공 대표단, 북괴 대표단은 월남에 억류되어 있는
이 공사, 서 영사, 안 영사의 석방을 위해 3자 회담을 하고 있음.
2. 억류되어 있는 한국 외교관 세 명이 본인의 의사에 반하여 북한으로
강제 납치되는 일은 절대로 없을 것임.
3. 북괴 요원들의 어떠한 협박 공갈에도 겁내지 말고 북한에 가겠다고
동의하지 말 것.

3자 회담의 장소·개시일자·대표단 명단 등은 훈령에 일체 명시되어 있지 않아 궁금하기는 했으나, 이러한 회담은 국제기구나 제3국의 중재에 의해 이루어졌을 것이다. 우리 세 명의 한국 외교관 문제가 국제적 관심사로 부각되고 있으니, 북괴가 우리들을 강제로 납치한다는 것은 더욱 힘들게 되었다는 사실을 알게 되었다.

그러면서도 한 가지 걱정은 여전히 있었다. 그것은 과거의 예로 보아 북괴

나 베트남 공산정권이 다 같이 독선적이고 후진적이며, 공연히 트집을 잡아 회담을 질질 끌기도 하고 깨기도 하는 곤란한 상대들이라는 점이었다.

뉴델리 3차 회담

그런데 외무부장관 훈령에 적혀 있는 3자 회담이란 대체 어떠한 것이었을까?

먼 훗날에 알게 된 일이지만, 1978년 7월 24일부터 인도 뉴델리에 있는 주인도 베트남 대사관이 소유하고 있는 부속건물인 허름한 독립가옥에서, 한국·북한·베트남의 3개국 외교 대표단들이 모여 호치민 치화형무소에 수감되어 있는 한국 외교관들의 석방 문제에 대해 비밀회담을 가졌다.

한국 측 대표는 외무부차관에서 스웨덴 대사로 발령이 난 윤하정 대사를 수석대표로 하고, 하태준 중앙정보부 국제담당차관보, 공로명 외무부 아주국장, 송한호 중앙정보부 이사관 등이 대표단원들이었다. 두 차례의 회의가 있은 다음 한국 측 수석대표는 이범석 주 인도 대사로 교체되었으며, 하유식 외무부 심의관이 새로 대표단에 합류했고, 장재룡 외무부 이주총괄과장이 회담 행정을 담당했다.

북한 측 대표단은 조명일이 수석대표였다. 조명일은 당시 대남비서 김중린 밑에서 사실상 남북대화를 총괄해 온 통일전선부 부부장이었다. 대표로는 노동당 3호 청사 통일전선부의 박영수, 김완수 등이었다.

그들은 나를 압박하여 북한으로 가겠다는 자의 망명서를 받아내는 것과 그대로 석방하여 서울로 보내는 양면 시나리오까지 가지고 있었으나, 석방할 때 남한에서 복역 중인 남파간첩과 한국 외교관의 교환비율은 뉴델리 3차 회담의 진전을 봐 가며 조절하기로 정하고 있었다. 평양을 출발하기 전에 대남비서 김중린은 이들 대표단을 데리고 당 중앙이며 조직비서인 김정일의 지시를 받기 위해 찾아갔다.

황일호 씨의 증언에 의하면, 이때 김정일이 "남조선에 갇혀 있는 남조선 혁명가(남파간첩)가 현재 얼마나 되느냐?" 고 김중린에게 물었다. "400명가량 될 겁니다만…." 김중린이 대답하자, 김정일이 대뜸 "으음…. 그러면 1명당 150명으로 바꾸자고 그래…"라고 명령했다.

나를 평양으로 데리고 가더라도 나머지 한국 외교관 두 명에 대한 교환비율이 될 수 있고, 또 나를 서울로 보낼 때에는 한국 외교관 세 명에 대한 교환비율이 될 수 있는 수치는 이렇게 김정일의 말 한마디에 따라 결정된 셈이다. 너무도 엄청난 편차가 있는 교환비율에 김중린이 당황하는 기색을 보이자 김정일은 한마디 덧붙였다.

"왜 그러는가? 많아서 그런가? 회담에 임할 사람들이 그렇게 졸장부여서야 되겠느냐. 회담이든 뭐든 처음부터 판을 크게 치고 내밀어야지… 그러면 얼마로 하려 했는가?"

김정일의 말은 절대로 오류가 없는 신(神)의 말씀으로 받아들여야 한다. 김중린 이하 모두가 묵묵부답이었다.

뉴델리 3자 회담이 시작되자 우리 측은 국제법의 절대보호를 받는 외교관을 간첩과 교환한다는 것은 말이 안 되며, 북한 측은 무슨 근거로 그런 발언을 하느냐고 따졌다. 그러자 북한 측은 콜롬비아·볼리비아·페루 등 중남미 테러국가들의 도시게릴라들이 자국 내에 있는 미국대사관을 습격 점령하고, 미국 외교관들을 인질로 억류하고 수감 중인 도시 게릴라들과 맞바꾸고 있는 예를 들었다. 국제법상 말도 안 되는 유치한 생떼지만 우리 측으로서도 웃어넘길

196

수만은 없는 일이었다. 박정희 대통령을 위시한 외무부장관, 중앙정보부장 등 한국 정부 수뇌부 모두가 "어떤 방법을 써서라도 베트남에서 외교관을 구출하라"는 입장을 보였기 때문이다.

그런데 우리 측에는 북한의 제의를 받아들일 수 없는 문제가 하나 있었다. 그것은 남한 전체 형무소에 수감되어 있는 남파 간첩수가 450명에 훨씬 못 미친다는 사실이었다. 뉴델리 3자 회담 제2차 회담에서 우리 측은 "교환하자는 제의는 받아들일 수 있지만 수가 부족하므로 곤란하다"고 주장했다. 그러나 북한 측은 계속 150명을 주장했고, 우리 측은 "그만한 수가 정말로 없다"며 옥신각신 회담은 지루하게 진전 없이 진행되었다.

어느 날 북한 측이 우리 측에 "그러면 남조선 내의 형무소에 수감된 남조선 혁명가(남파 간첩)들의 명단을 내놓으라!"고 요구했다. 하는 수 없이 우리 측이 체포 수감된 남파간첩의 명단 일부를 내놓았다. 그러자 북한측은 명단을 내팽개치며 "이들은 우리가 보낸 사람이 아니다. 우리는 간첩을 보낸 일이 없다. 조작이다!"라며 딱 잡아떼고 나섰다. 그리고는 "정 그렇다면 우리가 명단을 제시하겠다!"면서 400여명이 되는 명단을 우리 측에 들이밀었다. 그 명단 중에는 통일혁명당과 민족해방전선 사람들이 들어 있었고, 더러는 이미 사망한 이들과 전향해서 새 삶을 살고 있는 이들도 포함되어 있었다. 또 어떤 명단은 누구인지 알 수 없는 경우도 있었다.

뉴델리 3자 회담이 진행되는 동안 북한 대표단은 계속해서 평양으로 암호 전문을 보냈다. 황일호 씨의 증언에 따르면 이 암호전문은 김정일에게 일일이 보고되었고, 김정일은 그것을 바탕으로 그때그때 지시를 보내왔다. 즉, 김정일이 직접 뉴델리 3자 회담 북한 측 대표단을 움직이고 있었던 것이다.

1978년 12월 25일, 베트남 공산군 대병력은 캄보디아에 침공하여 1979년

1월 9일에는 프놈펜을 점령하고 캄보디아를 정복했다. 프놈펜이 함락되고 3일 후인 1월 12일, 북한은 〈노동신문〉 논설을 통해 베트남을 공개적으로 비난하고, 당장 침략행위를 중지하고 물러가라고 촉구했다. 2월 17일 중공이 베트남 국경을 침공하자 북한 측은 중공 측을 지지했다. 이러자 정세 변화 때문에 1979년에 들어서도 뉴델리 3자 회담은 두세 차례 열렸으나, 서로가 어색해 흐지부지 결과 없이 헤어지곤 하였다.

거상 아이젠버그와의 접촉

이 무렵 어느 날, 유태계 미국인 아이젠버그가 김재규 중앙정보부장에게 접근해 왔다. 아이젠버그는 1960년대 초부터 우리나라에 외국차관을 알선해 주는 대가로 엄청난 알선료를 받아 부를 축적한 거상이었다. 박정희 대통령은 말년에 아이젠버그를 기피했으며, 이 거상은 한국을 떠나야 할 처지에 놓였다. 아이젠버그는 자유국과 공산국을 마음대로 드나들며 베트남 수도 하노이에도 지사를 두고 있었으며, 베트남에 대한 외국의 경제원조도 알선해주면서 베트남 정부 고위인사들과도 친분을 유지하고 있었다. 아이젠버그 회장은 김재규 부장에게 다음과 같은 요지의 말을 했다.

"내가 베트남 형무소에 수감되어 있는 이 공사를 위시한 세 명의 한국 외교관을 살려서 서울로 데려올 수 있다. 이 일을 성사시키면 한국에서 내가 다시 일을 할 수 있도록 해주고, 나에게 훈장을 수여해줄 수 있겠는가?"

귀가 번쩍 뜨인 김재규 부장은 그 길로 박정희 대통령에게 달려가서 이를 보고했다. 고민에 빠져 있던 박 대통령은 즉각 이를 승인했다. 극비에 붙여 이 일을 성사시키기 위해, 한국 측에서는 박 대통령과 김부장 이외에 영어에 능통한 중앙정보부 비서실장 김갑수 준장과 국제정보국 이종찬 과장만이 이 일에 종사하기로 했다.

박 대통령은 외무부장관과 중앙정보부장에게 지시하여, 성과도 없이 지지부진 시간만 무한정 끌고 있는 뉴델리 3자 회담에서 우리 대표단을 1979년 5월 23일 철수시켰다. 박 대통령은 아이젠버그를 통해 이미 베트남의 입장을 파악하고 있었기 때문이다. 베트남은 박 대통령에게 "북조선의 주장은 우리 베트남이 듣기에도 억지다. 3자 회담을 끝냈으면 좋겠다"는 메시지를 보내 왔었다.

일이 순조롭게 진행되어 머지않아 외교관 석방이 실현되려고 할 즈음, 박 대통령은 돌연히 세상을 떠나시고 김재규 부장은 형무소에 수감되고 김갑수 준장도 체포 수감되는 불상사가 일어났다. 그 바람에 외교관 석방 비밀교섭은 당분간 공중에 뜨고 말았다. 그로부터 한 달 반 후, 유일하게 무사히 남아 있는 이종찬 과장이 전두환 합수본부장에게 그 사실을 보고하고, 전 본부장이 최규하 대통령에게 보고했다. 최 대통령은 신현확 국무총리와 박동진 외무부장관에게까지 알리고, 아이젠버그 회장을 접촉케 했다. 1980년 2월 27일, 나는 프랑스 정부의 도움을 받아 모 비밀연락망을 통해 어렵게 보내온, 최규하 대통령의 구술사항을 박동진 외무부장관이 받아서 작성한 다음 내용의 서신을 받았다.

1. 이 공사가 79년 12월 11일 최 대통령에게 보낸 서신을 잘 받았음.
2. 하기 사항은 높으신 웃어른(최 대통령을 가리킴)이 말씀하시는 것을 전하는 것임.
가; 어려운 상황 속에서도 확고한 국가관을 가지고 모든 고난을 극복하고 절개를 지키는 이 공사에게 찬사를 보낸다.

나; 고 박 대통령 생존 시에 우리 정부는 각종 외교채널을 통하여 억류 외교관 석방을 위해 전력을 다했으며, 현재도 그렇게 하고 있다.

다; 월남 정부는 작년 말에 억류된 한국 외교관들을 석방할 것 같은 태도를 보여 석방이 이루어지는 것으로 생각했으나 이루어지지 않았다.

라; 우리 정부는 억류된 외교관 석방을 위하여 계속 노력할 것이니 석방의 그날까지 건강에 유의해주기 바란다.

편지를 읽고 나니 석방의 전망은 아주 밝아보였다. 그러나 4년 반 동안 공산측에 하도 속아왔던 터라, 혹시라도 돌발적으로 불리한 일이 생기는 것이 아닌가 하는 일말의 의구심이 완전히 가시지는 않았다.

약 1년 반 전부터 말썽을 부리던 치통은 최근 들어 아주 격렬한 통증을 수반하며 반복되었다. 흔들리는 이도 있고, 잇몸에서는 피고름이 자주 나왔다. 나로서는 큰 고통이었으며, 손톱과 발톱도 썩고 있었다. 그러나 모든 일에는 시작이 있으면 끝이 있는 법, 기다리고 기다리던 석방의 날은 드디어 왔다.

아, 석방

1980년 4월 11일 오후 2시 반 경, 안닝노이찡 광대뼈 보좌관인 경찰중위 두 명이 한국인 세 명에 대한 석방 명령서를 가지고 우리 감방에 와서 읽어 주었다. 나에 대한 석방 명령서는 002번이었다.

그들은 우리를 우선 시내의 좋은 곳으로 데리고 가서 편히 쉬게 하다가 본국으로 송환시킨다고 했으며, 그동안 그들이 우리를 보호해준다고 했다. 우리

특별 건강검진을 받기 전 서울대학병원에서 가족들과의 상면.

세 명은 초라한 짐 보따리를 들고 그들을 따라 형무소 ED동 구대본부 앞으로 나가 대기하고 있는 마이크로버스에 몸을 실었다. 버스는 시동을 걸고 형무소 내부순환도로를 달려 형무소 문을 빠져 나갔다.

아! 저 A동, 저 D동…… 가슴을 에는 아픔 없이는 바라보지 못할 붉은 나의 옛 집. 이제는 내 시야에서 사라지는구나! 눈시울이 뜨거워지는 것을 이를 악물고 참았다. 기쁨의 눈물이건 슬픔의 눈물이건 안닝노이찡 경찰들에게는 절대로 보이지 않으리라. 우리는 옌도가와 쭝민장가 교차점 부근에 있는 베트남 정부 귀빈숙소로 안내되어 거기서 하룻밤을 보내며 좋은 대우를 받았다.

1980년 4월 12일, 날씨는 쾌청했다. 오후 0시 30분경, 스웨덴 리프랜드 외무부차관을 단장으로 하고, 닐슨 외무부 비서실장과 아이젠버그 그룹의 도쿄

주재 이사 겸 하노이 지사장을 겸무하는 그윌크맨을 단원으로 하는 '한국 외교
관 인수대표단' 이 베트남 외무부 홍 과장의 안내를 받으며 우리 숙소에 도착했
다. 아이젠버그 그룹의 그윌크맨 지사장이 상의 안주머니에서 백색 봉투를 꺼
내 나에게 건네주었다. 봉투에는 다음과 같이 적혀 있었다.

李大鎔 公使 貴下
TO : MINISTER RHEE DAI YONG.

그리고 봉투 뒷면에는 발신인의 이름이 적혀 있지 않고, 다음과 같이 쓴
종이가 덮여 있었다.

* Please give this letter directly to Minister Rhee Dai Yong, in
any case, not to the others.

나는 편지를 개봉하고 내용을 읽었다. 편지 내용은 이 편지 가지고 가는 분
들은 한국 외교관 세 명을 베트남 정부로부터 인수하여 서울로 데리고 오는 대
표단이며, 그 대표단의 성명과 직책은 이러이러한 분들이니 안심하고 이 분들
과 함께, 대표단이 타고 간 전세 항공기에 탑승하여 귀국하라는 것이었다.

베트남 외무부 홍 과장의 안내로 두 대의 승용차에 나누어 탄 대표단과 외
교관 세 명은 베트남 경찰차의 호위를 받으며, 호치민 탄산누트공항으로 이동
하였다. 공항에는 대표단이 타고 온 오스트리아 국적의 제트 항공기가 웅장한
모습으로 서 있었다. 아이젠버그 회장의 개인 전용기였다. 오후 1시 20분경,
우리를 태운 육중한 제트 항공기가 엔진 소리를 내며 움직이기 시작했다. 얼마
후, 서서히 굴러가던 항공기는 소리를 더 내며 활주로를 달리다가 공중으로 치

솟았다.

아, 베트남 땅을 떠나는구나!

옥중의 기나긴 한 많은 세월 속에서, 김정일의 3호 청사 일당들로부터 당한 갖가지 단장(斷腸)의 기억들이 활동사진같이 머리를 스치며 지나갔다. 그러나 이제는 모두가 흘러간 악연의 과거지사. 누구도 더는 원망하지 않으리라. 가슴을 도려내는 듯한 마음의 상처도, 처절하고 고독하게 버텨야 했던 혼자만의 전쟁도, 김정일과의 질곡 속에서 겪었던 고통의 잔독(殘毒)도, 제트 항공기의 이륙과 함께 기음(機音) 속에 묻혀 멀리멀리 사라져가고 있었다.

자유조국이 고마웠다. 헤어나지 못하고 허덕이던 복마전의 수렁에서 나를 이렇게 구출해 주는구나. 백골난망의 은혜가 아닐 수 없다. 대표단도 고마웠다. 모두가 감사하다. 몇 해를 두고두고 가뭄의 사막처럼 메말랐던 내 두 눈에서 주르륵 흘러내리는 물줄기가 있었다.

기구한 꿩과 사람의 사연

'말 간다' 풍습

순박한 두메산골 사람들이 사는 깊은 산중(山中) 마을에는, 내가 어렸을 때만 해도 고대로부터 이어져 내려오는 풍습들이 소박하게 남아 있었다. 그 풍습 중에는 '말 간다' 라는 것이 있었다. '말 간다' 라는 명사는 "동네 사람들이 생활에 보탬이 되는 좋은 말, 재미나는 말, 새로운 소식을 전하는 말, 옛날이야기, 기타 여러 가지 말을 들으러 간다. 그리고 자기도 그러한 말을 하러 간다"를 요약해서 '말' 자(字)와 '간다' 를 결합하여 '말 간다' 가 된 것으로 여겨진다.

저녁 식사 후, 성년남자들이나 나이가 지긋한 아낙네들은 '말 간다' 하며 자기 집을 나선다. 그래서 동네에서 좀 크다고 소문난 몇 집에 모여 이런저런 이야기꽃을 피우면서 평화로운 시간을 보냈다. 남자들은 사랑방에, 아낙네들은 안방으로 모여들었다. 아낙네들이 사랑방으로 가는 일은 없었으나, 젊은 남자들이 안방으로 가는 일은 흔히 있었다. 일가친척으로 8촌 이내 되는 젊은 남자들은 안방으로 가서 아낙네들이나 어린애들과 어울려 재미나는 이야기로 모인 사람들을 즐겁게 해주는 경우가 흔했다. 사람들은 '말 간다'를 하룻밤에 한 군데만 가는 것이 아니라 두세 집 가는 경우도 있었다. 특히 새로운 뉴스를 들으면 이것을 다른 집들에게 전파하기 위하여 부지런히 이 집, 저 집 돌아다니는 사람도 있었다.

새색시들은 큰 시댁에나 작은 시댁에 가는 것 이외에는 다른 집으로 '말 간다'를 하지 않는 것이 관례였다. '말 간다'로 모여든 사람들은, 산 넘어 어느 동네에서 누가 죽고, 누가 장가 시집가고, 누구네 돼지가 늑대에 물려가고, 누구네 암소가 송아리를 두 마리나 났다는 둥, 이웃 동네의 좋은 일과 궂은일들을 서로 알려주었다. 또 옛날부터 구전돼 내려오는 동네 자랑거리인 동네 역사, 특히 할아버지와 아버지들이 경험한 삶의 지혜가 담긴 이야기, 우리나라의 역사 이야기, 때에 따라서는 중국의 삼국지, 초한승부가 이야깃거리로 등장하기도 했다.

기억력이 좋고 말재주가 있는 사람은 심청전, 춘향전 이야기, 또는 옛날에 동네에서 일어났던 재미있는 이야기의 레퍼토리를 가지고 있었는데, 그의 이야기를 들으면 같은 이야기를 반복해도 싫증내지 않고 모두들 경청했다.

당시 산골마을의 집들은 태반이 초가삼간 오막살이였다. 이렇듯 초옥은 초라하기는 해도 순박한 마을사람들에게는 오순도순 아늑한 보금자리였다. 초가집 지붕 위에도, 뒤뜰 장독 위에도, 울타리 위에도, 그리고 뜰이나 밭과 산에도 소리 없이 흰 눈이 내리며 소복이 쌓이는 겨울 어느 날, 저녁식사를 끝낸 사람들은 '말 간다'를 나섰다.

사람들은 희고 고르게 쌓여 있는 눈 위에 발자국을 푹푹 새기면서, 사랑방과 안방으로 '말 간다' 사람들이 모여들었다. 이날 밤, 어느 안방에서는 20대

후반의 젊은이가 호랑이를 화제로 이야기를 시작했다. 1920년대, 황해도 금천군 현내면(나중의 우봉면) 우봉리에 있는 대둔산(해발 760미터) 줄기에서 호랑이 두 마리가 잡혔다. 한 마리는 총으로 잡고 한 마리는 덫으로 잡았다. 그런데 덫으로 잡을 때 인명을 잃을 뻔한 사고가 일어났다.

쪼기창애라는 덫을 놓은 마을사람은 젊은 형제였다. 노루를 잡기 위해 노루가 잘 다니는 숲속 길목에 덫을 놓았던 것인데, 며칠 있다가 혹시나 하는 생각에 덫 있는 곳으로 가보았더니 놀랍게도 큰 호랑이 한 마리가 덫에 앞발이 걸려 용을 쓰고 있었다. 형제가 가지고 간 무기라고는 별로 길지도 않은 창뿐이었다. 노루 같으면 단숨에 찔러 죽일 수 있겠지만 호랑이라면 그리 쉬운 일이 아니었다.

형제는 상의 끝에 수박덩어리만한 큰 돌덩어리를 10여 개 주워 모아 호랑이를 창으로 찌르고, 돌덩어리로 머리를 쳐서 죽이기로 했다. 형이 창으로 찔렀으나 호랑이는 재빨리 창을 피했다. 이어 동생이 돌덩어리로 호랑이 머리를 쳤으나 역시 빗나갔다. 이때 어떻게 된 영문인지 나무에 묶은 덫의 쇠사슬 줄이 풀리면서 호랑이가 내달으며 형에게 달려들었다. 형은 돌아서서 도망치면서 얼떨결에 거추장스러운 창을 내버렸다. 호랑이는 형을 추격했다.

동생은 형이 호랑이에게 물려 죽을까봐 신경을 곤두세우고 돌덩어리 한 개를 둘러메고 호랑이에게 다가갔다. 정상적이라면 사람보다는 호랑이의 달리는 속도가 훨씬 빠르다. 하지만 호랑이 앞발 하나에 달려 있는 덫과, 덫에 매달린 쇠사슬 줄이 쩔그럭거리면서 호랑이의 속도에 제동을 걸었다. 그래서 호랑이와 사람의 달리는 속도가 엇비슷했다. 정확히 말한다면 호랑이가 약간 빨랐다. 드디어 호랑이의 성한 앞발이 형의 궁둥이를 몇 번 벅벅 긁었다. 예리한 호랑이 발톱에 형의 바지는 여러 갈래 찢어지고 위기에 몰렸다.

동생은 형을 살리려고 계속 고함을 지르며 돌덩어리를 두 손으로 쳐들고 전속력으로 호랑이의 뒤를 좇아갔다. 호랑이는 뒤에서 들리는 함성이 미심쩍었는지 뒤로 머리를 홱 돌렸다. 순간 동생이 돌덩어리로 호랑이를 내리쳤다. 호랑이와 동생의 거리는 좀 떨어져 있었는데, 귀신도 감탄할 만큼 돌덩어리가 정확히 호랑이의 관자놀이에 명중했다.

호랑이는 쓰러지면서 의식을 잃었다. 동생이 돌덩어리를 집어 들어 다시 한 번 호랑이의 관자놀이에 내리쳤다. 이렇게 몇 번 되풀이하자 호랑이는 숨을 거두었다. 동생은 호랑이가 죽었다고 큰 소리를 외치며 형을 불렀으나 형이 보이지 않았다. 그래서 형이 도망치던 방향으로 한참 나아가니 형이 나무 위에 올라가서 나무를 꼭 껴안고 넋이 나간 사람처럼 멍청하게 겁에 질려 있었다. 동생이 쳐다보며 호랑이 때려잡은 이야기를 했더니, 조금 있다가 제정신이 드는 듯 나무 밑으로 내려왔다. 형제는 호랑이를 팔아 거금을 손에 쥐었으나, 형의 심기는 불편했다. 그는 산에 가는 것이 싫어졌다. 몇 달 후, 그 형제는 딸린 가족들을 이끌고 먼 곳으로 이사를 갔다.

그런 호랑이 이야기를 들으면 아이들은 겁이 나서 밤에 뒷간 가기를 꺼렸다. 마을이 산속이라서 할아버지들이나 아버지가 호랑이를 만난 이야기는 꽤 많았다. 옛날에는 호환(虎患)이 매우 두려웠으나, 총이 세상에 나오고부터는 호랑이 숫자가 눈에 띄게 줄어들었다. 요새는 호랑이의 위협이 별게 아니라고 이야기해도, 아이들은 호랑이 이야기는 무서우니 그만하고 다른 짐승 이야기를 해 달라고 어른들을 졸랐다.

여러 짐승 이야기가 다 재미있었으나 유독 꿩 이야기는 자주 화제에 올랐다. 그 이야기 속에 등장하는 꿩을 실제로 본 산 증인은 그때까지 동네에 두 분이 생존해 계셨다. 모두 칠순에 접어든 방골 할아버지와 광대터 할아버지가 그들이었다.

그 할아버지들이 일고여덟 살 때쯤의 이야기라니까 역산을 해서 올라가면, 아마도 조선조 수난의 임금님이신 제26대 고종 10년쯤의 일일 것으로 추산된다. 당시 20세가 채 안 된 동네 젊은이가 어느 봄날, 나무를 하러 산에 갔다가 꿩알 두 개를 발견했다. 꿩알을 가지고 집에 와서 자세히 보니, 가지고 올 때 실수하여 한 알은 금이 가 있고 한 알은 온전했다. 젊은이는 금이 간 꿩알은 먹어치우고, 온전한 꿩알은 닭이 알을 품을 때 달걀과 함께 품게 하였다.

병아리가 부화할 때, 꿩알도 부화되어 꿩 병아리인 꾸베이가 나왔다. 꾸베이는 어미닭을 어미로 알고 따라다니며 병아리들과 함께 먹고 자랐으며, 어미닭도 꾸베이를 자기 새끼로 알고 잘 보살펴 주었다. 그러나 커갈수록 꾸베이는 야생의 본능을 드러내기 시작했다. 어미닭이 끌고 다니는 병아리 무리로부터 가끔씩 이탈하여 외톨이가 되어 홀로 고독을 즐겼다. 그러다가 어미닭이 자꾸 부르면, 뺀들뺀들 머뭇거리다가 마지못해 따라가곤 하였다.

병아리들이 커서 어미닭의 품을 떠날 때, 꾸베이도 어느덧 장끼로 변해가고 있었다. 그리고 얼마 후에 그 꿩은 훨훨 날아서 산으로 가버렸다. 하지만 장끼는 어릴 때의 고향을 잊지 못하는 듯, 태어나 놀던 옛 집을 자주 찾아와서 놀고 갔다.

장끼가 한동안 오지 않으면, 길러준 젊은이는 꿩이 혹시라도 다른 짐승들에게 잡혀 먹히지나 않았나 하고 걱정을 했다. 그러다가 꿩이 찾아오면 젊은이는 콩을 뿌려주면서 반갑게 맞이했다. 꿩이 오는 시간은 대개 해가 지기 두 시간쯤 전이었다.

하늘이 드높은 가을이 가고 겨울이 되면서, 꿩은 당당하고 힘센 장끼로 성장했다. 서북풍이 매섭게 몰아치고 눈이 내리면서 동네사람들은 감기에 걸리기 시작했다. 젊은이의 어머니도 감기 몸살을 심하게 앓고 겨우 막 일어나셨다. 이 무렵, 장끼는 못된 짓을 하기 시작했다. 거의 매일같이 오후 늦게 고향집에 내려와서 집에서 키우는 큰 수탉과 싸움을 하고 산으로 날아가곤 했던 것이다.

장끼와 수탉의 싸움에서 수탉은 벼슬과 목 언저리와 날갯죽지를 심하게 쪼여 유혈이 낭자했다. 며칠만 더 싸우면 수탉이 죽을 것만 같았다. 그 수탉은 새벽마다 활개를 치며 길고 고운 목소리로 힘차게 시간을 알려주는 소문난 수탉이며, 젊은이 부모님들의 사랑을 독차지하고 있었다. 수탉이 장끼에게 쪼여 죽는 것은 시간문제인 것 같았다. 젊은이의 부모님은 젊은이에게 장끼 잡을 궁리를 빨리하라고 말씀하셨다.

다음 날, 젊은이는 수탉의 다리를 끈으로 붙들어 매어 닭장 속에 가두어 넣고 닭장 문을 열어 놓았다. 오후 늦게 고향집을 찾아온 장끼는 젊은 주인이 뿌려놓은 콩알을 쪼아 먹고 두리번두리번 수탉을 찾더니 수탉이 있는 닭장 안으로 쏜살같이 쳐들어갔다. 수탉과의 싸움에 여념이 없을 때, 젊은이가 닭장 안의 꿩을 사로잡았다.

그날 저녁 밥상에는 쇠약해진 초로의 어머니와 아버지에게 젊은 효자가 바치는 보신용 꿩고기가 고소한 고기냄새를 풍기며 김을 모락모락 피워 올리고 있었다.

이야기가 끝나자 아이들은 "꿩이 불쌍해요"라고 했다. 어른은 새벽을 알려주는 수탉이 죽으면 큰일이므로 수탉을 쪼아 죽이려는 장끼를 없애 버린 것이라고 설명했다. 또 사람이 잡아먹지 않아도, 산에 사는 독수리와 매 같은 날짐승이나 여우, 살쾡이, 족제비, 늑대 같은 네 발 가진 동물들에 의해 언젠가는 잡아먹힌다고 했다. 꿩이란 날짐승은 제 명을 다 살지 못하고, 결국은 사람이나 짐승의 먹이가 되기 위해 태어난 것이니 사람이 잡아먹는다 해서 잘못된 것이 아니라고 했다.

하기야 장끼도 생명을 스스로 단축시킨 것이었다. 제까짓 것이 힘이 있으면 얼마나 있기에 힘자랑을 하며 수탉을 쪼아대며 그런 소동을 일으켰으니, 확실히 잘못을 저지른 셈이었다. 그러나 그렇다 치더라도 그리운 정든 고향집을 찾아왔다가 잡혀 죽어 사람들의 식탁에 오르다니, 꿩이 불쌍하다는 생각이 오랫동안 머릿속에서 지워지지 않았다.

이러한 '말 간다' 시골 문화가 이어지고 있는 가운데, 서구문명의 물결이 서서히 두메 산골에도 스며들기 시작했다. 금천군 우봉면 우봉리 고우봉동 30여 호에서 어린이 세 명이 고개 넘어 약 5킬로미터 떨어진, 개교한 지 얼마 안 되는 보통학교 1학년에 입학한 것은 1932년 4월의 일이었다. 1937년에는 동네에서 한 분이 〈동아일보〉를 우편으로 배달받아 구독하는 경이로운 개화의 선구자가 되었다.

꿩과 코주부 씨

중일전쟁이 일어나 다시 제2차 세계대전으로 번지고, 일본이 패전국이 되면서 한반도는 8 · 15 해방을 맞았다. 그렇지만 곧 남북으로 분단되는 등 격동의 세월이 이어졌다. 이 격랑 속에서, 어린 시절 호랑이 이야기와 꿩 이야기를 듣던 아이들이 자라서 청년이 되었다. 그중의 한 청년은 신생 대한민국의 육군사관학교를 제7기로 졸업하여 1948년 11월 11일 육군 소위로 임관했다. 그리고 그 다음 해에 육군 중위로 진급을 했다.

1949년 8월, 38선을 넘어 관대리(冠垈里)로 남침한 북한 공산군과 격전을 벌일 때에는 소총중대장으로서 싸웠다. 그가 바로 나였다. 1950년 3월 하순, 북한에서 약 500명의 무장특공 게릴라부대가 인제를 출발하여 38선을 넘어, 홍천군 현리(縣里.) 동쪽 산줄기를 타고 매봉(=응봉산)을 거쳐 홍정산(興亭山)으로 내려오고 있었다.

이 부대의 사령관은 중공 제8로군 출신의 조선족 김무헌(金武憲)이고, 참모장은 역시 중공 제8로군 출신의 조선족 천석(千石)이었다. 둘은 모두 게릴라 전투경험을 중국 본토에서 충분히 겪은 바 있는 유능한 장교들이었다. 따라서 이들의 게릴라 전술은 뛰어나게 돋보였다. 남한 육군 4개 대대가 이들을 완전 소탕하는 데는 1개월 이상이 걸렸다.

우리들은 높은 산줄기를 타고 이리저리 이동하면서 싸웠다. 4월 중순이 되니, 내려다보이는 산간 마을이나 산기슭에는 온갖 꽃들이 화사하게 피어 아름다운 봄의 평화를 구가하고 있었다. 그러나 군인들이 있는 해발 1천~1천200미터의 산줄기 일대에는 흰 눈이 30여 센티나 두텁게 쌓여 있었다. 그리고 밤에 부는 바람은 차가웠다. 이런 속에서 군인들은 연일 전투에 임했다.

4월 하순 어느 늦은 오후, 잔적(殘敵)이 예상되는 야간 진격로를 비밀 차단하기 위해, 우리 대대는 홍정산 정상으로 이동하라는 작전명령을 받고 즉시 행동을 개시했다. 우리가 있는 위치에서 조금만 가면 목적지가 나온다. 장병들은 한 줄로 늘어서서 경사가 완만한 능선을 타고 걸어 올라가고 있었다. 그런데 갑자기 '쌕' 하고 자그마한 제트 전투기가 지나가듯, 어떤 물체가 내 철모 위를 스치며 우측에서 좌측으로 번개같이 지나갔다. 매(鷹)였다. 동시에 들꿩 한 마리가 내 군화 앞에 툭 떨어졌다. 꿩은 푸득거리지도 못하고 덜덜 떨고만 있었다.

나는 순간적으로, 매가 꿩을 채서 실신시킨 후 잘못하여 내 발 밑에 떨어뜨린 것이라 여겼다. 그래서 허리를 굽혀 꿩을 손으로 집어 올렸다. 꿩은 계속 경련을 했다. 그런데 이상하게도 꿩의 목이 180도 돌아 주둥이가 등 방향으로 뒤틀려 있었다. 꿩을 지상에 세워 놓는다면 주둥이가 하늘을 향하고 있는 셈이었다. 매가 꿩을 낚아채며 한 짓이었으리라. 그런데 바로 이때 사람의 신음소리가 들려왔다. 바라보니 내 앞에서 60미리 박격포 포탄을 짊어지고 종군하던 대한청년단원 한 명이 쪼그리고 앉아서 코피를 쏟고 있었다.

당시 각 군과 면에는, 군에 입대하지 않은 청년들로 대한청년단이 조직되어 있었다. 이들은 자기 거주지역 내에서 군작전이 있을 때마다 동원되어 군의 실탄운반, 식사운반 등의 지원을 해주고 있었다.

코피를 쏟고 있는 청년은 홍천군 서석(瑞石)청년단의 일원으로 몸집도 꽤 크고 뚱뚱하며, 특히 코가 보통사람의 2배 이상 컸다. 그리고 코의 끝부분이 불그스레했다. 장병들은 그를 '코주부 씨'라고 불렀다. 매의 추격을 받으며 다급하게 지상 1미터 65센티 정도로 낮게 땅과 스칠 듯 말 듯 전속력으로 도망치던 그 꿩이 천만뜻밖에도 걸어가는 코주부 씨의 코를 우측에서 머리로 들이받은 것이었다.

순간 코주부 씨의 코가 터지며 피가 쏟아졌고, 꿩은 모가지가 뚝 부러지며 180도로 돌아 하늘을 향하면서 내 발 밑에 떨어진 것이다. 나는 위생병을 불러서 코주부 씨의 코피를 멈추게 했다. 나는 코주부 씨가 코로 꿩을 잡았으니 꿩의 소유권은 그에게 있다면서, 꿩을 먹고 쏟은 코피를 몸에서 재생산하라고 했다. 그러나 코주부 씨는 꿩을 손으로 먼저 주운 나에게 소유권이 있다면서 한사코 받지 않았다. 나는 연락병에게 꿩을 들고 다니게 했다.

좀 걸어 나갔더니 대대장 박태운(朴泰云) 소령이 앉아 쉬고 있었다. 대대장은 꿩을 보자마자 "이 중위, 왜 쓸데없이 총을 쏴서 꿩을 잡나. 총을 쏘면 우리 위치가 적에게 발각되지 않나? 공비토벌작전에서 가장 중요한 것은 위치를 숨기고 매복하는 거야. 쓸데없이 총소리를 내면 되나" 하고 타이르는 말을 했다.

내가 "대대장님, 총을 쏴서 잡지 않았습니다" 면서 추가 설명을 하려는데, "아니, 총을 안 쏘고 날짐승을 어떻게 잡아?" 하고 물었다. 박 소령은 나와 허물없이 지내는 분이었다.

"대대장님, 이 꿩은 코로 잡았습니다."

"에끼 이 사람, 농담하나. 코로 꿩을 어떻게 잡나?"

나는 정색을 하고 꿩 잡은 이야기를 소상히 말씀드렸다. 내 설명이 끝나자 박 소령은 웃으면서 "아니, 어디 꿩 좀 보자" 하고 꿩을 받아들고 부러진 목을 살피더니 "야 참, 별의별 희한한 일이 다 있구나. 코로 꿩을 잡다니, 이런 일은 몇 만 년, 아니 몇 억 년에 한 번 있을까 말까 한 일이야. 이 중위, 그거 신문에 한 번 내봐. 홍정산에서 서석 코주부 씨가 코로 꿩을 잡았다고! 하하, 참" 하고는 너털웃음을 웃었다.

그러나 높은 산 위에 신문기자는 없었고, 차일피일하다가 기사화하지 못한 채 그 일은 세월 속에 파묻혀 버리고 말았다. 코로 잡은 꿩은 산 밑 마을에 있는 대대 취사장으로 내려가, 꿩고기 조림이 되어 다시 대대장에게로 올라왔다. 대대장 박 소령은 맛있다면서 나보고 몇 점 집어 먹으라고 했다. 나는 꿩고기를 싫어한다는 핑계를 대면서 먹지 않았다. 그 꿩이 숨을 거둘 때 경련을 일으키는 것을 눈으로 본 나는 도저히 꿩고기에 수저를 갖다 댈 수가 없었다.

그 후 두 달이 되자 한국 전쟁이 일어났다. 나는 제7연대 제1중대장으로서 춘천전투·삼마치고개 전투·신림 고개 전투 등을 무사히 끝냈다. 하지만 음성지구 전투에서 적탄을 여러 군데 맞고 중상을 입어 청주도립 병원을 거쳐, 부산에 있는 제5육군병원으로 후송되었다. 여러 군데 수술을 받았으나, 신기하게도 적탄은 모두 신체의 급소를 아슬아슬 빗겨나가 불구가 되지 않아 다행이 었다. 이때 낙동강 전선에서는 국가 존망이 걸린 사생결단의 전투가 치열하게 벌어지고 있었다. 낙동강 전선이 뚫리면 부산이 함락되는 것이다.

조바심이 난 나는 재수술한 환부에 붕대를 감은 채, 군의관 동의 없이 자진 퇴원하여 일선을 달려가서 제7연대 제1중대장에 복귀했다.

꿩 사냥

우리는 신령(新寧)·화산(華山) 일대에서 20일간 격전을 치르고 북진하여, 경상북도·충청북도·강원도·함경남도·평안남도·평안북도를 전전하면서 싸웠다. 중공군의 개입으로 평안남도·황해도를 거쳐 경기도 용인까지 밀려왔다가, 중공군을 밀면서 다시 북진했다. 1952년 초에는 제32연대 제3대대장으로서 금성(金城) 앞산인 553고지 일대에 대대 병력을 배치하고 중공군과 금강산 철도를 사이에 두고 대치했다.

서부전선에 있는 판문점에서는 유엔군 측 대표와 공산군 측 대표가 휴전회담을 진행시키고 있었다. 그래서 소규모 전투는 있었지만, 155마일 전선은 피아간에 방어진지 구축에 힘을 기울이는 일시적 소강상태를 이루었다.

방어진지 정면에는 지뢰도 매설했다. 이 지뢰밭에 멧돼지나 노루 같은 짐승이 들어가는 것을 사전에 방지하기 위해, 군용소총보다도 짐승에 대해 명중률이 월등히 높은 미국제 반자동 5연발 엽총이 일선 보병대대에 한 정씩 보급되었다. 실탄은 멧돼지를 단숨에 쓰러뜨릴 수 있는 굵은 산탄(散彈)이었다.

그 엽총을 553고지 정상에 있는 대대장 호(壕) 속으로 가져온 장교는 대대 보급관 박문환(朴文煥) 중위였다. 납탄은 사람을 살상하는 실탄으로 사용할 수 없게 국제법에 규정되어 있어 중공군과의 전투에서는 엽총을 사용할 수가 없다.

전투가 소강상태에 들어갔다고는 하지만 매일같이 포격전이 전개되고, 중대·소대 단위의 공방전은 기습적으로 감행되었다. 서로 포로를 붙들어가고 붙들어오느라 투덕거렸으니 멧돼지나 노루 같은 큰 산짐승들은 벌써 이 지역을 떠나 북쪽에 있는 구(舊) 단발령이나 금강산 쪽으로 도망을 갔을 텐데, 하는 생각이 들었다. 그래서 나는 "이 난리를 치고 있는 곳에 큰 산짐승들은 도망갔지 아직까지 남아 있을 리가 있나, 중공군에게 이 엽총을 쏴대면 국제법에 의해 큰 문제가 일어날 것인데, 위에서 공연히 쓸데없는 엽총을 보내왔군 그래" 하였다.

박문환 중위가 "대대장님, 꿩들은 도망가지 않고 바로 저 계곡에 많이 있습니다. 이 엽총으로 꿩 사냥이나 하시지요"하고 권했다. '꿩' 하면 나는 어렸을 때 고향에서 눈 내리는 밤에 들은, 정든 옛집을 찾아왔다가 죽어버린 가엾은 꿩과, 홍정산에서 코주부 씨의 코에 부딪쳐 덜덜 떨다가 숨이 끊어진 불쌍한 꿩 생각이 늘 되살아났다. 그러나 적을 죽이지 않으면 내가 죽는 살벌한 전쟁터에서 1년 반 동안 혈투를 벌이다 보니 거칠 대로 거칠어져, 꿩 사냥쯤은 아무것도 아니라고 여겨질 만큼 모질어져 있었다.

"그래? 엽총 쏘는 재미가 어떤가 한번 꿩에게 실험이나 해 볼까."

나는 허리에 권총을 차고 손에는 엽총을 들고 553고지 서북방 계곡을 향하여 걷기 시작했다. 네 명의 사병이 뒤따랐다. 이들은 내가 꿩 사냥을 할 때, 중공군 방향을 경계하는 임무를 띠고 있었다.

때는 늦은 오후, 눈 쌓인 대지 위를 짧은 겨울해가 힘없이 비치고 있었다. 나와 경비병들은 꿩 사냥터에 도착했다. 폭이 그다지 넓지 않은 계곡이 기다랗게 동북쪽으로 펼쳐져 있는 양쪽의 산비탈 밭에는 8인치 포탄들이 떨어지면서 만들어진 큼직큼직한 구덩이가 이곳저곳에 파여 있었다. 그리고 계곡 한가운데에는 여름철에만 물이 흐르는 폭 2미터 가량의 개울이 있었고, 개울 언저리에는 덤불이 무성한 곳도 있었다.

나는 그 덤불 속에 꿩들이 있을 것 같아 그곳으로 접근해 갔다. 과연 꿩들은 거기에 있었다. 그러나 푸드등, 푸드등, 푸드등⋯ 하며 20여 마리가 날아가 버렸다. 꿩의 종류는 들꿩이었다. 엽총의 유효사거리 밖에서 꿩들이 날아가 버리기 때문에 나는 사격을 하지 않았다. 꿩들은 군인들로부터 여러 번 사냥을 당해 생존의 비결을 터득하고 있는 것 같았다.

우리 대대가 오기 전에 중공군이 이곳을 여러 달 동안 점령하고 있었다. 중공군들로부터 쉴 새 없이 시달림을 받은 꿩들은, 총 가진 군인들을 피하는 데 이골이 난 모양이었다. 혹시라도 덤불 속에 낙오된 꿩이 있는가 하고 뒤져 보았으나 꿩은 없고, 뜻밖에도 동태처럼 꽁꽁 언 중공군 시체가 물 없는 개울과 덤불 속에 여러 구 있었다. 2개월 전에 우리와 치열한 공방전을 벌일 때 중공군이 버리고 도망친 모양이었다. 보병대대는 이러한 시체들을 매장 또는 화장하는 기능을 가지고 있지 않다. 그래서 상급지휘관에게 보고만 하면 된다. 이들 처리문제는 상급부대에서 담당한다. 나는 이를 연대본부에 보고하기로 했다.

나는 덤불숲을 떠나 꿩들이 날아간 솔밭으로 이동했다. 내가 솔밭 가장자리에 가자 꿩들은 또 부지런히 움직였다. 어떤 꿩은 재빠르게 이리저리 기어서 소나무 사이로 내빼 버리고, 또 어떤 꿩은 푸드등 날아서 순간적으로 알씬하고 내 시야에서 사라졌다. 하지만 소나무 가지들이 가려서 조준 사격은 불가능했다.

내가 있는 곳은 작은 소나무들이 밀생하고 있었으나, 산 능선 쪽으로 올라갈수록 소나무가 듬성듬성 떨어져 있었다. 나는 작은 소나무들이 많이 있는 곳에 일단 엎드렸다. 그리고 소나무 사이를 기어 다니던가, 아니면 어딘가에 숨어 있을 꿩을 살폈다. 날씨는 매섭게 차가웠으나 하늘은 맑고 바람이 불지 않아 사방이 고요했다. 자주 들려오던 포성과 총성도 이때만은 침묵을 지키고 있었다. 어디선가 가볍게 "바스락" 하는 소리가 들려왔다. 몸을 바짝 낮추고 소나무 사이로 위를 올려다보니 20미터쯤 떨어진 곳에 마른 풀포기가 있었고, 그 풀포기 위에 솔가지 하나가 포탄을 맞은 듯 떨어져 있었다. 그 속에 꿩 한 마리가 숨어 있었다. 소나무 밭이지만 가랑잎도 있었는데, 꿩이 가랑잎을 건드린 모양이었다.

나는 숨을 죽이고 서서히 총구를 꿩 쪽으로 향하였다. 엽총의 총신을 소나무 밑동 오른쪽에 바짝 붙여대고 꿩을 향해 방아쇠를 당겼다. "꽝" 하는 소리와 함께 엽총의 개머리판이 내 오른쪽 어깨 앞부분에서 들썩했다. 그와 동시에 돌덩이가 굴러 내려오듯 빠른 속도로 물체가 굴러 내려오더니 소나무에 걸려 멈추었다. 그 물체는 내가 쏜 꿩이었다. 꿩은 주둥이는 동쪽을, 꽁무니는 서쪽을 향한 채 마치 알을 품은 어미 꿩 모양으로 땅 위에 차분히 엎드려 있었다. 내 눈과 꿩의 눈 사이의 거리는 불과 약 30센티미터, 눈이 서로 맞닿았다고 표현할 수 있을 만큼 지근거리였다. 꿩은 눈망울이 말똥말똥 살아 있었다. 그러나 몸은 전혀 움직이지 못했다. 그저 숨 가쁘게 할딱거릴 뿐이었다. 꿩의 심장과 허파는 아직도 멀쩡한 것이 분명했다.

나를 바라보는 그 깨끗하고 맑은 꿩의 눈망울이 나에게 "너무하셨습니다. 어째 우리 둘의 만남은 이렇게도 악연입니까?" 하고 심적원감(心的遠感= 텔레파시 Telepathy)을 보내오는 것 같았다. 나는 꿩에 손을 대지 않고 가만히 죽음을 지켜보았다. 15초쯤 있었을까. 할딱거리던 꿩이 고개를 툭 떨어뜨리더니 사르르 눈을 감았다. 나는 잠시 후 엎드린 자세에서 일어나 꿩을 집어 들었다. 멧돼지를 죽일 수 있는 굵은 납탄이 꿩의 하복부를 긁으면서 지나갔으니 밸(腸)의 대부분과 아랫배의 살점이 떨어져 나가고 없었다.

"대대장님, 꿩을 잡으셨습니까?"

경비병 중 선임자가 달려왔다. 꿩을 잡았으면 자신이 들고 다니려고 온 것이다. 나는 그 꿩을 땅에 파묻고 싶었다. 그러나 대대장이 사병 앞에서 별난 행동을 하면, 전쟁터에서 지휘통솔에 지장이 있을 수 있다.

경비병 선임자에게 꿩을 들려 솔밭 속에서 나온 나는, 덤불 있는 곳으로 내려와서 수행 경비병을 모두 모이게 했다. 아직 해가 남아 있으니 몇 마리 더 잡아 553고지로 돌아가자고 말하는 경비병에게 "한 마리라도 잡았으니 됐다. 돌아가서 할일이 있다"면서 경비병들을 인솔하고 너구리굴같이 어두컴컴한 호 속으로 돌아와 연대본부와 군용 EE8 전화기로 통화를 했다. 엽총으로 잡은 꿩은 제32연대장 김용순(金容珣) 대령의 몫이 되었다.

나는 그 후로는 꿩고기에 입을 대지 않았다.

서울 한복판의 꿩

그 후 28년의 세월이 격동하는 풍파 속에 거칠게 지나갔다. 5년간의 억류 생활을 후진 공산국가에서 치르고 돌아온 후, 나는 나 자신을 정신적으로 아무런 병이 없는 정상인이라고 믿었는데 담당의사는 그렇지 않다고 했다.

곧 총살시키겠다는 공산 베트남 측과 북한 측의 공갈·협박, 그리고 때로는 웃으면서 내미는 회유의 당근, 5개월간의 연금에 이어진 4년 7개월의 옥고…… 그럼에도 불구하고 끝내 가이따우(=인간개조)를 하지 않고 죽을 각오로 버티고 또 버티며 저항했다. 그런 가운데 나는 반항의 정신 응어리가 생겼다. 그로 인해 가볍기는 해도 오래갈 정신병에 걸려 있다는 것이었다. 병이 완치되려면 아마도 5년쯤 걸릴 것이니, 최소한 1년간은 공무원 신분을 가진 채 병가(病暇)를 얻어 쉬라는 것이 의사의 권유였다.

석방되어 귀국함과 동시에 서울대학교병원에 입원하자 내 주치의는 한용철 박사였다. 내과·외과·치과·피부과·이비인후과의 각종 치료를 받으며 입원 중이던 병원을 나와서, 통원치료로 전환하게 된 것은 1980년 5월 중순의 일이었다. 내가 없는 5년간, 아내가 어린 것들을 데리고 이리저리 이사하면서 고생 끝에 용케도 압구정동 신개발 지역에 중형 아파트 하나를 마련해놓아, 나는 그곳의 가족 품으로 돌아갔다.

초여름의 향기가 가벼운 바람을 타고 열어놓은 창문을 통해 방안에 있는 사람의 후각을 자극하는 어느 날, 어디선가 "꺽꺽, 꺼덕, 꺼덕…" 하는 꿩 소리가 내 고막을 흔들었다. 나는 침대에서 벌떡 일어났다. 아이들은 학교에 가고, 아내는 시장에 장보러 갔으며, 나 홀로 집에서 꿩 우는 소리를 들은 것이다.

서울 시내 아파트 밀집지역에 꿩이 있을 리가 없다. 의사가 말한 대로 정말 내가 정신병에 걸려 허깨비 소리를 들었는지도 모를 일이었다. 베란다에 나가서 서 있는데 또 "꺽꺽, 꺼덕, 꺼덕"하는 소리가 들렸다. 환청이 아니었다. 구정초등학교 방향에서 분명히 꿩 우는 소리가 들려왔다. 나는 외출복으로 갈아입고 아파트를 나와서 구정초등학교로 갔다. 구정초등학교 본관 건물 동쪽 모퉁이에 굵은 철선으로 엮은 꿩장이 있었고, 그 속에 암수의 꿩 두 마리가 갇혀 있었다.

생지옥의 나락에 빠진 자에게는, 사람이건 꿩이건 가리지 않고 구원의 손길을 뻗어야 한다. 이것이 인(仁)과 박애와 자비를 합한 대애(大愛)인 것이다.

생지옥을 경험한 사람이 아니고서는 그 누가 그토록 처참한 아픔을 이해할 수 있을 것인가?

나는 비몽사몽 상태에 취해 꿩을 자유천지로 날려 보내야한다고 작정하여 행동으로 옮기기 시작했다. 꿩장 문은 꼭꼭 닫혀 있었다. 꿩의 재주와 힘으로는 열 수 없도록 바깥부분에 빗장 장치가 되어 있었으나, 자물쇠는 채워지지 않은 상태였다. 나는 문에 다가갔다. 이때 아이들이 몰려왔다. 정신이 번쩍 들어 꿩장 문을 열지 않았다. 1년간의 병가를 받아 쉬어야 하다는 의사의 말이 뇌리를 스쳤다.

나는 순박한 초등학교 어린이들과 함께 꿩을 들여다보았다. 꿩은 꾸베이 때부터 사람들 손에서 길들여 자라서인지 사람들을 그다지 두려워하지 않고 먹이를 쪼아 먹었다. 꿩에게 먹이를 충분히 주며, 초등학교 아이들에게 자연과 동물에 대한 산교육을 시키기 위해 학교 선생님들이 꿩을 사육하고 있는 데 대해 이해를 하기로 했다. 제한된 공간에서나마 꿩이 날개를 펴서 날아도 보고, 배불리 먹고 꺼덕, 꺼덕, 꺼덕 즐거운 노래도 많이 부르며 평화롭고 행복하게 살기를 바라면서, 나는 아파트 건물들의 서쪽에 있는 배 밭으로 발길을 돌렸다.

구정초등학교 정문을 나와 오른쪽으로 90도 방향을 꺾었다. 동사무소를 지나 언덕길을 올라가서 좀 걸어 나가면 넓은 길이 나온다. 그 길을 건너면 배 밭이었다. 지금은 압구정동 현대백화점이 서 있고, 상가 건물들이 즐비하다. 또한 현대아파트 건물들이 콘크리트 숲을 이루며 수십 동이 **빽빽**하게 들어선 금싸라기 지구로 변했지만, 그때는 미개발 배 밭이었다. 불도저가 투입되기 전이라서 낮은 산도 있고, 높은 언덕도 있는 자연의 풍치가 남아 있는 곳이었다.

나는 흙을 밟으며 소릿길 산책로를 걸었다. 내 앞을 가로막는 철창도, 붉은 담벼락도 간수도 없었다. 비 내린 후의 초여름 맑은 하늘과 땅은, 울어버린 후의 양심(良心)과도 같이 깨끗하고 아름다웠다. 나는 자유와 평화를 만끽하면서, 5월에 돋아나는 배나무 어린잎의 향기를 풍기는 맑은 공기를 가슴 가득 들이마셨다가 내뿜었다.

만나고 헤어진 사람들

육군대학 교관 생활

한탄강의 얼음이 봄비에 풀려 상류 쪽에서 흘러내려오는 흙탕물에 섞여 수위를 높여 가던 어느 날, 나는 진해에 있는 육군대학에 입교하라는 명령을 받았다. 경기도 연천군 전곡(全谷)에서 간단한 짐을 싸 군용 지프로 서울까지 가서, 기차를 타고 부산으로 내려가 민간 버스에 몸을 싣고 진해로 향한 것은 1955년 2월 25일 오후였다.

그 당시 우리나라의 자동차도로는 모두가 울퉁불퉁한 비포장도로여서 자동차가 지날 때마다 먼지가 보얗게 일어났으나, 그 날은 노면에 습기가 좀 남아 있어서인지 먼지는 나지 않았다. 낡은 버스는 시속 약 30킬로로 덜커덕거리며 달리고 있었다. 길가의 보리밭에는 파란 보리 싹들이 탐스럽게 자라났고, 양지바른 곳에서는 아낙네들이 나물을 캐고 있었다. 짝을 이룬 까치들은 부지런히 그들의 건축자재를 산란(産卵)의 보금자리로 물어 나르고 있었다.

만물이 소생하며 꿈을 가지고 약동하는 봄이다. 오래간만에 희망에 찬 가슴이 뛰고 있다.

되돌아보면 1950년 6월 25일, 남으로 밀어닥친 피비린내 나는 전쟁으로 남쪽의 젊은이들은 울려 퍼지는 포성과 함께 미래에 대한 무지개꿈을 모두 허공으로 날려 보냈다. 수많은 젊은이들이 "흥망의 기로에 선 자유 조국을 위해 이 한 목숨 바친다"는 일념으로, 청춘의 몸을 초개같이 여기며 전선에 나가 싸웠다.

중생의 고통에는 아랑곳없이, 대자연의 법칙은 변함이 없었다. 지구의 수레바퀴는 돌고 돌며 계절의 순환은 반복되고, 해는 거듭 바뀌고 있었다. 눈 녹은 전선에 봄이 와서 꽃이 피면 저 꽃이 떨어지기 전에 내 목숨이 먼저 떨어질 것인가, 그리고 가을 단풍잎이 곱게 물들면 저 단풍잎이 초겨울 땅 위에 뒹굴기 전에 내 몸이 먼저 뒹굴게 될 것인가 하는, 전선 특유의 정서를 갖고 젊은이들은 벼랑 끝 나날을 보내고 있었다.

휴전이 성립된 후에도 전선의 잔상(殘像)은 한동안 젊은이들의 머리에 선명하게 남아 있었다. 그러나 이제는 모두 평온을 되찾았고, 새 출발을 할 수 있는 약동의 시기를 맞이했다. 나에게도 마음의 봄, 계절의 봄이 함께 찾아온 것이다.

신생국 군대라서 계급은 중령으로까지 올라가 있었지만, 내 나이는 아직도 만으로 29세 3개월의 젊은 몸이었다. 1946년 늦가을 서울에서 북위 38도선을 넘어 북쪽으로 갈 때까지만 해도 내 꿈은 의사가 되어 제세구민의 뜻을 펴는 것이었다. 그러나 북한의 정치적 현실은 그런 꿈을 무참히 앗아가 버렸다. 자유의 불모지대에서 자유의 소중함을 골수에 사무치게 느낀 나는, 몸과 마음을 다 바쳐 이 땅에서 자유를 수호하기 위해 국가의 간성이 됐다. 그리고 6 · 25 전

한국대사관 무관 시절 월남군 총사령관으로부터 공로훈장을 받았다.

쟁이 발발하자 최일선에서 싸웠다. 그러나 명이 하늘에 닿아 살아남았고, 이제 전쟁은 일단 끝이 났다.

이 시점에서 나의 꿈은, 일선의 전투경험에 학술적인 최신식 군사지식을 더해서, 이 나라의 군사 선구자인 명장(名將)의 그릇이 되는 것이었다. 이 꿈을 실현시키기 위해서는 세계적으로 권위 있는 군사대학에 유학을 가서 공부하고 돌아와야 한다.

미국 훠드 레븐월스에 있는 육군 지휘참모대학은 국제적으로 정평이 나 있는 유명한 군사대학이다. 그 대학에의 유학시험은 1년에 한 번씩 있으며, 한국군 영관급에서는 매년 세 명에서 네 명이 선발되어 유학을 가고 있었다. 수천 명의 영관급 장교 중에서 그렇게 적은 수의 인원을 선발하니, 유학시험에 합격한다는 것은 보통 노력으로는 엄두도 못 낼 일이었다. 몇 년간을 수면부족에 시달리면서 미친 듯이 책과 싸워야 한다.

나는 그 시험에 도전하는 꿈을 갖기로 했다. 나의 꿈과 몸을 실은 버스는 진해읍에 들어섰다. 기와집들과 초가집들이 흩어져 있는 거리의 한복판을 동서로 가로지르며 달리던 버스는 육군대학 앞에 서고, 나는 차에서 내렸다. 1955년 2월 28일, 나는 육군대학 학생이 되었다. 그 당시 육군대학의 교육절차와 졸업절차는 좀 특수했다.

최초에 150명의 학생을 입교시켜 4개월 교육을 시킨 후, 성적이 나쁜 100명에게는 그때까지 이수한 증서를 주어 탈락시켜 각 부대로 내보냈다. 성적이 상위권인 50명만 4개월 더 추가교육을 시켜 8개월 교육을 끝내고 졸업시키는 교육과정을 채택하고 있었다.

육군대학 교육이 시작된 지 며칠 있다가 첫 시험이 있었다. 첫 시험 결과에 대해서는 학교 당국에서 특별히 성적발표를 했다. 100점 만점을 받은 학생이 두 명 있었고, 60점 이하의 낙제점수를 받은 학생도 20여 명이나 되었다. 그 후 약 2개월 반 동안은 성적발표가 없었다. 나는 첫 시험에 100점 만점을 받았으므로 육군대학 공부는 대충대충 적당히 해도 상위권인 50등 이내에 들어갈 수 있으리라고 생각했다.

읍내 영어강습소에 등록하고 일요일을 제외하고는 밤마다 나가서 영어 공부를 하는 한편, 영어로 된 작전요무령(作戰要務令) 등의 원서를 가져다가 밤늦게까지 읽으며 영어 공부에 열중했다. 미국 육군 지휘참모대학 유학시험 준비를 하는 것이었다.

그러던 중, 입교한 지 2개월 반쯤 되는 어느 날, 그간 치른 육군대학 학생들의 시험결과를 학교 당국이 발표했다. 참으로 뜻밖의 일이 일어났다. 내 성적은 상위권을 훨씬 벗어나서 중위권 이하로 곤두박질해 있었다. 앞으로 비상한 노력이 없는 한, 1개월 반이 지나면 육군대학에서 성적미달로 쫓겨날 형편이었다.

숙소로 돌아가서 결혼한 지 몇 개월 안 되는 아내에게 성적통지표를 보여주었더니 아연실색을 했다. 이때부터 영어공부를 집어치우고 발등의 불을 끄기 위해 육군대학 공부에만 매달렸다. 수면시간은 하루에 3시간 반이었다.

한 달 반이 가고 탈락여부를 알려주는 학교당국의 종합성적 발표가 있었다. 나는 조심스럽게 봉함을 뜯고 속에 접혀 있는 성적표를 꺼냈다. 만일 상위권에 재진입을 하지 못했다면 짐을 싸서 4일 후에 육군대학을 떠나야한다. 기도하는 마음으로 접혀 있는 성적표를 폈다. 아! 참으로 감사한 일이 아닐 수 없었다. 나의 성적은 50등까지의 상위권에 넉넉히 들어가 있었다.

선발된 50명의 후반기 교육이 시작되자 나는 영어 공부를 또다시 시작했다. 영어 공부와 육군대학 공부의 비중을 반반으로 하여 어느 쪽에도 편중하지 않는 방법을 썼다.

8개월의 교육과정을 모두 마치고 졸업과 동시에 나는 육군대학 교관으로 남게 되었다. 육군대학 총장은 이종찬(李鍾贊) 중장이었다. 그분은 돈에 대하여 깨끗하고, 부정을 배격하는 청직(淸直) 정신이 투철했으며, 모든 일을 소신을 갖고 단행하는 용기 있는 장군이었다.

1952년 그 분이 육군참모총장으로 있을 때, 대통령 직선제 개헌문제를 둘러싸고 이 대통령과 야당 국회의원들은 첨예하게 대립했다. 이 대통령은 임시수도 부산에 계엄령을 선포하고 개헌 반대 야당국회의원들을 구속하여 물리적으로 개헌을 강행하려했다. 그래서 육군 1개 사단을 일선에서 빼내어 부산에 계엄군으로 투입하라는 명령을 신태영(申泰英) 국방장관을 통하여 육군참모총장에게 내렸다.

이종찬 중장은 그런 부당한 명령은 취소되어야 한다면서 단호히 거부했다. 일선에서는 병력부족으로 현재 힘겨운 작전을 수행하고 있는 중인데, 전투 중인 1개 사단을 빼내면 일선 작전에 큰 지장이 생긴다. 또한 신성한 국토방위 임무를 수행하는 군을, 국내 정치판에 개입시켜서는 절대로 안 된다는 것이 그분의 소신이었다.

이 대통령은 하는 수 없이 다른 방법으로 개헌문제를 해결했다. 그리고 이종찬 중장을 육군참모총장직에서 해임하여 미국 육군 지휘참모대학에 유학을 떠나게 했다. 이종찬 중장은 1년간의 유학을 마치고 귀국하여 육군대학 총장으로 부임했다.

나는 이종찬 중장을 존경했으며, 그분을 눈앞에 모시고 일하는 것이 매우 기뻤다. 육군대학 강의실에서 장군학생들을 위시한 고급장교 학생들을 앞에 놓고 강의하는 것도 나에게는 즐거운 일이었다. 또한 미국 육군 지휘참모대학 유학시험 준비를 할 수 있는 시간적 여유가 있어서 좋았다. 하루에 네 시간 정도의 수면시간으로 버티며 열심히 공부했다. 너무 졸려서 견딜 수가 없을 때는 점심시간에 약 40분간의 단잠을 잤다.

참으로 즐겁고 값있는 교관생활이었다. 그러나 한 가지 어려운 문제가 있기는 했다. 월급이 너무 적다는 것이었다. 월급은 매년 초에 올랐다. 최초 몇 개월은 그런 대로 세 끼 밥은 먹을 수 있었지만, 인플레이션이 살인적으로 격심해서 매년 하반기에는 배를 곯아야 했다. 어떤 교관의 아버지는 환갑이 넘었는데도, 지게에 새우젓이 든 독을 지고 다니면서 행상을 하여 가난한 살림에 보탬을 주었다. 나는 어두울 때, 낫을 들고 산에 가서 썩은 소나무 가지나 곁가지를 잘

라다가, 여러 날을 냉방에서 지내는 어린 젖먹이 자식의 겨울날 밤잠을 따뜻하게 해주는 불을 지펴주기도 했다.

이러한 경제적 궁핍이 장기화되자, 어떤 교관들은 돈 많은 부패 학생들에게 시험문제를 미리 알려주고 돈을 받는 행위를 하기 시작했다. 이러한 부정행위가 발각되면, 이종찬 중장은 관련된 교관과 학생들을 모두 징계처분하여 군에서 추방하는 단호한 조치를 취했다. 탁곡(濁曲)의 무리들은 목숨을 걸고 신성한 전투임무를 수행할 수 있는 군인의 지휘관이 될 수는 없다는 것이 이종찬 중장의 지론이었다.

이러한 총장의 뜻에 충실히 따르는 교관들이 꽤 있었다. 그 중의 하나가 이희성(李熺性) 중령이었다. 그는 육사 8기생이며, 육군대학 학생 때 1등을 한 수재였다.

나의 아내가 첫 아이를 출산하기 위하여 서울 친정에 가 있을 때, 그가 나를 저녁식사에 초대했다. 밥상이 들어왔는데, 반찬은 콩나물국 · 콩나물무침 · 김치 · 시금치 · 미나리 · 두부찌개 · 생선자반이었다. 부정과는 담을 쌓고 사는 사람이라 그런 줄은 짐작했으나, 손님을 초청해놓고 고기 한 점 없는 것이 특이해서 말을 꺼냈다.

"이 중령, 요새 월급 가지고 살기가 아주 힘들지요?"

"생각할 탓이지요. 저는 우편저금을 하면서 삽니다."

"어떻게요? 정희와 원배, 애들이 둘씩이나 있는데 그게 가능합니까?"

"월급을 타면, 그저 눈 딱 감고 일부 돈을 뚝 떼어서 무조건 저금을 합니다. 허리를 졸라매고 반찬으로는 풀이나 먹고 사는 거지요."

나는 그가 비쩍 마른 이유를 알 수 있었다.

그는 머리가 우수해서, 육군대학 과목 중 가장 점수가 많은 400점 만점인

결혼 직후인 12사단 정보참모 시절 부인과 함께.

'군방어'를 담당하고 있었다. 학생이 그 시험문제를 빼서 사전에 알게 되면 단숨에 성적을 크게 올릴 수가 있다. 하루는 부정축재로 돈이 많은 어떤 학생장교가, 남몰래 이희성 중령의 관사에 찾아가서 중령의 1년 치 봉급에 해당하는 돈뭉치를 생활비에 보태 쓰라면서 놓고 달아났다. 시험문제를 며칠 안에 알려달라는 암시였다. 이 중령은 남의 눈을 피해가며 그 돈뭉치를 돌려주었다. 입이 무거운 이 중령은 그 일을 누구에게도 말하지 않았으나, 약 1년 후에 나는 부인들로부터 그 이야기를 소상하게 들을 수가 있었다.

당시 우리 육군대학은 미국 육군 지휘참모대학의 해묵은 교재들을 얻어다가 번역하여 교육시키고 있었으며, 지도는 유럽지도나 미국지도를 사용했다. 총장 이종찬 중장은 우리 현실에 알맞은 전술개발을 하기 위해서는 우리나라

지도를 가지고 독자적인 교재를 우리 손으로 만들어야 한다는 발상을 하게 되었으며, 이를 실현시키기 위하여 총장 주재 하에 전체 교관회의를 소집했다.

당시 한국군은 정식으로 창군된 지 9년밖에 되지 않아 유치기(幼稚期)를 겨우 벗어나서 아동기에 접어들고 있었다.

이종찬 총장은 외국군 장교경험도 많고 미국 육군 지휘참모대학을 졸업하여 그런 발상을 할 수 있었으나, 교관들은 그런 발상을 꿈속에서조차 해본 적이 없었다. 너무도 어려운 과제라서 대부분의 교관들은 생각할 시간이 필요하다고 했다.

몇 명의 대령급 교관들이 일어나서, 한국의 지형은 주로 산악지대로 되어 있고 도로망이 미흡해서 기동력이 제한되기 때문에 전술의 원리원칙을 교육시키는 데는 부적합하고, 특히 사단급 이상의 대부대 전술개발은 불가능하다는 의견을 제시했다. 그러면서 현재와 같이 미국 육군 지휘참모대학의 교재를 복사해서 유럽지도와 미국지도로 교육시키는 것이 이상적이라고 주장했다.

이에 대해 이종찬 총장은 우리 국군이 앞으로 임무를 수행할 주전장(主戰場)은 유럽도 아니고 미국도 아닌 우리나라 국토인데, 우리나라 지형을 외면하는 전술개발은 잘못된 것이라고 설득력 있게 강조했다. 회의는 결론을 내리지 못하고 시간을 끌다가 2주 후에 다시 논의하기로 하고 해산했다.

제2차 회의를 하루 앞둔 날, 이희성 중령이 나에게 말했다.

"이 중령님, 내일 회의 때 정보판단 과목을 한국지도를 가지고 만들겠다고 총장 각하께 말씀하십시오. 제가 적극 보좌해 드리겠습니다."

"글쎄, 그런데 현재 교관단 분위기로는 모두 부정적 시각으로 그 문제를 말하고 있지 않소."

"그런 것은 신경 쓰지 마십시오. 우리 둘이 한번 해보지요. 이 중령님이 책임자가 되시고 제가 보좌관을 하면 됩니다."

나는 겸손한 수재인 이희성 중령과 손잡고 그 일을 해내기로 결심했다.

드디어 제2차 회의날이 왔다. 육대 총장과 참모들, 그리고 교관들 모두 합하여 30여 명이 교수단 강당에 모여 회의가 열렸다. 제2차 회의도 제1차 회의의 재판이었다. 이종찬 총장의 설득을 교관 대부분은 현실 문제가 아니라 꿈으로 받아들이고 있었다. 회의는 오래 끌었으나 양쪽의 견해차가 좁혀지는 기미는 보이지 않았다.

"그래, 찬성하는 교관은 한 명도 없단 말인가?"

총장의 목소리는 침통하게 들렸다. 이때 이희성 중령이 나에게 눈짓을 했다. 발언할 시기라는 뜻이었다.

나는 "각하" 하며 손을 든 후 일어섰다.

"총장 각하, 저는 할 수 있다고 생각합니다. 저에게 3개월간의 여유를 주시면, 모든 전술작전의 기본이 되는 '정보판단' 교재를 한국 지형에서 만들어 내겠습니다. 단, 이희성 중령을 보좌관으로 지명해 주십시오."

회의장이 술렁거렸다. 그러나 내 의견은 받아들여졌고 회의가 끝났다. 나와 이희성 중령은 손이 달려 도중에 조창대(曹昌大) 중령을 또 한 사람의 보좌관으로 받아들였다. 한반도 전역의 5만분의 1 지도를 훑어본 후, 경기도 오산-평택 지도를 가지고 오산읍, 발안장, 진위천 일대의 산악·도로·하천·촌락·논밭들을 군사적 측면에서 분석, 연구하여 정보판단 교재를 만들어냈다.

총장 이종찬 중장은 매우 흐뭇해했다. 이것이 전진의 신호탄이 되어, 육군대학 30여 명의 교관들은 총력을 기울여 한국지형으로의 교재 전환작업에 들어갔으며, 약 2년 반 후에 이 사업을 성공리에 완료했다.

박정희 장군과의 인연

이렇게 힘찬 전진이 있는 가운데서도, 일부 교관들과 학생들 간에 시험문제를 팔고 사는 부정행위가 가끔 일어나 퇴교당하는 학생들과 육대를 쫓겨나가는 교관들이 있었다. 학생들은 어느 교관이 시험문제를 팔아먹고, 어느 교관이 깨끗하고 불의와 싸우는지를 잘 알았다. 그리고 청렴하고 열심히 일하는 성실한 교관들에게 마음속으로 성원을 보내는 학생들도 많았다. 그 대표적인 정의파 학생 가운데 한 명이 박정희(朴正熙) 준장이었다.

학과 강의 중간의 휴식시간에는 교관과 학생들이 같은 휴게실을 사용했다. 이 휴식시간에 교관과 학생들은 학과에 관해 못 다 한 질문과 답변도 하고, 이런저런 사적인 대화도 나누면서 휴식을 즐겼다. 학생 박정희 준장은 말수가 적어서 휴식시간에 장기를 두던가, 아니면 담배를 피우면서 침묵을 지키고 있을 때가 많았다. 하지만 좋아하는 교관에게는 말을 걸어올 때가 종종 있었다.

그 분은 육군사관학교에서 나의 스승이었다, 전술학을 가르치고 있었으며, 강직하고 실력 있는 우수한 교관으로 널리 알려져 나는 그 분을 존경하고 있었다. 8년의 세월이 흐른 후, 나는 육군대학 교단에 서게 되고, 그 분은 학생신분이 되어 옛 제자의 군사학 강의를 경청하고 있었다.

"이대용 중령, 미국 육군 지휘참모대학 유학시험에 합격을 했다면서? 축하해. 언제 떠나나?"

"감사합니다. 각하. 오는 7월에 떠나게 될 것입니다. 앞으로 5개월이나 남아 있습니다."

그러나 이 해에 나는 유학을 떠나지 못했다. 유학출발 직전 육군본부로부터 X-레이 사진에 좌측 폐가 나쁘게 나왔다면서 나 대신 보결로 있던 모 대령이 돌연 미국 육군 지휘참모대학 유학길에 올랐다.

그때 내 왼쪽 폐에는 11년 전에 앓다가 완치된 건성늑막염의 흔적이 남아 있을 뿐, 건강은 완전무결하게 좋은 상태였다. 나는 육군본부의 석연치 않은 조치에 묵묵히 따랐고, 훗날 다시 시험에 합격하여 미국 육군지휘참모대학에의 유학의 꿈을 실현시켰다.

육군대학의 발전을 위해 모두가 바쁘게 움직이고 있을 때, 화제를 뿌리며 김재규(金載圭) 대령이 육군대학의 학생감으로 부임해왔다. 김재규 대령은 송요찬(宋堯讚) 중장에 의해 무능장교로 분류된 장교였다.

김재규 대령이 전방 사단에서 부사단장 직에 있을 때, 제1군 사령관 송요찬 중장이 사전예고 없이 불시방문을 했다. 때마침 사단장이 부재여서 김재규 대령이 사단현황을 브리핑했으나, 매우 부실해서 송요찬 중장이 이것저것 질문을 했다. 이에 대해 김재규 대령은 답변을 하지 못하고 어물거렸다. 이때 송요찬 중장의 불호령이 떨어졌다.

"너같이 무능한 자는 필요 없으니, 24시간 내에 짐을 싸서 내 관할지역 밖으로 나가라."

김재규 대령은 짐을 챙겨 제1군 지역에서 쫓겨나갔다. 눈앞이 캄캄해진 김재규 대령은 육군대학 총장인 이종찬 중장에게 구원을 요청했다.

한국전쟁 중, 김재규 중령이 사단참모를 지내고 있을 때 이종찬 장군은 그의 사단장이었다. 이종찬 장군의 부하장교 평가기준은, 우선 돈에 깨끗해야 하며 나라를 위해서 전쟁터에서 죽을 수 있는 사생관을 확고히 확립하고 있어야 한다는 것이었다. 그 다음이 능력이었다. 제아무리 능력이 있다하더라도 뚜렷한 국가관·사생관이 없이 사리사욕에 눈이 어두워 부정행위를 하고, 요령을 피우는 더러운 자는 군 장교로서의 자격이 없다고 믿었다.

그러한 기준에서 볼 때, 김재규 대령은 군에서 쫓아낼 대상이 아니라고 보고 육군대학 학생감으로 받아들인 것이다. 뿐만 아니라 얼마 후에는 김재규 대령을 장군 자리인 육군대학 부총장으로 보직시키고, 기어이 그를 준장으로 진급시키는 데까지 힘을 써서 별을 달아 주었다.

이종찬 중장은 모든 일은 공명정대하게 처리하며 공과 사를 명확히 구분하는 지휘관이므로, 이런 일을 사사로운 시각에서 했으리라고는 여기지 않는다. 오직 평가의 기준이 송요찬 중장과 달랐을 뿐일 것이다.

하지만 김재규 대령의 장군 진급에 대한 부정적 뒷이야기는 여기저기서 심심치 않게 거론되었다. 집무실에서 부하 참모로부터 장군 진급자 명단을 받아 읽어 내려가던 최석(崔錫) 중장은 깜짝 놀라며 벌떡 일어서더니 "이런 일이 있나, 원 세상에. 김재규가 장군이 되다니……. 살다 보니 별꼴 다 보네. 뭐, 김재규가 장군이 돼? 정말로 별꼴 다 보네……."하면서 뒷짐을 지고 방안을 왔다 갔다 했다고 한다. 최석 중장의 김재규 대령에 대한 평가는 송요찬 중장이 내린 평가와 같은 것이었다.

나는 이따금 교수단장을 수행하여 부총장실에 가서 김재규 대령에게 내가 작성한 시험문제를 설명하기도 하고, 한국 지형으로 전환한 교재에 대한 설명을 하기도 했다. 내가 본 김재규 대령은 부하들의 합리적인 건의를 잘 받아주고, 부하들의 노고를 치하해 주는 차분하고 인자한 상관이었다. 그러나 군사지식은 매우 미흡했다.

김재규 대령은 이렇게 온화하고 인자하면서도 드물게 '팩' 하고 돌발적으로 화를 내는 성깔이 있다고 김봉준(金鳳俊) 대령이 나에게 말해준 적이 있다. 한 가지 예를 들면, 박정희 준장이 제5사단장으로 있을 때, 김재규 대령은 그 예하 제36연대의 연대장을 지내고 있었다. 어느 날, 어느 하사관이 수렵금지명령을 위반하고 총으로 꿩을 쏴서 잡았다. 이때 마침 미군 고문관이 연대장실에서 김재규 대령 및 부연대장 김봉준 중령과 대화중이었는데 함께 이 총소리를 들었다. 이윽고 잡은 꿩을 손에 들고 걸어오는 하사관이 보였다.

미국 고문관이 떠난 후, 김재규 대령은 꿩을 총으로 쏜 하사관을 불렀다. 그 하사관이 나타나자 연대장 김재규 대령은 몹시 흥분한 듯 비호같이 달려들어 구둣발로 하사관의 무릎을 힘차게 여러 번 올려 찼다. 하사관은 쓰러졌다. 옆에서 보고 있던 김봉준 중령은, 온화하고 인자한 김재규 대령에게 저렇게 모질고 표독스러운 면이 있다는 것을 처음 알았다고 한다.

1959년 박정희 소장이 제6군관구 사령관 재직 시, 육군대학을 이미 떠난 나는 그분의 작전참모를 할 기회가 있었다. 제6군관구 사령부의 작전참모로서, 당시에는 아주 복잡하고 어렵다고 생각되는 서울 철수작전계획을 작성하는 작업을 막 시작했다. 그런데 제2군단장 김형일(金炯一)소장이 나를 제2군단 작전참모로 전입요청하는 전문을 육군본부를 통해 제6군관구 사령부에 보내왔다. 이에 대해 박정희 소장은 서울 철수작전계획 작성을 위해 나를 떠나보낼 수 없다는 회신을 육군본부를 통해 제2군단장에게 보냈다. 그리고 나에게 "임자는 안 돼, 못 가. 임자가 떠나면 서울 철수작전계획은 누가 만드나"고 했다.

군단 작전참모는 대령 직책이고, 군관구 작전참모는 중령 직책이다. 내가 영전되어 가는 길을 막으면서까지 나를 신임해 주는 박정희 소장이 고마우면서도 대령 승진의 기회를 놓치는구나 하는 아쉬움이 있었다. 나는 그렇게 두터운 신임을 받으면서도 박정희 소장의 장충동 저택을 한 번도 찾아가 본 일이 없었다. 그래서 육영수(陸英修) 여사의 얼굴조차 전혀 모르고 있었다.

그로부터 2년 반 후, 나는 전방에서 연대장을 하고 있었다. 11월 초순 겨울을 알리는 찬바람이 불던 어느 날, 서울에서 연락이 왔다. 박정희 최고회의 의장이 나를 최고회의 공보실장으로 부르려고 한다는 것이었다. 김종필(金鍾泌), 강신탁, 김형욱, 오치성 등 육군사관학교 1기 후배인 대령들이 강력히 밀고 있으며, 박정희 의장이 내 의사를 타진한다는 것이었다.

나는 이를 거절했다. 정치에 대해서는 능력도 없고 관심도 없었다. 나는 군에 남아서 능력을 발휘하며 선구자 대열에 끼고, 나라 위해 군인 본연의 길을 걷고 싶었다. 다행히도 약 10일 후, 그 자리에는 이후락(李厚洛) 예비역 준장이 보직되었다. 그 후 6년의 세월이 지나갔다. 그간 박정희 대통령과는 서신왕래도, 만나본 적도 없었다.

장군 진급 비화

나는 주월 한국대사관 무관생활을 끝내고 1966년 10월 9일 귀국했다. 3년 만에 귀국해 보니 우리 육군의 모습은 많이 변해 있었다. 군의 옳고 떳떳함이 무엇인지를 상징해 주던 이종찬 장군은 이미 군을 떠났고, 탁곡(濁曲)의 물결이 세상을 좌우하는 뇌물과 아부와 권력자 문전에 줄서기 풍조가 기승을 부리고 있었다. 부정부패로 얻은 배경이 장군 진급도 시켜 주고 좋은 보직도 주었으며, 눈부신 출세가도를 달리게 해주는 세상으로 변질돼 가고 있었다.

나는 달라진 군의 모습에 환멸을 느끼면서도 직업전환이 그렇게 쉬운 것이 아니어서, 육군본부에서 보직발령이 내려오기를 기다리며 새로 얻은 서교동의 15평짜리 전셋집에서 책이나 읽으며 무료한 시간을 보내고 있었다. 가끔은 공원에 책을 들고 나가기도 했다. 나뭇잎들이 초겨울 바람에 떨어져서 지상에 쌓이며 굴러다니고 있었다.

나의 군 생활도 낙엽의 계절을 맞이한 것인가? 공원 안에서 순진난만하게 뛰어 놀고 있는 네 살, 두 살 먹은 셋째 아들과 넷째 아들을 바라보며 예편 후의 호구지책을 궁리했다. 항상 자기가 서 있는 발밑의 돌밭을 갈고 가는 성실한 사람에게 마음의 고뇌가 왔다. 그러나 죽어도 부정과는 타협하지 않기로 했다.

하루는 친구가 찾아와서 "높은 장성들, 권력 있는 기관의 인사를 찾아다니며 줄을 대고 보직운동을 해야지 가만히 집에 틀어박혀 책이나 읽고 있으면 되느냐?"는 충고를 해주는데, 나는 고맙다고 웃어 넘겼다.

기나긴 무보직 생활이 이어지면서 해가 바뀌어 1967년 새해가 되었다. 어린애들까지도 아버지는 왜 자동차도 없고 사무실도 없이, 군복도 안 입고 집에서 놀고만 있느냐고 걱정을 했다. 애들 눈에도 과거 그렇게 자랑스러웠던 아버지가 이제는 군에서 소외된 초라한 모습으로 미친 모양이었다.

무보직 기간 중에 대령에서 준장으로의 진급심사가 있었으나 물론 탈락했다. 재작년에도 탈락하고 작년에도 탈락했으며 금년에도 또 탈락한 것이다. 전투경험이 전혀 없는 군인도 줄을 잘 잡아 장군 진급을 하고, 6·25 때 육군본부에서 3년 1개월 계속 근무하여 전투경험이 전혀 없으면서도, 일선에 나가 전투한 경험이 있는 것같이 개인 기록카드를 위조 작성한 군인도 장군 진급을 했다.

무보직 3개월 5일 만인 1967년 1월 14일부로 육군본부는 나에게 동국대학교 학도훈련단장을 명한다는 보직명령을 내렸다. 나는 보내온 군용 지프를 타고 출근하기 위해 아침에 집을 나섰다. 아내와 아이들은 긴 동면에서 깨어나 첫 출근을 하는 내 뒷모습을 바라보려고 대문 밖까지 나와서 배웅했다. 나라의 미래를 짊어질 젊은 대학생들을 교육시킨다는 게 즐거웠다. 집무실은 남산 숲속에 있었다. 봄에 꾀꼬리가 여러 쌍 모여와서 둥지를 틀고 노래하다가 알을 낳고, 새끼를 까서 먹이를 물어다가 기른 후에 가을에 가서 비행연습 시키는 것을 보는 것도 즐거웠고 평화스러웠다.

그러나 내 대령 계급정년은 겨우 2년여가 남아 있을 뿐 장군으로의 진급은 절망적으로 보여, 새로운 민간직장을 찾아야겠다는 생각이 머리를 떠나지 않았다. 1967년 9월 어느 날, 주한 월남대사관 웬반큐 공사로부터 연락이 왔다. 연간 5만 톤 생산규모의 압연공장을 사이공 교외에 건립하려고 하는데, 한·월 합작을 할 수 있는 한국 측 파트너회사를 소개해 달라는 것이었다. 수소문 끝에 한국철강주식회사의 신영술 사장을 월남 측에 소개했다.

웬반큐 공사와 신영술 사장은 약 1개월간의 교섭 끝에, 영등포에 있는 한국철강주식회사의 압연공장을 사이공 교외로 이전하기로 합의했다. 그리고 나를 그 합작회사의 현지 책임자로 결정하고, 나는 그것을 받아들였다. 나는 10주간의 교육을 한국철강주식회사에서 받기로 했으며, 교육은 신영술 사장과 영업부 강 차장이 맡기로 했다.

1967년 10월 중순, 나는 군 예편원을 써서 육군본부 인사참모부 담당관에게 제출했다. 담당관 강경순 중령이 예편원은 내가 사이공으로 떠나는 12월 하순에 제출하라면서 되돌려 주었다. 나는 다음날부터 매일 오전에 한국철강주식회사로 출근하여 네 시간의 교육을 받고, 오후 1시경 동국대학교 학도훈련단에 출근한다는 양해를 육군본부로부터 받았다.

11월 초순 어느 날, 나는 평상시와 다름없이 한국철강주식회사로 출근했다. 신영술 사장이 사장실에서 그동안 배운 것을 질문하며 철강에 대한 지식을 넓혀주고 있었다. 이때 사장실의 전화벨이 울렸다. 사장이 몇 마디 주고받더니 수화기를 나에게 건네주었다. 동국대학교 학도훈련단 선임하사관 송 상사로부터의 전화였다.

"단장님, 방금 육군본부 비서실장 이건영 장군님의 전화가 왔는데, 단장님

국군의 날을 기념하는 한국대사관 파티에서 외국무관을 맞이하는 모습.

이 장군으로 진급이 되셨다고 하시면서, 즉시 이건영 장군 방으로 오시라고 하십니다. 그리고 오늘 낮 12시에 정식발표가 있을 때까지는 비밀에 부치라고 말씀하셨습니다."

"뭐? 내가 장군 진급? 그럴 리가, 그럴 리가 없는데......? 혹시 이대부 대령이나 이대철 대령 같은 이름을 내 이름으로 잘못 본 거 아닐까? 내가 장군 진급됐을 리는 만무한데?"

"그럴 리가 있겠습니까? 단장님, 어서 육군본부로 가 보시지요."

"알았어!" 하고 나는 수화기를 내려놓았다.

신영술 사장이 나를 똑바로 바라보며 "장군 진급이 되셨어요?" 하고 한 박자 뜸을 들이더니 "별 달면 뭐합니까. 몇 년 있으면 어차피 제대할 텐데, 이거

하세요. 큰돈을 벌 수 있어요"라고 했다.

군용 지프를 타고 육군본부 비서실장실로 갔더니 이건영 장군이 장군 진급을 축하한다면서 준장 계급장 한 쌍을 선물로 주었다. 장군으로 진급된 것이 틀림없었다. 돌아오는 길에 선물 받은 계급장 상자를 열어보았다. 큰 별이 번쩍하고 찬란하게 빛났다. 나라 위해 목숨까지 바칠 각오를 새삼 더욱 굳게 했다.

한편 권력층에 줄을 대고 이전투구를 해도 따기 힘든 별이 어떻게 해서 내 어깨에 기적같이 굴러 떨어졌는지 그 수수께끼를 풀길이 없어 궁금증에 목말랐다. 장군 진급자 명단을 공식발표하는 낮 12시를 몇 분 남기지 않았을 때, 동국대학교 학도훈련단장 책상 위의 전화벨이 요란하게 울렸다. 나는 수화기를 들었다.

"여보, 이대용 대령, 나 장우주(張禹疇) 장군이요. 장군 진급을 축하해요. 즉시 우리 집으로 오시오. 어딘지 아시오?"

"죄송합니다. 어딘지 모르고 있습니다."

내가 대답하자 장 소장은 사직동에 있는 집 위치를 상세히 설명해 주었다. 장우주 장군은 6년 전 내가 연대장으로 있을 때 우리 사단장이었으며, 미국 육군 지휘참모대학에 유학을 갔다 온 유능하고 열성적인 지휘관이었다. 내가 아내와 함께 장 장군의 집에 도착하자, 나의 장군 진급에 대한 비화를 장 장군이 말해주었다.

그 분의 설명에 의하면 나는 전투경험이 많은데다가, 연대장 재직 시 공금은 단돈 1원 한 푼 손대지 않는 깨끗함이 있었고, 연대 장병들을 정량(定量) 대로 잘 먹여 훈련시키고 사랑하여, 부하들로부터 깊은 존경을 받았으므로 저런 사람은 앞으로 꼭 장군 진급을 시켜야한다고 지목하고 있었다는 것이다. 그런데 내가 해마다 장군 진급에 탈락하자 세상이 잘못됐다고 여기던 차에, 이번에 자신이 대령—준장 진급심사위원 일곱 명 중의 한 사람으로 지명되자 나의 진급에 전력을 기울였다고 한다. 장 소장의 설명은 계속 이어졌다.

600여 명의 전투병과 대령 가운데 25명을 준장으로 진급시키는 심사과정에서, 최초심사 때는 일일이 개인기록카드를 보면서 탈락시켜 나간다. 그러다가 200명쯤으로 심사 대상자가 줄어들면, 그때부터는 개인 기록카드는 한군데 쌓아놓고 보지도 않는다고 한다. 대신 200명의 사진을 심사실 벽에 사진 전시회를 하듯 붙여놓고, 심사위원들이 그 앞을 돌면서 이 사람은 이러저러한 흠이 있다면서 사진을 뜯어 내리면 사진의 주인공은 진급에서 탈락되는 것이라고 했다.

벽에 붙어 있는 모든 사진은 컬러사진이며, 대령 계급장을 단 최근 사진이었다. 그런데 유독 내 사진만은 15년 전쯤 찍은 소령 때의 흑백사진이 확대되어 희미하고 뿌연 모습이었다면서, 그것이 모두 이전투구의 슬픈 현실을 말해 주는 것이라고 했다.

심사위원장인 김 중장이 내 사진을 뜯어 내리면서 이 사람은 전투경험이 전혀 없는 사람이라 탈락시킨다고 했다. 장우주 소장이 그렇지 않다, 개인기록카드를 가져다가 확인하자고 하니까, 김 중장이 내 사진을 다시 그 자리에 붙여놓았다는 것이다.

그 후 약 100매의 사진이 벽에 남아 경합을 벌이고 있을 때, 김 중장이 다시 내 사진은 뜯어 내리면서 이 사람은 연대장 경력이 없어 탈락시킨다고 했다고 한다. 장 소장이 이를 저지시키고 개인기록카드를 가져다 확인하자면서 "바로 내 밑에서 가장 우수하고 깨끗하게 연대장을 했다"고 말했더니, 김 중장이 장 소장을 한참동안 말없이 응시하더라는 것이다.

김 중장이 나를 탈락시키려 애썼던 이유는, 나와 육사 동기이며 출신도(道)

도 같은 김 대령을 진급시키기 위해서였다. 당시 특별한 경우를 제외하고는 일반적으로 같은 도 출신, 같은 육사 동기생끼리의 경합이 이루어지고 있었다.

김 대령은 마음이 착하고 좋은 친구였다. 그러나 그는 전투부대 지휘관이 아니라, 사단사령부에서 보급관 또는 후생장교를 지낸 비전투 장교였다. 1951년 가을부터 1952년 봄까지 서울 시내를 돌아다니며, 해방 후 공산당원들이 살다가 6·25 때 북한으로 달아나 빈 집으로 남아있는 적산가옥(=일제 때의 일본인 집)을 찾아내서 높은 장령급에게 나누어주는 일을 했다.

심사위원장 김 중장과 심사위원 장우주 소장은 서로 한 치의 양보도 없이 팽팽히 맞섰다. 이 싸움을 식히기 위해 잠시 심사를 중단하고, 심사위원장과 위원 7명이 육군 인사참모부장 황필주 소장과 함께 골프를 치는 화해와 조정의 휴식시간을 가졌으나 그래도 문제는 해결되지 않았다.

심사위원과 인사참모부장의 궁리 끝에 묘안이 나왔다. 25명을 진급시켜야 하는데, 26명을 선발해 청와대에 올라가서 박정희 대통령의 의중을 떠본 후에 최종 결정을 내리자는 것이었다. 26명의 사진을 앨범에 한 장씩 붙여서 육군참모총장이 진급 심사위원들을 대동하고 청와대로 가서, 사진을 한 장씩 넘기면서 박정희 대통령에게 설명을 했다.

박정희 대통령은 참모총장 김계원 대장의 설명을 묵묵히 듣고만 있다가 내 사진이 나오자 비로소 입을 열었다.

"음, 이대용, 성실하고 우수하지. 장군이 돼야지. 월남에서도 일 많이 했어."

내가 꿈에도 모르는 사이에, 나에 관한 별난 드라마는 여기서 끝이 나고 나는 별을 달았다. 장군 진급명단이 공식으로 발표된 후 진급 심사위원회 해산의 저녁 회식이 있었다. 이 연회석상에서 술이 얼큰히 취한 심사위원장 김 중장이

재떨이를 장우주 소장에게로 던지면서 욕설을 퍼부었다. 자기가 전력을 다해 밀었던 김 대령이 이번 진급에서 탈락한 데 대한 화풀이였다. 그 후 두 사람의 사이는 계속 원만하지 못했다.

신비한 꿈

그러나 훗날 돌이켜보니 모두가 부질없는 일이었다. 1972년 봄, 내가 해외 근무를 마치고 서울로 돌아왔을 때는 김 중장도 장 소장도 모두 군복을 벗은 후였다. 그리고 김 중장은 곧 이 세상을 떠나셨다.

나는 귀국과 동시에 사단장을 시켜준다는 언약을 받고 해외에서 외교관생활을 청산하고 군에 복귀했으나, 국내에 돌아와서 육군참모총장 지휘 하에 들어가 보니 사정은 생각했던 것과는 다르게 돌아가고 있었다. 사단장 자리는 계속 나왔으나, 후배들이 내 차례를 넘어 사단장으로 나가고 있었다.

6년 전에 주월 한국대사관 무관 임기를 끝내고 돌아와서, 무보직 상태에서 오랫동안 칩거하던 불우했던 시절과 똑같은 현상이 이번에도 되풀이되었다. 내가 육군본부로 복귀한 것은 1972년 3월 16일이었으며, 그 후 봄이 가고 여름이 지나 가을이 와도 참모총장은 나에게 보직을 주지 않았다. 무보직 생활이 6개월이나 흘렀다.

1972년 9월 14일, 참모총장이 뜻밖에도 나를 집무실로 불렀다. 그리고 앞으로 사단장 자리가 나는 대로 보직발령을 내줄 터이니, 그때까지 우선 제6군관구 부사령관으로 가있으라고 하면서 9월 15일부로 보직발령을 냈다. 군관구 부사령관이라는 직책은, 그 당시까지의 관례로 보아 한물 간 빛바랜 장군이 예편을 앞두고 물이나 마시면서 앉아 있는 정말로 별 볼일 없는 희미한 자리였다. 그런데다가 더구나 제6군관구에는 이미 부사령관이 보직되어 있었다. 한심한 생각이 들었으나, 그래도 참모총장인 대장이 앞으로 사단장 자리가 나는 대로 발령을 내준다고 했으니 믿고 감사하게 여겼다.

9월 15일, 제6군관구에 부임했다. 군관구 부사령관이 두 명이 되었으므로 한 사람은 행정부사령관, 또 한 사람은 작전부 사령관이라고 불리게 되었다. 나는 작전부 사령관이 됐다. 허직(虛職)이지만 보직 명칭만은 그럴듯했다. 약 2개월 반 근무하고 있는데, 사단장 자리가 여러 개 났다는 소식이 들려왔다. 이번에야말로 사단장이 되는가 하고 참모총장의 약속이 이루어지기를 기대하고 있었으나 허사였다. 나보다 까마득한 후배까지도 나를 뛰어넘어 사단장으로 부임하고 있었다. 나는 참모총장 R 대장의 언약을 더 이상 믿지 않기로 했다.

서울거리에 크리스마스 캐롤이 울려 퍼지며 불우한 사람들의 심기를 달래주더니 또 한 해가 가고 1973년 새해가 왔다. 1월 두 번째 주로 기억되는 어느 금요일 밤, 제6관군구 사령관 방경원(房景源) 소장의 친구가 나와 방 소장을 어느 술집으로 초대했다. 술은 소외된 사람, 외로운 사람, 불우한 사람, 가진 것 없는 사람, 슬픈 사람들을 달래주며 따뜻한 벗이 된다. 나는 집안이 불우해서 술집으로 나온 것으로 보이는 20대 초반의 한복 입은 미모의 기생 아가씨가 따라주는 위스키를 마시고 또 마셨다. 아마도 평소 주량의 10배쯤 폭음을 한 것 같다. 나중에는 기생 아가씨가 내가 죽을까 봐서 위스키 병을 치워버리는 판국에까지 이르렀다. 내 생애 처음이자 마지막으로 단 한번밖에 없었던 일이었다. 지프에 실려 집에 돌아와서 많이 토했다.

다음날 아침까지 현기증과 구역질이 났다. 그래도 아직은 젊음이 남아 있어 아침을 굶고 관구 부사령관실에 출근하여, 비상침대에 누워서 군의관을 불러 링거주사를 맞았다. 오후에는 집에 돌아와서 하루 종일 굶으며 누워 있었고, 밤에 잠이 들었다가 다음 날 새벽 네 시경에 꿈을 꾸었다.

꿈속에서 서울시청 근처의 큰 중국음식점 앞을 지나가고 있는데 누런 삼베 상복을 입은 상제들이 곡을 하고 있었다. 나는 문간에 서서 안을 들여다보았다. 제일 안쪽에는 검은색 칠을 한 위에 금색으로 용을 그린 관이 놓여 있고, 귀인들로 보이는 조문객들이 그 주위에 서 있었다. 언제 나타났는지 내 옆에는 검은 양복에 흰 와이셔츠를 입고 검은 넥타이를 맨 박정희 대통령이 서 있었다. 사복을 입고 있던 나는 정중하게 인사를 올렸다.

"이 장군, 왜 여기 와 있나?"

한 박자 뜸을 들이고 나서, 박 대통령은 "임자 걱정 말아. 내가 도와주고 가지"하고 말을 끝냈다. 나는 박 대통령의 물음에는 대답도 못하고 "각하, 어떻게 각하께서 여기에……?" 하면서 깜짝 놀라 꿈을 깼다.

옆에 누워 자는 아내를 흔들어 깨워 꿈 이야기를 했다. 아내는 내 이야기를 듣다가 "어머나!" 하고 공포스러운 표정을 지으며 자기도 똑같은 시간에 박정희 대통령을 꿈속에서 만났다고 했다. 박 대통령이 아내에게 이대용 장군의 부인이냐고 물어봐서, 그렇다고 대답했더니 고생이 많다고 위로의 말을 건네면서 도움을 줄 것 같은 표정을 지었다고 하였다.

부부가 똑같은 시간에 꿈속에서 똑같은 사람을 만난다는 것이 이 세상에 있을 수 있는 것일까? 꿈이란 도대체 무엇일까?

아내가 종교적 신앙심이 깊어 거짓말을 할 줄 모르는 사람이 아니었다면, 나는 아내의 꿈 이야기를 믿지 않았을 것이다. 그러나 아내는 신앙심이 깊은 사람이었다. 우리가 모르는 차원 높은 신비의 다른 세계가 존재하는 것일까? 참으로 모를 일이었다. 바깥은 어두웠으나 어제 내린 눈이 10센티미터 이상 쌓여 있어 먼동이 트는 것같이 훤해 보였다. 잠은 다 달아나고 머리는 더욱 맑아지는 가운데 그럭저럭 한 시간이 지나갔다. 이 때 전화벨이 울렸다.

때 아닌 전화벨에 의심스럽고 이상한 기분을 느끼며 수화기를 들었다. 제6군관구 사령관 방경원 소장의 전화였다. 오늘 아침 7시 30분에 남서울컨트리클럽에서 골프를 예약해 놓았는데, 1개 조 세 명 중 한 명이 갑자기 못 가게 되어 팀 구성원이 부족하니 대타로 나와 달라는 요청이었다.

나는 세 끼를 굶으며 링거주사를 맞는 처지에 골프 치는 것이 무리라면서 거절했으나, 방 소장은 그럴수록 골프를 쳐야 주독이 말끔히 빠지고 건강이 속히 회복된다면서 자꾸만 졸라댔다. 나는 곰곰이 생각하다가 방 장군의 요청을 받아들였다. 나른하고 허기진 몸으로 지프에 오른 나는, 차 안에서 입을 크게 벌리고 하품을 여러 번 했다.

남서울골프장 페어웨이에는 흰 눈이 10센티미터 이상 두둑하게 고루 쌓여 있었다. 빗자루를 가진 캐디 한 명을 더 고용해서 앞쪽으로 내보내 공이 떨어지는 지점을 잘 보게 했으나, 자기가 친 공을 수도 없이 많이 잃어버리고 대신 남이 잃어버린 공을 많이 주웠다.

우리 팀이 제12번 티 그라운드에 올라가는데 뒤에서 웅성거리는 소리가 들려왔다. 뒤돌아보니 박정희 대통령이 김진만 의원, 정재호 회장과 함께 제11홀 그린을 향하여 걸어가고 있었다. 그 팀 뒤에는 박종규, 차지철, 그리고 낯모를 한 사람이 한 팀이 되어 따라오고 있었다.

우리 팀은 박정희 대통령 팀을 먼저 통과시키려고, 티 그라운드에서 내려와 길옆에서 기다렸다. 박 대통령이 우리 팀 있는 곳으로 오자 방 소장과 나는 거수경례를 하고 민간인은 허리를 90도쯤 굽혀 정중히 인사를 했다.

박 대통령은 방 소장과 악수를 나누었으나, 원래 입이 무거운 분이라 말이 없었다. 그 다음 나와 악수할 때 비로소 입이 열리며 무쇠소리가 섞인 듯한 가라앉은 음성이 차가운 설상(雪上)의 공기를 흔들었다.

"이 장군, 지금 어디 있나?"

나는 순간 마음속으로 "이 어른이 나에 대해 무관심했구나. 내가 근무하고 있는 곳도 모르고……"하면서 "네, 제6군관구 작전부사령관을 하고 있습니다"하고 큰소리로 대답했다. 박 대통령이 머리를 약간 왼쪽으로 갸우뚱하며 의아스럽다는 표정을 짓더니, 잠시 후에 발걸음을 티 그라운드 쪽으로 돌려 공 타선에서 티샷을 하고 내려왔다.

김진만 의원, 정재호 회장 순으로 티샷이 모두 끝나자 박 대통령은 앞으로 가지 않고 뒤로 뚜벅뚜벅 되돌아오더니 내 앞에 와서 걸음을 멈추고 서서 "이 장군"하고 내 이름을 불렀다.

"네, 각하."

"왜, 보직을 받지 않았나?"

불과 몇 분 전에 내가 제6군관구 작전부사령관 보직을 가지고 있다고 분명히 큰소리로 대답했는데도, 왜 보직이 없느냐고 물으니 갑자기 대답할 말이 떠오르지 않았다.

박 대통령의 질문의 참뜻을 모르는 바는 아니었다. 즉 돈에 깨끗하고 피 흘리면서 싸운 전투경험 풍부하고, 미국 육군 지휘참모대학에 가서 군의 선구자적 교육을 받고 왔으며, 나라 위해 일편단심 충절밖에 모르며, 지성을 다하여 일에 열중하는 너 같은 일꾼이 왜 개도 물어가지 않을 빛바랜 남루한 감투를 쓰고 초라하게 낙오자의 쓴맛을 보고 있는지, 그 사연을 묻고 있는 것이었다.

"늦은 감은 있지만 이제라도 사단장을 시켜 주시면 분골쇄신, 헌신적으로 일하여 천하에서 제일 전투력이 우수한 사단으로 육성하겠습니다. 꼭 한번 사단장을 시켜 주십시오!"라는 말이 목구멍 위에까지 치밀어 올랐으나, 꾹 참고 말문을 닫아 버렸다. 엽관운동을 하는 것이 싫어서였다. 또 "기왕지사 군에서는 낙오되었으니 슬픈 일이지만, 군복을 벗고 대사(大使) 자리라도 하나 주시면 대사관 무관 경험과 공사 경험을 살려 힘껏 일해 보겠습니다"라는 대안(代案)의 말도 머리를 스쳤으나 이 역시 엽관운동이라는 기분이 들어 지워버렸다.

그러는 가운데 10여 초가 지나갔다. 나는 부동자세를 취하고 내 앞 1미터 80센티미터쯤에 뒷짐을 지고 서 있는 박 대통령을 똑바로 바라보며, 감사와 충성과 경의를 표하고 있을 따름이었다. 박 대통령은 미동도 하지 않고 내 앞에 묵묵히 서서, 내 입에서 말문이 열리기만을 마냥 기다리고 있었다. 시간이 20초쯤 흘렀을 것이다.

이 답답한 광경을 바라보던 방경원 소장이 내 옆으로 성큼성큼 걸어 나오더니 부동자세를 취하고 "각하, 이 장군은 제가 작전부사령관으로 데리고 있습니다!"하고 큰소리로 말하였다. 그래도 박 대통령은 나보다도 더 깊이 생각하는 표정으로 말없이 한참 서 있다가 "이 장군!"하고 또 무쇠소리 같은 음성으로 나를 불렀다.

"네, 각하."

박 대통령은 나에게 무슨 말을 할까 말까 망설이는 듯, 10여 초를 또 묵묵히 서 있더니 "나 먼저 가"하고 시선을 떼면서 내 앞을 떠나 김진만 의원들과 어울려 앞으로 걸어 나갔다. 방 장군과 나는 거수경례로 그 분을 떠나보냈다.

며칠 후, 나는 유재흥 국방장관으로부터 "대통령 각하의 특별지시에 의거, 이대용 장군을 소장으로 진급시켜 예편시킨 후, 주월 한국대사관 부대사로 임명하여 월남에 가서 월남 전후복구사업에 한국 기업인들이 많이 참여하도록 하는 임무를 수행하게 되었음"이라는 면담 구두 메시지를 받았다.

월남의 티유 대통령과 함께.

얼마 뒤, 외무부는 주월 한국대사관은 인원 감축조치에 따라 부대사 직책이 없어졌으므로 나를 주월 한국 대사관 경제협조실장(=경제공사)으로 임명하는 것이 타당하다는 건의를 올렸다. 경제협조실장은 외무부 참사관 1명과 서기관 1명, 노동청 이사관 1명과 서기관 및 사무관 각각 1명, 건설부 부이사관 1명, 상공부 서기관 1명으로 구성된 주월 한국대사관 경제협조실을 지휘하는 1급 공무원이며, 정부 어느 부서에서 임명돼 나가도 상관없는 융통성 있는 자리였다.

나는 예편조치가 취해지지 않은 채 사복을 입고 태완선 경제기획원 장관 겸 부총리에게 신고를 하고, 업무지시를 받아 1973년 2월 12일 사이공에 부임하였다.

수개월 근무 후, 외무부 외교행낭을 통해 업무의 효율성을 높이기 위해 나의 예편 조치 및 새로운 민간공무원 신분 등에 관한 의견을 담은 편지를 박정희 대통령에게 보냈다. 그러나 이 편지는 청와대 이모 비서관이 찢어 버리고 박 대통령에게는 전달되지 않았다는 사실을 오랜 세월이 흐른 후에야 알게 되었다. 박 대통령의 귀와 눈을 가리는, 청와대 비서실의 두터운 차단 횡포의 벽은 그런 것이었다. 이런 사실을 박 대통령이 알았다면 그런 못된 비서관은 청와대에서 추방되었을 것이다.

박정희 대통령이나 이종찬 장군은 모두 벽돌같이 네모반듯한 독특한 성격을 지닌, 정의감·청렴성·성실성·근면성·인내성·불굴의 투지·용기 등을 가진 진취적 지도자였으며, 모든 사물의 가치판단의 자(尺)를 공유한 지도자들이었다. 하지만 현역군인이 정치에 관여하는 문제에 대해서만은, 두 지도자의 생각은 정반대로 엇갈렸다. 이 문제에 관해서는 나도 이종찬 장군과 생각을 같이했다.

박정희 대통령이 청와대로 들어간 후부터 나는 박 대통령의 시정(視程) 밖, 아득히 떨어진 곳에서 근무했다. 나는 나에게 부여된 일에 대해서 바른 길을 밟고 지성을 다하여 열심히 노력했을 뿐, 박 대통령에게 보내준 것은 아무것도 없었다. 내 근무처조차도 알리지 않았다. 그러나 신묘하게도 나의 벽돌 인생길이 세파에 밀려 곤란한 처지에 놓여 있을 때, 박 대통령이 홀연히 나타나서 영향력을 행사하여 구원해준 다음, 또 홀연히 접근하기 어려운 사람들이 차단하고 있는 장막 속으로 사라져 버리곤 했다.

내가 베트남 공산정권의 사이공 치화형무소에 수감되어 있던 5년간, 박 대통령은 나를 살려내기 위해 눈물겨운 노력을 하다가 뜻이 이루어질 무렵 이 세상을 떠나 버렸다. 정치관여 문제만을 빼놓고는 모든 가치관을 공유하고 있다는 것 하나 때문에, 아무런 보탬도 되지 않는 한참 아랫사람에게 그렇게도 많은 도움을 주었다는 것은 참으로 이 세상에 있기 드문 일이었다.

진해에서 만나 서로 뜻을 함께하고 나의 존경을 받던 박정희 장군과 이종찬 장군, 모두 저 세상으로 가버리고 이제는 없다. 나도 머지않아 그렇게 될 것이다. 인간의 일생의 가치는 무엇으로 결정지어지는 것일까? 사람들은 태어나서 서로 만나 인연을 맺으면서 서로 영향을 주고받는다. 상대에게 주는 영향의 총량(總量)이 그 사람의 일생의 가치를 결정한다고 한다면, 박정희 대통령이나 이종찬 장군은 높이 평가받아야 할 분들이다.

코스모스가 한창 피어 있고 들국화도 핀 어느 날, 오래간만에 진해를 찾아갔더니 드높은 하늘과 군항을 동쪽에서 멀리 에워싸고 있는 바위산의 연봉은 예전 모습 그대로였으며, 반세기 전의 옛일들이 영화장면처럼 내 머리 속을 스쳐 지나갔다.

산천은 그대로이며 계절은 해마다 돌아오건만, 멀리 떠나가신 분들은 영원히 돌아오지 않는구나. 인생이란 이렇게 무상한 것인가.

형무소에서의 부축

친절한 간수, 구 중위

비, 비, 비비, 비— 야자수와 망고나무가 있는 곳에서 고요한 밤공기를 가르며 새 울음소리가 치화형무소 감방 안으로 흘러 들어왔다. 무슨 새일까? 새의 울음소리는 가냘픈 애수를 띠고 있었다. 그 애수의 여음(餘音)은 심란해서 잠 못 이루는 중형 정치범 수감자들의 슬픔과 아픔과 고독의 상처에 비감을 더해 주고 있었다. 바깥세상과 철저하게 차단된 형무소 중형수(重刑囚)의 하루는 옥외의 열흘보다도 더 느리고 지루하게 느껴진다.

어느 날, 치화형무소 B동 2층에서 20대 초반의 여자 수감자가 시에스터 시간에 목 매달아 자살했다. 또 얼마 후인 7월 17일에는 A동 4층 남자 수감자가 역시 시에스터 시간에 벽에 박힌 큰 못에 머리를 쾅쾅 찍어 자살을 감행하자 수감자들의 마음은 걷잡을 수 없이 흔들리며 착잡해졌다.

7월 22일 아침, 터널 같은 복도를 왕복하며 물을 길은 다음, 나는 경비원이라고 불리는 활동죄수 웅바오에게 담당간수 구 중위를 만나게 해달라고 부탁했다. 얼마 후, 구 중위가 통역원을 데리고 왔다. 나는 그에게 다음 내용을 요청했다.

"나는 294일 동안의 옥고에서 많은 병이 생겼으니 의약품의 차입을 받아야겠고, 식품과 일용품의 차입도 받아야겠다. 나는 국제 외교관의 일원이고, 유엔을 비롯한 국제외교단의 관심은 지대하며 지원을 아끼지 않고 있다. 사이공에 프랑스대사관이 있었는데 지금은 총영사관만 남아 있을 것이다. 프랑스 공관은 1975년 8월에 내가 한국으로 귀국할 수 있게 항공표도 제공해 주었으며, 지금도 나의 후견기관이다. 나는 이 후견기관에 차입요청 편지를 내겠다. 치화형무소 당국은 이 정당한 권리를 인정하고 내 요구를 들어주기 바란다."

구 중위는 편지를 쓰라고 했다. 나는 경비원에게 백지 몇 장을 얻어 영어로 간단히 편지를 썼다.

1976년 7월 22일, 존경하는 프랑스 총영사님.
그간 총영사님 이하 사이공 주재 프랑스 총영사관 직원 모두 안녕하십니까? 저는 건강이 매우 악화되어 의약품, 식품, 일용품 등 차입이 필요합니다. 차입품 리스트를 이 편지 밑에 적으니 가장 빠른 시일 내에 차입해 주시기 바랍니다.
사이공 주재 프랑스대사관에 근무하던 모로 일등서기관이 아직도 사이공에 있는지 궁금합니다. 프랑스 정부와 사이공 주재 프랑스 공관원들이 한국 외교관들에게 베푸는 따뜻한 지원에 늘 감사합니다.
경구(敬具)

한국 공사 이대용

치화형무소 A동 4층 2호실에서

이렇게 편지를 쓰고 그 밑에 종합비타민 · 귓병약 · 편도선염약 · 감기약 · 세면도구 · 볼펜 · 노트 · 땅콩 · 치즈 · 버터 · 생선포 · 육포 · 설탕 · 간장 등의 차입품목을 적었다.

편지는 오후에 구 중위에게 주었다. 구 중위는 이 편지를 호치민에 있는 프랑스 총영사에게 주면 되느냐고 물은 후 가지고 갔다. 어차피 검열할 것이므로 봉투는 없어서 못 주고 편지 알맹이만 주었다. 형무소장이 허락하고 보내줄 생각만 있다면, 봉투 한 장 얻는 것쯤은 문제가 아닐 것이다.

구 중위는 매우 친절하고 어질다고 소문이 난 간수였다. 다른 간수 같으면 내가 만나자고 요청한다고 해서 그렇게 쉽게 만나러 와줄 리 만무했다. 당시 치화형무소의 분위기는 간수는 구름 위의 귀인(貴人)들이고, A동의 수감자들은 땅 위에서 짓밟히는 쓰레기 같은 존재였다. 그래서 소위 뻥찐(=9등병)이라고 비하되어 불리기도 했다.

"그대들은 이미 사형을 당했어야 마땅하다. 그러나 우리는 이렇게 오늘까지 그대들을 살려주고 있다. 그것을 알아야 한다. 그대들은 죽을죄를 진 과거를 반성하고 가이따우(=인간개조)를 해야 한다."

간수들이 A동 수감자들에게 귀가 아프도록 반복하는 훈시였다. 못된 간수들은 그들의 비위에 거슬리는 언동을 하는 수감자들을 철창에 손목과 발목을 묶어 거꾸로 매달기도 했다. 큰 대(大)자를 거꾸로 한 형태로 매달린 수감자는 잘못했으니 제발 살려달라고 아우성을 쳤다. 매달린 지 10여 분이 지나면 단말마의 비명을 지르면서 엉엉 울었다. 30분쯤 되면, 거꾸로 매달린 수감자는 기절해 조용히 축 늘어진다.

그런 후에도 간수들은 좀 뜸을 들였다가 풀어준다. 이때 간호원이라는 이름을 가진 활동죄수들이 와서 기절한 수감자를 풀어주고 주무른다. 그러면 축 늘어졌던 수감자가 의식을 회복하며 소생한다. 이러다가 수감자가 혹시 죽는다 해도 별 문제는 없다. 형무소 정문에서 수백 미터 떨어져 있는 형무소 묘지에 묻어 버려도 되고, 또 유가족에게 민족반역·반동분자의 시체를 돌려주어도 된다. 이럴 경우, 반동분자 유가족들은 아무 말도 할 수가 없다. 묵묵히 시체를 받아 가지고 가면, 사건은 그것으로 종결된다.

어느 날 D동에 수감돼 있던 구 남월군 대령이 자살했다. 치화형무소 측은 무슨 생각에서인지 대령의 부인을 불러서 시체를 인도했다. 남편의 시체를 본 부인은 슬피 울었다. 시체를 인도장소로 운반하고 간 중국계 활동죄수 찐꽝럭(陳光力)도 눈물이 핑 돌았다. 그러나 옆에 있던 간수는 버럭 소리를 지르며 그 부인을 나무랐다.

"여기가 어딘 줄 알고 시끄럽게 울어대는 거야! 울겠으면 집에 가서 울든지 말든지 해! 썩 조용하지 못하겠어! 이 못된 것."

겁에 질려 눈물을 거둔 부인은 남편의 시체를 받아 돌아갔다.

수감된 한국 외교관 3명과 민간인 11명 중에서 심하게 매를 맞은 사람은 민간인 이상관(李相官)이었다. 그는 어느 날 감방 안에서 간수로부터 호되게 매를 맞았다. 단말마의 비명을 지르면서 제발 살려달라고 애원했으나, 간수는 들은 척도 하지 않고 자전거 쇠사슬로 계속 후려쳤다. 옆 감방에서 엿듣고 있던 안희완(安熙完) 영사는 마음이 몹시 괴로웠다고 한다.

이렇게 살벌한 치화형무소 안에서도 구 중위만은 수감자들을 따뜻하게 대해 주었다. 실로 군계일학처럼 고고하고 귀한 존재였다.

나는 프랑스 총영사에게 보내는 편지를 구 중위에게 줄 때, 일광욕도 시켜줄 것을 요청했다. 내가 수감된 날로부터 이날까지 일광욕을 한 번도 시켜주지 않아 햇볕을 단 1초도 받지 못했으니, 상부에 보고해서 나에 대한 일광욕 금지를 풀어달라고 했다.

1976년 7월 27일 아침 7시경, 구 중위가 경비원이라고 불리는 활동죄수 옹바오를 대동하고 와서, 나와 구 남월군 육군소장이며 와화우군(和好敎軍) 총사령관이었던 하이탑 장군이 함께 수감되어 있는 A동 4층 2호 감방 문을 열고 일광욕을 시켜줄 테니 따라오라고 했다.

나와 하이탑 장군은 구 중위를 따라 바깥과 차단된 복도를 거쳐 어두컴컴한 계단을 발을 헛딛지 않도록 조심하면서 내려갔다. 도중에 몇 군데 잠겨 있는 철창문을 통과하여 뒷마당에 나왔다. 남국의 아침 해는 눈부시게 빛나고 있었다. 간밤에 내린 소나기의 빗방울이 아직 마르지 않은 망고나무의 싱싱한 잎들이 미풍에 가볍게 움직였으며, 끝없이 넓은 하늘은 드높고 푸르게 개어 있었다.

실로 298일 만에 햇빛을 보는 것이다. 단 5초만이라도 햇볕을 몸에 받아 보았으면 하던 애절한 소원은 이제 이루어졌다. 동쪽에 높이 솟아오른 태양의 크기와 모양은 10개월 전이나 어제나 변한 것이 없건만, 햇빛이 인간에게 베푸는 은혜가 어떠하다는 것을 깨달으며 이에 감사하고 태양의 위대성에 새삼 감탄했다.

나는 러닝 반소매 T셔츠와 양복바지를 벗고 팬티 한 장만을 입은 채, 다시 팬티마저 최대로 걷어 올리고 햇빛을 담뿍 받았다. 비타민 PP 결핍으로 피하세포가 파괴되어 허벅지와 팔에 수도 없이 많이 생긴 흰 구더기 모양의 반점들과, 살이 너무 빠져 흉하게 툭툭 튀어나온 장딴지와 팔의 정맥들에도 햇볕을 골고루 쪼이기 위해, 다리를 벌리기도 하고 팔을 올리기도 했다. 굶주림과 정신적 옥고에 시달려 내 체중은 78킬로그램에서 46킬로그램으로 뚝 떨어져 있었다.

구 중위는 밝은 햇빛에 노출된 병들고 시든 내 몸을 가까이에서 유심히 살펴보고, 측은한 시선을 던졌다. 구 중위는 생김새가 한국사람 같았다. 피부는 황색이긴 하지만 흰 편이고, 키는 월남인의 평균보다는 3~4센티미터가 커 보였다. 얼굴은 네모 비슷한 둥근 형이고 눈은 시원했으며, 나이는 30대 후반으로 보였다.

하이탑 장군

일광욕을 형무소에서 처음 한 날로부터 며칠 후, 내친 김에 구 중위에게 또 하나의 어려운 요청을 하기로 했다. 그것은 하이탑 장군의 병에 관한 문제였다. 내 병도 문제지만, 하이탑 장군의 호흡기 질환은 옆에서 보기가 참으로 딱했다. 그래서 나는 하이탑 장군의 병을 걱정했고, 하이탑 장군은 병색을 띠고 시들어 가는 내 몸을 걱정해 주었다.

하이탑 장군은 5개월 전 다른 곳에서 이곳 치화형무소로 이감되어 온 이후, 내 감방에서 함께 지냈다. A동 4층은 격리 감방이므로 한 방에 한 명씩 수감하는데, 정치 중범자들이 무더기로 잡혀오는 바람에 한 방에 두 명 이상 빽빽하게 수감하는 일도 있었다.

하이탑 장군의 본 이름은 짠우바이(陳友七)였다. 1926년생이며 키는 1미터 68센티이고, 월남인치고는 풍채가 당당한 기골의 사나이였다. 학력이라고는 초등학교 1학년에 26일간 다닌 것이 전부였다. 그러나 그는 독학으로 글을 익히고 머리가 좋아 와하우교군 총사령관을 지내면서, 1964년 초 와하우교군이 남월 정규군과 통합될 때 남월 정규군 육군소장에 임명된 입지전적인 인물이었다.

하이탑은 항불(抗佛)투쟁을 할 때와, 반(反) 고딘디엠 투쟁을 할 때 지하활동을 효과적으로 하기위해 짠우바이라는 본 이름을 쓰지 않고 여러 개의 비밀 이름을 사용했는데, 그 중의 하나가 하이탑이었다. 그는 하이탑이라는 이름을 가지고 동에서 번쩍, 서에서 번쩍하며 눈부신 활약을 했다. 그때부터 월남사람들은 본명은 잊어버리고 그를 하이탑 장군이라고 부르게 되었다. 그러나 이 비범한 사나이도 프랑스 식민시대에 체포되어 형무소 생활을 하고, 고딘디엠 정권 때도 체포되어 형무소 생활을 하는 비운을 겪었다.

그가 내 감방으로 이감되어온 1976년 2월 12일, 그는 심상치 않은 기침을 자주 했다. 잔기침은 날이 갈수록 더욱 심해졌다. 눈은 푹 꺼져 들어가고 가슴뼈와 어깨뼈는 앙상하게 드러났다. 폐암이나 악성 만성기관지염이 아닌가 싶었다. 의사의 진단을 받을 필요가 있을 것 같아 경비원을 통해 여러 간수들에게 탄원했으나, A동 수감자가 그런 병으로 의사의 진단을 받는다는 것은 하늘의 별따기와 같은 일이어서 이때까지 실현되지 않고 있었다.

하이탑 장군은 장탄식을 하면서, 우리들은 인권 불모지대의 적대(敵對) 계층으로 분류되어 노예만도 못하니 기가 막힌다면서 "싸우람, 쨋로이(=더럽다, 이젠 죽은 몸이다)"를 연발했다.

A동, B동, D동 수감자들은 격리 수용된 중범자들이므로, 그 지역을 떠나서 의사의 진찰을 받을 수가 없었다. A동 수감자가 의사의 진찰을 받으려면 의사가 수감자의 감방으로 와야 한다. 1976년 8월 2일 오전 9시경, 간수 구 중위는 위생(衛生) 소위 한 명, 여의사 한 명, 여 간호사 한 명, 경비원 두 명과, 남자 간호원(=활동죄수) 한 명을 인솔하고 A동 4층 2호 감방의 밀폐된 철문을 열었다. 감방이 비좁아서 경비원 두 명과 남자 간호원은 철문 밖에 서 있고, 나머지

는 감방 안으로 들어왔다.

나는 10개월 만에 처음으로 여자의 얼굴을 볼 수 있었다. 여의사는 28~29세쯤 되는 중국계 베트남인으로 보였다. 얼굴에는 주근깨가 꽤 있었으나 온순한 인상이었다. 미인은 아니었지만 오래간만에 보는 여성이라 하늘에서 갓 내려온 성스러운 선녀처럼 보였으며, 기다란 흰 가운은 전설 속에 나오는 선녀의 날개옷처럼 보였다. 여 간호사는 베트남 전통의 검은 바지를 입고 있었다. 몸매는 좀 뚱뚱한 편이지만 얼굴은 여의사보다 예뻤고, 흰 가운은 여의사의 긴 가운보다 훨씬 짧은 반(半)길이로 풍만한 그녀의 엉덩이를 덮고 있었다.

여의사는 하이탑 장군의 앙상한 갈빗대 위에 청진기를 이리저리 옮겨가며 조용히 진찰하다가, 다음에는 등에다 청진기를 댔다. 그 다음에는 하이탑 장군을 거적때기 돗자리 위에 눕게 한 후, 배와 가슴을 이리 저리 주물러보았다. 그 후 입을 벌리게 하여 목구멍도 들여다보고 다리와 발등을 꾹꾹 눌러보기도 한 후, 혈압을 재더니 베트남말로 무슨 이야기인가를 했다. 후에 알고 보니, 폐가 나쁜데다 각기병도 있다고 한 것이다.

하이탑 장군에 대한 진찰이 끝나자 여의사는 구 중위와 위생소위와 몇 가지 이야기를 주고받더니 감방을 나서려고 했다. 이 좋은 기회를 놓치지 않으려고 나는 "신 박시, 또이(=의사 선생님, 나도 봐주시지요)" 하면서 내 귀와 목과 가슴과 발을 손으로 가리켰다.

청진기를 손에 든 선녀는 간수 구 중위를 바라보며 베트남말로 몇 마디 건네더니 나에게로 다가왔다. 여의사는 하이탑 장군을 진찰할 때와 같은 방법으로 나를 진찰했다. 내 발을 그녀가 손가락으로 꾹꾹 누르니, 얄팍하지만 쑥 들어간 살은 탄력을 잃고 잘 올라오지 않았다.

나는 오른쪽 귀가 잘 들리지 않으니 좀 봐달라고 하면서 귀를 여의사 쪽으로 돌렸으나, 그녀는 이비인후과 전문의가 아닌 듯 건성으로 보는 둥 마는 둥 하였다. 나는 혈관 속에 개미가 살살 기어 다니는 것 같은 증상이 자주 일어나고, 이마의 피부를 머리카락 있는 쪽으로 힘껏 잡아당기는 것 같은 이상한 증상도 있고, 편도선이 자주 아프고 부으며, 앉았다가 일어설 때는 눈에 현기증이 어지럽게 일어나고, 그럴 때마다 앞이 캄캄해지며, 짙은 흑녹색 어둠 속에 별들이 수도 없이 명멸하며 지나간다는 증상을 말했다. 그러나 여의사는 조용히 들을 뿐 별로 신통한 대답이 없었다.

여의사는 영어로 폐는 건강하고 혈압도 정상이며, 단지 각기병에 걸렸다고 하고는 약을 보내주겠다고 했다. 그러나 기타 질환에 대해서는 건강하다는 말도, 나쁘다는 말도 하지 않았다. 내 말을 다 못 알아듣는 것인지, 또는 그런 병은 전문분야가 아니어서 잘 모르겠다는 것인지, 혹은 그런 병을 고쳐주는 약은 형무소 병원에 없다는 것인지, 이유는 모르겠으나 기타 질환에 대해서는 입을 다물었다.

"의사 선생님, 감사합니다."

나의 인사에 선녀는 머리를 약간 숙여 답례한 뒤 일행과 함께 감방을 나가 버렸다. 육중한 격리감방 철문은 무거운 쇳소리를 내면서 덜커덩 잠겼고, 밖에서 굵은 쇠 빗장을 가로 잠그는 마찰음이 찡그렁 덜컥 나고 자물쇠 채우는 소리가 쩔꺼덕 났다.

그 후 한 시간쯤 있다가, 남자 간호원 한 명과 경비원 두 명이 약봉지에 담은 약을 가지고 왔다. 하이탑 장군에게는 직경 8~9mm의 둥글고 엷은 황토색 정제 6알과, 그보다는 좀 큰 백색 정제 9알을 주었다. 황토색 정제는 비타민B₁이고, 백색 정제는 폐병 치료약이라고 했다. 나에게는 하이탑 장군에게 준 것과 똑같은 비타민 B₁ 6알을 주었다. 비타민 B₁은 아침과 저녁 식사 후에 1정씩 먹으라고 했다. 하이탑 장군의 폐병 치료약은 하루에 3정을 여덟 시간 간격으로 복용하라고 했다.

사흘이 지나자 치화형무소 병원 측은 또 3일분의 약을 하이탑 장군과 나에게 보내왔다. 결국 6일간의 약을 먹게 한 후 약이 끊기고, 다시는 약을 얻을 수 없었다. 어쨌든 A동 수감자에게 치료약을 주었다는 것 자체, 그리고 여의사가 왕진을 왔다 갔다는 사실은 엄청난 특혜가 아닐 수 없었다. 내가 특혜를 받을 수 있었던 것은 구 중위가 애써준 덕분이었다.

1976년 8월 11일, 두 번째의 일광욕을 할 수 있었다. 비타민 12정의 복용, 두 번의 일광욕, 이러한 혜택을 받기는 했으나 치화형무소의 식사는 아침식사와 저녁식사 두 끼뿐이며, 점심은 굶어야했다. 또한 아침식사와 저녁식사마저도 밥의 양은 내가 평소에 먹는 양의 3분의 1도 채 못 되었다. 부식이라고는 싱겁고 늙은 멀건 호박소금국 같은 것을 반 컵 정도 주니, 그것을 먹고 건강을 유지한다는 것은 있을 수 없는 일이었다.

1976년 9월 9일 아침, 이 날은 목요일인데도 수압이 낮아 A동 4층 물탱크에 물이 없었다. 간수의 지시에 따라 하이탑 장군과 나는 경비원 웅바오의 경비 하에 양손에 물통을 두 개씩 들고 어두운 계단을 내려가, 3층 복도 중간에 있는 물탱크에서 물을 길어 올라오고 있었다. 두 손에 든 물통의 무게는 각각 13킬로그램 정도였는데, 병들고 허약해진 나는 비틀거리며 계단을 하나하나 힘겹게 올라갔다. 그런데 중간을 채 못 올라가서 다리가 후들후들 떨리면서 휘청하더니 그만 쓰러지고 말았다. 물통의 물은 좌악 좌르르 소리와 함께 계단을 씻으며 흘러내려갔다. 마침 그곳을 지나가던 두 명의 간수가 물벼락을 피해 물러서더니, 좀 있다가 나를 바라보며 나무랐다.

"왜 미련하게 물통에 물을 가득 담아가지고 가는 거야. 물을 반쯤 담아가면 이런 일이 없잖아."

나는 일어나서 피가 흐르는 왼쪽 팔꿈치를 오른손 바닥으로 눌러 지혈을 시도한 후, 내동댕이쳐진 빈 물통을 주워들고 물탱크로 되돌아가서 물을 3분의 2쯤 채워 방으로 올라갔다. 수감자들은 몸에 상처를 입어도 바를 약이 없었다. 나는 담뱃가루를 상처에 발랐다. 허약해지고 병든 몸이지만 손톱은 자라고 있었다. 손톱깎기나 가위가 없어서 A동 수감자들은 콘크리트 바닥에 손톱을 갈아야 했다. 콘크리트 바닥이 깨지고 울퉁불퉁해서, 어떤 때는 손톱 옆의 살점이 뜯어져 나가면서 피가 흐를 때가 있었다. 이럴 때는 으레 상처에 담배가루를 발랐다.

나는 상처가 심한 왼쪽 팔꿈치를 오른손으로 누르고 어둠침침한 감방에 앉아 깊은 상념에 잠겼다. 정신력 하나만은 옥외(獄外)에 있을 때나, 옥중에 있을 때나 확고하고 건전하기는 마찬가지다. 그러나 영양실조로 근육의 힘은 옥외에 있을 때에 비해 반 이하로 줄어 있었다. 살이 너무 빠져서 옥외에서 입던 러닝셔츠를 입으면 헐렁하여 셔츠가 비쩍 마른 정강이 아랫부분까지 내려가 덮었다.

영양실조가 극심해서 어느 한계를 넘으면, 사람은 걷지도 못하고 앉거나 누운 자리에서 손만을 허우적거리게 된다고 하이탑 장군은 말해주었다. 체중이 몇 킬로그램까지 내려가면 그런 해초(海草) 인간이 될 것인가?

침울한 분위기 속에서 낮은 가고 밤이 되었다. 해초인간이 안 되려면 무엇인가 음식을 배불리 먹어야 한다. 돼지죽이라도 좋고, 풀잎이나 나무뿌리도 좋으니 한 번 배불리 먹고 싶었다. 풀죽이라도 배불리 먹을 수 있는 사람은 얼마나 행복한가를 생각했다.

나는 서울 노량진동 236번지 주택단지 입구 길가에 서 있는 엿장수 리어카 위의 엿판에 있는 누런 엿가락 생각을 했다. 그 엿 한두 가락을 먹어보면 얼마나 좋고 행복할까. 어렸을 때의 일이 떠올랐다.

42년 전 음력 명절 때였다. 나는 같은 마을에 있는 둘째 큰집 마당에서 동네 아이들과 뛰어 놀고 있었다. 어머니가 세상을 떠나시고 한 달이 좀 더 되었을 때다. 큰어머니는 내 또래의 자기 외손자도 따돌리고 나만을 부르셨다. 대문 안으로 들어가니 큰 어머니가 "에이 불쌍한 거. 이 어린 것을 두고 어떻게 눈을 감았을까" 하며 눈물을 닦으시더니, 검은 엿을 주시며 먹으라고 하셨다. 보통학교 2학년이었던 어린 나는 검은 엿은 맛이 없어 안 먹겠다며 깨강정을 달라고 했다. 큰어머니는 "에끼, 이 녀석! 이 엿이 얼마나 맛이 있는데 싫다고 그래" 하고 어이 없어 하시면서 방으로 들어가서 깨강정을 들고 나와 철부지 조카에게 주셨다.

참으로 오래된 옛일이지만, 그때의 일이 선명하게 머리에 떠올랐다. 그 맛있는 검은 엿을 그때 왜 안 먹었을까. 나는 군침을 삼키며 후회하였다.

나의 확고한 사생관 · 인생관 · 국가관 · 철석같이 굳은 의지와는 달리, 영양부족으로 힘이 부쳐 계단에서 쓰러지는 광경을 목격한 경비원 옹바오가 9월 13일 아침 8시경 우리 감방 철문 밖에서 철판으로 된 손바닥보다 약간 큰 쪽문을 째까닥 하고 젖혀 열더니, 주위를 살핀 후 신문지에 싼 계란 크기의 뭉치를 방안으로 얼른 던졌다. 나와 하이탑 장군은 신문지로 겹겹이 싼 그 뭉치를 펴보았다. 그 안에는 거무튀튀한 굵은 소금이 들어 있었다. 제대로 먹지 못해서 휘청거리는 깡마른 나와 하이탑 장군을 보기가 딱해서 반찬으로 먹으라고 가져온 소금이었다. 나와 하이탑 장군은 경비원 옹바오의 고마운 마음씨에 감사하다는 인사를 했다. 옹바오는 우리 두 수감자를 물끄러미 바라보다가 머리를 끄덕이고 사라져 버렸다. 나는 소금이 얼마나 맛있고 귀중한 반찬인가를 그때 처음 깨달았다. 나와 하이탑 장군은 우선 소금을 두 알씩 맛보고, 그날 아침부터 격일로 매끼 다섯 알씩 아껴 먹었다.

연금상태에 있다가 정식으로 체포되어 치화 형무소에 수감된 1975년 10월 3일 이후, 나와 우리 정부와의 연락은 단절되어 있었다. 우리 정부는 각종 외교 경로를 통해 우방국, 중립국으로 하여금 내 거처와 생사여부를 알아보았으나, 베트남 공산정부는 침묵으로 일관하여 정부와 가족들을 애타게 했다. 7월 22일 사이공 주재 프랑스 총영사에게 쓴 편지도 치화형무소에 압수된 채, 영영 프랑스 총영사에게는 전달되지 않았다는 사실을 먼 훗날에 알았다.

상황이 절망적으로 돌아가던 중, 1976년 9월 24일 오후 3시경 A동 구대장이 경비원 두 명을 대동하고 와서 감방 문을 열면서 나오라고 했다. 나는 긴장했다. 또 신문을 하기 위해 불러내는 것으로 여겼다. 그러나 구대장실에 발을 들여놓는 순간 나는 깜짝 놀랐다.

세상에 이럴 수가 있는 것일까? 많은 차입품을 담은 황색 나일론 포대 겉에는 뜻밖에도 내 이름이 영문자로 크게 쓰여 있었다. 보낸 사람의 이름이 적혀 있는데, 이순흥(李順興) 재월 한국교민회장이었다. 나는 이순흥 교민회장이 아직도 귀국하지 않고 호치민에 남았다는 사실을 비로소 알게 되었다.

나는 A동 구대장과 경비병 두 명의 호위와 도움을 받아, 차입품을 가지고 감방으로 돌아왔다. 차입품 일부를 구대장 허락 하에 경비원에게 주고, 그들이 돌아간 후 하이탑 장군과 함께 오이김치, 배추김치, 돼지고기, 소시지, 쇠고기 장조림, 설탕, 오렌지, 바나나 등을 실컷 먹고, 차입 들어온 칫솔과 치약으로 이를 닦았다. 오랫동안 이를 못 닦다가 칫솔과 치약으로 이를 닦으니 날아갈 것같이 상쾌하였다.

이렇게 꿈같이 황홀한 경사가 돌발적으로 있은 지 4일 후인 9월 28일 아침 9시경, 약 2주 전부터 하이탑 장군을 전향시키려고 온갖 수단을 다하는 안닝노 이찡의 경찰 대좌(大佐)가 또 왔다면서, A동 구대장이 하이탑 장군에게 짐 보따리를 싸게 하여 데리고 갔다. 이렇게 하이탑 장군은 영원히 내 곁을 떠났다. 나는 7개월 반 동안의 감방동료를 잃었다.

그가 떠나고 나니 대화할 상대는 없고, 감방은 텅 빈 것같이 썰렁했으며, 절해의 고도에 홀로 남아있는 듯한 고독을 느꼈다. 엄습해오는 적막감을 달래기 위해 감방 한 구석에서 뻥 뚫려 있는 변소의 대청소를 하기도 하고, 방안을 서성거리며 이런 생각 저런 생각을 했으나 외로움은 가시지를 않았다.

시에스터 시간에 낮잠을 자다가 기침이 심하게 나서 눈을 뜨고 콜록 거리다가, 달게 자는 하이탑 장군의 낮잠을 혹시 방해하지나 않을까 걱정이 되어 그의 거적때기 돗자리 쪽을 바라보았다. 그러나 돗자리도 사람도 보이지 않고, 썰렁한 공기만이 빈자리에 서려 있었다. 외로움 속에 앞날을 예측할 수 없는 옥중의 세월은 다시 흘러가고 있었다.

1976년 12월 20일 오전 8시경, 구 중위가 감방 문을 열어주면서 외부와 차단된 복도에 나와서 체조 및 구보를 하라고 했다. 복도는 길이가 35미터쯤, 너비는 3미터가 조금 못 되는 것 같았다. 그렇게 넓은 공간은 아니지만, 좁은 감방에 1년 이상 갇혀 있는 수감자의 눈에는 넓고 큰 광장으로 보였다. 나는 여기서 맨손체조를 하고 구보를 했다. 1년여 만에 처음 하는 구보였다. 운동시간은 약 15분간이었으며, 운동이 끝난 후에는 복도에 연해 있는 물탱크에 가서 약 10분간 목욕을 하게 해주었다. 그리고 감방으로 돌아왔다.

그날 오후 2시경에는 구 중위가 다시 와서 감방 철문을 약 30분간 열어놓고 공기유통이 잘 안 되는 감방 안으로 바람이 시원하게 들어오고 나가게 해주었다. 이러한 것들은 A동 수감자에게는 파격적인 특혜였다. 날이 가면서 특혜 구보시간은 약 30분으로 늘어났다. 이 구보와 목욕 특혜는 1977년 1월 8일까지 20일간 계속되고 끝이 났다. 그 후에는 한 달에 두세 번 불규칙적으로 일광욕을 시켜주었다.

1977년 3월 2일 아침에 이발을 했다. 이발사가 이발 기구통에 있는 깨진 반쪽 거울을 주면서 얼굴을 비춰보라고 했다. 실로 500여일 만에 처음 보는 내 얼굴 모습에 나도 놀랐다. 주름살이 많이 생기고 야위고 늙었으며 얼굴이 길어졌다. 상상보다도 더 못쓰게 된 초췌한 모습에 가슴이 철렁 내려앉았다.

1977년 3월 16일부터 간수 구 중위가 또다시 매일 아침 복도로 나가 약 30분간 체조와 구보를 하고, 복도에 연해 있는 물탱크에서 목욕할 수 있는 특혜를 주었다. 그러한 특혜를 주는 구 중위가 하도 고마워서 1977년 4월 어느 날, 나는 체조와 구보와 목욕을 끝내고 A동과 B동 중간에 있는 그의 간이책상 옆에 가서 내 파카만년필 75를 그에게 고마움의 표시로 선물하였다. 은혜에는 은혜로 갚겠다는 내 진심을 그에게 알린 것이다. 그러나 그는 착한 얼굴에 미소를 지으면서 감사하다는 말을 되풀이할 뿐, 만년필을 사양했다.

제발 마음을 받아달라는 강요와 사양하겠다는 고집으로 약 1분간 옥신각신하다가, 혹시라도 이런 장면을 누구에게 들키면 좋지 않겠다는 생각이 들어, 그의 책상 서랍을 열고 만년필을 넣은 후 서랍을 닫아 버리고 쏜살같이 빠른 걸음으로 감방으로 돌아왔다.

잠시 후 구 중위가 따라와서 감방 철문을 닫고 밖에서 잠근 다음, 철판 쪽문을 열고 신문지에 싸온 만년필을 감방 안으로 툭 떨어뜨리고는 미소 띤 얼굴로 가벼운 목례를 하고 돌아갔다.

나에 대한 특혜 구보와 목욕이 계속되면서 20일이 지나고 있었다. 형무소에서 담배는 귀중한 약이었다. 외상을 치료할 때뿐 아니라, 걱정거리가 생겼을 때나 외로울 때, 허기에 시달릴 때에 담배 한 대를 피우면 그렇게 좋을 수가 없다. 담배는 수감자들의 몸과 마음의 상처를 치유해 주는 약이었다.

나는 아껴두었던 베트남 필터 담배 한 갑을 복도 구보와 목욕의 특혜 후, 감방으로 돌아오는 길에 구 중위가 앉아 있는 책상 서랍에 넣었다. 그는 또 따라와서 쪽문을 통해 담배를 돌려주었다. 나는 이것은 정성이 담긴 내 마음의 표시이며, 겨우 담배 한 갑인데 너무 그러지 말라고 하면서, 다음날 특혜 목욕이 끝난 뒤 또다시 그의 책상 서랍 속에 넣었다. 그는 나의 정성담긴 마음을 더 이상 거절할 수가 없다는 듯, 고맙다면서 담배 한 갑을 받았다.

그 후 또 반달이 지났다. 구 중위의 보직이 변경되어 AH동으로 떠나면서 나에 대한 특혜 구보와 목욕은 없어졌다. 떠나기 직전인 1977년 5월 11일 아침, 그가 베트남 반꼬 담배 한 갑을 감방 쪽문을 열고 나에게 주었다. 나와 헤어지면서 지난 날 받은 담배를 되돌려준 셈이다.

그의 한 달 봉급은 85동이었다. 이는 공정 환율로 환산해서 약 47달러이지만, 암시세로 환산하면 겨우 5달러 70센트에 해당한다. 이러한 박봉 때문에 통일베트남 공무원들의 부정부패는 말할 수 없을 정도로 극심했다. 그러나 이러한 탁곡(濁曲)의 무리들 속에서도 구 중위만은 청직(淸直)한 길을 깨끗이 걷고 있었다. 그는 곧 상위(上尉)로 진급하였다.

구 상위는 1978년 가을에 정년퇴직하고 북부 베트남 그의 고향으로 돌아갔다. 그가 떠나고 나니 나의 마음은 너무 허전했으며, 그의 무한한 행복을 빌었다.

활동죄수 옹바오

구 상위가 내 곁은 떠남으로써 생긴 마음속의 빈자리를 어느 정도 채워주는 것은 경비원이라는 이름을 가진 활동죄수 옹바오의 존재였다. 구 상위와 옹바오는 성격 면에서나 계급 신분 면에서나 전혀 비교가 되지 않는 판이하게 다른 사람이었다. 공통점이 있다면, 이국 만 리 적대국 형무소 격리 감방에서 생사의 갈림길에 허덕이는 병들고 쇠약한 나를 도와주고 싶어 하는 마음을 가지고 있다는 것 하나뿐이었다.

옹바오의 경력은 좀 복잡했다. 그는 북월에서 가난한 농부의 아들로 태어나 성장하여 군에 징집되어 육군의 전사(이등병)가 되었다. 해가 거듭되면서 진급을 계속하여 육군상사가 되었을 때, 그의 소속부대는 북위 17도선을 넘어 1972년 남월로 침공하였다. 남월군과 전투 중 소속부대는 패배하고 그는 포로가 되었다.

옹바오는 남월에서 포로생활을 하면서 남월의 실상을 알게 되자 마음이 달라졌다. 1973년 1월 27일 파리 평화협정이 체결되고 포로 교환이 이루어질 때, 그는 북월로의 송환을 거부하고 남월에서 살게 됐다. 그로부터 약 2년 후인 1975년 4월 30일, 남월이 패망하자 그는 북월 당국에 의해 체포되어 치화형무소에 수감되었다. 형무소에서 활동죄수가 된 그는 식사운반 및 분배, 채소밭 가꾸기, 기타 잡역을 하며 간수들의 손발이 되어 일을 했다. 체포 수감된 후 약 1년 반 동안, 나는 거의 대부분 옹바오가 퍼주는 밥과 국을 먹었다. 형무소 격리 감방에서의 배식절차는 다음과 같았다.

하루 식사는 두 끼이며, 식사시간이 되면 활동죄수 두 명이 양쪽에 손잡이가 달린 양푼 같은 밥통과 국이 담긴 양동이를 들고 와서 1호 감방 앞 복도에 덜컹 내려놓는다. 활동죄수 한 명이 열쇠로 1호 감방 문을 열면, 감방에 있는 수감자가 알루미늄 밥그릇과 국그릇을 양손에 한 개씩 들고 나가서 허리를 구부리고 내민다. 그러면 밥통과 국통을 사이에 두고 앉아 있는 활동죄수가 밥을 푸고 국을 떠서 수감자 그릇에 담아준다. 이때 허기진 수감자 대부분이 "한 술 더 퍼주십시오" 하고 애원한다. 복도를 가로지른 철책 문 저쪽에서 배식을 감시하는 간수에게 들리지 않도록 모깃소리로 속삭이던가, 아니면 밥그릇이나 국그릇을 한 번 더 살짝 활동죄수 앞으로 내밀면서 눈짓으로 사정을 한다. 그러면 활동죄수가 밥이나 국을 한두 숟가락 덤으로 줄 때가 있다. 나는 아무리 허기지고 굶어 죽어갈 지경이 되어도 그런 구걸행각은 꿈에서조차 생각하지 않았다. 그저 활동죄수가 퍼주는 대로 순순히 받아서 감방 안으로 되돌아갔다.

옹바오는 나와 접촉하면서 일 년이 가까워오자, 내 사람됨을 꿰뚫어본 것 같았다. 그는 그때부터 나를 퍽 호의적으로 대했다. 취사장에서 누룽지를 얻어다가 손바닥 크기의 누룽지 두서너 개를 식사분배 때 슬그머니 내 밥그릇 밥 위에 얹어주는 일이 한 달에 두서너 번씩 있었다.

나는 이 귀중한 식품을 방안에 감추어 저장해 두고, 허기가 극심할 때마다 조금씩 뜯어서 입안에 넣고 풀이 될 때까지 오랫동안 씹어서 목구멍으로 넘겼다. 하루는 곰팡이 냄새가 많이 나서 저장해 두었던 누룽지 두 장을 물로 씻고 있는데, 때마침 복도를 지나가던 경비원 한 명이 열린 쪽문을 통해 이를 목격했다. 심성이 곱지 않은 그 경비원은 이 사실을 A동 구대장에게 고자질했다. 성미가 급한 A동 구대장이 경비원 두 명을 데리고 와서 A동 4층의 모든 감방을 샅샅이 수색했다.

우리 감방에서 물기가 마르지 않은 곰팡이를 씻어낸 누룽지 두 장이 나왔다. A동 구대장인 경찰대위는 그것을 압수해 가지고 가서 옹바오 등 식사운반 및 분배 활동죄수들을 세워놓고 나무랐다. 그 이후 나에게 누룽지를 주는 사람은 없어졌다.

1977년 3월 11일, 그 성질 급한 A동 구대장이 옹바오를 대동하고 나를 인솔하여 일광욕 장소로 나갔다. 머리가 반쯤 센 이 경찰대위는 볼 일이 좀 있다면서, 정해진 일광욕 시간이 끝나면 나를 감방으로 인솔하라고 옹바오에게 지시한 뒤 일광욕 현장을 떠났다.

이날의 일광욕 장소는 옹바오가 가꾸는 토마토 밭의 가장자리였다. 옹바오는 둥글고 가무잡잡하고 넙적한 얼굴에 눈썹이 검고 짙었다. 키는 베트남사람으로서는 약간 큰 편이었다. 말수가 적어서 묻는 것 이외에는 별로 말이 없었지만, 토마토 밭 옆에서 이 날은 이야기를 많이 했다.

옹바오는 집이 가난해서 차입품을 전혀 못 받는 딱한 처지라 이렇게 형무소 토마토 밭을 가꿔주면서 노동의 대가로 가끔 토마토 몇 개씩을 얻어먹는다고 말했다. 그런 말을 할 때, 옹바오의 입언저리와 눈언저리에는 없는 자의 비애가 감돌아 불쌍하게 여겨졌다.

그는 주위를 두리번두리번 살피더니 토마토 네 개를 따서 먹으라고 내밀었다. 그것을 받아야 옳은지 거절해야 할지 망설이고 있었더니, 그가 빨리 받으라고 재촉했다. 이 토마토 밭은 자기가 가꾸어 왔으므로 이만한 권리는 있으니 받아도 된다면서, 내 병을 치료해 주는 약이라고 했다. 망설이던 나는 구세주가 베푸는 약이라 생각하고 계란 크기의 토마토 네 개를 받아서 땅 위에 벗어놓은 반바지 양복 호주머니 속에 넣었다.

일광욕 시간은 감방까지의 왕복시간을 포함해서 15분간이었다. 그러나 옹바오는 이 제한시간을 이미 5분 이상 넘기고 있었다. 내가 옹바오에게 일광욕시간이 초과되었을 테니 감방으로 돌아가야 하지 않겠느냐고 했더니, 그는 "홍꼬싸우(=괜찮아요), 홍꼬싸우!" 하면서 걱정할 것 없다고 머리를 저었다. 그 말이 끝나고 불과 20초나 됐을까, A동 구대장이 사라진 방향으로부터 역정을 내는 호통소리가 들려왔다. A동 구대장이 갑자기 나타난 것이다.

"야, 바오야. 이놈아! 너 지금 무슨 짓하고 있는 거야. 일광욕 시간을 왜 안 지키는 거야. 당장 끝내고 감방으로 데려가지 못 해!"

"예, 알겠습니다. 구대장님"하고 옹바오가 큰소리로 대답했다. 나는 호주 머니 속의 토마토가 굴러 떨어지지 않게 조심조심 양복바지를 주워 입고 양손 을 바지 양쪽 호주머니 속에 넣은 후, 토마토를 꽉 잡고 옹바오의 호위 하에 감 방을 향해 걸어갔다.

옆에 서 있는 A동 구대장인 북월 출신 늙은 경찰대위는 악질은 결코 아니었 으나, 성질이 급한데다가 차가운 얼굴을 하고 있어 수감자들로부터 좋은 평을 받지 못하고 있었다. 그는 내 호주머니 속에 넣은 두 손의 의미를 전혀 눈치 채 지 못하고, 내가 지나가는 것을 말없이 바라보고만 있었다.

나는 토마토 네 개를 감방 안에 숨겨 놓고 요긴한 약으로 아껴 먹었다. 옹바 오는 그 후에도 간수가 자리를 비우면, 또 토마토 네 개를 따서 땅 위에 벗어놓 은 내 양복바지 호주머니에 자기가 직접 넣어주는 일을 두 번 더 했다.

남 대위의 보살핌

1977년 5월 19일, 나는 B동 2층 3호 감방으로 이감됨으로써 옹바오가 일하 고 있는 A동을 떠났다. 그로부터 이틀 후, 나는 다시 D동 2층 12호 감방으로 이 감되었다가 D동 2층 4호 감방을 거쳐, 1977년 6월 26일에는 D동 2층 1호 감방 으로 이감되었다.

D동은 사형집행 예정 수인들이 많이 수감되는 곳이었다. 사형집행을 앞둔 남월 반공게릴라들인 와하우교군 위관급 장교들이 이곳 D동에 수감되었다가 사형되었다.

나는 D동 2층에서 D동 구대장을 위시하며 여섯 간수들의 통제를 받았다.

그 중에서 나를 직접적으로 제일 많이 통제한 간수는 D동 2층 담당 남 대위였다. 남 대위는 글을 읽을 줄 모르는 문맹자였으나 착한 사람이었다. 키는 1미터 70센티쯤으로 컸다. 그는 권총의 명사수여서 호치민의 경호원이었으나, 호치민이 죽은 후에는 이리저리 밀려다니다가 치화형무소 간수로 내려왔다.

1977년 6월 24일 새벽부터 나는 고열의 열병을 앓기 시작하여 6월 26일 오후부터는 물 한모금도 못 마시고 혼수상태에 빠지곤 했다. 40도를 오르내리는 고열은 6월 30일까지 이어졌다. 나는 거적때기 위에 누워서 온 몸이 쑤셔대는 가운데 펄펄 끓는 체온을 이를 악물고 견뎌냈다. 정신이 이따금씩 혼미해지면서 천장이 빙글빙글 돌아가 거꾸로 되는 것을 느끼며 끙끙 앓았다.

남 대위는 혹시 내가 죽지나 않을까 걱정이 되는 모양이었다. 남 대위는 퇴근도 하지 않고 형무소 안에 대기하면서 나를 돌봐주었다. 6월 28일에 남 대위는 여의사와 여 간호원을 데리고 와서 누워서 고열에 시달리는 나를 진찰케 하고 약을 지어 주었다.

7월 4일에 가서야 열이 떨어져 정상 체온으로 돌아왔고, 일어나서 죽을 먹을 수 있었다. 러닝셔츠와 팬티를 갈아입으려고 벗었더니 많은 피가 끔찍하게 뒷부분에 묻어 있었다. 살펴보니 내가 전혀 모르는 사이에 둔부 양쪽과 허리 뒤편에 각각 손바닥 크기의 커다란 상처가 나 있었다. 피부 껍질은 모두 없어지고 시뻘건 살덩어리 위에 피가 뒤엉켜 있었다. 40도를 오르내리는 고열을 1주일간 계속 앓으면 그렇게 되는 것일까. 아니면 고열에 신음하면서 정신을 잃었다 차렸다 하며 조잡한 콘크리트 방바닥에 얇팍한 거적때기와 담요 한 장을 깐 채 고통을 이겨내려고 이리저리 몸부림치다가 그렇게 된 것일까. 참으로 알 수 없는 큰 상처였다.

그후 며칠 있다가, 남 대위는 경비원에게 취사장에서 끓인 더운 물 한 양동이를 길어오게 하여 나에게 특별히 주면서, 이 물을 식수로도 쓰고 목욕물로도 쓰라고 했다.

치화형무소 격리 감방에 있는 수감자에게는 하루 2리터의 끓인 식수를 급수하게 되어 있다. 그러나 마음 나쁜 경비원은 정량의 반 정도만 떠주고 끝내기도 한다. 이렇듯 식수는 귀중했다. 격리 감방에 있는 수감자에게 끓인 물 한 양동이는 대단한 특혜였다.

남 대위는 경비원에게 내일부터는 매일 오전, 오후에 각각 한 양동이씩의 끓인 물을 취사장에서 받아다가 나에게 주라고 했다. 하루에 한 양동이가 아니라 오전, 오후에 각각 한 양동이씩 하루에 두 양동이의 특혜였다. 이 특혜는 내가 D동을 떠날 때까지 4개월간 지속되었다. 남 대위가 나를 일광욕시켜줄 때는 15분간인 시간을 두 배인 약 30분간으로 늘려주었다. 그러나 이 고마운 남 대위와도 이별의 시간은 다가오고 있었다. 1977년 11월 2일 오전 6시경, 만난 지 불과 4개월밖에 안 된 남 대위가 영어 통역원을 데리고 와서 나에게 다음과 같은 정중한 인사를 했다.

"부대사님(나는 정식으로는 공사였으나, 부공관장님으로 불러주었다)께서 오늘 이곳을 떠나 AH동으로 이동하게 되었습니다. 그곳에 조금만 가 계시면 석방되어 귀국하게 될 것입니다. 비품(양동이, 식기, 숟가락)은 이곳에 그대로 놔두고, 개인 짐만 가지고 가셔야 합니다. 짐 운반은 두 명의 경비원이 도와드리도록 하겠습니다. 그러면 부디 행운을 빕니다."

치화형무소에서 이미 2년이 넘도록 있었지만 간수로부터 이렇게 공손하고 친절한 말을 들어보기는 처음이었다. 그러나 남 대위의 이야기처럼 나는 곧 석방되지 않고 기나긴 세월의 옥고를 더 치러야만 했다.

2년 1개월간 격리 감방에 수감되어 있다가 50여 명이 함께 수감되어 있는 일반감방인 AH동으로 이감되니, 말동무도 많고 철창 사이로 하늘과 땅이 내다보였다. 공기의 유통도 밀폐된 격리감방과는 달리 잘 되어 퍽 좋았다. 그리고 내가 곧 석방되리라는 남 대위의 말도 있고 해서, AH동으로 이감되어 가서 몇 달 동안은 나의 치화형무소 생활 중 가장 마음의 평정을 가질 수 있는 기간이었다.

그러나 얼마 있다가 신변에 위기를 알리는 징후가 일어나기 시작했으며, 불안요소는 날이 갈수록 점점 더 심해졌다. 1978년 1월 하순, 치화형무소장은 치화형무소에 수감되어 있는 모든 수감자들에게 음력 명절을 경축하는 특별 가족 및 친지 면회를 허용했다. 면회는 형무소 각 동 각 층별로 집단적으로 이루어졌다. 가족 및 친지들이 식품과 일용품, 의약품들을 가지고 와서, 시골 장터처럼 일정한 장소에서 간수들의 감시 하에 수감자들과 먹고 이야기하며 즐기다가, 약 1시간 반의 면회시간이 끝나면 차입품을 둘러메고 감방으로 돌아오는 것이었다.

AH동 2층 수감자들의 가족 및 친지 면회는 1월 21일 오전 8시부터 약 1시간 반에 걸쳐 실시되었다. 외국인 수감자들에 대한 면회는 당사국 교민회장 및 교민들에 의하여 이루어졌다. 내가 있는 AH동 2층 2호 감방에는 한국인 4명, 홍콩인 1명, 캄보디아인 1명, 대만인 1명 등 외국인 7명과 월남인 49명 등 합계 56명이 수감되어 있었다.

면회시간이 다가오자 오직 나 한 사람만을 제외한 55명 전원이 문을 나서 복도에 정렬한 후, 간수들과 경비원들의 호위 하에 면회 장소로 향했다. 모두들 가버리자 텅 빈 감방은 죽은 듯이 적막에 싸였다. 외톨이 신세가 되어 홀로 우두커니 선 나는, 왜 나만 면회를 시키지 않는지 곰곰 생각해 보았다.

지난 1977년 2월, 음력 명절 때도 내가 수감되어 있던 A동 수감자 전원의 면회가 허용되어 모두 면회를 실시했다. 그때 바로 내 옆방에 수감되어 있던 말레이시아인 림센핀도 면회를 하고 차입품을 잔뜩 받았었다. 그 외의 A동 모든 수감자들이 그랬다. 그러나 그때도 유독 나만은 면회가 금지되어 독방에 무료하게 홀로 앉아 있어야했다.

1977년 9월 공산베트남 국경일에도 치화형무소 수감자들은 모두들 가족, 친지들과 면회가 허용되어 내 옆방에 있던 록 신부, 탄 신부 등 격리감방 수감자들도 전원 면회가 허용됐다. 그때도 수일 후에 사형을 집행당할 D동의 와하우교 반공 게릴라 청년 장교 5명과 나만은 면회가 금지되었었다.

왜 치화형무소 수감자 수천 명 가운데 나만 이렇게 두고두고 면회가 한 번도 허용되지 않을까? 계급이 높아서 그런 것일까? 그러나 그것도 아닐 것이다. 국무총리와 반공연맹 이사장을 지낸 환휘꽈트도, 문교부 장관을 지낸 고깍딘도, 귀순성 장관을 지낸 호반찬도, 모두 여러 차례 가족 및 친지 면회를 했다. 그들은 나보다도 계급이 낮은 사람들이 아니었다.

그렇다면 내가 외국인이어서 그런 것일까? 그것도 아니다. 대만인 유일승, 홍콩인 한민, 말레이시아인 림센핀, 캄보디아인 킴쏘판, 그리고 외교관들도 모두 몇 번씩 면회를 한 적이 있었다.

도대체 무슨 이유에서 나만 이렇게 따돌려놓고 있는 것일까? 마지막으로 떠오르는 것은 아마도 내가 소위 그들이 강요하는 인민(공산주의자) 편으로의 전향을 완강히 거부하고 있어, 내가 지치고 지쳐 굴복할 때까지 심적 고통을 끈질기게 가하는 수단의 하나로 면회금지를 시키는 것이 아닌가 싶었다. 그것이 사실이라면, 나는 치화형무소에 수감되어 있는 동안 한 번도 면회를 못하는 진기록을 남기고 옥사하던가, 아니면 반 송장이 되어 출옥하게 될 것이다. 아닌게 아니라 훗날의 일이지만 나는 치화형무소에 수감돼 있는 4년 7개월 동안,

단 한 번도 면회를 해보지 못하고 온갖 병에 걸린 몸으로 옥문을 나서게 된다.

상황이 심상치 않게 돌아가고 있는 가운데 나는 AH동에서 E동으로, 다시 BC동으로 이감되었다. 1975년에 치화형무소에 수감된 한국인 14명은, 하나씩 둘씩 석방되어 1978년 초에는 4명만이 남게 되었는데, 이때부터 모두 한 감방에서 함께 지내게 되었다. 그러나 북한노동당 3호 청사요원들의 신문이 있을 때는 각기 분리시켜 격리독방에 가두어 놓곤 하였다. 온갖 험난한 시련에 시달리는 가운데 몸과 마음은 아프고 답답하고 지루했으나, 그런대로 날이 가고 달이 가고 해가 바뀌고 또 바뀌어 1980년 1월도 마지막인 그믐날이 되었다.

이날 아침 7시 30분경, 한국인 외교관 3명과 민간인 1명은 일광욕이 허용되어 ED동 구대본부 앞 형무소 높은 벽돌담을 끼고 원을 그리며 도는 내부순환도로가 있는 곳으로 인솔되어 나갔다.

사이공을 포함한 메콩 델타의 기후는 1년이 우기와 건기의 두 계절로 나뉜다. 예년 같으면 11월 초순부터 시작되어 다음 해 5월 초순에 끝나는 6개월간의 건기 중에는 비가 내리지 않으며, 특히 12월부터 3월까지는 비가 한 방울도 내리지 않는 것이 상례이다. 그런데 이 해에는 60년 주기에 두세 번 찾아온다는 기상 이변이 일어나, 1월 22일부터 며칠 동안 줄기차게 비가 내렸다. 말라붙었던 길가의 풀들이 단비에 잠을 깨고, 잘 자라는 풀들은 일주일 동안에 무려 30여 센티나 자라났다.

과거 격리 감방시절에는 10분에서 15분간의 짧은 일광욕을 시켜 주었으나, 요새는 60분에서 70분간의 긴 일광욕을 시켜 주었다. 길가에는 야생 비름이 몇 포기 푸르게 자라고 있었다. 싱싱한 채소가 하도 먹고 싶어서, 나는 길옆 돼지가 먹는 야생 비름을 뜯을까 말까 망설이면서 그 앞을 왔다 갔다 했다. 약 30분간 생각하다가 그 비름을 뜯었다. 오고가는 사람은 없고 감시하는 간수는 멀찌감치 떨어져 있으며, 약 80미터 떨어진 채소밭에서는 옹바오가 다섯 명의 활동 죄수를 데리고 푸른 야채 비름 밭에 인분을 주고 있었다. 옹바오는 간수들의 눈에 들어 지금은 활동죄수들의 왕초가 되어 있었다.

옹바오는 내가 들어 있는 ID동의 경비원은 아니었다. 우연히 이날 먼발치에서 서로 바라보게 된 것이다. 옹바오는 밭에서 일을 하면서 흘끗흘끗 나에게로 시선을 돌렸다. 또 어떤 때는 일손을 놓고 나를 한참 바라보기도 했다.

옹바오는 내 성품을 너무도 잘 알고 있었다. 소나무나 대쪽 같아 구차한 짓을 하지 않는 저 천하의 고집쟁이가 왜 돼지가 먹는 야생비름을 뜯었을까? 옹바오의 눈치는 빨랐다. 약 5분 후, 옹바오가 채소밭에서 자라고 있는 좋은 비름을 뜯어 들고 와서 주고 돌아가더니, 조금 있다가 이번에는 씀바귀 비슷한 야채를 뜯어 와서 주었다. 세 번째로 그는 씀바귀 비슷한 야채를 또 뜯어 와서 간수의 허락을 받고 주는 것이니, 마음 놓고 감방으로 가지고 가서 먹으라고 했다.

이것이 옹바오가 나에게 베풀어주는 마지막 호의였다는 것을 그때는 나도 모르고 그도 몰랐다. 그 날부터 2개월 11일 동안 나는 그를 만날 수 없었으며, 석방되었다.

끝이 보이지 않는 암흑의 미로에서 생명의 불빛이 꺼질락 말락 깜박이고 있던 그 어두운 시절, 아무런 대가도 바라지 않고 구 상위와 남 대위, 옹바오가 나를 부축해 주었다. 그 고마운 기억은 내 슬픈 과거와 함께 영원히 내 가슴 속에 남아 있게 될 것이다.

삼릉에서 역사를 보다

수양대군의 패륜

　조락의 가을은 깊어가고 있었다. 탐스러운 벼 이삭들이 철원평야를 황금
빛으로 물들이던 수확의 10월은 가고, 곡식을 베어 거둬들인 논밭에는 수많은
그루터기들이 쓸쓸한 모습으로 남아 있었다.

　해마다 이때가 되면, 군대는 약 1주일간의 대규모 군사연습인 기동훈련에
들어간다. 1961년 11월 3일 새벽부터 내리는 가랑비는 헐벗은 산과 들과 계곡
의 낙엽들을 소리 없이 적시고 있었다. 나는 이날 오후에 강원도 철원군 갈말면
문혜리에 있는 제23보병연대 본부를 떠나 연대본부 장병들을 이끌고 광릉(光
陵)을 목적지로 하여 차량 행군 중에 있었다. 제23보병연대는 광릉─사릉─영
릉으로 이동하면서 제1야전군 전체가 실시하는 군사연습에 참가하고 있는 중
이었다.

　우리 연대는 가랑비가 멎고 어둑어둑해지는 광릉에 도착하여 군용천막 칠

곳을 상의하고, 능 입구 큰 전나무들이 줄지어 서 있는 숲속에 지휘본부 천막을 설치했다.

　나는 밤늦게까지 상부에서 내려오는 작전상황을 처리하느라 자정이 지나서야 잠자리에 들었다가 새벽 4시 반에 일어났다. 상황장교로부터 취침 중에 일어난 상황진전들을 보고받고 세수를 한 후, 경유난로 옆에서 얼굴을 말리면서 하루 할일을 생각했다. 그리고 조금 있다가 천막 밖으로 나갔다. 어제 초저녁까지 하늘을 뒤덮었던 비구름은 밤사이에 모두 어디론가 사라져버리고 머리 위에는 별들이 총총히 빛나고 있었다. 기온은 영하로 떨어져서 지상에는 가벼운 얼음이 얼고 서리가 내려 날씨는 차가운데, 바람은 없어 사방이 고요했다. 나는 철모를 벗어 땅위에 거꾸로 놓고 권총밴드를 풀어서 철모 속에 놓은 다음 약 10분간 맨손체조를 했다. 체조가 끝나자 다시 무장을 갖추고 천막 안으로 들어가서 날이 더 환해지기를 기다렸다. 날이 밝아오자 나는 수행원 없이 홀로 광릉으로 걸어 올라가서 왕릉 앞에 섰다. 그리고 각종 문헌에서 읽은 그의 생애를 더듬어 보았다.

　무덤 속에 누워 있는 조선조 제7대 임금인 세조는 어린 조카인 단종으로부터 왕위를 찬탈한 후 단종을 살해했을 뿐 아니라, 잔인무도한 철권 독재군주로 세평이 나 있는 군왕이다. 인륜 문제를 젖혀두고 평가할 때, 그는 머리가 좋아 학문도 잘하고 무예에도 뛰어난 문무겸비의 군왕이었다는 평가도 있다.

　그러나 이러한 평가를 떠나, 그가 감행한 쿠데타인 계유정난(癸酉靖難)의 변(變)의 경과를 살펴보면 그의 특성이 극명하게 나타난다. 단종 원년(서기 1453년) 음력 10월 10일 밤, 수양대군은 자기가 양병한 백여 명의 사병(私兵) 중에서 뛰어난 무사 약간 명을 거느리고 고명 대신 중의 실력자인 좌의정 김종서가 살고 있는 성 밖의 집을 찾아갔다.

김종서의 아들인 김승규가 수양대군에게 사랑에 들라고 했다. 수양대군은 날이 저물어 성문을 닫을 시각이 임박했으니 그럴 수 없다고 말하면서, 긴급히 의논할 용건이 있으니 김종서 대감이 잠시 밖으로 나와 주면 좋겠다고 말했다. 김종서는 아들의 말을 듣고 사랑마당으로 나왔다. 수양대군은 계수인 영웅대군 부인이 말썽을 부리며 동래온천에 갔다 온 문제에 관해 대간시비가 일어났는데, 처리문제를 어떻게 하면 좋겠느냐고 김종서에게 물었다.

수양대군은 손을 들어 사모를 바로 쓰려는 듯이 행동했는데, 이때 오른편 사모뿔에 꽂은 대목이 부러지며 땅에 떨어졌다. 사실은 사기극으로, 처음부터 부러뜨린 사모뿔을 꽂아놓고 있었던 것이다.

"아차, 이게 웬 일이고? 이게 왜 부러진단 말인고. 괴이한 일이로군."

수양대군은 당황한 듯 어리둥절 어수선한 언동을 했다. 그러나 속마음은 전혀 달랐다. 이것은 한명회가 준 꾀였다. 김종서의 아들 김승규는 무술이 뛰어난 힘센 장사였는데, 그를 김종서 주변에서 떠나게 하려는 술책이었던 것이다.

김종서는 아들 승규에게 방안에 들어가서 제대로 된 사모뿔을 골라 몇 개 가지고 나오라고 했다. 김승규가 아버지의 곁은 떠나자 수양대군은 굵은 붓으로 쓴 편지 한장을 소매에서 꺼내어 김종서에게 내밀면서 읽어보라고 했다. 달빛은 밝았지만 붓글씨는 잘 읽을 수가 없었다. 김종서가 머리를 숙여 편지를 읽으려 할 때, 수양대군이 오른손을 드는 것을 신호로 수양대군의 궁노 임운이 철퇴로 김종서의 뒤통수를 내리쳤다.

"나리, 이런 법은 없소."

피를 뿜으며 김종서는 땅위에 콰당 쓰러졌다.

방에서 뛰어나온 김승규는 임운에게 달려들어 그를 쳐 죽이고, 철여의를 들어 수양대군의 무사 유수를 내리쳐서 칼을 든 오른팔을 부러뜨려 놓았다. 그러나 수양대군의 무사 양정이 휘두르는 칼에 김승규는 허리가 잘리며 쓰러져 숨을 거두었다. 김종서의 경호무사 신사면과 윤광은도 수양대군 무사들의 기습공격을 받아 모두 칼을 맞고 쓰러져 죽었다.

수양대군은 만족스러운 웃음을 지으면서 "어, 되었네. 가세" 하고는 서둘러 말에 올라탔다.

양정은 죽은 김승규의 옷자락에 두어 번 칼에 묻은 피를 씻어 칼집에 꽂고, 황망히 말에 올라 수양대군을 따라 달렸다. 수양대군 일행은 서대문에서 기다리던 권람 일행과 합류했다. 수양대군은 사병으로 양성해 놓은 100여 명의 무사들을 한명회가 지휘하여 따르게 하고, 자신의 수족으로 만들어놓은 감군(監軍) 홍달손의 순군(巡軍) 200여 명도 함께 거느리고 왕에게로 달려갔다.

그날은 왕의 누님인 경혜공주의 생신이어서 왕은 파조 후에 누님 내외가 살고 있는 영양위궁(寧陽尉宮)에 가 있었다. 그 곳에서 수양대군은 조카인 어린 단종을 만났다.

수양대군은 어린 왕에게 영의정 황보인과 좌의정 김종서 등이 모반을 하여 안평대군을 왕위에 올리려고 하기에 일이 급하여 미처 임금께 알리지 못하고 김종서를 베었다는 거짓 설명을 했다. 그리고 그 여당들이 아직 남아 있어 형세가 매우 급하니, 그들을 즉시 처단해야한다고 역설했다.

세종·문종·단종의 3대에 걸쳐 역사삼세(歷事三世)한 충복인 늙은 내시 김연과 한숭이 왕의 옆에 있다가, 황보인과 김종서 등의 충신들이 모반했다는 것은 믿을 수가 없다, 좀 더 상세히 내막을 알아본 뒤 일을 처리하여도 늦지 않다고 왕께 아뢰다가 수양대군의 칼에 섬뜩하게 목이 잘렸다. 왕은 벌벌 떨면서 수양대군이 하자는 대로 따랐다.

수양대군은 왕의 윤허를 받아 한명회와 권람과 자신이 미리 작성해놓은 살생부에 의해 승지 최항에게 명하여 대신들을 급히 들게 했다. 영문도 모르고 급히 달려온 영의정 황보인이 제2문에 들어서자 수양대군의 심복 구치관이 철퇴로 황보인의 머리를 내려쳐 살해했다. 이날 밤, 제2문에서 철퇴를 맞고 죽은 고관대작들은 일곱 명이었다.

수양대군의 궁노 임운에게 철퇴를 맞고 집에서 쓰러진 좌의정 김종서는 기적적으로 숨이 남았으나, 수양대군이 다시 보낸 이흥상에 의해 목이 잘렸다. 수양대군은 황보인과 김종서의 목을 효목(梟木)에 매달아 서울과 지방 도시의 주요 네 거리를 돌리면서 효시케 했다.

삭풍은 나무 끝에 불고
명월은 눈 속에 찬데
만리변성에
일장검 빗기 들고
긴 바람 큰 한소리에
거칠 것이 없어라

세종대왕의 명을 받아 두만강변에 6진을 개척하여 불후의 큰 공을 세우며 이렇게 읊은 김종서는 이토록 비참하게 가버리고 말았다. 큰 변이 밤에 일어난 다음 날 새벽, 그런 흉변이 있었던 것을 까맣게 모르는 안평대군과 그의 아들 의춘군에게, 강화도로 귀양 보낸다는 왕의 교서가 내려왔다. 왕명을 빙자하여 친형인 수양대군이 시킨 일이다.

청천벽력과 같은 교지를 받은 안평대군은 어안이 벙벙했으나, 왕명을 거

역할 수 없어 열다섯 살의 아들과 함께 당장 떠나야했다. 양부 성녕대군의 사당에 하직하고 대궐을 향하여 세 번 절한 다음, 금부도사 일행을 따라 의춘군과 함께 집을 출발하여 남대문을 지나갔다. 뒤돌아보니 부왕인 세종대왕의 명을 받아 자신이 쓴 '崇禮門'(숭례문)이라는 남대문 현판 글씨가 보였다. 세종대왕은 재위 시 천하명필이었던 아들 안평대군의 글씨를 모든 사람들이 두고두고 감상할 수 있도록, 사람들의 왕래가 가장 많은 남대문의 현판을 안평대군에게 써 붙이게 했던 것이다.

성품이 호탕하고 풍류를 즐기며 대자연을 벗 삼아 지내던 안평대군의 머릿속에, 옛일이 떠오르며 흘러간 나날이 주마등같이 스쳐 지나갔다. 부귀영화는 뜬구름 같고 지난 날 부왕의 사랑이 가슴에 사무쳐, 그는 흘러내리는 눈물을 손등으로 닦고 또 닦았다.

안평대군 부자는 강화도에 유배된 후, 모두 사약을 받아 살해됐다. 이 난리통에 죽은 종실(宗室)의 희생자는 안평대군 부자를 포함하여 무려 16명이나 됐다. 살생부에 의한 피살자는 총 107명에 이르렀다.

폭력으로 국가권력을 장악한 수양대군은 스스로 영의정에 취임하여 이조판서와 병조판서, 내외병마도통사 등의 요직을 겸임했다. 또한 어린 왕을 대신해서 서무를 관장하는 등 왕권과 신권(臣權)을 동시에 완전 장악했다.

그로부터 약 2년 후, 수양대군은 단종으로부터 보위를 찬탈하여 조선조 제7대 왕으로 등극했다. 그후 사육신을 능지처참하고, 단종도 살해했다. 병자원옥 때는 70여 명을 살해하고, 자기의 친동생인 금성대군을 위시하여 많은 종실 인사들을 추가로 살해했다.

이리하여 세조는 어머니가 같은 친동생인 안평대군과 금성대군, 어머니가 다른 이복형제인 화의군과 한남군, 영풍군, 이렇게 모두 다섯 명의 형제들을 살해하는 금수와 같은 짓을 했다.

"무릇 큰일을 하는 법이 선살후생(先殺後生)이요. 먼저 상대를 죽인 후에 내가 사는 법이외다. 죽이는 것이 첫 일이외다."

권람은 수양대군 세조에게 이런 말을 자주했다고 한다.

세조는 재위기간 중 괄목할 만한 치적을 꽤 남기기는 했으나, 그의 사욕을 채우기 위한 패륜 유혈의 철권통치의 그늘에 가려 그 빛이 몹시 바랬다. 세조는 조선주 27명의 역대 왕 중에서 형제를 가장 많이 살해하고 종실들과 대신들을 가장 많이 살육한 왕이라는 비난을 면할 길이 없다. 때문에 사육신과 생육신이라는 쌍육신(雙六臣)이 탄생하는 희귀한 일도 생겼다.

일반 백성들로서는 감히 쳐다보지도 못할 영의정 자리가 무엇이 부족하고, 종친 중에서도 첫째로 꼽히는 대군의 자리가 무엇이 부족해서 그 같은 어처구니없는 잘못을 저질렀을까? 누구나 탐염(貪染)에 빠진 후에는 불길에 타는 듯한 괴로움과 번뇌의 악과(惡果)에 시달리게 된다. 세조도 여기서 벗어날 수는 없었다.

단종의 어머니는 단종을 출산하고 3일 만에 세상을 떠났다. 그녀는 세종대왕의 젊은 후궁인 혜빈 양씨에게 단종을 부탁하고 눈을 감았다.

세조는 단종의 어머니인 현덕왕후의 혼백에 시달렸다. 밤마다 꿈속에서 형수인 현덕왕후가 자주 나타나 세조를 괴롭히는 바람에 식은땀을 흘리며 괴로운 밤을 보내야 했다. 하루는 현덕왕후가 세조에게 침을 뱉는 꿈을 꾸고 난후, 세조는 악성 피부병에 걸려 오랫동안 심한 고생을 했다. 또한 그토록 사랑하고 신임하던 아들 의경세자가 허구한 밤을 현덕왕후의 혼백에 시달리다가 요절하자, 현덕왕후의 무덤을 파헤치는 패륜까지 저질렀다.

아, 슬프다! 세조를 괴롭힌 것은 세조 자신이며, 현덕왕후의 혼백이 아니었다. 만일 세조가 천륜을 거역하지 않고 유왕(幼王)을 잘 보필했다면, 현덕왕후의 혼백이 결코 그를 괴롭히지는 않았을 것이다. 또한 모든 사람들이 그를 조선국의 주공(周公)이나 제갈공명으로 우러러보았을 것이다. 그러나 수양대군 세조는 생전에 이를 생각하지 못했고 후세 사람들이 이를 생각하며 슬퍼한다. 그러나 후세 사람들이 슬퍼만 하고 거울삼지 않는다면, 그 다음 사람들이 지금의 후세 사람들을 또한 슬퍼할 것이다.

왕의 재위기간 13년 3개월, 그리고 그다지 길지도 않은 51년의 생애를 보낸 세조. 왕관이 무엇이고 권세는 무엇이며 탐욕은 또한 무엇인가. 사람이 타고난 아름다운 본성을 스스로 지워버린 수양대군 세조. 그 때문에 생전에 무서운 괴로움에 시달린 그, 이제는 몇 줌의 흙이 되어 이 무덤 속에 누워 있다. 그는 저승에서도 현덕왕후의 혼백에 지금도 겁을 먹으며 식은땀을 흘리고 있지는 않을까? 생각할수록 애석한 마음 금할 길이 없다.

고요한 늦가을 이른 아침, 빙점하의 한기(寒氣)가 무덤 앞에 서 있는 무인(武人)의 뺨에 가볍게 스친다. 마냥 생각에 잠기며 이곳에 서 있을 수만은 없다. 할일이 군용막사에서 나를 기다리고 있는 것이다. 서리 내린 잔디 위에 군화자국을 남기면서 나는 연대지휘소로 내려왔다.

아침식사를 마치고 브리핑을 들은 후, 이것저것 상황을 처리하고 군사 지형정찰을 하기 위해 밖으로 나왔다. 아침 해가 퍼지고 있었다.

이때 우리나라 백성들의 옷차림인 흰 옷을 입고 상투 틀고 망건을 썼으며, 수염도 기르고 갓을 쓴 사람들 10여 명이 이쪽을 향하여 걸어오고 있었다. 어떤 사람은 북어를 들고, 어떤 사람은 과일이나 기타 제수용품을 들고 있었다. 그들 일행의 맨 뒤에는 양복차림의 촬영기사 두 명이, 촬영기와 필름 꾸러미들을 메고 따라오고 있었다. 자세히 보니 인기배우 최무룡 씨 일행이었다.

조금 있다가 4분의 3톤 소형트럭 한 대가 굴러왔다. 하늘색 페인트칠을 한 영화 제작사의 그 트럭 위에는 '狂風 撮影中(광풍 촬영 중)'이라고 흰 천에 기다랗게 옆으로 쓴 현수막이 가로로 걸려 있었다.

"영화 화면에 나오는 최무룡은 미남이었는데, 가까이서 실물을 보니 별로 미남이 아니네요."

"짙게 화장을 하고 촬영하면 누구나 다 미남이 되는 거야."

연대정보주임 권 대위와 작전주임 정 소령이 주고받는 대화였다. 영화의 시나리오는 알 수 없으나, 광릉에서 '狂風(광풍)'이라는 영화를 찍는다는 것은 그 이름이 그럴싸하다는 생각이 들었다. 사실 그렇다. 세조 때, 살육의 광풍은 이 땅에 거세게 휘몰아치고 있었다.

단종애사

광릉에서의 군사훈련은 3일간 이어졌다. 다음으로 가야할 제23연대 지휘소는 사릉(思陵)이었다. 1920년대, 춘원 이광수 선생은 사릉 마을에 기거하면서 사릉 잔디 위를 자주 거닐고 깊은 사색에 잠겨가며 〈단종애사〉를 썼다고 한다. 〈단종애사〉는 1929년에 출간되었다.

이런저런 생각을 하면서 내가 사릉 마을에 도착한 것은 11월 6일 오후 4시 반 경이었다. 마을에서 동쪽으로 조금 가면, 언덕 같은 낮은 산이 있다. 이 산에 사릉이 위치하고 있었다. 사릉 입구 부근에 천막을 치기로 한 뒤 나는 사릉 경내로 들어가서, 춘원 선생의 발자국이 수도 없이 많이 닿았을 잔디 위를 걸었다. 평지에서 불과 100보쯤 걸어 올라가서 분묘 앞에 섰다. 16년 전에 단종애사를 펼쳐들고 정순왕후의 슬픈 사연을 읽으며 가슴 아파하던 일들을 회상

했다. 경례를 하고 고개 숙여 비극의 왕비의 명복을 비는 묵념을 올리고 머리를 들었다.

정순왕후가 단종의 왕비가 된 것은 단종 2년(1454년) 정월 갑술일이었다. 정순왕후를 왕비로 간택한 것은 단종의 숙부인 수양대군과 그의 부인 낙랑부대부인 윤 씨였다. 낙랑부대부인은 후에 정희왕후가 된다. 수양대군과 낙랑부대부인은, 국구의 자리를 주어도 장차 세력을 잡을 근심이 없는 마음 착하고 욕심이 없는 선비를 골랐다. 그러다보니 풍저창(豊儲倉) 부사 송현수가 눈에 들었으며, 그의 딸이 용모 단정하고 고상하게 생긴 미인이며 나이는 왕보다 한 살 위인 열다섯 살이라는 것을 알게 되었다.

그래서 이 여인을 왕비로 간택했고 왕은 숙부와 숙모의 결정에 따랐다. 이때는 계유정난이 일어난 시 3개월밖에 안 되었으나, 숙부 수양대군은 계유정난이 어린 왕의 왕권을 수호하고 강화하기 위해 감행한 거사였다고 주장하며, 자신은 어디까지나 주공(周公)을 자처하며 처신하고 있었기 때문에, 왕과 숙부와의 관계는 원만하게 유지되고 있었다.

미인으로 태어나 곱게 자라서 중전의 자리에 오르니, 결혼 초 왕비 송 씨는 더없이 행복했다. 그렇게 밀월이 몇 개월 이어졌다. 그러나 이 부부의 금실지락에 약간의 금이 가기 시작했다. 김사우의 딸인 후궁 김 씨는 절세미인으로 왕비의 아름다움보다도 더 돋보였다. 그래서 왕은 자주 후궁 김 씨를 가까이 했다. 궁중에서 왕이 후궁을 총애하는 일은 흔히 있는 것이다. 왕비는 질투심을 삭이면서 선천적으로 구비한 부덕과 사랑의 노력으로 왕을 대했다. 얼마 후 단종의 마음은 중전에게로 기울어졌다.

국혼(國婚) 후 반년이 지났을 무렵부터 영의정 수양대군의 측근들인 한명회와 권람 등이 선발해서 왕궁으로 들여보낸 내시와 궁녀들이 단종과 왕비의 일거수일투족을 드러내놓고 감시하여, 수양대군 측에 일일이 보고하고 있었다.

얼마가 지나자 수양대군은 왕이나 왕비가 외부 사람들을 만날 때는, 반드시 숙부인 수양대군의 사전 동의를 얻어야 한다고 못을 박았다. 사전 동의 없이는 단종을 생후부터 오늘날까지 길러준 친어머니격인, 세종대왕의 후궁 혜빈 양 씨조차도 만나서는 안 되었다. 또 왕비의 친정 부모인 송현수 부원군 부부를 만나도 안 되고, 왕의 누님과 매형인 경혜공주와 영양위 정종을 만나서도 안 되었다. 게다가 왕의 외숙인 권자신이나 왕숙인 금성대군도 절대로 만나서는 안 된다고 행동제한 지침을 전달해왔다. 비록 왕숙이며 영의정 자리에 있다 해도 수양대군은 신하이며, 단종은 군왕이다. 신하된 자로서 왕의 행동을 이렇게 구속한다는 것은 전대미문의 반역이었다.

날이 갈수록 단종의 얼굴에는 수심이 더 쌓이고, 이를 바라보는 왕비의 마음은 슬프고 무거웠다. 왕비는 바늘방석에 앉은 처지의 단종을 위로하는데 온 정성을 다 했다. 그럴수록 왕과 왕비 사이는 더 밀착 되었고, 슬픔도 아픔도 서로 함께 나누고 의지하는 가운데 불가분의 관계가 이루어졌다.

남편 단종이 왕위를 수양대군에게 빼앗기고 물러날 때 왕비는 많이 울었다. 정순왕후의 슬픔은 여기서 끝나지 않았다. 정순왕후의 아버지인 국구 송현수 부원군과 그의 부인과 가족들은 누명을 쓰고 세조에 의하여 모두 처형되어 형장의 이슬로 사라졌다.

세상에 이럴 수가! 열일곱 살의 상왕비(=정순왕후)가 넋을 잃고 쓰러지자, 상왕(=단종)은 이를 부축하며 낙루하였다. 그로부터 열이틀 후, 상왕에서 노산군으로 강봉된 남편이 관원에 끌려 영월 유배지로 떠나는 시간이 눈앞에 다가오고 있었다.

노산군의 거처인 금성대군의 궁은 울음바다가 됐다. 내시들이 울고, 궁녀들이 울고, 노산군 강봉으로 후궁의 자리를 잃고 뭐라고 붙일 이름조차 없는 여인들이 울고, 그 외 모든 사람들이 울었다. 그 중에서도 제일 슬퍼하면서 기색혼절을 거듭한 여인은 노산군 부인 송 씨였다.

열이틀 전에 친정 부모님과 가족이 몰살당한 충격이 가시기도 전에, 이번에는 유일하게 의지하고 사랑하는 남편 노산군마저 유배지로 떠나보내게 되니, 절망의 슬픔과 아픔을 감당할 길 없어 그녀는 울고 또 울었다. 허탈에서 간신히 정신을 차리며 눈물을 닦은 후, 노산군 부인 송 씨는 남편을 따라 영월에 함께 가게 해달라고 왕에게 간청했다. 그렇지만 왕은 이를 들어주지 않았다. 참을 수 없이 흘러내리는 눈물을 주체하지 못하며 노산군 부인은 남편과 기약 없는 생이별을 하며 동과 서로 갈라졌다. 홀로 남은 노산군 부인의 눈물은 마를 날이 없었고, 꿈속에서도 베개는 축축하게 젖었다.

적소(謫所)의 님, 애처롭고 그리워 망대(望臺)에 올라서서 눈시울을 적시며 동쪽을 바라보니, 구름과 산은 멀리 영월 땅을 가로막고 있었다. 오고가는 낮과 밤을 눈물로 보내던 그녀에게 "노산군은 서인으로 강봉된 후 임금이 보낸 관원에 의해 무참히 살해되고, 그 시신은 청령포 강물에 던져졌다"라는 비보가 바람을 타고 들려왔다.

열여덟 살의 꽃다운 나이에 그녀는 절망 속에서 모든 것을 체념했다. 동대문 밖 연미정동(燕尾亭洞)에 초옥을 지어 정업원(淨業院)이라 이름 짓고, 그곳에서 침식을 하면서 매일 절 뒤의 석봉(石峰)에 올라가 영월 쪽을 바라보며 비통해했다. 그렇게 단종의 명복을 빌며 지내다가, 중종 16년(1521년) 6월 4일, 82세를 일기로 한 많은 세상을 떠났다. 조선국 제19대 왕 숙종 24년(1698년) 11월에 단종이 복위되자, 그녀는 단종왕비인 정순왕후가 되었다.

권력에 미쳐서 살육을 일삼은 역사의 가해자도, 이들에게 참혹하게 당한 역사의 피해자도 필경 가는 곳은 한 군데, 모두가 몇 줌의 흙이 되어 땅 속에 누워 있다. 사릉 소나무 푸른 산은 예나 이제나 다름없이 오후 석양 길에 긴 그림자를 지상에 누이고 있다.

정순왕후가 겪은 슬픈 사연은 어제 오늘의 일이 아니며, 먼 5백여 년 전의 일이었다. 그런데도 그녀가 울다 지쳐 멍하니 서서 영월땅을 바라보는 애처로운 모습이 내 머리 속에 환영(幻影)으로 떠오르며, 경춘 철도 건널목에서 들려오는 기적소리는 목메어 울며 지나갔다. 나는 이승에서의 비극의 왕후가 저승에서만은 단종과 만나서 행복하기를 비는 묵념을 올리고 돌아서서 경사진 잔디밭을 걸어서 내려갔다.

성왕(聖王) 세종대왕

사릉에서의 군사훈련은 하루에 끝났다. 하룻밤을 보낸 제23보병연대 본부 장병들은 11월 7일 점심을 일찍 먹고 사릉을 떠나 여주에 있는 영릉으로 향했다. 영릉에 도착한 것은 오후 네 시경이었다.

영릉에 와서 놀란 것은 광릉에 비해 경내가 너무도 초라하다는 것이었다. 광릉 입구로부터 들어가는 길 양쪽에는 수백 년 수령의 아름드리 전나무나 소나무들이 싱싱하게 하늘에 치솟아 올랐다. 하지만 영릉에는 그런 것들이 하나도 보이지 않고 겨우 몇 십 년 수령의 소나무가 듬성듬성 몇 그루 서있기는 했으나, 그 소나무들마저 송충이들이 솔잎을 반쯤 갉아 먹어 건강상태가 부실했다.

우리나라 역사상 가장 위대한 성왕으로 추앙을 받는 세종대왕의 능이 이 지경이니, 크게 잘못된 일이며 시급히 관리개선이 이루어져야 한다는 생각을 했다. 나는 참모들에게 영릉 관리사무소 측과 협조하여 연대지휘소 천막 칠 장소를 능 입구 적당한 곳에 선정하고, 즉시 천막을 설치하라고 지시한 뒤 영릉 경내로 걸어 들어갔다. 봉분 앞에 서서 동방의 요순(堯舜)으로 불리는 우리의 성왕 세종대왕을 경건한 마음으로 우러러 추모하면서 경배하였다.

대왕께서 훈민정음을 만드심으로써 우리 겨레는 언어생활과 일치하는 정상적인 언어문자 생활을 할 수 있게 되었고, 배우기가 아주 쉬운 글자여서 만백성은 문맹으로부터 쉽게 해방될 수가 있었다. 그로 인해 나라 문명 발전에 큰 힘이 되었음은 물론, 겨레의 자주정신을 일깨워 주는 큰 계기가 되었다. 그때는 겨레의 지도층들이 중국을 절대적으로 숭상하는 모화사상(慕華思想)에 도취되어 있어 심지어 집현전 부제학 최만리 같은 사람까지도 훈민정음 창제 반대 상소문을 낼 정도였다. 그럼에도 불구하고 세종대왕은 훈민정음을 만드셔서 반포하셨다.

명석한 두뇌, 백성을 지극히 사랑하시는 성군의 덕, 먼 미래를 내다볼 수 있는 뛰어난 선견지명, 일단 목표를 설정하면 이를 이룩하기 위해 성취·창안하시는 뛰어난 창의력, 겨레를 위하여 옳은 일이라고 판단하면 밀고 나가는 강력한 추진력, 인재를 발굴 양성하면 적재적소에 배치하여 중지를 모으면서 이끌고 나가는 넓은 포용력과 통솔력, 밤낮을 가리지 않고 책을 읽어 옛 성현으로부터 배우는 '치세의 요'(治世之要) 탐색력과 그 근면성, 이런 장점을 구비하신 분이 바로 세종대왕이셨다.

세종대왕 하면 누구나가 훈민정음을 떠올린다. 그만큼 세종대왕의 훈민정음 창제는 유명하다. 그런데 세종대왕은 훈민정음 창제에 못지않은 여러 가지 치적을 남기셨다.

대왕은 집현전을 확충, 대궐 안에 설치했다. 인재를 양성하여 다각적인 연구를 시켜 역사, 지리, 정치, 경제, 군사, 도덕, 예의, 천문, 의약, 어학, 문학, 운학(韻學), 종교, 농업, 음악 등에 관한 서적을 간행했다. 이와 동시에 주자소를 설치하여 인쇄술을 개발, 종래에 비해 수십 배의 인쇄능률을 올리게 했다. 이리하여 조선 왕조의 황금시대를 전개하였다.

대왕은 군사력 증강, 국토확장에도 위대한 업적을 남기셨다. 군사적 불후의 업적은 사군(四郡) 설치와 육진(六鎭) 설치의 국토회복확장에 있었다. 동북지방은 조선국 개국의 태동지로 중요시되었으나, 여진족의 세력이 만만치 않았다. 남하한 일이 있으며, 배달민족은 이들과 함길도에서 오랫동안 각축전을 벌여온 사이였다.

세종 15년 12월, 세종대왕은 함길도 도절제사로 김종서를 임명하였다. 김종서는 두만강 유역을 돌아본 후, 육진 설치를 대왕에게 건의하고 성을 쌓기로 했다. 여진족이 언제라도 쉽게 습격할 수 있는 넓은 곳에 새로 성채 위치를 결정하고 축성한다는 것은, 당시의 가용인력과 여진족 세력을 고려할 때 지극히 어려운 일이었다.

김종서가 우선 네 진(四鎭)을 설치하려 할 때 조정에서의 의논은 분분하였다. 일부에서는 "김종서가 사람의 힘으로는 도저히 해낼 수 없는 일을 벌여놓았으니, 그 죄는 죽여야 옳다"고까지 주장하였다. 그러나 세종대왕은 "비록 내가 있으나 만일 김종서가 없었더라면 이 일을 족히 할 수 없을 것이요, 비록 김종서가 있으나 내가 없었더라면 족히 이 일을 주장하지 못했을 것이다" 하고는 육진 설치 결정을 끝내 굽히지 않았다.

김종서는 각 진에 함길도 백성을 1천100호씩 옮기기로 했다. 그리고 함길도 인력으로는 부족해서 임금께 건의하여 세종 23년(서기 1441년)에는 경상도에서 140호, 충청도에서 120호, 전라도에서 120호, 강원도에서 50호를 육진에 이주시켜 부족한 인력을 채웠다.

김종서는 축성을 하는 한편, 여진족의 반란을 진압하고 이들을 회유해서 귀화시켜 두만강 유역을 평온하게 평정하고 백성들의 불평불만을 잠재우는 위업을 달성했다. 종성·회령·경원·온성·경흥·부령의 육진을 완성한 김종서는 그동안 잘 훈련시킨 강한 군대를 각 진에 주둔시키고 서울로 돌아왔다.

세종 32년(서기 1450년) 음력 2월 17일(양력 4월 8일), 소현왕후와의 사이에서 태어난 막내아들 영응대군 집 동별궁에서 세종대왕은 54세를 일기로 승하하셨다. 이 희세의 성왕이 조부 태조처럼 74세까지 사시는 수복(壽福)을 누리셨다면 우리나라의 역사는 크게 달라졌을 것이다. 살생부도 없었을 것이며, 정난(靖難)의 변(變)이나 병자원옥(丙子冤獄)의 참극도 없었을 것이다. 생각할수록 아쉬움이 남는다. 그러나 역사에는 가정이 성립되지 않는다. 있는 그대로가 기록될 뿐이다. 그러니 운명으로 돌릴 수밖에 없다.

우러러보는 성왕의 봉분 앞에 오래 서서 이 생각 저 생각하다가, 감사의 경배를 올리고 돌아서서 영릉 입구에 설치중인 군용천막 있는 곳으로 갔다. 영릉 지역에서의 군사연습은 다음날 점심 때 끝났다. 추계 군사연습이 모두 종료된 것이다. 철원군에 있는 연대 주둔지를 향해 영릉을 떠난 것은 오후 1시경이었다. 연대장을 태운 군용 지프가 이천을 지나 광주를 거쳐 북상하는 동안, 길 옆 농촌에서는 도리깨로 콩마당질을 하고 탈곡기로 벼를 터는 등 농민들이 땀 흘리며 부지런히 일하는 모습들이 보였다. 까치도 날아다니고 초가집 닭들이 집 주변에서 한가로이 모이를 쪼아 먹고 있었다. 아주 평화로운 농촌풍경이었다.

군용 지프는 망우리 고개를 넘어 사릉 옆을 지나고 있었다. 머리를 돌려 동쪽을 바라보니, 이 날도 구름과 산은 멀리 영월 땅을 가로막고 있었다.

중대장과 간호원

포로가 된 열두 명의 처녀들

내가 서울적십자병원 간호원들과 간호학생들과의 인연을 맺게 된 것은 1950년 10월 21일의 일이었다. 그 전날, 미군 제187공수여단은 평안남도 순천 북방에 낙하산으로 투하되고 한국군은 대동강을 건너 순천으로 진격했다. 불의의 기습을 받은 북한 공산군은 순천읍내에서 혼란을 일으키며 저항하다가 이내 북으로 도주했다.

이때 북한 공산군은, 서울에서 납치해서 끌고 가던 서울적십자병원 간호원들과 간호학생들을 미처 챙기지 못하고 달아났다. 그날 밤, 우리 중대는 순천읍 북방에서 북한 공산군의 퇴로를 차단하고 있었다.

10월 21일 아침 해가 뜰 무렵, 언덕 같은 나지막한 능선 끝에 10여 명의 여자들이 보였다. 나는 SCR 536 무전기로 그 곳에 웬 여자들이 서 있느냐고 제2소대장 김덕출 소위에게 물었다. 김 소위가 방금 포로로 잡은 서울적십자병원 간호원과 간호학생들이라고 보고했다.

그 여자들은 내가 있는 중대지휘소로 곧 후송돼 왔다. 모두 감색 블라우스와 감색 스커트를 입고, 적십자 가방을 둘러메고 가죽구두를 신고 있었다. 가까이에서 보니 그녀들의 겉모양은 아주 비참했다. 속옷에는 얼마나 많은 이가 끓고 있는지 보리알같이 큼직한 이 한 마리가 한 간호학생의 블라우스 위를 벌벌 기어 다니고 있었다. 블라우스와 스커트는 땀이 배고 흙먼지가 묻어 더러워지고, 오랫동안 감지 못한 머리카락은 부옇게 부스스 헝클어졌으며 구두는 색이 바랬다.

안 된 말이지만 몸에서는 동물적인 악취가 났다. 모두 우리 겨레의 귀한 집딸들이며 막 피어나려는 꿈 많은 꽃봉오리들인데, 너무나 가엾다는 생각이 들었다. 육군사관학교에 다닐 때 적군 포로 취급에 관한 규정은 배웠으나, 이 여자들의 신분이 적군인지 아닌지가 애매하게 여겨졌다.

나는 외국군 경력이 전혀 없는, 순수하게 국내에서 육군사관학교를 나온 국내파 장교였다. 동료장교 중에는 일본군 경력을 가지고 있는 사람도 꽤 있었다. 나는 그들로부터 과거 일본군 일부가 제2차 세계대전 때 적지에서 전투 중 여자를 포로로 잡으면 겁탈을 하고, 그 외에 말 못할 잔인한 행위를 했다는 이야기를 여러 번 들었다. 그럴 때마다 나는 분노를 느꼈다. 더구나 우리는 현재 국내전을 치르고 있다. 그런 몹쓸 짓은 결코 있을 수 없었다.

그러나 제2차 세계대전 때 일부 몹쓸 일본군을 따라다닌 과거가 있는 장교에 대해서는 경계할 필요가 있다. 그 외에 또 한 가지 문제가 있었다. 6·25 초기 후퇴 당시, 국군장병 중에는 가족을 북한 공산군 점령 지대에 남겨놓은 채 부대를 따라 전투하면서 가족과 이별한 사람이 있었다. 우리 소대장 중에도 그런 사람이 있었는데, 북진하면서 알고 보니 그 가족들은 북한 공산군에 부역하는 동네 사람들의 밀고에 의하여 공산 측에 체포되어 변을 당했다. 북한 공산 측에 부역한 남한 사람들에 대한 원한이 하늘에 사무친 장병들은 눈이 뒤집혀 서 공산측에 부역한 사람들만 보면 총칼로 보복하려고 날뛰었다. 또 실제로 그런 보복도 있었다. 나는 그런 짓을 못하게 늘 제동을 걸어왔다.

중대장인 나는 우선 서울적십자병원 간호원과 간호학생들의 정신적 고통을 덜어주기 위해 3열 횡대로 정렬시켰다. 그녀들이 줄지어 서 있는 6보 앞에 나는 오른손으로는 허리의 권총집을 내려 잡고 왼손으로는 왼쪽 허리에 매달려 있는 소련제 쌍안경을 내려 쥔 다음, 열중쉬어 자세로 다리를 어깨 폭으로 벌리고 섰다. 오른쪽 어깨에는 카빈총이 메어져 있다.

피비린내 나는 전쟁터의 최일선 지휘관들의 눈매는 매섭고 살벌하며, 제정신이 아닌 살인마같이 보일 때가 있다. 사실 그렇다. 앞에 있는 적군을 향하여 방아쇠를 당겨 죽이지 않으면 자기가 적탄에 맞아 죽어야 하고, 달려드는 적군을 대검으로 찔러 죽이지 않으면 자기가 찔려 죽어야 하는 냉혹한 현실을 외면할 수는 없는 것이다. 그래서 일선 소총중대 장병들의 마음은 거칠 대로 거칠어져 살인마의 잔인성을 발휘하게 된다. 망나니가 되는 것이다.

여기는 그런 일선이다. 적성 신분으로 포로가 된 그녀들의 표정에 불안감이 스쳤다. 최전방 일선에서는 사람 목숨이 파리 목숨이다. 긴장된 마음으로 숨을 삼키면서, 그녀들은 중대장인 나의 일성을 기다렸다. 내가 입을 열었다.

"여러분, 나는 제7연대 제1중대장 이대용 대위입니다. 나는 제네바 포로취급규정에 따라 여러분들을 인도적으로 대우함과 아울러 여러분들을 동포의 한 사람으로서 최대한 인정으로 대할 것을 약속합니다. 여러분들의 생명과 처녀의 순결성은 이 허리에 찬 권총에 맹세하여 보호해주겠습니다. 만일 여러분들 중에 혹시 반국가적 행위를 적극적으로 한 사람이 있다면, 그것은 상급부대에서 정당한 재판으로 판가름 지어 법으로 다스릴 일이지 내가 할일은 아닙니다. 그리고 여러분들에게 지금부터 몇 마디 물어보겠는데 솔직하게 말해 주기 바랍니다."

나는 그녀들을 3열 횡대에서 해산시켜 놓고 한 명씩 따로 불러 심문을 시작했다. 군인들은 낙엽과 썩은 나뭇가지를 주워 모닥불을 피워놓고, 그녀들에게 불 옆으로 와서 몸을 녹이라고 했다. 심문에서 그녀들은 다음 내용의 진술을 했다.

1950년 6월 25일 북한공산군의 기습남침으로 38선이 돌파되면서 우리 국군장병들의 부상자는 육군병원뿐 아니라 서울적십자병원에도 후송되어 오고 있었다. 의사들과 간호원들은 이들을 열심히 치료해 주었다.

포성은 은은히 울려오지만, 서울시민들은 국군의 용전을 믿고 있었다. 전년에 북한 공산군 수천 명이 강원도 신남 · 관대리 지역과 옹진반도에서 38선을 넘어와 꽤 오랫동안 우리 국군과 전투 했으나, 그때마다 국군은 북한 공산군을 38선 이북으로 격퇴시켰다. 이번에도 그렇게 격퇴시킬 것으로 믿고 있었다.

또한 대한민국의 유일한 라디오 국영방송도 국군이 곧 반격작전을 펴서 북한 공산군을 38선 이북으로 쫓아버릴 것이라고 보도하고 있어, 국민들은 그 말을 하늘같이 믿고 있었다. 그리고 삼남 지방에 있는 국군 부대들이 38선으로 진격하기 위해 서울로 올라오고 있다는 소식도 들려와서 더욱 믿음직스러웠다.

그래서 서울적십자병원 의사들과 간호원 및 간호학생들은 서울로 북한 공산군이 들어오리라고는 상상조차 하지 않았다. 그들은 국군을 든든히 믿으면서, 6월 28일에도 평소와 다름없이 열심히 맡은 일에 열중했다. 그런데 갑자기 밖이 소란해지더니 총칼로 무장한 북한 공산군이 줄지어 병원 안으로 몰려 들어왔다. 병원 내의 의사들과 간호원, 간호학생들은 꼼짝없이 그들에게 납치되었다.

그로부터 약 3개월간, 의사들과 간호원들과 간호학생들은 북한 공산군의 무서운 감시 하에 말조심은 물론이고, 귀도 막고 눈도 가리고 조심조심 그들의 눈치를 살펴가며 살얼음판 위를 걷는 듯한 불안한 나날을 보내야 했다. 어떻게 해서든지 그들의 속박에서 탈출하고 싶었으나 기회는 오지 않았다.

1950년 9월 15일, 인천에 상륙한 유엔군과 우리 국군이 서울을 탈환하기 5일 전쯤, 북한 공산군은 서울적십자병원 간호원과 간호학생들을 청량리역으로 인솔하고 갔다. 밤이 되면 기차에 태워 북으로 끌고 가려는 것을 알아차린 간호원들과 간호학생들은 이 죽음의 대열에서 탈출하려고 기회를 엿보았으나, 북한 공산군의 감시가 워낙 철저해서 좀처럼 틈이 보이지 않았다.

이제나 저제나 하면서 북한 공산군이 한눈 팔기를 애타게 기다렸다. 어둠이 깔리면 간호원들과 간호학생들은 기차에 실리게 된다. 그렇게 되면 탈출은 난망이다. 모두들 조바심이 일기 시작했다.

해가 서산으로 질 무렵, 기차 탑승을 앞두고 다소 어수선한 틈을 이용해 간호학생 이병철 양이 집합대열에서 도망치기 시작했다. 여러 간호원 및 간호학생들이 그 뒤를 따르려는 순간, 감시 중이던 북한 공산군의 총소리가 여러 발 요란스럽게 울려 퍼지면서 달아나던 이병철 양이 쓰러졌다. 가슴과 등에서 쏟아져 나오는 붉은 피는 블라우스와 스커트를 물들이고 낭자하게 땅 위에 고였다. 열아홉 살 순결한 처녀의 체온이 식어갔다. 꿈 많던 한 망울의 꽃봉오리가 피지도 못하고 한을 안은 채 시체로 변해 무참히 쓰러졌다.

이 참상을 눈앞에서 보던 간호원들과 간호학생들은 소름이 끼쳐 넋을 잃고 명청이 서 있었다. 그 다음부터는 북한 공산군 병사의 핏발 서린 명령에 기계적으로 순순히 따랐다. 청량리역에 어둠이 깔리자 기차는 북으로 움직이기 시작했다. 얼마를 가니 기차는 멈추고 모두들 내리게 됐다.

그 후부터는 도보로 행군이 시작되었다. 낮에는 유엔군 전폭기들의 눈을 피하여 덤불 속에 숨어서 밤을 기다릴 때가 많았으며, 가끔 유엔군 전폭기의 폭격이나 기총소사를 받아 북한 공산군 부상자가 생기면 이들을 치료해 주는 일을 했다. 북한 공산군의 종군 간호원이 된 것이다. 유엔군 전폭기와 유엔 지상군, 우리 국군의 북진에 이리 저리 쫓기면서 약 한 달이 걸려서 도착한 곳이 평안남도 순천읍이었다. 그녀들은 유엔군과 우리 국군이 하루속히 자신들을 구출해주기를 갈망했다.

그러나 그녀들에게는 새로운 근심이 일기 시작했다. 즉 우리 국군이 자신들을 붙들었을 때, 북한 공산군에 부역한 몹쓸 여자들이라고 침을 뱉고 혹시라도 자신들을 향하여 방아쇠를 당기면 어쩔 것인가 하는 걱정이었다. 그러나 그러한 그녀들의 기우는 좋은 군인들을 만남으로써 깨끗이 불식됐다.

이 열두 명의 간호원과 간호학생 중에는 오빠가 국군 장병으로 활약하고 있는 사람이 여러 명 있었다. 우리나라 땅덩어리가 좁은 탓일까. 아니면 짓궂은 운명의 장난일까? 늠름하고 얼굴이 잘 생긴 선임 간호원은 놀랍게도 나의 바로 직속상관인 제1대대 부대대장 조현묵(趙顯默) 소령의 약혼녀였다.

나는 이 열두 명의 여자들을 전쟁포로가 아닌, 북한 공산군에 납치당해 학대를 받던 선량한 민간인들이 구출된 것으로 분류했다. 즉 포로 신분으로부터 해제하여 즉시 서울로 보내주고 싶었다. 그러나 제7연대는 원산으로부터 양덕·성천·은산을 거쳐 순천으로 진격해 왔기 때문에, 평양과 순천 간의 도로는 아직도 북한 공산군 수중에 있으며 통행이 불가능했다. 그렇다고 원산으로 한 바퀴 돌아서 서울까지 보내자니 너무도 길이 멀었다. 하는 수 없이 평양과 순천 간의 길이 열리기를 기다렸다가 트럭에 태워 서울적십자병원까지 보내주기로 하고, 그 동안은 우리 제1중대와 행동을 함께하기로 했다. 그녀들은 모두 안도의 숨을 내쉬며 기뻐하였다.

중대 보급하사관 박래영 중사가 주먹밥을 담은 사과상자를 걸머진 한청원(韓靑員)들을 인솔하고 왔다. 흰 밥 한 덩어리와 고추장 한 숟가락씩을 중대 장병들과 열두 명의 처녀들에게 골고루 나누어 주었다. 날씨가 차서 파리 떼들이 덤벼들지 않아 한결 깨끗하였다.

군 장병들과 간호원, 간호학생들은 피워놓은 불을 쬐여가면서 물을 반합에 데워 식사를 했다. 식사가 끝난 후 우리 중대는 미군 제187공수여단과 우리 국군 제7연대 제3대대가 개천(价川)으로 진출하는 동안 순천 읍내로 뒤돌아가서 하루 동안 휴식을 취하게 됐다.

나는 중대를 2열 종대 행군대형으로 편성하여, 남쪽으로 2킬로미터 떨어져 있는 순천 읍내로 이동하기 시작했다. 처녀들은 중대본부에 편입되어 바로 내 뒤를 따랐다. 우리 중대가 순천읍내에 있는 우체국 앞을 지날 때, 일본군 경력이 있는 모 대위가 길옆에 서 있었다.

"야, 이 대위 뽕꼬 많이 잡았구나. 몇 마리 양보하지."

'뽕꼬' 란, 제 2차 대전 때 못된 일본 군인들이 위안부나 능욕대상이 될 수 있는 교전 당사국 여자포로들을 비하해서 부르는 용어라는 말을 나는 들은 적이 있다. 나는 매서운 눈초리로 그를 쏘아본 후 입을 꽉 다물고 묵묵히 걸어갔다. 제국주의 일본군 만행의 악취가 풍기는 시대 낙오자의 헛소리를 문제 삼아, 부하들 앞에서 장교끼리 옥신각신 싸운다는 것은 때와 장소가 적절치 않다는 판단이 들었던 것이다.

"야, 이 대위. 엉큼하구나. 욕심이 너무 많다."

허튼 수작이 뒤에서 들려왔으나 못들은 체 무시해 버렸다. 다만, 저런 자에게 이 처녀들이 붙들리지 않은 것이 천만다행이라는 안도감이 머리를 스칠 뿐이었다.

우리 중대는 순천도립병원 옆에서 걸음을 멈추고 배낭을 풀고 대대에서 할당해 준 공공시설 이곳저곳에 들어가 휴식에 들어갔다. 열두 명의 처녀들에게도 숙사를 할당해서 그녀들이 한 곳에서 쉬게 했다.

나는 대대장 김용배 중령에게로 가서 서울적십자병원 간호원과 학생 열두 명에 관한 상세한 보고를 했다. 그리고 그녀들의 신분을 포로가 아닌 선량한 시민으로 분류해서, 며칠 후에 평양-순천 간의 길이 열리면 우리 중대 김지용 상사로 하여금 그들을 서울적십자병원까지 호송하겠다고 했다. 대대장 김용배 중령은 쾌히 승낙해 주었다.

그러나 김용배 중령은 부대대장 조현묵 소령의 약혼녀인 선임간호원만은 그 신원을 조현묵 소령에게 인계해 주라고 했다. 연락을 받은 조현묵 소령이 황급히 우리 중대로 달려왔다. 서울적십자병원 선임간호원은 조 소령을 만나자 왈칵 울었다. 자기 잘못이 아닌 기구한 운명, 이렇게 추잡한 꼴을 하고 약혼자를 만나야 하는가 하는 서러움 한편으로, 다시 만날 기약이 없이 절망의 늪에서 허덕이다가 구원의 손길이 뻗어 다시 이렇게 님을 만나는 인연이 맺어지니 그 얼마나 기쁜 일인가 싶었으리라. 기쁨과 수치가 걷잡을 수 없이 교차하며 솟구쳐 올라와서 그녀는 감색 블라우스의 양 어깨를 들먹이며 자꾸만 울었다. 조 소령은 약혼녀의 등과 어깨를 어루만지며 위로했다.

울음을 멈춘 그녀는 약혼자가 시키는 대로 조 소령이 타고 온 지프에 몸을 실었다. 약혼한 남녀를 태운 군용 지프는 부르릉 엔진소리를 내면서 눈앞에서 떠나갔다. 나는 각 소대장을 집합시켜 내일의 북진작전(공격) 명령을 하달하고, 모처럼 낮잠을 자기 위해 구두는 신고 총을 팔에 끼고 철모도 쓴 채로 마루에 누웠다. 그때였다. 장기봉 하사가 비쩍 마르고 키가 큰 포로 한 명을 데리고 왔다.

그 포로는 다름 아닌 왕년의 인기가수 고복수 씨였다. 북한 공산군에 끌려가 따라다니며 선전에 이용되면서 노래 부르던 그가 오늘 아침에 돼지우리 속에 숨어 있다가 잡힌 것이다. 고생을 많이 한 듯 눈이 푹 파이고 주름살이 굵게 잡히고 광대뼈가 드러나 있었다. 이발을 못해서 머리는 길게 귀를 덮었고, 몸에 걸친 한복에는 때가 반질반질 묻었으며, 양말과 농구화는 형편없이 해져서 발뒤꿈치 맨살이 새까맣게 드러났다. 과거에 지상을 통해 보던 잘 생긴 그 모습과는 많은 차이가 났다.

"당신이 틀림없는 고복수 씨입니까?" 하고 나는 다시 물었다.

"네, 제가 바로 고복수입니다."

그는 엉성하게 꼈던 팔짱을 풀어 내리고 두 손을 무릎 사이에 비비며 허리를 굽신거렸다.

"어떻게 여기까지 오셨는지요?"

가수는 닦지 못한 누런 이를 드러내면서 자기에게 유리한 증언을 했다. 그러나 북한 공산군에게 부역했던 사실만은 부인할 길이 없어 괴로워하고 있었다. 마지막에 가서 그는 "중대장님, 제 아들놈도 제21연대 위생병으로 있습니다. 살려 주십시오"하고 애원했다.

말이 끝나자 커다란 눈을 껌뻑거렸다. 내 눈앞에는 지금 생사의 갈림길에서 목숨을 구원받으려는 무기력한 사나이가 있을 따름이었다. 왕년에 화려한 무대 위에서 그는 "가도 가도 사막의 길......" 또는 "타향살이 몇 해인가....."를 경쾌하게, 또는 구슬프게 미성(美聲)으로 불렀다. 쏟아지는 청중의 앵콜과 박

수갈채, 청춘과 낭만과 돈이 있었을 것이다. 그러나 지금은 북한 공산군에 부역한 자라는 오명을 쓰고, 썩어 넘어진 고목과 같은 황폐한 주름살과 가죽에 덮인 마른 광대뼈만이 가진 것 전부였다. 이것이 유전(流轉)의 인생길인가. 나는 중년의 몰락한 가수에게 깊은 동정이 갔다.

"고 선생님, 너무 상심 마십시오. 인생길은 험하고 비도 오고 눈도 옵니다. 스스로 이 역경을 극복하는 사람에게 행복은 다시 찾아옵니다. 용기를 내십시오. 부인 황금심 여사는 지금 어디 계시는지요? 부인을 만나서 우선 몸의 건강부터 회복하십시오. 그리고 재기하시길 바랍니다."

말을 마치자 나는 옆에 있는 중대 연락병 박재현 하사에게 배낭에서 중대장용 군용양말 한 켤레를 꺼내도록 하여 고복수 씨에게 주었다. 양말을 받는 가수의 일그러지고 푹 꺼진 커다란 눈에는 이슬이 가득 고여 있었다. 나는 그에게 육군용 캐러멜과 점심을 먹인 후, 정상적인 절차를 밟아 대대본부로 후송했다.

전장의 두 간호학생

마루를 비쳐주는 따뜻한 햇볕을 받으며 한잠 자고 나니 피로가 풀리고 기분이 상쾌했다. 대대장 김용배 중령과 나는 열두 명의 간호원 및 간호학생들에 대한 것을 연대본부에 보고할 필요 없이 대대장 판단으로 처리하겠다는 생각에서 일체 보고하지 않았다. 그런데 열두 명의 여자들에 대한 소문은 요원의 불길처럼 군인들의 입에서 입으로 퍼져나가 제7연대본부에까지 알려졌다.

연대본부에서는 연대정보 주임보좌관을 제1대대장에게 보내, 북한 공산군에 관한 정보수집 차 그녀들의 심문이 필요하니 데려가겠다고 했다. 대대장 김용배 중령은 그 여자들의 정보가치가 별 것도 아닌데 굳이 데리고 가겠다면 데리고 가도 좋으나, 가서 충분한 심문을 한 후에는 다시 제1대대 제1중대에 돌려보내 김지용 상사로 하여금 그녀들을 서울 적십자병원까지 데려다주도록 한다는 전제하에서 내주겠다고 했으며, 연대본부에서는 이에 동의하였다.

해가 뉘엿뉘엿 질 무렵, 연대정보주임 보좌관 김 중위는 스리쿼터 트럭을 가지고 제1중대에 와서 간호원들과 간호학생들을 태웠다. 이때 두 명의 간호학생은 멀리 떨어져 있는 제1중대 취사장에서 저녁식사 준비를 돕고 있었다. 김 중위는 그 두 명은 그대로 놔두고 나머지만 데리고 연대본부로 갔다. 두 명의 간호학생인 정정훈(鄭貞薰)과 박태숙(朴泰淑)은 우리 중대에 남아서 부상병 치료와 시간이 나면 중대 취사일도 도와주게 되었다.

순천읍내에서 하룻밤을 보내고 그 다음날 우리 중대는 새벽밥을 먹고 제1대대의 일부로서 군용트럭을 타고 개천에서 아군을 앞질러 희천(熙川)을 점령하기 위해 북으로 치달았다. 북한 공산군의 수는 우리보다 몇 배, 때에 따라서는 6~7배도 넘었다. 그들의 사기는 바닥에 떨어져서 좀 싸우다가는 흩어져서 산속으로 도망을 쳤다. 길이 열리면 우리는 군용트럭에 다시 승차하여 북으로, 북으로 달렸다. 박태숙과 정정훈은 전투구경을 하면서 아군 부상자 응급치료에 정성을 쏟았다.

우리 중대가 개천-희천 가도를 따라 자작(自作)을 지나면서부터의 노획물자에는 진기한 것이 많았다. 우선 철로 위에 서 있는 화차들에는 군 전투복들이 산더미같이 실려 있었다. 그 전투복은 미군용 전투복(작업복)과 엇비슷했으나 색깔이 더 선명한 초록색이었다. 상의 주머니는 아래에 둘이 있고, 윗주머니는 왼쪽에 하나만 달려 있었다. 포켓을 위에서 덮는 천 뚜껑은 없고, 하의는 미군용과 비슷했으나 뒷주머니가 없었다.

마침 입고 있는 군 전투복이 낡았을 때라, 장병들은 눈 깜짝할 사이에 모두 갈아입었다. 함부로 그래서는 안 되는 것이기는 하지만, 사기를 올리는 데 좋은 일이었다. 또 우리 국군 장병들은 전투복 위에 미국제 기다란 군용잠바를 입고, 미제 군화와 철모를 쓰고 있었다. 그렇기 때문에 노획한 전투복을 입었다고 해도 군복 및 장비의 외형은 그 전이나 다를 것이 별로 없었다. 장병들은 스탈린 동무의 선물이라고 좋아들 했다.

박태숙과 정정훈도 어느 틈에 어디선가 재빠르게 갈아입었는데, 땀내가 물씬 나는 감색 블라우스와 스커트를 벗어 버리고 초록색 군복으로 바꿔 입으니 아주 생기 있고 말쑥하고 깨끗해 보였다.

스탈린 동무의 선물은 그뿐이 아니었다. 초콜릿이 담긴 상자도 수십 개나 있었다. 소련 고문관들이 먹는 것인지, 김일성 등의 당 간부들이 먹는 것인지는 알 수 없으나, 초콜릿 속에는 소련 보드카가 들어 있어 아주 진미였다.

자작을 지나 신흥동(新興洞)에서 약 3킬로미터 전진하니 청천강(淸川江) 도하지점이 나타났다. 도하지점 강물 속에는 유엔군 전폭기의 기총소사 공격을 받아 파괴된 자동차들이 여러 대 버려져 있었다. 이들 강물 속의 자동차들을 건져내야 다른 자동차들이 강을 건널 수 있다.

다급한 이들은 타고 가던 승용차들을 강 남쪽에 버리고 몸만 강을 건너 북으로 달아났다. 그래서 세단 승용차만도 22대가 즐비하게 강 남쪽에 서 있었다. 번쩍번쩍 하는 고급 승용차들은 아주 장관이었다. 여기에는 김일성의 승용차도 있었고, 주한 미국대사 무초 씨가 서울에서 북한 공산군에게 뺏긴 승용차도 있었다.

이곳이 고향인 제2연대장 함병선 대령은 우리가 노획해 놓고 계속 북진한 하루 후에 고향에 들렀다가 22대 중에서 가장 좋은 승용차 한 대를 가지고 갔다. 이것이 바로 김일성의 승용차였으며, 훗날 이승만 대통령에게 바치게 된다. 제6사단장 김종오 준장도 그곳에 가서 좋은 세단 두 대를 골라 가지고 갔다. 이 중 한 대가 무초 대사의 승용차여서 그에게 돌려주었다.

우리들은 약 40분간의 작업 끝에 강물 속에 있는 차들을 이리저리 끌어내고 도하지점을 정리한 후 북진을 재개했다. 강을 건너 조금 나가니, 소련제 T34 탱크가 한 대 서 있어 이를 노획했다. 북신현(北新峴)에서의 공방전은 밤 9시경까지 이어지고 북한 공산군이 북으로 퇴각함으로써 전투는 끝났다.

나는 이날 포로로 잡은 북한 공산군 대위로부터 뺏은 가죽으로 된 권총밴드와 1948년제 소련제 떼떼 권총을 찼다. 이때까지 내가 차고 다니던 1945년제 소련제 떼떼 권총은 중대 선임하사관 김지용 상사에게 주었다. 쌍안경도 이날 노획한 새 것으로 바꾸고, 북한 공산군 육군대위가 가지고 있던, 평안남북도를 거의 다 커버하는 널찍한 25만분지 1 군용지도도 빼앗아 내 것으로 만들었다. 이 지도는 훗날 내가 9일간 중공군의 중포위 속에서 적을 돌파하는 작전을 할 때 참으로 요긴하게 써먹었다.

이날 우리 중대는 셀 수 없을 만큼 수많은 북한 공산군을 포로로 잡았다. 그 중에는 40여 명의 여자 의용군도 포함되어 있었다. 이들 북한 공산 여자 의용군들은, 서울적십자병원 간호학생들과는 달리 스스로 자원해서 입대한 여자들이었다. 이들 중 가장 나이가 어린 여자 의용군은 서울풍문중학교 3년생인 박필숙(朴畢淑)이었다. 이들은 주로 위생병들이었으나, 나이가 든 여군 중에는 군용트럭 운전병도 있었다.

이들 여자 의용군들은 우리 국군에게 쫓겨 달아나는 북한 공산군을 보면서 "저런 바보들! 이쪽을 보고 마주 총을 쏘면 될 텐데, 왜 저렇게 도망을 칠까" 하고 자기들끼리 소곤거리기도 하더라는 것이었다. 밤 9시경에 적군과의 접촉이 끊기자 이내 외곽방어 편성배치로 전환하고, 북신현 북방에서 숙영을 하게 됐다. 저녁식사는 밤 10시경에야 시작됐다.

지금까지 나는 연락병인 홍인곤 하사와 박재현 하사와 세 명이 함께 식사를 하였으나, 오늘부터는 박태숙과 정정훈을 포함해서 다섯 명이 함께하게 되었다. 저녁식사를 하다가 문득 연대본부에 가 있는 간호원과 간호학생들 생각이 났다. 우리 중대가 급히 북한 공산군을 맹추격하다 보니 이렇게 연대본부와의 거리가 크게 벌어지고 말았다. 그러니 그녀들이 우리 중대로 되돌아오기는 힘들게 됐다면서, 두 사람은 차라리 내일이라도 후방에 있는 연대본부로 가서 그들과 합류하는 것이 좋을 것 같다는 의견을 제시했다. 그러나 그들은 이대로가 좋으며, 우리 중대를 따라 압록강까지 가서 국경선을 구경하고 서울로 돌아가겠다고 했다.

식사 후 중대의 야간 경계배치를 확인하고, 나는 네 명과 함께 한 농가의 부엌에서 함께 자게 됐는데, 부엌에는 앞뜰과 뒤뜰로 통하는 출입문이 두 개 있고, 안방으로 통하는 또 하나의 출입문이 있었다.

나는 뒷문 옆에 수숫대를 깔고 잠자리를 잡았다. 두 명의 중대 연락병은 앞문 옆에 수숫대를 깔고 나란히 누웠다. 그 중간에 역시 수숫대를 깔고 두 간호학생이 나란히 누웠다.

일선 군인들은 철모를 쓰고 구두도 신은 채, 수통까지 허리에 그대로 달고 총은 오른팔에 안은 채 잔다. 처음에는 불편해서 견디기 힘들지만 날이 가고 달이 거듭되면 아무렇지도 않게 편안해진다. 이렇게 습관이 되는 것이다. 언제 적군의 야습이 있을지 모르기 때문에 최전방 전투지휘관인 소총 중대장의 신경은 예민해지며 밤 귀가 밝아진다.

새벽 1시가 조금 지났을 무렵, 나는 어찌된 영문인지 눈을 떴다. 가만히 보니 박재현 하사가 부스럭거리며 일어나 밖으로 나가 용변을 마치고 되돌아왔다. 박재현 하사가 누워 있던 자리는 간호학생 쪽에 가까운 자리였다. 홍인곤 하사는 박 하사가 용변을 보는 사이에, 때를 만난 듯이 데구루루 한 바퀴 굴러서 박 하사 자리로 옮겨 누웠다. 박 하사는 용변 때문에 홍 하사에게 뺏겨 버린, 간호학생들에게 가까운 자리를 다시 차지하기 위해 홍 하사를 흔들면서 원래 자던 자리로 되돌아 누우라고 성화를 했다. 그러나 홍 하사는 일부러 깊이 잠든 시늉을 하면서 조금도 양보하지 않고 그 자리를 고수했다. 중대장의 단잠을 방해할까봐 염려하면서 박 하사는 조용조용히, 그러나 집요하게 홍 하사를 밀어 버리려 했으나 끝내 뜻을 이루지 못했다. 박 하사는 중얼중얼 불평을 늘어놓으면서 간호학생들로부터 멀어진 자리에 누웠다.

나는 모포 속에서 긴장했다. 사고가 일어나려고 하면 어떻게 할 것인가. 만일 사병이 처녀들에게 손을 뻗으려는 움직임이 시작된다면, 나는 용변을 보려고 일어나는 듯한 행동을 하면 된다. 그러면 사병들은 조용해질 것이다.

이 생각, 저 생각 속에서 야광손목시계를 보니 어느덧 시간은 새벽 2시였다. 홍 하사, 박 하사 모두 꿈나라로 가 있었다. 아무 일 없이 밤은 지나가고 있었다. 처녀들은 부모 슬하를 떠나 아직도 고생길에 있고, 사병들은 자기 생명이 언제 떨어질지 모르는 정신적 부담을 감수해야 하는 어려운 처지에서 임무 수행을 하고 있다. 그러나 잠자고 있는 시간만은 처녀들도 사병들도 모두 그런 고통으로부터 해방된다. 나는 그들 네 명의 잠이 더욱 깊어지기를 바라면서, 부엌 뒷문 쪽으로 돌아누우며 몸을 새우같이 구부렸다. 담요를 덮었으나 으스스 추위가 느껴졌기 때문이었다.

북신현에서의 밤은 이렇게 가고, 우리의 진격은 계속됐다. 국군 최선봉 부대의 전진은 예상보다도 빨랐다. 제7연대 제1대대가 희천을 점령한 후, 서북쪽으로 진로를 바꿔 걸어서 극성령(克城嶺)을 넘어 회목동(檜木洞)에 도착한 것은 10월 25일 점심때였다. 극성령은 자동차가 통과할 수 없었다. 군용트럭은 희천에서 남쪽 후방으로 내려가서 빙 돌아 온정을 거쳐 우현령을 넘어 회목동으로 와서, 극성령을 넘은 우리 도보 행군부대와 합류하기로 되어 있었다. 그런데 그들의 모습이 보이지 않았다.

우리는 점심을 지어 먹고 가기로 하고 휴식에 들어갔다. 밥 짓는 동안 나는 말라붙은 풀 위에 누웠다. 늦가을 오후의 바람이 냇가의 낙엽을 굴리고 있었다. 하늘에는 흰 구름이 모여들고 기온은 싸늘했다.

코를 자극하는 향기가 있어 몸을 일으켜 돌아보았더니, 시들어가는 들국화 한 포기가 있었다. 나는 옆으로 누워 들국화의 향기를 맡으며 잠이 들었다. 박태숙이 흔들어 깨우는 바람에 단잠에서 눈을 뜨고 일어났다. 옆에서는 취사장에서 가져온 점심식사를 정정훈이 차려놓고 있었다.

식사가 모두 끝나도 우리와 합류할 군용트럭들은 오지 않았다. 우회해서 오는 그 군용트럭들이 통과하여야 할 온정, 우현령 등지에는 아직도 북한 공산군 패잔병들이 있어 국군 제2연대가 이들을 소탕하고 길을 열어줄 때까지, 아마도 어느 곳에선가 멈춰 있는 모양이었다. 우리 부대는 도보행군으로 북으로, 북으로 치달았다. 해가 떨어져도 야간행군은 그대로 계속되었다. 밤늦게 군용트럭들이 우리를 따라와서 그것들을 타고, 자정쯤 고장(古場) 마을에 도착해서 그곳 인민학교에서 숙영을 했다.

다음 날 새벽 식사를 끝내고, 눈이 펑펑 쏟아지는 가운데 군용트럭을 타고 고장마을을 떠나 북진하던 제7연대 제1대대는 초산(楚山)읍 남방 약 6킬로미터 지점에서 북한 공산군과 격전을 벌여 이를 격파한 후, 10월 26일 오후 2시 15분에 그 선두가 압록강에 도착했다. 제1대대 전 장병은 압록강변에서 약 두 시간 머물렀다. 그런 다음 제1대대의 선두로 압록강에 도착하여 강변 마을인 신도장(新島場) 전 지역에 배치된 제1중대를 그대로 강변에 남겨놓고, 나머지 전 병력을 이끌고 대대장 김용배 중령은 압록강에서 약 6킬로미터 남방에 있는 초산읍으로 내려갔다.

나는 중대장 숙소를 강변 중앙에 위치한 초라한 오막살이 초가집으로 정했다. 침실은 아랫방과 윗방 두 개였으며, 부엌은 한 칸 반쯤 되어 보였다. 집주인은 피난을 떠나고 없었다. 중대 연락병 두 명, 간호학생 두 명, 나까지 다섯 명이 이 초옥에서 침식을 함께하게 되었다. 수풍댐의 영향이 여기까지 올라와서 강물은 산과 산 사이를 가득히 채우고 빙빙 돌았으며, 수심이 깊었다. 청어만한 크기의 담수어들이 떼 지어 물속을 유유히 헤엄치고 있었다.

평화로운 국경선이다. 마을 초가집들의 굴뚝 연기가 한 폭의 그림처럼 하늘로 느리게 올라간다. 이른 아침에 쏟아진 함박눈은 오후의 햇살에 많이 녹아버리고, 응달진 곳에만 잔설이 남아 있다.

1910년 8월 29일, 나라를 잃고 침략자의 손에 국경경비의 권리를 박탈당하여 35년, 그 후 그들로부터 해방은 되었으나 남북이 분단되어 5년, 모두 40년간의 한 많은 세월이 흘러갔다. 그러나 이제는 망국의 한도, 분단의 슬픔도 모두 사라지고 남북이 통일됐다. 남북통일의 감격 속에 지난날의 부조(父祖)들의 잘못을 거울삼으며, 자유조국의 미래를 그려보는 청년장병들의 가슴속에는 자유를 사랑하고 겨레를 사랑하며 나라를 번영시키겠다는 굳은 맹세가 있었다.

강 건너의 이국땅을 바라보고 있는 내 뒤에서 인기척이 나기에 돌아보니 박태숙이 걸어오고 있었다.

"저녁식사 준비가 끝났어요. 진지 드세요."

"그래, 알았다."

나는 태숙이를 따라서 초옥으로 들어갔다. 아주 오래간만에 구두를 벗고 식사를 하게 됐다. 저녁식사는 정정훈이 차려놓고 있었다. 북한 공산군으로부터 노획한 소련제 수류탄을 던져 압록강에서 잡은 담수어 조림이 반합 뚜껑에 가득히 차려져 있고, 날고추장이 또 다른 반합 뚜껑에 담겨 있었으며, 된장에 파를 넣어 끓인 국이 구수한 냄새를 풍겼다. 항상 먹던 주먹밥 한 덩어리와 고추장 한 숟가락에 비하면 놀라운 성찬이다.

처녀들의 솜씨는 보통 이상이었다. 박태숙과 정정훈은 어느 틈에 머리를 감고 손질하였는지 더 예뻐 보였다. 식사 준비를 하느라고 웃옷 소매를 걷어 올린 것도 귀엽게 보였다. 다섯 명은 평화롭고 즐거운 식사시간을 보냈다.

저녁식사 후에 따뜻한 온돌방에 둘러 앉아 낡은 빅터 축음기로 오래간만에 레코드판 노래를 듣게 됐다. 축음기는 압록강 뗏목다리 부근에서 홍 하사가 주워온 것이다. 축음기 태엽 감는 일은 홍 하사가 하고, 나는 레코드판을 골랐다. 박 하사는 유성기 바늘을 열심히 숫돌에 갈아서 끝을 가늘고 뾰족하게 만들었다.

'목포의 눈물', '나그네 설움', '애수의 소야곡', '타향살이', '사막의 길'…… 남인수, 이난영, 백년설, 채규엽, 고복수, 황금심, 박단마, 백란아 등등의 명가수들의 노랫소리는 촛불 켜놓은 아늑한 방에서 밖으로 새어나가 애수를 띠고 압록강 물결 위로 사라져 갔다.

밤이 깊어 노랫소리는 멎고 강 건너 중국 땅에서 개 짖는 소리가 아득히 들려왔다. 나는 담요를 덮고 누웠으나 잠이 오질 않았다. 몸은 피곤하였으나 중국 쪽에서 들려오는 개 짖는 소리가 자꾸만 마음에 걸렸다. 덮었던 담요를 젖히고 일어나서 밖으로 나갔다. 적막이 가득한 어둠 속을 헤치며 강으로 내려갔다. 군화 끝이 강물에 젖었다. 만물은 죽은 듯이 고요하고 강 건너 개 짖는 소리만 간간히 들려온다. 옛 일들이 생각났다.

그 옛날 고구려, 우리 조상들은 기마민족이면서도 성을 많이 쌓았다. 수도 평양성은 물론이고, 난공불락의 유명한 큰 성만도 요동평야의 안시성(安市城), 요동성(遼東城), 그리고 까마득히 저 멀리 북쪽의 부여성(扶余城), 그리고 남으로 내려와서 지금의 중국 장춘(長春) 남방의 졸본성(卒本城), 또 남쪽으로 내려와서 압록강 중류 지점인 만포(滿浦) 건너편의 국내성(國內城)이 있었다.

바로 이 신도장 마을에서 강변 따라 60킬로미터를 상류 쪽으로 올라가면 국내성 옛터가 나온다. 고구려 전성기에 우리 조상들이 달리는 말굽소리와 개선의 북소리가 1천5백여 년의 시세(時歲)를 넘어 후손의 귀에 들려오는 것 같았다. 그리고 용감무쌍한 조상들은 후손에게 이렇게 말해주는 것 같았다. "어떠한 나라도 내부분열이 일어나서 사분오열이 되면 끝내는 멸망하는 법이니 너희들은 이를 명심하라"고.

어두운 밤은 가끔 개 짖는 소리가 들려올 뿐, 점점 깊어가고 있었다. 꽤 오래 강가에 서있던 나는 발길을 돌려 초옥에 들어가서 누웠다. 한밤이 가고 날이 밝았다.

박태숙과 정정훈이 부엌에서 달그락거리며 종알거리는 소리에 눈을 떴다. 밖에 나가 강기슭에서 아침 맨손체조를 하고 강물로 세수를 했다. 물은 차지만 깨끗하고 기분이 산뜻했다. 강 건너 중국 쪽에서는 감색 누비바지, 누비저고리를 입은 중국 농부가 황소 한 마리를 끌고 나와서 강물을 마시게 하고 있었다.

아침식사가 끝난 후 보초를 제외한 군인들은 팬티, 러닝셔츠, 양말 등을 세탁했다. 최전방에서 전투하는 소총중대 장병들이 목욕이나 세탁 같은 것은 생각조차 할 수 없는 일이었다. 내리는 비를 맞으면 그것이 세탁이 되고 목욕이 된다. 그러나 압록강변 신도장 마을에는 전쟁이 끝나고 평화가 왔다.

압록강변 벽동읍은 국군 제2연대가 곧 점령할 것이고, 위원읍과 만포읍은 국군 제8사단이 곧 점령할 것이다. 벽동읍 서쪽의 압록강변 주요 시나 읍은 국군 제1사단과 미군 제1기병사단이 점령할 것이다. 삼천리 방방곡곡에는 자유가 오고 평화가 온다. 그 첫 테이프를 우리가 초산, 신도장에서 끊은 것이다.

이 날 오전 11시 50분경에 제7연대장 임부택 대령이 압록강변에 배치되어 있는 우리 제1중대 지역에 왔다. 연대장 임부택 대령은 국군 제2연대가 온정·북진(北鎭)에서 새로 나타난 중공군과 교전중인데, 상황이 국군 제2연대에게 불리하여 조금 걱정이 된다고 했다. 그러나 온정 부근에는 국군 제19연대가 있고, 그 서쪽에는 국군 제1사단과 미군 제1기병사단이 있다. 그래서 이들 아군 부대들이 중공군을 압록강 저편으로 쉽게 밀어 버릴 것이라 가볍게 여겼다.

하늘은 맑고 기온이 온화해서 빨래와 고기잡이하기에 더할 수 없이 좋은 날씨였다. 평화가 얼마나 좋은 것인가를 만끽하면서 군인들은 10월 27일 낮을 즐겁게 보냈다. 저녁식사는 가장 성찬이었다. 압록강 물고기 반찬 외에, 초산읍에 있는 대대본부로부터 쇠고기 특식이 보급되어 참으로 오래간만에 불고기 맛을 보았다. 좋은 음식을 배불리 먹고 축음기 노래를 또 듣고 난 후, 따뜻한 온돌방에 모여앉아 이야기꽃을 피웠다.

정정훈과 박태숙은 절친한 친구였으나 성격은 정반대였다. 생김새도 정반대로 좋은 대조를 이루고 있었다. 정정훈은 키가 1미터 65센티 가량이며, 얼굴은 긴 편이고 웃으면 두 볼에 보조개가 얕게 패었다. 살색은 검지도 희지도 않은 중간이고, 가지런히 난 이는 박씨처럼 희고 예뻤다. 경기도 파주군 임진면에서 태어나, 어려서 아버지를 여의고 어머니 슬하에서 자랐다. 집은 비교적 부유한 편이어서, 큰오빠는 일본에 가서 대학을 졸업하고 고향으로 돌아와서 취직을 했다. 그녀가 서울에서 중학교를 다닐 때, 학비는 오빠가 대주었다. 부모가 아닌 오빠로부터 학비를 받아써서 그런 것인지, 아니면 타고난 성격이 그런 것인지 말이 별로 없이 내성적이면서 한편 감상적이었다.

박태숙은 키가 작달만하고 얼굴은 동그랗고 말이 또랑또랑했다. 손은 조그맣고 피부색은 희고, 정의감이 강하며 재치가 있었다. 태어난 곳은 중국 만주이며, 8·15 해방 후에 부모를 따라 서울에 와서 정착했다. 오빠와 동생들이 있고 아주 명랑했다. 서울적십자병원 간호학교 학예회 때 이솝우화에 나오는 거북이와 토끼의 연극을 했는데, 토끼 역을 맡는 바람에 친구들 사이에서는 흰 토끼라는 애칭으로 불린다고 했다. 박태숙은 재미나는 이야기가 나오면 생긋 웃었다. 그 웃는 모습은 화사한 봄날의 벚꽃을 연상케 하고 티 없이 맑아 보였다.

재미난 대화시간은 밤이 깊어지자 끝나고 모두 잠자리에 들었다. 처녀 간호학생들은 윗방에, 남자 군인 셋은 아랫방에서 잤다. 이날 밤도 늦게까지 중국 땅에서는 개 짖는 소리가 멀리 들려왔다.

9일간의 탈출

신도장에서 두 밤을 자고 10월 28일 아침을 맞이했다. 이 날도 날씨는 쾌청했다. 해 뜨기 전까지는 된서리가 내려 쌀쌀했지만, 해가 뜬 후에는 서리가 녹고 영상의 햇살이 마을과 산과 강물을 포근히 평화롭게 비쳐주었다.

그러나 신도장의 평화와는 달리 약 300리 남쪽에 있는 온정·북진에서는 예상을 뒤엎고 국군 제2연대가 중공군에게 대패하여 분산, 후퇴 중에 있었다. 이 소식이 신도장에 알려진 것은 10월 28일 오후 4시 30분, 신도장에 있는 제1중대에 "우리는 온정에서 후퇴중인 제2연대를 구원하기 위하여 온정으로 남하한다. 제1중대는 10월 28일 오후 7시 초산읍에 집결하라"는 명령이 하달되었다.

압록강변 신도장 마을의 평화는 깨졌다.

10월 28일 밤, 제1중대는 압록강을 떠나 초산 읍내로 들어가서 하룻밤을 자고, 10월 29일 아침에 초산읍을 떠나 고장으로 내려갔다. 거기에는 제7연대 본부가 있고, 제2 및 제3대대 전 병력이 있었다. 고장에 도착한 후 급박한 상황을 알게 됐다. 온정·북진에서 국군 제2연대를 격파한 중공군은 그 일부가 온정에서 북상하여, 이미 코앞인 풍장에서 우리의 퇴로를 차단하고 제7연대와 교전상태에 들어가 있었다.

멀리 남쪽 태평(泰平)에 있는 국군 제6사단장은 무전으로 제7연대장에게, 제7연대가 중공군 중(重)포위 속에 들어갔으니 게릴라전을 하면서 중공군 포위망을 뚫고 나오라는 작전명령을 보내왔다. 고장 남쪽 풍장에서의 전투는 10월 29일 낮에는 아군이 중공군을 돌파하며 약 12킬로미터 남진했으나, 야간전투에서는 전세가 역전되어 아군이 북쪽으로 밀리면서 분산됐다.

어둠 속에서 너무도 효과적이고 맹렬하게 이어지는 중공군의 추격에 우리 연대는 전열을 가다듬을 틈도 없이 연대와 대대, 중대 간의 지휘계통은 마비되고 뿔뿔이 흩어졌다. 중대장의 지휘 하에 중대별로 게릴라전을 하면서 중공군의 두터운 포위망을 뚫고 나가는 길 이외에 다른 방법이 없게 되었다.

우리는 잘 모르고 있었으나, 이때 이미 중공군 제38군과 중공군 제40군이 우리 제7연대를 겹겹이 둘러싸고 있었다. 나는 제1중대를 이끌고 낭림산맥의 지맥인 적유령산맥의 승적산(해발 1994미터) 쪽으로 급히 이동한 다음, 방향을 남쪽으로 돌려 중공군의 포위망을 뚫고 나가는 돌파작전에 들어갔다.

국군 제7연대는 이 중포위망 속에서 엄청난 인원피해를 입었다. 연대장은 살아나왔으나 부연대장은 못 나왔다. 대대장 3명 중에 1명만 살아나왔다. 소총중대장 9명, 중화기중대장 3명, 연대 대전포중대장 1명, 연대 수색중대장 1명, 대대 본부중대장 3명, 연대 근무중대장 1명, 연대 본부중대장 1명 등 연대 편제상의 중대장은 총 19명인데, 이 중 살아나온 중대장은 9명에 불과했다. 역전의 중대장들도 이렇게 살아나오기가 힘들었다.

살아서 중공군 포위망을 뚫고 나온 9명의 중대장 중에 군복을 입고 총칼로 무장하고 나온 중대장은 4명에 지나지 않았다. 나머지 5명은 총칼을 버리고 민간인 복장을 하고 피난민 행세를 하고 나온 중대장들이었다. 군복을 입고 무장을 하고 나온 4명의 중대장 중에서 중대를 끝내 지휘하면서 생존자 21명을 인솔하고 나온 중대장은 오직 1명뿐이고, 나머지 3명의 중대장은 연락병 1명 또는 2명만을 대동하고 나왔다. 중공군 포위망 뚫기가 얼마나 힘들었는가를 말해주는 증거인 것이다. 이렇듯 힘든 사지(死地)에서 박태숙과 정정훈은 살아나오는 기적을 이룩했다.

전투 경험이 풍부하고 잘 훈련된 중공군은 포위망을 거미줄같이 잘 쳐놓았다. 그래서 자주 그들과 만났다. 우리 제1중대가 포위망 속에서 중공군을 만난 것은 22회였는데 이 중 9회는 높은 산 또는 야음을 이용하여 이들을 피해서 우회하던가, 아니면 어둠을 이용하여 그들의 배치 지역을 물고기가 그물을 빠져나오듯 몰래 살그머니 빠져나오는 수법을 썼다.

중공군과 만난 22회 중 13회는 부득이 크고 작은 교전을 하여 피아간에 많은 인원손실이 있었다. 13회의 전투 중 가장 치열한 격전은 11월 3일 오후에 북신현 서북쪽 산에서 있었던 전투다.

이 날 아침 일찍이 우리 앞을 가로막는 중공군 부대와 뒤를 추격하는 중공군 부대 틈바구니에서 격전을 벌이며 중공군의 배치가 엷은 왼쪽 산의 정상을 점령하는 데 일단 성공했으나, 그 일대의 중공군 수천 명이 우리가 점령한 산을 이중 삼중으로 완전 포위했다. 시간이 갈수록 중공군 병력은 자꾸만 증원됐다. 해발 약 500미터로 보이는 산의 5부 능선까지를 중공군이 차지하고 있었다.

포위망은 점점 죄어오고 있었다. 우리는 독 안에 든 쥐 신세가 됐다. 독 주위에는 고양이 떼들이 진을 치고 있으며, 곧 독 안으로 고양이 떼가 달려들 판이다. 어두운 밤이라면 어떤 묘수를 써보겠지만, 대낮이고 산도 낮아서 곤혹스러웠다. 동쪽을 굽어보니, 약 2주일 전에 상승(常勝)의 중대장으로서 북한 공산군을 격파하고 박태숙과 정정훈, 그리고 두 연락병과 함께 수숫대를 깔고 부엌에서 하룻밤을 잔 마을이 내려다보였다.

인간지사 모두가 새옹지마이며, 이 산이야말로 나의 무덤이 되는구나 하는 생각이 들었다. 그러나 젊음은 도전이다. 불덩어리 같은, 그리고 태산 같은 투지로 전진하여야 한다. 부하들이 죽은 후에 적군이 우리 무전기와 박격포 등의 무기를 노획하여 자유 조국을 멸망시키는 용도로 사용하지 못하게 하기 위하여, SCR 300 무전기와 이미 포탄은 다 쏴버리고 계속 보급을 못 받아 빈 박격포만 짊어지고 다녔는데, 나는 그 60미리 박격포를 분해하여 땅에 파묻으라고 명령했다.

중공군과의 최후 결전을 남겨놓고 적군의 포위망 중에서 제일 약한 곳을 찾아보았다. 동쪽에는 산 밑에 평양-만포 가도가 남북으로 가로놓여 있고, 그 다음은 넓은 밭들이 역시 남북으로 펼쳐져 있었다. 그 다음은 천연의 장애물인 청천강이 가로놓여 남으로 흐르고 있고, 강을 건너면 묘향산이 높이 솟아 있다. 특히 평양-만포 가도는 중공군의 주(主) 보급로이고, 중공군 부대 행군의 중심을 이루는 도로이다. 우리가 설마 그쪽으로 빠져나가지는 못할 것으로 생각한 듯, 중공군은 그쪽을 제일 약하게 둘러싸고 있었다. 죽을 각오는 하고 있지만 그러나 우리의 힘찬 도전이 적군을 뚫을 수도 있을 것 같았다.

돌파작전은 오후 0시 30분에 개시되었다. 우리는 청천강 반대 방향인 서쪽으로 뚫고 나가는 것같이 총을 쏘면서 거짓행동을 했다. 적군을 속여 그쪽으로 중공군의 병력을 집중시켜놓고 동쪽의 적군을 단숨에 뚫자는 작전이었다. 서쪽으로 내려가다가 슬그머니 솔밭 속으로 숨어서 동쪽으로 쑥 내려갔다.

중공군의 최전선은 무너졌으나 적군의 포위망 종심(縱深)은 깊었다. 우리의 전진 속도가 느려졌다. 나는 오른쪽 무릎을 굽혀 땅에 대고 왼발은 앞에 내놓고 왼손으로 카빈 소총을 쥔 채, 카빈 소총의 개머리판은 왼쪽 끝 바로 앞에 대고 오른손으로 부하들에게 손짓하며 속히 적군을 뚫으라고 급하게 질타했다.

그런데 갑자기 누군가가 뒤에서 내 오른뺨을 후려갈겼다. 이와 동시에 파르륵, 파르륵하고 적의 기관단총 탄알 7,8발이 왼쪽 발끝 바로 앞에 떨어지며 먼지가 확 내 얼굴을 덮었다. 나는 후다닥 번개같이 몸을 날려 왼쪽 구렁으로 자리를 옮겼다. 어느 틈에 우측 능선에 중공군이 올라왔으며, 그 중 키가 크고 방한모를 쓴 기관단총을 든 놈이 나를 쏜 것이었다. 뒤에서 내 뺨을 갈긴 사람은 중대의 소대연락병 이 하사였다.

그는 중공군의 기관단총 총구가 이쪽을 향한 것을 보고, 말로 하기에는 너무 긴급하여 자기도 피하면서 중대장의 뺨을 후려친 것이었다. 그러나 그 사병은 바로 뺨과 턱에 관통상을 입고 신음소리를 내며 쓰러졌다. 턱이 떨어져 나가 보기가 참혹했다. 피가 흘러 엉망이 되었다. 나는 중공군을 향하여 카빈 M2 자동소총으로 응사하였다. 중공군도 몸을 피하여 저쪽 계곡으로 숨어 버렸다. 나는 박태숙과 정정훈에게 쓰러져 신음하는 이 하사에게 붕대를 감아주라고 소리쳤다. 두 간호학생이 적십자 가방에서 약과 붕대를 꺼내 응급처치를 해주는 것을 보고, 나는 미친 듯이 장병들을 질타하면서 적진에 돌입했다.

중공군 진지 한 곳이 완전히 뚫렸다. 나는 부하들과 함께 적진을 짓밟으며 질풍과 같이 달려서 평양–만포 가도를 횡단하고, 들판의 넓은 밭을 지나 수심이 허리에까지 차는 청천강을 건너서 묘향산에 붙었다.

인원을 점검해 보니 아침에 비해 반수 이하로 줄어 있었다. 중대연락병 박재현 하사는 내 옆에 있었으나 또 다른 중대연락병 홍인곤 하사는 보이지 않았다. 간호학생 두 명도 보이지 않았다. 포위망 속에서 간호학생인 박태숙과 정정훈은 중대장인 나를 병아리가 어미닭을 따라다니듯 졸졸 따라다녔다. 적군과 만났을 때 내가 엎드리면 따라 엎드리고, 내가 뛰면 따라 뛰고, 내가 돌진하면 따라 돌진하였다. 그런데 이번에는 나를 놓쳐 버린 것이다. 전투가 숨 가쁘게 빨리 움직이고 사격전도 치열했지만, 내 지시를 받고 턱이 끔찍하게 으스러진 이 하사의 응급치료를 해주느라고 손을 쓰는 동안 내가 적군진지로 돌격해 뛰어 들어갔으므로, 그만 그 순간을 놓치고 나와 갈라진 것이다. 그녀들 두 명도 순천에서 연대본부로 보내줄 것을 공연히 압록강까지 데리고 와서 희생시켰다는 생각을 하니 마음이 아팠다.

나는 지도를 펴놓고 서근석(徐根錫) 소위와 상의한 후, 우리가 가야할 목적지를 소민동으로 새로 결정했다. 그곳은 우리 국군이 확보하고 있을 것으로 예상되었다. 지도를 접어 야전점퍼 큰 호주머니에 넣고 산을 다시 올라가는데 뒤에서 나를 부르는 여자의 목소리가 들려왔다. 죽은 줄 알았던 박태숙과 정정훈이 중대연락병 홍인곤 하사와 함께 생글생글 웃으며 따라오고 있었다.

"용하구나, 죽지들 않고!"

나는 반갑다는 말을 군대식으로 아무렇게나 했다. 묘향산 중턱에 올라갔을 때, 갑자기 내 코에서 피가 주르르 심하게 쏟아져 나왔다.

"아이쿠."

쭈그려 앉아서 가랑잎에 피를 흘리고 있는 나에게 박태숙과 정정훈이 달려와서 적십자 가방에서 솜을 꺼내 치료해 주었다. 묘향산 형제봉(兄弟峰)에 오른 우리 43명은 눈을 붙였다 가기로 하고 가랑잎 위에 모포를 덮고 누웠다. 높은 산이지만 바로 밑에는 중공군이 많다. 나무는 많았으나 중공군의 습격이나 포격을 염려해서 불을 피울 수가 없었다.

낮에 허리까지 젖은 옷은 아직도 마르지 않았다. 해발 1천200미터 산봉우리에 휘몰아치는 영하의 바람은 매서웠다. 어제 낮 이후, 네 끼를 굶으며 100여 리를 걸어 중공군과 격전을 벌인 몸은 피곤했다. 치열한 전투를 할 때는 배고픔과 추위와 피로를 모르지만, 적군과 떨어져서 휴식을 취할 때는 추위와 기한(飢寒)을 느낀다.

한밤이 가고 날이 새니 또 끼니를 굶고 떠나야 했다. 오후 늦게 소민동 북쪽 산에 도착해 보니, 소민동 일대도 적군 수중에 있었다. 실탄 부족 때문에 결정적 위기에서만 적군과 전투를 벌여야 한다. 적군을 피해서 산 중허리를 타고 동쪽으로 이동했다. 또 한밤이 지나고 새벽이 되어 우리는 동창(東倉)에서 길을 건너려 했으나, 그곳도 적군이 점령하고 있었다.

하루 낮을 묘향산 줄기에서 숨어 보내고 어두운 밤을 이용해서 동창의 적군 배치지역을 살그머니 어렵게 새어나와 산줄기를 타고서 걸어 나가다, 11월 5일 밤 도달한 곳이 두 채의 화전민 집이었다. 이때 우리가 국군을 만날 수 있으리라고 목적지로 삼고 있던 곳은 덕천(德川)이며, 덕천만은 꼭 아군이 확보하고 있으리라고 굳게 믿었다.

화전민 초가집에 들어가서 30세쯤 돼 보이는 젊은이를 만났다. 그 젊은이는 화전민 치고는 아주 똑똑했다. 이렇게 우수한 젊은이가 왜 깊은 산 속에서 썩고 있는지 의심스러울 정도로 뛰어난 지식인이었다.

그의 말에 의하면 이틀 전부터 희천 방면에서 쏟아져 내려온 중공군이 이틀 밤낮을 계속해서 수백 필의 말과 야포를 끌고 덕천 방면으로 내려갔다는 것이다. 중공군 1개 사단 약 1만 명의 병력이 우리 앞을 차단하고 있는 것이 확실하며, 희천에서 영원(寧遠)을 지나 맹산(孟山)쪽으로 전진하는 중공군이 있을 것이라고 추측한다면 중공군 2개 사단 약 2만 명에 의해 앞길이 막혀 있는 것이다. 날이 갈수록 중공군의 남진은 가속화되었으며, 우리의 위기는 절망적으로 증가되고 있다. 우리들은 지금 굶주림과 피로에 지쳐 있을 뿐 아니라, 실탄도 앞으로 격전을 한 번 크게 할 정도로 바닥이 나 있다.

덕천마저도 적군 수중에 들어갔으니 목적지를 또 바꿔야 했다. 지도를 펴놓고 오랫동안 궁리한 후 새로운 목적지를 맹산으로 잡았다. 몇 번이나 목적지를 바꿔야 하는가? 처음 목적지는 회목동, 그 다음은 태평, 또 그 다음은 구장, 다시 또 그 다음은 소민동, 그리고 다시 또 그 다음은 덕천, 그러나 여기마저 갈 수 없게 되어 이번에는 맹산이다.

하지만 맹산이라고 중공군이 없으리라는 보장은 없다. 하늘의 시련이 너무나도 가혹한 것 같았다. 나는 부하들에게 절박한 상황을 설명하고 다음 목적지는 맹산이라고 말한 후, 만일 적군에게 포로가 될 위기가 오면 끝까지 적군에게 사격을 가하고 최후의 한 발로 심장을 쏴서 자결하겠다는 결의를 피력했다. 사병들도 나를 따르겠다고 했다.

숨을 죽이는 긴장감이 돌았다. 박태숙과 정정훈은 내가 자결할 때, 자기들을 먼저 쏴서 죽여 달라고 했다. 나는 소원이라면 그렇게 해주겠다고 약속했다. 경계병들을 밖에 세워놓고, 강냉이밥을 짓는 동안 장병들은 잠을 잤다. 주인과 경비병이 깨워줘서 새벽 4시 반에 일어났다. 발을 움직이니 발뒤꿈치가

뜨끔뜨끔했다.

"아야, 야야아!"

상을 찡그리며 나는 소리를 질렀다. 구두를 벗으려고 했더니 발뒤꿈치가 구두에 닿아서 살이 뜯어져 흘러나오던 피가 잠자는 동안에 응결되어 구두에 딱 말라붙어 있었다.

나는 아픔을 참으며 구두를 벗고 박태숙과 정정훈으로부터 치료를 받았다. 단련에 단련을 거듭하여 어떠한 행군에도 끄떡없이 자신 있게 굳어버린 발이었건만, 산을 오르고 내리고 또 오르고 내리고, 강을 건너고 시냇물을 지나며, 싸우고 쫓기고 돌진하는 동안에 이렇게 엉망이 되고 만 것이다.

새벽 5시 10분 쯤 남쪽으로의 행군은 다시 시작되었다. 나는 발뒤꿈치가 아파서 걷기가 힘들었다. 그러나 약 1킬로미터쯤 걸어 나갔더니 발에서 불이 화끈화끈 달아오르더니 그 다음부터는 조금도 아프지 않고 힘도 들지 않았다.

아슬아슬한 고비를 수도 없이 넘기면서 대동강에 이르러서 배를 타고 건너와, 맹산 남중리에서 적군을 뒤에서 기습하여 격파했다. 적군 포위망을 최종적으로 뚫고 나와 아군 제8사단 제21연대 주력을 만난 것은 1950년 11월 7일 해가 질 무렵이었다. 그리고 완전히 마음을 놓을 수 있는 안전지대인 맹산 북창리에 도착한 것은 11월 8일 0시 30분경이었다.

풍장지구 야간전투에서 우리 제7연대가 중공군에게 패배하여 중대별로 적유령산맥으로 뿔뿔이 들어간 날부터 계산하여 우리 중대는 9일간 중공군 포위망 속에 있었던 것이다. 이 9일 동안 우리 중대는 여섯 끼니의 식사를 했다.

10월 30일에는 세 끼를 모두 굶었다. 10월 31일에도 완전히 굶었다. 수통의 물만 마시면서 강행군을 했다. 11월 1일 새벽에 대암산 서남쪽 산골 마을에서 조밥과 시래기 된장국을 얻어먹었다. 포위망 속에서 식사를 민간인들로부터 얻어먹을 때는, 그분들이 사양을 해도 식사대는 넉넉히 건네주었다. 11월 2일 낮에는 정수동(淨水洞) 뒷산에 숨어서 마을 사람들에게 주먹밥을 지어 산으로 가져오게 하여 쌀 주먹밥과 된장, 고추장을 맛있게 실컷 먹었다. 11월 3일에는 꼬박 굶었다. 11월 4일에도 굶었다. 11월 5일 새벽에는 묘향산 화전민 집에서 강냉이밥과 시래기 된장국을 먹었다. 11월 6일 초저녁에는 덕천 북쪽 산줄기 외딴집에서 강냉이밥과 시래기 된장국을 먹고, 11월 7일 새벽에는 맹산군 수하리(水下里) 외딴집에서 강냉이밥과 시래기 된장국과 고구마를 먹었다.

제1중대는 이렇게 외진 곳에 있는 화전민 초옥에서 밥을 지어먹고 중공군에 관한 정보를 얻는 시간과, 중공군을 피해서 깊은 산 속에 들어가서 밤이 오기를 기다리는 시간, 그리고 중공군과 전투하는 시간을 제외하고는 그저 걷고 또 걸었다. 하루 잠자는 시간은 네 시간 정도였으며, 어떤 날은 한 시간 걷고 10분씩 휴식하면서 24시간 내내 강행군하기도 했다. 시시각각으로 두터워져 가는 중공군 포위망 속에서 시간을 지체한다는 것은 그만큼 위험한 일이었기 때문에 그렇게 빠른 속도로 남쪽으로 움직인 것이다.

이렇게 피나는 노력에다 천운까지 따라주어 제1중대는 완전무장을 하고 최후까지 적군을 무찌르면서 장병 21명, 간호학생 2명의 생존자가 제7연대 장병 중에서 가장 빨리 1950년 11월 7일, 중공군의 포위망을 뚫고 아군 점령지역으로 나온 것이다.

며칠 전에 제6사단장으로 새로 부임한 장도영(張都暎) 준장은 이러한 중대를 칭찬하고 격려해주겠다면서 특별 신고식을 받겠다고 했다.

11월 9일 오후 2시, 평안남도 순천 북방에 있는 제6사단 사령부 마당에 군악이 울려 퍼졌다. 군인 20명을 3열 횡대로 세워놓고 마지막에 서울 적십자병원 간호학생 2명을 세웠다. 중대장인 나는 3열 횡대의 6보 앞 중앙에 섰다.

"차렷! 경롓. 바로. 제7연대 제1중대장 이대용 대위는 적 포위망을 돌파하고 사병 20명, 민간인 간호학생 2명을 지휘하여 1950년 11월 9일, 사단사령부에 도착했기에 이에 삼가 신고합니다. 경롓! 바로."

사단장의 위로와 칭찬과 격려사가 있었다. 군예대 여가수가 내 목에 하늘색 머플러를 걸어 주었다. 이것으로 특별 신고식은 끝났다.

한국전쟁 초기 약 6개월간은, 한국전쟁 3년 1개월을 통하여 가장 치열한 격전기간이었다. 이때 최전방 장병들의 목숨은 파리 목숨이었다. 많은 장병들은 자유 수호를 위해, 나라를 지키기 위해, 한 목숨을 아낌없이 바치겠다는 일념으로 싸웠다. 그래서 일선 장병들은 훈장 따위는 꿈속에서조차 생각하지 않았으며, 훈장이라는 단어가 머릿속에서 없어져버린 지 이미 오래 되었다. 따라서 사단장이 챙겨주지 않으면, 그 예하부대는 훈장의 불모지대가 되어 버렸다. 경험이 부족한 신임 20대 후반의 젊은 사단장들은 처음에 그런 것을 알지 못했다. 그래서 여러 전투에서 용감히 싸워 혁혁한 전공을 세운 일선장병들 중에 훈장을 못 받은 장병이 부지기수이며, 그중 상당수의 장병들이 훈장 없이 국립묘지에 묻혀 있다. 압록강 진격 및 후퇴 시 용감히 싸운 제1중대 장병들도 예외는 아니었다.

이별 그리고 재회

제6사단 사령부에서 특별 신고식이 있은 날 저녁 식사 후, 나는 박태숙과 정정훈을 불러 다음과 같이 조용히 이야기했다.

"태숙아, 정훈아. 너희들은 서울로 빨리 가야겠다. 부모님이 오죽 기다리시겠니. 내일 아침밥을 먹고 즉시 떠나도록 하라. 도중에서 무슨 일이 있을지 모르니까 하사관 한 명을 딸려 보내겠다. 후방에 가거든 일선의 군인들이 얼마나 고생하는지 여러 사람에게 이야기하고, 국민들이 모두 합심해서 나라가 잘되고 모두 잘살 수 있게 되었으면 한다."

박태숙과 정정훈은 나의 아픈 발을 치료하며 조용히 듣고 있었다. 나는 공산주의에 대하여 그 전에 하던 이야기를 다시 강조한 후 "그리고 이와 반대로 우리나라 후방에 있는 돈 많은 사람들도 오만하고 비정해서는 못 쓰는 법이니, 기회 있는 대로 이야기하라. 지금 나는 돈과 명예 같은 것은 쓰레기통의 구더기만큼도 여기지 않는다. 언제 죽을지 모르는 나에겐 아무것도 필요한 것이 없다. 나는 민주주의 국가의 국민으로서 어떻게 하면 내 의무를 효과적으로 완수하고 불우한 이 약소민족의 번영을 영원히 누리게 할 수 있을 것인가의 일념뿐이다."

나는 잠시 입을 다물고 있다가 또 입을 열었다.

"나는 언제 죽을지 모르므로 아마 이것이 우리 국민에 대하여 허심탄회하게 실토하는 유언일지도 모른다. 내가 이 전쟁이 일어나기 전에 프랑스 육군 대위 앙드레 모로아가 쓴 〈프랑스는 패했다〉와 〈프랑스 전선〉이라는 두 권의 책을 읽었다. 나는 앙드레 모로아 대위의 조국애의 정열에 깊이 감동되고, 또 창작소설보다도 전투 실기(實記)가 얼마나 그 국가 이익에 공헌하는가를 알았다. 그러나 보다시피 이렇게 바쁘니, 전선에서 글을 쓸 수가 있어야지. 단지 이 조그마한 수첩에 그날그날의 전투개황을 적어 넣을 뿐이다. 내가 죽은 다음 이 수첩을 국방부에 보내라고 중대 선임장교에게 늘 이야기해 왔다."

그리고 또 딱딱한 정치 이야기를 조금 한 후 "유언이니까 할 말은 다 해야지" 하고 쓴 웃음을 지으며 이야기를 끝냈다. 내 발의 치료는 그 때까지도 계속되고 있었다.

이튿날, 김지용 상사가 간호학생 두 명을 데리고 서울로 떠났다. 두 간호학생은 자꾸 뒤를 돌아보며 눈물을 닦았다. 이것이 저들과 이 세상에서의 마지막 이별인가 싶어서 내 마음도 울적했다. 그 학생들이 시야에서 사라진 후에도 나는 한동안 우두커니 그 쪽을 바라보았다.

차가운 겨울의 날이 새고 저무는 가운데 전선은 남으로, 남으로 이동하여 북위 38도선까지 내려왔다. 나는 전곡(全谷) 남쪽 한탄강 유역의 산꼭대기에 호를 파고 엄개(掩蓋)를 씌운 후 중공군과 대치하고 있었다.

함박눈이 내리는 어느 날, 제1대대 부식 구매차를 타고 서울에 갔다 온 우리 중대 보급계 박래영 중사가, 케이크 상자와 편지 한 장을 들고 산 위에 있는 중대장 호 속을 찾아왔다. 편지는 서울적십자병원 박태숙이 보낸 것이다.

중대장님께

그 동안 전투하시기에 얼마나 고생이 되십니까?

저는 적십자병원에 돌아와 친구 강아지(강애자의 별명)와 거북이(한윤복의 별명)들과 잘 지내고 있으며, 압록강에서 포위당한 이야기를 며칠을 두고 밤을 새워가며 들려주었더니, 간호부장인 미스 홍도 재미있어 하고 소아과 과장이신 장 박사님도, 또 김태웅 선생님도 모두 흥미 있게 들으셨습니다. 중대장님 이야기를 했더니 여기 여러 의사선생님이나 간호원들이 꼭 한 번 보고 싶다고 합니다.

우리 병원은 곧 제주도 서귀포로 피난 갑니다. 피난 떠나는 날이 바로 내일입니다.

오늘 요행히도 제1대대 부식 구매차와 박 중사님을 만났습니다. 중대장님 소식을 물었더니 동두천에서 20리 북방에 있는 한탄강 바로 남쪽

산 위에 계신다기에 이 편지를 올립니다.

정정훈이는 자기 고향인 경기도 파주군 임진면으로 갔는데 오늘까지
무소식입니다.

보내는 케이크는 약소합니다마는 태숙이가 성의껏 보내 올리니 맛있게
잡수세요. 홍 하사님이나 그 외 여러 중대원님들에게 안부 전해 주세요.
대대 작전관 김윤환 대위님도 그대로 대대에 계시겠지요. 김 대위님에
게도 안부 전해 주세요.

그럼 몸조심하시며 적을 몰아내 주세요. 오늘은 이만합니다.

안녕!

12월 23일 태숙 올림

제주도 서귀포로 피난 떠나는 짐을 챙기느라 정신없이 바쁠 텐데, 나에게
케이크와 편지를 보내기 위해 일선부대의 부식 구매 군용트럭들이 잘 가는 시
장을 수소문하여 찾아 헤매다가 제7연대 제1대대 부식 구매트럭을 만나서 케
이크를 전하고, 현장에서 편지를 써서 나에게 보낸 그 정성. 태숙이의 고운 마
음씨에 고마움을 느꼈다.

편지에 의하면, 서울적십자병원 의사선생님들과 간호원들이 나를 꼭 한번
만나고 싶다고 한다니 그런 날이 올 수 있을 것인가. 간호부장 미스 홍은 몇 살
인데 아직도 미혼일까? 얼마나 예쁘게 생겼을까? 거북이는 순천에서 보았으
나 강아지는 본 일이 없다. 어떻게 생긴 강아지일까? 강력한 중공군과의 대결,
목숨을 기약할 수 없는 최전방이라는 것도 잊은 채, 내 상상은 도원경 세상을
헤매고 있는데 전방에서 총소리가 들려왔다. 헛꿈에서 깨어나 중대장 호 속에
서 앞을 내다보니 눈은 멎어 있었다.

보이는 곳 끝까지 흰 눈으로 덮인 은세계, 두꺼운 한탄강의 얼음 위에도 오막살이 초가집 지붕 위에도 호화로운 기와집 지붕 위에도 한 뼘이 되는 두터운 흰 눈이 고루고루 소복이 쌓여 있다. 공중 높이 한 쌍의 비둘기가 남쪽을 향하여 날아가고 있었다.

그 후 나는 이곳저곳 쉴 새 없이 중공군과 전투하느라고 서울적십자병원 간호원 및 간호학생들과의 연락이 단절된 채 1년 반을 지냈다. 그리고 제2사단 제32연대 제3대대장으로 전속되었다. 1952년 초여름 어느 날, 뜻밖에도 사단사령부로부터 나에게 3박 4일의 특별휴가 명령이 내려왔다.

내가 군용 지프를 타고 서울적십자병원에 도착한 것은 밤 10시가 넘어서였다. 신분을 밝혔더니 수위가 깜짝 놀랐다. 수위마저도 나에 대한 이야기를 모두 들어 알고 있었던 것이다. 화제의 인물이 홀연히 밤중에 나타났으니 놀라는 것도 당연한 일이었다. 그는 나를 숙직의사에게로 안내했다. 마침 숙직의사도 박태숙의 편지에 적혀 있던 김태웅 의사였다. 그는 나를 데리고 수위와 함께 간호원 숙소를 갔다. 그곳은 금남(禁男)의 집이며, 밤에는 남자가 얼씬도 해서는 안 되는 특별 관리구역이었다.

숙소 문 입구에서 수위가 큰소리로 일선에서 내가 왔다고 소리쳤다. 잠자리에 들어있던 간호원들과 간호학생들은 "네? 이대용 중대장님이 오셨다구요?" 하고 외쳤다. 그렇다고 대답하니, 잠옷 바람에 위에다 아무것이나 하나씩 걸치고 와르르 뛰어나와서 발을 동동 구르며 나를 끌고 숙소로 들어갔다. 금남의 집에서 이래도 되느냐고 했더니, 들은 체도 않고 나를 친아버지 대하듯 기뻐하였다.

자정이 가까워 와 시내에 나가서 자고 오겠다고 했더니 그녀들은 안 된다면서 병원 안에 잠자리를 만들어 주었다. 의사 선생님들도 간호원 못지않게 친절히 대해 주었다.

　이야기꽃을 피우며 병원에서 지낸 3일간은 즐거웠다. 그러나 평안남도 순천에서 서울적십자병원 간호원과 간호학생 열두 명을 인도적 대우를 해주려고 애쓰신 당시의 제1대대장 김용배 중령이 대령으로 승진한 후, 양구 군량리 전투에서 전사했으며, 그의 장례식에서 조사를 읽던 내가 목이 메어 한동안 조사를 못 읽었다고 했더니 모두들 눈시울을 적시기도 했다. 짧은 휴가를 병원에서 마치고 나는 다시 일선으로 돌아갔다.

　그로부터 약 1년 후, 3년 1개월간 끌던 한국전쟁은 끝났다. 다음 해 나는 결혼을 하여 가정을 갖게 되었다.

　서울적십자병원 측은 나를 가족의 일원으로 정답게 대해 주었다. 우리 식구가 병원에 입원하면 적십자병원 의사나 간호원의 직계 가족으로 취급하여 병원비를 크게 할인해 주었다. 그럴 때마다 박태숙이 보호자란에 서명하도록 돼있었다. 그래서 아이가 아플 때는 서울적십자병원에 입원시키고, 아내는 이 병원에서 아들을 출산하기도 했다. 그러나 내가 해외 대사관의 무관으로 외교관 생활을 시작한 것이 계기가 되어 14년 6개월의 해외 외교관 생활을 함으로써 왕래가 끊어지고, 그 긴 세월 탓에 그때 그 사람들은 하나씩 둘씩 모두 서울적십자병원을 떠나 버렸다.

　박태숙은 사업하는 남편을 따라 미국으로 건너가 로스앤젤레스에 정착했다. 그러나 박태숙 부부는 서울에 올 때마다 우리 부부와 만나고, 또 우리 부부가 미국에 가면 서로 만나 친형제같이 지냈다. 1989년, 모든 공직에서 퇴임한 나는 인생 황혼기임에도 깊은 뜻이 있어 제조업에 손을 대고 중소기업을 운영했다. 처음에는 그런 대로 잘돼 나가는 듯했으나, 한국의 중소기업 풍토는 예기치 못했던 역리(逆理)의 장애물이 의외로 많아 나를 몹시 괴롭혔다. 1994년

말, 피나는 노력 끝에 해외로 연간 수출 600만 달러의 시장이 개척되었으나, 운영자금은 바닥이 나고 이미 사채도 꽤 많아 회사운영은 진퇴유곡에 빠졌다.

때마침 D.W. 산업이 우리 공장의 대지와 건물 전부와, 기계의 70퍼센트를 매입하겠다고 해서 1995년 2월 21일 구두합의를 봤다. 이것이 실현되면 은행 빚은 갚게 되고 사채는 남는다. 나는 사채를 전액 깨끗이 갚아주기 위해서, 사는 집과 자동차를 팔고 조그마한 전세를 얻어 나가기로 결정을 했다.

대흉(大凶)은 때때로 겹치는 법, 과거 공산 형무소에서 앓던 머리 쑤시는 병이 재발했다. 모든 걱정거리를 훌훌 털어버리고 조용한 곳에 가서 마음의 안정을 되찾아야 했다. 아내가 미국에 가서 쉬며 병을 고쳐 오라고 미국행 항공표를 사서 주었다. 자기는 살고 있는 집을 팔고 자가용 승용차를 팔아서 사채 3억 7천500만원을 깨끗이 갚아주고 자그마한 전셋집을 얻겠다고 했다. 재(財)의 손실은 위의 사채 외에, 투자한 자본금도 전액 잃게 된다.

1995년 2월 26일은 일요일, 나는 표박(漂泊)의 여정에 오르게 되었다. 첫 방문지는 로스앤젤레스 교외에 있는 박태숙의 집이다. 아침 6시가 좀 지나서 아내는 참담한 앞날을 한탄하면서 흐느껴 울었다.

6년 전, 나는 아내의 간곡한 만류를 뿌리치고 몇 명이 합자해서 살고 있는 집 등을 담보로 하여 금융기관에서 돈을 빌렸다. 나라 위해, 사회 위해, 남을 위해, 나를 위해 좋은 자그마한 제조업을 시작하려는데, 왜 그리 쓸데없는 걱정을 하느냐며 오히려 아내를 나무랐다. 그렇게 내 주장을 우겨서 중소기업에 손을 댔다가 아내의 예측대로 이제 와서는 재(財)를 잃고, 사람을 잃고, 건강마저 잃었으니, 순진했던 나의 큰 실수를 통탄하면서 아내에게 잘못을 사과하고 위로하였다.

비록 사는 집까지 날리고 떠돌이 신세가 되기는 했지만, 금년에 셋째 아이와 넷째 아이가 대학과 대학원을 졸업하게 되니, 그들이 정신 차려 험악한 사회에 첫 발을 내딛는데 내 실패가 도움이 되기를 바란다는 말을 했다. 빈손으로 와서 빈손으로 돌아가는 것이 인생인데, 너무 슬퍼하지 말고 눈물을 거두라고 했다.

오후 2시 5분경, 둘째 아들이 부른 택시가 왔다. 아내는 남에게 눈물을 보이지 않으려고 승강기 타는 곳에서 배웅을 하고, 승강기문이 닫힐 때 다시 한 번 눈물을 떨구었다.

둘째 아들이 나를 따라 택시에 타고 삼성동에 있는 시내 공항터미널에 함께 가서 출국수속을 도와주고, 셔틀버스를 타고 김포공항에 나와 배웅해주었다. 나 홀로 구름처럼 떠나는 것이 슬펐다. 로스앤젤레스 국제공항에 도착하니 박태숙이 남편 이봉덕 회장과 함께 마중 나와 있었다.

"오래간만이에요. 참 반갑습니다."

박태숙은 생글생글 웃으며 인사했다.

"태숙아, 오래간만이다. 넌 늙지도 않고 그대로구나."

나는 그렇게 인사했다.

"하하, 많이 늙었는데."

박태숙이 또 웃었다. 그녀의 흰 이가 드러났다.

"형님, 아주 잘 오셨어요. 우리 집에서 푹 쉬시면서 골치 아픈 일 잊으세요."

이봉덕 회장의 말이었다. 사실 이들 부부는 내가 원한다면, 자기들 집에서 1년이고 2년 있어도 마다하지 않을 고운 마음씨를 가지고 나에게 친형제 이상으로 정을 주는 원앙새 부부였다.

박태숙이 운전하는 메르세데스 벤츠를 타고 로스앤젤레스 교외 고급 주택가에 자리 잡은 그들의 집으로 갔다. 이 날 저녁 7시 30분에는 천주교 성당에 가서, 미사에 참석하여 기도를 올리고 명상에 잠겼다.

저녁 식사 후 "형님, 너무 상심 마세요. 살다보면 별의별 일이 다 일어나는 법 아닙니까. 모든 것이 세월이 흐르고 보면, 훗날에 그때 왜 내가 그렇게 절망하여 걱정했는가 하는 회고를 하며 웃게 됩니다. 실망하지 마세요. 형님같이 정의감 강하시고, 대한민국에서 제일 청렴결백하시고, 불우한 사람들을 잘 돌봐주시는 분을 왜 주님이 버리시겠습니까. 마음 편안히 가지세요." 하고 이봉덕 회장이 위로하였다.

"그래, 자네 말이 옳아. 나도 인생을 도전의 과정이라고 믿고, 실패 없이 탄탄대로를 걸어 성공을 거듭하는 것보다는 실패에서 굴하지 않고 칠전팔기로 재기하는 것을 더 귀중하고 영광된 일이라고 생각하네. 헌데, 도전은 젊음이 있어야 하는 것을 알게 됐네. 강철 같은 불굴의 의지가 있어도 고희를 넘으면, 신체의 건강이 정신력을 따라가 주지를 않네. 그것이 문제야. 앞으로 몇 년을 더 살려는지 모르지만, 담담한 마음으로 사업에서는 손을 씻고 욕심 없는 길을 걸으며 천수를 누리다가 초개같은 삶을 마감할 결심일세."

박태숙·이봉덕 부부 집에서 나는 평화로운 나날을 보냈다. 이들 부부는 내가 좋아하는 동남아산 과일인 도리언을 사다가 실컷 먹게 해주고, 거의 매일 같이 로스앤젤레스 시내에 있는 리틀 사이공 식당에 가서 내가 제일 좋아하는 베트남 국수 '훠'를 함께 먹게 해주었다. 또 골프도 치고 산책도 하며 나를 위로해 주었다.

시류(時流) 반세기, 농사꾼들은 장사꾼으로 변하고, 사람들의 가치관은 많이 변했다. 정의(情誼)도 은원도 말라빠진 화폐의 통계숫자 앞에서는 쓸모없는 공허한 단어로 변해 버리는 세상으로 시류는 바뀌었다.

호화스러운 큰 집도 쓰러질 때는 총신(寵臣)들이 달아나 이를 피하고, 피 묻은 원수도 돈 많이 모아 부자가 되던가. 이 부자들로부터 돈을 갈취하는 권력자가 되면 모두들 머리 숙여 그 밑으로 기어들어온다. 사리(私利)가 먼저고 사랑은 뒤라는 햄릿의 독백이 그대로 먹혀드는 세상으로 변해 버렸는데, 유독 박태숙·이봉덕 부부는 보은의 정신으로 일편단심 변함없는 외길을 걷고 있다.

어느 날 내가 "태숙아, 너는 달 없는 찬바람 부는 광야에 버려져 있는 외로운 사람을 구원해 주는 천사 같구나." 하였다.

"아이 참, 별말씀 다 하시네!" 하며 생긋 웃었다.

웃는 그 모습은 반세기 전 압록강변 초옥에서 저녁 설거지 후에, 이야기꽃을 피우며 백옥같이 하얀 이를 드러내며 웃던 그 착한 모습과 변한 것이 없었다.

6·25와 베트남전, 두 死線을 넘다
마지막 駐越 공사 이대용 祕話

초판 1쇄 발행일 2010년 5월 7일

초판 6쇄 인쇄일 2017년 12월 1일

지은이 이대용

펴낸이 안병훈

디자인 design54

펴낸곳 도서출판기파랑

등록 2004년 12월 27일 제300-2004-204호

주소 서울시 종로구 대학로8가길 56(동숭동 1-49) 동숭빌딩 301호

전화 02-763-8996(편집부) 02-3288-0077(영업마케팅부)

팩스 02-763-8936

이메일 info@guiparang.com

ISBN 978-89-91965-04-1 03800